Elsa von Kotzebue · Durchs Fernrohr der Zeit

Elsa von Kotzebue

Durchs Fernrohr der Zeit

1939 bis 1956

© 2015 Elsa von Kotzebue
Satz und Layout: Buch&media GmbH, München
Herstellung und Verlag: BoD – Books on Demand
ISBN 978-3-7386-7994-6
Printed in Germany

Erster Teil

1939–1945

> *»... and the thoughts of youth*
> *are long long thoughts.«*
> Henry Wadsworth Longfellow

Berlin-Steglitz, Sonnabend 2. September 1939

Seit gestern ist Krieg.

Wir sollen aufbewahren, was unsere Lehrerin uns darüber diktiert hat. Wenn wir, so sagte sie, das Diktat in 50 Jahren nachlesen, wüssten wir, was man heute darüber gedacht hat und könnten wie durch ein Fernrohr in die Zeit zurückblicken.

Deshalb schreibe ich das in mein Tagebuch, in das ich auf die erste Seite meinen Namen eingetragen habe: »Ande Seigis«. So hieß auch die Mutter meines Vaters.

Das Tagebuch habe ich dieses Jahr zu meinem 13. Geburtstag von meiner Patentante Elise bekommen, – nicht direkt, denn sie wohnt in Portugal, aber sie hat das Geschenk bestimmt und das Geld dafür geschickt.

Also, das Diktat heute:

Wir leben in einer Zeit mit Hochspannung. Der Führer hat an Polen Forderungen gestellt, und die Polen ließen die deutsche Regierung zwei volle Tage warten. »*Gewalt gegen Gewalt*«, *sagte der Führer.* »*Unsere Truppen sind bereits in Polen, die Flugzeuge bombardieren Militäranlagen. Die Soldaten stehen im Gefecht.*«

Jetzt schreibe ich für mich weiter und frage: wie wird sich England verhalten? Hoffentlich beteiligt es sich nicht am Krieg. Mit Russland ist alles im Klaren, denn es ist ein Freundschafts- und Nichtangriffspakt geschlossen worden.

Vorhin, am Tisch, bei unserer Milchsuppe, fragte ich meine Eltern nach dem Krieg. Ihre Antwort! »Warum lassen wir die Polen nicht in Ruhe?«

England ist inzwischen gegen uns in den Krieg eingetreten, Frankreich auch. Trotzdem geht der Krieg jetzt dem Ende entgegen, denn unsere Truppen rücken in Polen unaufhaltsam vor.

Wir haben weniger Tote als die Polen, aber für alle, die es trifft, ist es gleich schrecklich.

Auf dem Nachhauseweg von der Schule sprachen Thekla, Melli (eigentlich heißt sie Melitta) und ich über den Krieg, der nun bald vorbei ist. Wir sind darüber froh, vor allem Melli, weil ihr ältester Bruder nicht mehr Soldat werden muss. Zum ersten Mal habe ich erlebt, dass sie etwas ernst nimmt. Ich wünschte, ich wäre so wie sie, – nichts ernst nehmen, über allem stehen. Am meisten aber wünsche ich mir, dass Melli meine Freundin wird, denn Thekla ist die einzige in meiner Klasse, mit der ich einigermaßen befreundet bin und Bücher austausche. Was wir zur Zeit tauschen, könnten wir aber zu Hause nicht vorzeigen. Deshalb machten wir bei Thekla die Tür ihres Zimmers gleich zu, als ich die Tom Shark Hefte auspackte.

Sie sind fabelhaft spannend, weil es so unheimlich ist, wenn der Mörder sich nachts mit einer langen Giftnadel in der Hand einschleicht, um zu morden.

Nachzutragen ist noch, dass wir unsere Schule räumen mussten, weil sie Hilfskrankenhaus wird. Seit wir in eine Schule in Lichterfelde-Ost umgesiedelt sind, haben wir eine Woche vor- und eine nachmittags Unterricht.

Ich bin jetzt viel mit Rollkos unterwegs.

Als ich neulich losraste, fragte meine Großmutter, was ich da eigentlich mache. Ich habe ihr erklärt, dass wir mit Rollkommandos wichtige Nachrichten, die unsere Jungmädelführerin* aufgeschrieben hat, sofort und persönlich zu dem

---

* Anmerkung: Jungmädel: nationalsozialistische Jugendorganisation. Zwangsmitgliedschaft für alle »deutschen Mädchen« zwischen 10 und 14 Jahren.

Mädel tragen müssen, deren Name als nächster auf dem Befehlszettel steht.

Meine Großmutter schüttelte den Kopf. »Was macht Ihr nur für Unfug.« Sie ist eben alt.

Freitag, 30. August 1940

Ferien vorbei. Wir sind wieder verlegt worden, in eine Schule an der anderen Ecke von Steglitz. Ich sitze jetzt allein auf meiner Schulbank, denn Ellen ist aus Berlin weggezogen.

Von Ellen schreibe ich nur deshalb, weil sie als einzige Katholikin in der Klasse etwas Besonderes war. Zu gern wäre ich einmal mit ihr mitgegangen durch die Tür, die der bis zu den Füßen in ein langes schwarzes Gewand gehüllte Kaplan hinter sich schließt, wenn er den Katholikinnen Religionsunterricht gibt.

In der Pause hat uns Ellen einmal ein Kreuz gezeigt. Aber sie hat es hoch gehalten. »Ihr dürft es nicht anfassen, es ist geweiht.« Dazu hat sie uns erzählt, dass bei den Katholiken im Gottesdienst eine Glocke anschlägt, die das Geheimnis der Wandlung ankündigt. Dann kommt Christus selbst zum Altar. Ich wollte wissen wie das zugeht und habe mir von dem Geld, das meine Großmutter mir gegeben hat, in der großen Buchhandlung gleich ein Buch über den katholischen Gottesdienst gekauft.

Leider fand ich darin keine Antwort.

Unser Pfarrer würde im Konfirmandenunterricht dazu wohl nichts sagen, weil wir evangelisch sind.

Freitag, 25. Oktober

Vorgestern war ein wichtiger Abend für mich. Ich war bei Ulrike, der Jungmädelgruppenführerin. Sie fragte mich, ob ich Führerin, d.h. erstmal Führerinanwärterin, werden möchte.

Ich sagte gleich ja, denn ich dachte an zwei Dinge: an die

rot-weiße Schnur, die ich als Schaftführerin tragen würde und daran, dass Melli nie die Schnur bekäme, weil sie bei den Jungmädeln nichts mitmacht. Thekla übrigens auch nicht.

Zu Hause sage ich noch nichts von meinen Aussichten. Wenn ich die Schnur habe, komme ich damit zur Tür herein, und alle werden staunen. Doch Schluss. Ich sitze auf dem Tisch, und in diesem Moment hört das Radio auf zu spielen. Gleich geht's in den immer nach Keller riechenden Luftschutzkeller.

Sonnabend, 30. November

Jetzt will ich einmal über den Konfirmandenunterricht schreiben. Neulich sprachen wir über die zehn Gebote, die Gott dem Volk Israel gegeben hat. Sie gelten auch für uns, weil Christus Gottes Sohn ist und sein Kommen im Alten Testament von den Propheten angekündigt wurde.

Der Pfarrer erklärte uns das Gebot, das uns verbietet, andere Götter neben Gott zu haben. »Merkt Euch«, sagte er: »Der Herr Zebaoth und ist kein andrer Gott.«

Götter sind nichts als Menschen, nur ins Übermenschliche vergrößert. Glauben wir an Götter, so verherrlichen wir uns selbst.

Wir bekamen auf, darüber nachzudenken.

Das nächste Mal will unser Pfarrer darüber sprechen, dass man einem Menschen glauben, aber nicht an einen Menschen glauben kann.

Eben während ich schreibe, höre ich im Radio eine Sendung über den Forscher Behring.

Zu Weihnachten 1891 hat er zum ersten Mal ein kleines Mädchen vom Tod an Diphterie errettet.

So oft hat mir meine Großmutter von ihrem kleinen Bruder erzählt. Er hatte Diphterie und konnte nicht mehr atmen. Die ganze Familie saß an seinem Bett und sah zu wie er starb. Der Arzt konnte nichts machen.

Behring war ein Forscher und hatte das Ziel, den Menschen zu helfen. Das möchte ich auch gerne.

Ob ich später Forschung studiere?

Dienstag, 3. Dezember

Heute kam ein Brief aus Portugal, von meiner Patentante Elise. Sie war früher Krankenschwester in der Charité, dem größten Krankenhaus von Berlin. Mama hat sie und ihre Kollegin Schwester Ella bei Vorträgen über Bücher kennengelernt. Seitdem sind sie Freundinnen. Deswegen bin ich in der Charité geboren, denn Tante Elise wollte bei meiner Geburt dabei sein.

In ihrem Brief hat sie sich bei Mama erkundigt, wie ich mich denn so auswachse.

»Was soll ich ihr schreiben?« fragte mich die Mama. »Tante Elise hat dich stets recht vorlaut gefunden.« Mama seufzte. »Du hast es mir noch nie leicht gemacht.«

Das kenne ich. So lenkte ich sie mit der Frage ab, warum Tante Elise nach Portugal ging.

»Aber Kind«, kam es von Mama. »Die Tante Elise ist jüdisch, wenn auch evangelisch. Ich habe dir doch erzählt, wie die Schwester Ella, ich und andere Freundinnen sie schon 1933 am Bahnhof verabschiedet haben. Sie war entlassen worden.«

»Das eben verstehe ich nicht« sagte ich zu meiner Mutter. »Tante Elise war doch schon lange in der Charité, sogar Stationsschwester. Ich weiß, dass überall nur das schlechteste von den Juden gesagt wird, sogar auf Plakaten an den Straßen, aber was hat die Tante Elise getan?«

»Nichts, außer dass sie in ihrem Beruf hoch angesehen war. Selbst Schwester Ella, die gern anderen etwas am Zeug flickt, gibt das noch heute zu.

Unsere Regierung verfolgt die Juden und macht sie schlecht. Dabei war der Herr Jesus selbst Jude! Er hat in einer Synagoge gebetet, denn damals gab es noch keine Kirche. Wenn du jemand schlecht machst, weil er Jude ist,

1940

machst du den Herrn Jesus schlecht.« Als die Mama das sagte, bekam ich einen großen Schreck.

Aber ich fragte dann doch: »Und wenn ein Jude nun ein Räuber oder sonst ein schlechter Mensch ist und ich sage das, mache ich dann auch den Herrn Jesus schlecht?«

»Kind, begreif' doch« rief Mama. »Gott hat uns Menschen geschaffen. Vor ihm sind alle gleich. Ob ein Mensch gut oder schlecht ist, hat nichts damit zu tun, dass er jüdisch ist, sondern liegt in seiner Person, in seinem eigenen Leben.

Wie würdest du dich fühlen, wenn jemand dir Böses antut, nur deshalb, weil du evangelisch bist, nicht weil du etwas Böses getan hast?«

»Blöd! Dass ich evangelisch bin, ist kein Grund für oder gegen mich zu sein.«

»Na also. Ich bin nur froh«, fuhr Mama fort, »dass die Elise Glück im Unglück hatte. Ihr geht's in Portugal gut. Sie hat dort geheiratet, lebt in einem schönen Land und kann sich mit schönen Dingen beschäftigen. Aber dass sie so weg musste!

In welcher Zeit leben wir nur!«

Sonnabend, 21. Dezember

Fliegeralarm. Abends um halb elf heulten die Sirenen so laut, dass sogar meine Großmutter gleich aus dem Bett sprang. Es wurde lange geschossen. Um ein Uhr waren wir wieder oben in unserer Wohnung.

Um fünf Uhr morgens gab es wieder Alarm. Diesmal schoss die Flak gleich wie toll, so dass ich so schnell wie ich mit meiner Großmutter rennen konnte, die dreieinhalb Treppen herunter in den Luftschutzkeller stürzte.

Heil unten angekommen, schob uns erstmal der Luftdruck gegen die Wand.

Flugzeuggeräusche, die bis in den Keller zu hören sind, über unserem Haus. Dabei ist alles still und horcht. Jeder hat Angst. Dann ein langgezogener Heulton, ein Krach und lautes Schießen. Um sechs Uhr Entwarnung.

Von unserer Wohnung aus beobachteten wir mehrere Brände.

Kaum hatte ich die Luftschutzsachen ausgezogen, als die Sirenen wieder heulten. Also noch einmal in den Keller. Dabei boten wir das Bild von »Schwan kleb an« aus unserem alten Märchenbuch, – Papa voran mit dem Koffer für das chinesische Porzellan, hinter ihm meine Mutter mit meinem Bruder und dann ich mit meiner Omi. Dabei dachte ich: lieber Gott, beschütze uns und alle überall in den Häusern.

Wir saßen noch lange auf den Bänken im Keller und lehnten uns an die grauweiße Kalkstaubwand. Meine Großmutter saß auf einem Stuhl. Gesprochen wird wenig. Wir starren bei dem trüben Licht nur vor uns hin. Um halb acht Uhr morgens gab's endlich Entwarnung.

In dieser Nacht ist eine Sprengbombe auf ein Haus am Hindenburgdamm gefallen. Es ist jetzt ein Trümmerhaufen. Die armen, armen Leute.

Mittwoch, 25. Dezember

Heiligabend ist nun vorbei. Sonst der schönste Abend im Jahr, endete er diesmal eins unter mittelprächtig.

Es fing so schön an. Der über und über bunt geschmückte Weihnachtsbaum strahlte im Kerzenlicht. Mein Bruder spielte »Macht hoch die Tür, die Tor macht weit.« Ansas ist noch nicht zehn Jahre alt, aber er spielt schon besser Klavier als meine Mutter.

Ich las die Weihnachtsgeschichte, und dann besah ich meine Geschenke. Aber das Buch, das ich mir in der Buchhandlung ausgesucht und bei Mama für die Weihnachtsbescherung abgegeben hatte, war nicht dabei.

Als ich nun danach fragte, sagte Mama, solche Bücher kämen ihr nicht ins Haus und schon gar nicht auf den Weihnachtstisch.

Ich antwortete, dass nicht sie, sondern ich es lesen möchte.

Da ging sie hoch. Solche Mühe würde sie sich geben, meinen Geschmack zu bilden, weil ich Vorliebe für seichte Bü-

1940

cher zeige, die nichts mit dem Leben und überhaupt nichts mit Literatur zu tun hätten.

»Betrogen hast du mich«, rief ich laut, denn es war ihre Idee gewesen, dass ich mir selbst ein Buch für Weihnachten aussuchen durfte.

»Aber doch nicht »Trotzkopfs Brautzeit« rief Mama und zeigte mir das Buch, das sie mir für den Trotzkopf hingelegt hatte. Es war eins von Mark Twain.

Ich nahm den Mark Twain hoch, schmiss ihn auf den Boden, stieß ihn mit den Füßen weiter, und Mama schrie, mit was für einem Kind sie gestraft sei. Sie rannte ins Schlafzimmer und blieb dort den ganzen Weihnachtsabend. Auch zum Essen kam sie nicht.

Meine Großmutter schob mich zu ihr hinein. Ich sollte um Verzeihung bitten. Ich tat es, aber von Mama hörte ich nur »raus mit dir, raus mit Euch allen.« Wir zogen ab.

Die Omi brachte uns ein schönes Essen auf den Tisch und saß dann mit Ansas und mir zusammen, denn Papa war in die Mittelstube gegangen und hatte die Tür hinter sich zugemacht.

Zum Trost gab mir meine Großmutter ein Buch, das sie gern las, »Das Geheimnis der Alten Mamsell«. Das wäre bestimmt genau so schön wie der Trotzkopf.

Wie wir die Mama kennen, ist morgen alles wieder gut.

Aber nie, nie in meinem ganzen Leben lese ich das Buch von Mark Twain!

Freitag, 31. Januar 1941

Augenblicklich sitze ich so krumm wie möglich auf einem Stuhl in der Küche, denn es ist kalt, kalt, kalt. Die Öfen nützen wenig, wenn man nur wenig hineintun kann.

Eigentlich sollte ich für Erdkunde lernen, doch das lohnt sich nicht, denn bei der neuen Referendarin ist es beim Unterricht so laut, dass niemand sein eigenes Wort versteht.

Dafür ist es lustig, weil wir machen, was wir wollen. Haben wir von unserem eigenen Krach genug, heulen wir wie die Luftschutzsirenen so lange, bis sie sich die Ohren zuhält und aus der Klasse rennt.

Neuestens teilen wir die Lehrer, je nach ihrem Hitlergruß, in So'ne und Solche ein.

Unsere Klassenlehrerin, Tante Tilde genannt, winkelt ihren dünnen Arm eng an. Mellis Kommentar dazu: »Da kann sie beim Führer noch lernen.«

Unser Mathelehrer trägt das Parteiabzeichen mit dem Hakenkreuz am immer grauen Anzug, grau wie er selbst. Sein »Heil Hitler« ist laut und deutlich. Dazu ist er im Gesicht mit Kaninchenraffzähnen verziert. Melli sagt: »Diese Zähne braucht er, um damit den Oberstudienrat zu erraffen.«

Dr. Müller, Latein, soll sehr anti sein. Kommt er in die Klasse, hebt er den rechten Arm und wirft, ohne etwas zu sagen, mit der gleichen Bewegung das Lateinbuch aufs Pult.

Keiner unserer Lehrer spricht mit uns über den Krieg.

Unser Englisch- und Geschichtslehrer murmelt den Hitlergruß neuerdings so undeutlich, dass man kein Wort versteht. Sein Sohn ist vor zwei Wochen gefallen.

Jetzt will ich noch etwas ganz anderes schreiben, vom Konfirmandenunterricht, in dem unser Pfarrer das Thema der Wunder und Heilungen anschnitt. Er fragte uns, ob wir es für wahr hielten, dass Jesus über dem Wasser gewandelt wäre, Blinde sehend gemacht und bei der Hochzeit von Kana Wasser in Wein verwandelt hätte.

Wir sagten nein. Als wir das begründen sollten, redeten alle durcheinander. Die meisten sagten was vom Glauben.

»Da seid Ihr auf dem richtigen Weg«, kam es vom Pfarrer. Dann erklärte er uns, dass es hier auf die Wahrheit des Sehens und Anfassens »da steht der Tisch, da hängt die Lampe« nicht ankomme.

Das Wunder, das nicht Erklärbare, findet seinen Sinn im Glauben. Das ist die Glaubenswahrheit und bedeutet, dass der Glaube seine eigene Wahrheit hat.

Ich schreibe das auf, weil ich es behalten will. Jetzt verstehe ich die Geschichten aus dem Neuen Testament, die gar nicht wahr sein können, anders: eben als Glaubenswahrheit.

In der Schule ist wenig los, aber eigentlich doch viel. Damit meine ich unsere Französischarbeit. Ein glatter Betrug, denn Helga hatte herausgekriegt, welche Geschichte wir nacherzählen sollten und deren Text vorher in der Klasse verteilt.

Als unsere Lehrerin bei Rückgabe der Arbeit fragte, ob wir die Geschichte wirklich nicht gekannt hätten, riefen wir im Chor ein lautes »Nein.«

Thekla, Melli und ich hatten eine eins. Mich wundert aber, dass nicht wenige nur eine vier, d.h. ausreichend, hatten. Wie kriegen die das fertig? Jede hätte sich doch die Geschichte einpauken und dann eine eins schreiben können.

Auch für die Klavierstunde heißt es pauken. Wir hatten einen Vorspielabend, auf dem wir nur auswendig spielen durften. Ich habe den ersten Satz der Mozartsonate glatt heruntergespielt. Ich glaube ich war die einzige, der es nichts ausmachte, dass ich vor Publikum spielte, weil ich nicht darauf achte, was um mich herum vorgeht. Zu Hause bin ich ja auch nie allein, da meine Großmutter, mein Bruder und ich uns ein Zimmer teilen.

Zu den Klavierstunden und zu unserem Abonnement fürs Deutsche Opernhaus steuert meine Großmutter bei, denn der Geldbriefträger kommt jeden Monat und holt für sie aus einer dicken Ledertasche 42,25 Mark Rente heraus.

Das Wichtigste habe ich noch nicht geschrieben. Nächsten Sonntag werde ich eingesegnet. Mein Konfirmationskleid aus blauem Seidensamt, das Herr Marlik, ein tschechischer Schneider, genäht hat, ist das Schönste, was ich je gesehen habe. Eigentlich müsste das Kleid schwarz sein, doch Mama, die im Königsberger Dom in weiß eingesegnet wurde, findet schwarz zu traurig. Trotzdem werde ich zur Konfirmation »schwarz« tragen, denn der Stoff für das Kleid ist »schwarz« organisiert.

Mama hasst Schwarzgeschäfte. Doch: das neue Kleid, das Herr Marlik für sie genäht hat und dessen Stoff, ebenfalls ohne Kleidermarken, »schwarz« organisiert wurde, gefällt ihr sehr, obwohl Papa und Herr Marlik für sie »Besorger ohne Anstand und Gewissen« sind.

Dagegen mag meine Mutter, die in Masuren, unmittelbar an der Grenze geboren ist, die Frau Marlik sehr, »als Nachbarin, von der anderen Seite der Grenze.«

Ich habe mich vor allem darüber gefreut, dass Frau Marlik mich wie eine richtige Kundin behandelt, wenn ich auch bei den Anproben nicht hinsehen mochte vor lauter Angst, dass sie sich an den vielen Stecknadeln, die aus ihrem Mund herausragen, verschlucken könnte. Ich fand alles was sie machte herrlich, nur Mama mischte sich dauernd ein. Da der Ärmel, hier die Rocklänge...es war richtig peinlich, aber Frau Marlik störte das überhaupt nicht.

Als wir das Kleid abholten, habe ich mich mit einem großen Blumenstrauß bedankt.

Dienstag, 18. März

Vorgestern war der schönste Tag in meinem Leben!

Die Einsegnungsgeschenke bekam ich schon am Vorabend, denn in der Kirche, sagten meine Eltern, soll ich zuhören und nicht raten, was ich wohl für Geschenke kriegen werde.

Von meiner Patentante bekam ich einen Amethystschmuck, – Kette, Armband und Ring, von meinen Eltern zwei Bücher: »Sagen des klassischen Altertums«, »Ben Hur«, außerdem das Gesangbuch meiner Mutter und zehn Mark.

Meine Großmutter schenkte mir extra noch zehn Mark.

Papa heizte den Badeofen nur für mich, denn sonst bade ich nach meiner Großmutter. Kohlen sind Mangelware.

Dann, endlich, am Sonntag in der Kirche.

Wir Konfirmanden standen vor dem Altar, drehten uns zu unseren Eltern und Verwandten um und sangen: »Bis hierher hat mich Gott gebracht, bis hierher mir geholfen.« Nicht nur meine Großmutter zog dabei ihr Taschentuch heraus.

Unser Pfarrer sagte in seiner Predigt, dass wir unsere El-

1941

tern und Geschwister liebhaben sollen. Für mich schließe ich da ebenso meine Großmutter ein.

Er ermahnte uns, von der Freiheit der Christenmenschen Gebrauch zu machen, auf unsere innere Stimme zu hören und, wie Luther es gesagt hat, ein »frei und eigenwillig Leben« zu führen.

»Wenn Ihr« fuhr er fort, »nachher hinausgeht und die Orgel »So nimm denn meine Hände« spielt, dann denkt daran, Eure Hände in die Hände derer zu legen, die sich Euch entgegenstrecken.

Hebt mit Euren Händen die auf, die auf Eurem Weg liegen. Geht diesen Weg im Vertrauen darauf, dass Ihr nie allein geht, denn der Heiland reicht Euch seine Hand. Am Ende des Wegs werdet Ihr bei ihm in Eurem Vaterland angekommen sein.«

Mit der Gemeinde sangen wir »Jesu geh' voran«. Bei der Strophe »denn durch Trübsal hier, führt der Weg zu dir«, wusste ich, dass ich überall durchkomme, weil der Herr Jesus auf mich wartet.

Draußen, vor der Kirche, gratulierte der Pfarrer den Konfirmanden und den Eltern. Aber da habe ich mich geärgert, denn er sagte zu Mama: »Um die brauchen Sie sich keine Sorgen zu machen.« Dabei wäre es zu schön, wenn sie das zu Hause einmal täten. Obwohl sich Mama über meine guten Zensuren freut, würden ihr schlechte nichts ausmachen.

Meiner Großmutter könnte ich mit einem Zeugnis voller sechsen kommen, sie würde mich immer klug finden.

Als sich der Einsegnungsbesuch verabschiedet hatte, setzte es eine Predigt von Mama, weil wir uns schlecht benommen hätten. Ansas und ich hatten nachgemacht, wie Onkel Karl, mit brauner Parteiuniform angetan, in der Tür zur Wohnstube stand und die Omi mit »Heil Hitler Tante Clara« und erhobenem Arm begrüßte.

Mama mag den Onkel Karl, – wohl weil er im Gegensatz zu ihr gern lustig ist. Trotzdem ärgert sie sich immer noch, wenn sie daran denkt, dass Papa ihm, als er arbeitslos war, eine Stelle bei einer Versicherung verschafft hatte, er aber –

weil Hitler gerade an die Macht kam – als Parteigenosse zur Fahne ging. Jetzt nennt er sich Amtsleiter, arbeitet in der Kanzlei des Führers und Tante Lieschen, seine Mutter, platzt vor Stolz.

Zu uns kommt er selten, doch Papa trifft sich ab und zu mit ihm. »Man kann nie wissen«, sagt er.

Ostersonntag, 13. April

Im Jungmädellager! Hier soll sich entscheiden, ob ich im Mai als Führerinanwärterin probeweise eine Schaft bekomme, zehn Mädel, 11 Jahre alt. Das ist die kleinste Einheit bei den Jungmädeln.

Lagerführerin ist Ulrike, ob ich in ihre Gruppe komme? Dafür will ich auch gern frieren, denn die Stube, in der ich bin, hat kein Ofenrohr, so dass sie nicht geheizt wird. Für Ulrike habe ich heute zwei Eimer Kohlen getragen.

Katholiken sind immer etwas Besonderes. Im Lager sind es nur wenig Mädel, aber sie gingen morgens in die Kirche, von den evangelischen niemand. Ich wünschte, ich wäre auch katholisch, dann hätte ich nicht Kartoffeln zu schälen brauchen. Mittags gab es prima falschen Hasen, sonst war das Essen bisher jeden Tag gleich: abends heiße Milch, dazu dicke Stullen mit Blutwurst und Fettstücken drin. Zum Frühstück jeden Morgen ein Brot mit Butter und eins mit Marmelade.

Der Tag fängt hier mit dem Fahnenappell an, danach Dauerlauf als Frühsport, dann Singen. Jeden Tag dasselbe, die Lieder, die alle Jungmädel in Berlin singen: »Es blies ein Jäger wohl in sein Horn« oder »gar lustig ist die Jägerei.« Die »lustige Jägerei« hängt uns längst zum Halse heraus. Deshalb geben wir uns alle Mühe, möglichst falsch zu singen, was Erika, eine der Führerinnen, jeden Morgen ärgert.

Sie ist eine begeisterte Bastlerin und setzt nachmittags am liebsten Werkarbeit an. Kasperleköpfe! Da habe ich mich gleich verdrückt, weil ich nicht die geringste Lust dazu hatte.

1941

Abends, nachdem Ulrike uns das Märchen von der Bern-
steinhexe vorgelesen hatte, nahm sie mich beiseite und verkündete mir, dass ich zwar nicht in ihre, aber als Führerinanwärterin in Erikas Gruppe käme. Darüber freue ich mich
nur halb, eigentlich gar nicht.

Mein Tagebuch konnte ich hier ganz prima schreiben,
denn bei der Schulung tue ich so, als ob ich alles notiere,
was Ulrike und die anderen Führerinnen von sich geben. An
meinem Ohr ginge das sowieso vorbei, weil ich, ehe ich mit
den Mädeln in meiner künftigen Schaft die dauernd gepre-
digte Gemeinschaft bilde, die Mädels erstmal kennenlernen
muss.

Dienstag, 24. Juni

Sonntags, beim Untergautreffen, zu dem ich hinbefohlen
war, wurde was? wieder mal die Volksgemeinschaft angepriesen. Mir ist das Gemeinschaftsgequatsche längst über.
Warum soll ich dem deutschen Volk dienen? Das sind doch
alles fremde Leute. Ich helfe nur jemand, der mir leid tut,
aber nicht deshalb, weil er Deutscher ist.

Und das Vaterland? Es beschert uns nichts als Krieg, neuestens sogar mit Russland. Unser Pfarrer hat recht, wenn er
predigt, dass unser wahres Vaterland im Himmel ist.

Mein Vater meint wir würden uns mit Russland übernehmen, und meine Mutter hat Angst.

Thekla und Melli sagten auf dem Schulweg, dass sie von
ihren Eltern dasselbe gehört hätten,– d.h. Thekla hat keine
Eltern mehr, nur eine Großtante, bei der sie lebt solange sie
denken kann.

Mittwoch, 25. Juni

Seit Mai bin ich nun Führerinanwärterin, habe mir das aber
schöner vorgestellt. Nur wenige kommen zum Dienst. Beim
Heimabend sind wir höchstens fünf. Da unterhalten wir
uns über alles, was uns einfällt, meist über die Schule, denn

ich habe wenig Lust sie mit Pflichterfüllung und Volksgemeinschaft anzuöden, und die Mädels haben noch weniger Lust, das anzuhören.

Am allerwenigsten aber habe ich Lust herumzulaufen, um sie zu bewegen zum Dienst zu kommen.

In einer großen Wohnung ließ mich ein Dienstmädchen erstmal in der Diele warten, holte die Mutter und die schmiss mich gleich raus. Die nächste Mutter aber war sehr nett und gab mir Erdbeeren. Sie fragte, ob ich nicht ihrer Tochter, der Betti, Nachhilfe in Deutsch geben könnte, damit sie vielleicht den Übergang in die Mittelschule schafft. Ich sei doch Führerin.

Ich machte ihr klar, dass es mit der Führerin noch nichts ist, aber ich fühlte mich erhoben, dass sie mir zutraut, ihrer Betti etwas beizubringen. So sagte ich gleich ja.

Bettis Mutter berlinert fürchterlich, verwechselt in jedem Satz mir und mich, ist Portierfrau und wohnt im Keller. Alles war dort dunkel und durcheinander. Ich musste aufpassen, dass ich nicht aus Versehen auf mindestens zwei kleine Kinder trat, die in der Küche herumkrochen.

Doch zur Schule. Einen Witz über Hess, den Stellvertreter des Führers, der grade abgehauen ist, fanden wir sehr komisch.

»Warum haben die englischen Flieger beim letzten Angriff über Berlin keine Bomben abgeworfen? Weil sie nur die Lebensmittelkarten von Heß abholen wollten.«

Ich habe versucht, auch meine Familie damit zu erfreuen, aber vergeblich. Mama findet Witze nie komisch.

Mittwoch, 23. Juli
Vom Spaziergang mit meiner Großmutter zurück, setze ich mich an den Tisch, um etwas Grässliches aufzuschreiben.

Der 15. Juli war ein schrecklicher Tag.

Unsere Jungmädelgruppe hatte sich im Grunewald versammelt, zur Austragung des Liederwettstreits und zur Verkündung des Ausgangs des Schaftwettkampfs.

1941

Wir saßen in einem großen Kreis und hörten von Erika, unserer Gruppenführerin, erstmal das, was wir auswendig kennen: auch wir, Mädel zwischen zehn und vierzehn Jahren, sollten unser Bestes geben. Auch von uns hinge »das Schicksal ab der deutschen Dinge.« Da hätten die deutschen Dinge Pech, dachte ich und dachte an mich.

Dann begann als letztes der Liederwettstreit. Jede Schaft sang ihr Lied, und auch ich musste vor die Mädel treten. Sieben von ihnen waren da, ich war ganz erstaunt. Ich wedelte mit den Armen, und wir stimmten das Lied »Es wollt' ein Schneider wandern« an. Ich finde es lustig, aber ich hatte es auch deshalb ausgesucht, weil es der blöden Erika bestimmt nicht gefallen würde.

Genau so war es. Gleich nach der ersten Strophe winkte sie ab. »Was singt Ihr denn da!« Das war noch ganz freundlich, denn unsere dünnen Töne konnte man wohl nicht singen nennen.

In dem Moment bereute ich meine Wahl dann doch und hatte ein mieses Gefühl, als Erika sich hinter eine Kiefer zurückzog, um eine »faire« Entscheidung zu finden.

Nach einer Weile kam sie hinter ihrer Kiefer hervor, sah wie immer durch uns hindurch und verkündete wie jede Schaft abgeschnitten hatte. Meine Schaft nannte sie nicht.

Dass wir nicht gut abschneiden würden, hatte ich erwartet, aber dann war ich doch geplättet über das, was ich von ihr hörte: »Du solltest dich in Grund und Boden schämen. Deine Schaft hat nicht mal eine Punktzahl. Noch nie habe ich ein Mädel erlebt, das so total versagt wie du.

Sogar Heimabende hast du ohne Ansage ausfallen lassen.

Ande, du würdest die unfähigste Führerin abgeben, die ich mir vorstellen kann. Ich wollte dich ja auch nicht in meine Gruppe aufnehmen und bin froh darüber, dass es auf Probe war.

Lernt alle aus Andes schlechtem Beispiel! Nur wenn Ihr Euch bewährt, könnt Ihr Führerinnen werden. Vor allem aber müsst Ihr den Dienst, den Ihr übernommen habt, ordentlich machen.«

Ich hielt es nicht mehr aus. Noch während sie sprach rannte ich weg, leider laut heulend.

Ob ich nicht vielleicht doch meine Nachhilfestunden für Betti besser nicht in den Heimabend verlegt und die Mädel, die gekommen waren, nicht nach Hause geschickt hätte? Das hielt mir Erika besonders wütend vor, als ich am nächsten Tag bei ihr zu Hause antrat. »Bilde dir ja nicht ein, jemals Führerin zu werden!« Dabei sah sie an mir vorbei. Sogar bei sich zu Hause sieht sie ins Leere.

Ich sagte gar nichts, nur raus! Sie rief mir noch nach, der BDM – dem alle Mädel zwischen 14 und 18 Jahren angehören müssen – würde auf mich zukommen.

Zu Hause und auch in der Klasse habe ich kein einziges Wort über das, was mir passiert war, gesagt. Nur Thekla und Melli habe ich gefragt, wie es denn bei ihnen mit dem BDM stehe. Sie lachten. »Bund Deutscher Mädel« – nicht für uns, da hat sich noch nie jemand drum gekümmert.« So habe auch ich Aussichten. In unserer Klasse schieben nur drei Dienst.

Sonntag, 23. November

Bin ich froh, Dienst und Schaft vom Hals zu haben! Nachträglich kann ich mich selbst nicht verstehen. Wie konnte ich nur auf die Idee kommen, Führerin werden zu wollen und dafür, statt Schularbeiten zu machen, soviel Zeit dranzugeben. Aber wenn ich ehrlich bin, weiß ich es: die rotweiße Schnur am schwarzen Halstuch lockte mich über alle Maßen.

Doch der Betti gebe ich weiter Nachhilfestunden, jetzt zu Hause. Mama lässt uns sogar in die Mittelstube, die mit blauer Tapete, rotem Teppich, schwarzen Möbeln und den Sachen, die Papa aus seiner Seemannszeit in China mitgebracht hat, so schön eingerichtet ist, dass jederzeit Besuch zu uns kommen kann.

Die Betti macht in Deutsch einen Fehler nach dem anderen. Das will ich ihr unbedingt austreiben und arbeite des-

23

halb länger mit ihr als bisher. Da bleibt mir keine Zeit mehr, mich für das zu interessieren, was täglich über uns rauscht.

Nicht, dass man uns freundlich aufforderte, nein! Sogar was wir denken sollen, wird vorgeschrieben. Deshalb macht es Spaß, schon deswegen nicht so zu sein, wie es verlangt wird. Thekla und Melli sagen das auch. Nicht mal von unseren Eltern hören wir uns gern an wie sie uns haben möchten.

Richtig hundertprozentig redet in unserer Klasse niemand, außer Renate. Sogar ihre Mutter ist in der Partei, kriegt immerzu neue Kinder und deshalb das Mutterkreuz als Lohn.

Als wir jetzt die »Jungfrau von Orleans« durchnahmen, kam Renate beim Schluss dran. »Der Himmel öffnet seine goldenen Tore.« Wir waren alle sehr bewegt, doch Renate goss kaltes Wasser in unsere Stimmung. »Ich will nicht in den Himmel, ich will bei meinem Volke bleiben.« Das sagte sie wirklich! Wir brüllten so vor Lachen, dass Renate zu weinen anfing und Tante Tilde, unsere Klassenlehrerin, uns zur Ordnung rief.

Weinen könnte ich auch, denn Melli, die leider nicht meine Freundin geworden ist, sagte mir eiskalt, dass sie mich nicht ausstehen kann. Ich habe ihr nicht geantwortet. Mir macht es jetzt auch nichts mehr aus, dass wir zu Hause kein Telephon haben und ich von den Verabredungen in meiner Klasse erst hinterher höre.

Doch zu etwas ganz anderem: Auch nach der Konfirmation treffen wir uns bei unserem Pfarrer. Diese Stunden will keiner versäumen, weil der Pfarrer immer ein Thema anschneidet, das uns interessiert. Das letzte Mal war es die Frage, ob man einen todkranken Menschen, dem furchtbare Qualen bevorstehen, von seinem Leiden erlösen dürfe.

Es gab ein lautes Hin und Her. Viele waren der Ansicht, dass man das dem Arzt überlassen muss.

Unser Pfarrer schüttelte den Kopf. »Auch der Arzt darf nicht über die Grenze hinausgehen, an der der lebendige

Gott halt sagt. Das ist die Bestimmung über Tod und Leben. Hier hat der Mensch nichts mehr zu sagen.

Sonst könnte man ebenso gut fragen, wozu Idioten, körperliche und geistige Krüppel auf der Welt sind und käme sogar auf die Idee, diese Menschen zu töten, weil ihr Leben nach solcher Anschauung sinnlos ist.

Nein!« Unser Pfarrer rief es laut und stand, in seiner gedrungenen Gestalt, fest wie ein überzeugter Martin Luther.

»Wissen wir denn« fragte er weiter, »wie es im Inneren eines Geisteskranken aussieht? Er kennt sich selbst nur so wie er ist und mag in seinem Inneren ganz glücklich sein.

Außerdem: wer ist gesund? Was heißt geisteskrank? Diese Menschen brauchen Liebe. Leiden sie, so leiden sie für uns mit.

Wir alle müssen diese Menschen tragen und so beweisen, dass wir das Wort Jesu verstanden haben: »Was Ihr getan habt dem geringsten meiner Brüder, das habt Ihr mir getan.«

Doch versteht dieses Wort richtig. Christus sagt damit nicht, dass diese Kranken anderen nachstehen oder Ihr Euch über sie erheben dürft.«

Ich habe darüber nachgedacht, welcher Meinung ich bin.

Könnte ich einem Menschen, der sich in Qualen windet, einfach sagen, dass er durchhalten müsse? Nein!

Doch könnte ich diesem Menschen als Hilfe anbieten ihn zu töten? Noch weniger. In solchen Gedanken sah ich abends von meinem Bett auf meine Großmutter. Dünn, klein, mit weißem Haar, lag sie in ihrem Bett und atmete laut.

Da wusste ich, dass ich ihr, wäre sie schwerkrank, alles gegen ihre Schmerzen gäbe, aber nie würde ich sie »erlösen«, sie totmachen. Wäre sie blöde, hätte ich sie genau so lieb wie jetzt. So bin ich der Meinung unseres Pfarrers.

1941

Gestern war ich im Konzert, aber nicht allein, sondern mit Klaus, und das bringt mich auf die Tanzstunde. Thekla und ich gehen in die gleiche, und wir haben beide, d.h. jede, einen Jungen gefunden, der uns immer zuerst auffordert (oder wir ihn, bei Damenwahl).

Als wir das erste Mal in einem leeren Zimmer beim Tanzlehrer herumstanden und neugierig warteten, kam Klaus gleich auf mich zu.

Vorher waren wir ermahnt worden, uns nur mit »Sie« anzureden, wir seien nun erwachsen. Das hörten wir gern, denn der Tanzlehrer ist bisher der einzige, der uns das gesagt hat.

In der Pause sollten wir Konversation machen und als Damen die Unterhaltung mit einem Thema beginnen, das auch unseren Partner interessiere.

Daran habe ich mich gehalten und den Klaus gleich als erstes gefragt, ob er auch so viel Schularbeiten aufhätte. Darüber kamen wir ins Gespräch. Er erzählte von seinen kleinen Schwestern, wie niedlich sie seien und dass er so gern mit ihnen spiele.

Inzwischen kennen Klaus und ich uns aber besser und »plaudern« nicht mehr so blöd.

Die Standardtänze sind wir jetzt durch. Am liebsten jagen Klaus und ich bei einer schnellen Polka los.

Klaus ist größer als ich, ein Jahr älter, hat blaue Augen und ist blond. Dafür schwärme ich nicht, denn blond bin ich selbst, doch wir verstehen uns ganz gut.

Thekla nennt den Klaus semmelblond, aber als ich ihr sagen wollte, wie ich ihren Günter finde, bog sie ab und meinte, aufs Äußere komme es nicht an.

Gestern also war ich mit Klaus in einem Austauschkonzert in der Singakademie, dirigiert von einem phantastischen jungen Dirigenten aus Rumänien, dessen Name mit Celi oder ähnlich anfängt. Nach dem Konzert gingen, d.h. standen wir die Linden

entlang, denn Klaus hielt an jeder Laterne mit dem blauen

Verdunkelungslicht an, und wir machten beide den Mund weit auf.

Er hat nämlich gehört, dass Zähne, die unter der dunkelblauen Beleuchtung weiß aussehen, falsch sind.

Schließlich wurden mir unsere Zähne über.

Doch Klaus blieb wieder stehen und sah vor sich auf das Straßenpflaster. »Ich hätte eine Frage.« Ich wusste es...ob er zu mir »du« sagen dürfte. Ich gab ihm die verabredete Antwort: das »du« sei ein Schritt, der reiflich überlegt sein wolle. Thekla, ich und die anderen Mädel sind uns einig, die Jungens lange hinzuhalten. Gleich morgen werde ich mich mit Thekla beraten.

Dienstag, 20. Januar 1942

Wir aus der Tanzstunde sind jetzt eine Clique und tanzen reihum zu Hause, denn öffentlich ist das verboten. Wir sagen alle »du« zueinander, und die Jungens sind glücklich.
Jetzt wundern wir uns, dass wir so lange »Sie« gesagt haben.

Immer wieder hatten sie es versucht. Sogar in der S Bahn hatte Klaus ein großes »D« auf die feuchte Scheibe gemalt. Ich fragte ihn, ob er bei dem »D« an Deutschland dächte und Parteigenosse werden wollte. Er antwortete darauf nicht und sah nur verlegen auf die feuchten Schuhsohlenabdrücke, die die Fahrgäste in der S Bahn hinterließen.

Inzwischen hat sich nämlich herausgestellt, dass die Eltern von Klaus sich gottgläubig nennen, aus der Kirche ausgetreten sind und sein Vater, wie mir einer der Jungens zuflüsterte, etwas Hohes bei der SS oder bei der Geheimpolizei ist. Ich traue mich nicht, Klaus danach zu fragen, denn er hat bisher kein Wort über seinen Vater gesprochen.

»Du mit deinem Hitlerjungen«, hörte ich von Thekla und bin ganz erschrocken. Dabei ist Klaus nur in der Marine HJ (Hitler Jugend) und die ist ganz prima.

Bei meinen Besuchen bei Klaus habe ich seinen Vater noch nie gesehen. Von seiner Mutter hörte ich bisher kein einziges Wort, das auf SS schließen lässt. Bin ich dort, spielen wir mit den kleinen Schwestern, die immer beide zugleich am Hals ihres großen Bruders hängen.

Als ich zu Hause erzählte, dass Klaus sich gottgläubig nennt, seine Eltern aus der Kirche ausgetreten sind und sein Vater etwas Hohes bei der SS ist, konnten wir uns das nicht vorstellen.

»Ein so netter Junge«, sagte meine Großmutter.

Die Reihumeinladungen unserer Clique sind nicht nur Tanzereien. So las Günter, der künftige Literaturprofessor, letztes Mal Selbstgeschriebenes vor darüber, ob man sich nur für das Werk eines Künstlers, z. B. Richard Wagner, interessieren und die Person beiseite lassen könne, oder ob Werk und Mensch untrennbar seien. Da vergaßen wir fast das Tanzen, denn jeder hatte eine andere Meinung, wobei ich dazu sagen muss, dass wir, mit Ausnahme von Günter, wenig über Wagner wussten.

Für mich käme es vor allem darauf an, warum mir die Person des Verfassers so zuwider ist, dass ich nichts von ihm lesen oder hören will.

Sonntag, 28. Juni

Gestern gab's für mich eine große Überraschung in der Schule.

Melli! Ihr hatte es überhaupt nicht gefallen, dass ich im Aufsatz über »Berliner Sagen und was sie uns sagen« ebenso wie sie eine eins habe.

Doch dann! Sie fragte wirklich und tatsächlich, ob wir uns nicht richtig vertragen könnten. Ich sagte gleich ja und sehe jetzt gern rüber zur Bank von Melli und Thekla.

Neu ist, dass alle in unserer Klasse für einen Einsatz untersucht werden sollen. Mehr wissen wir darüber noch nicht.

Für mich käme der Einsatz insofern zur rechten Zeit, als Erika, meine frühere Gruppenführerin, mich ermahnt hat, mich endlich für eine BDM Gruppe zu entscheiden. »Beeil dich gefälligst«, rief sie mir nach. Genau das werde ich nicht.

Die Sonntage mit unserer Clique sind nun vorbei. Der letzte bei Thekla in der alten Villa ihrer Großtante war besonders schön.

Wir tanzten im großen Salon mit Flügeltüren zur Terrasse und zum Garten, hauptsächlich zu der Platte von Rosita Serrano und jaulten den von ihr besungenen »Roten Mohn« an wie eine Katzenfamilie. Das jedenfalls sagte Theklas Tante.

Wir drehten uns drinnen und draußen bei strahlender Sonne, und als es Abend wurde, erklang immer noch und wieder das Lied vom Roten Mohn.

Zu Hause habe ich meiner Großmutter haarklein beschrieben wie es war, denn nur weil sie zugezahlt hat, konnte ich in die gleiche (teure) Tanzstunde gehen wie Thekla.

Ich sagte ihr, dass ich später einmal Geld verdienen werde und ihr dann auch Tanzstunden bezahle. Da lachte sie und fasste mich um.

Noch etwas. Nach dem schönen Fest bei Thekla ist mir klar geworden, dass mir der Klaus so langsam lästig wird. Er tanzt gut, aber sonst ... dauernd kommt er angelaufen und will mir Gedichte vorlesen. Dazu habe ich nicht die geringste Lust, denn was er liest interessiert mich nicht.

Ich will nur das lesen, was ich lesen will. Deswegen hatte ich sogar Krach zu Hause, weil ich in die Bücher meiner Eltern, die ich lesen wollte, meinen Namen geschrieben hatte. Ich meinte, dass die Bücher dann mir gehörten und ich ohne Kontrolle meiner Mutter lesen könnte, was ich mir selbst aussuche.

Leider habe ich mich da getäuscht, denn die Mama hat meine Eintragungen ausgestrichen und dazu gesagt, dass ich mir nicht nehmen dürfe, was ich wolle. Ich solle nicht nach Besitz und Eigentum streben. Vielmehr soll ich das, was ich habe, mit anderen teilen. Sie selbst aber hütet ihre eigenen Bände, zum Beispiel Gedichte von Heine, Rilke und

1942

die langweiligen Bücher von Hamsun und Thomas Mann wie Schätze.

Und überhaupt: warum soll ich teilen, wenn ich dann selber weniger habe?

Doch jetzt bin ich von Klaus abgekommen. Neuestens fragte er sogar, ob er mich einmal in die Kirche begleiten dürfte. Ein nein wollte ich ihm nicht ins Gesicht sagen. So habe ich nicht geantwortet. Er will mir durchaus zeigen, dass er auch als nationalsozialistischer »Gottgläubiger« ein anständiger Mensch, insbesondere durch und durch ehrlich ist. Als ich ihm von der eins erzählte, die ich mir für die französische Nacherzählung erschummelt hatte, war er entsetzt. Nie hätte er eine solche eins angenommen.

Ich dagegen machte ihm klar, dass ich lieber eine eins als eine zwei habe. Von mir aus könne er weiter ein ehrlicher deutscher Junge sein und zusammen mit seinem Vater seinem Führer folgen. Er sagte nichts darauf und sah mich betrübt an. Ich glaube sogar, er hatte Tränen in den Augen.

Warum nur ist er nicht so wie die anderen Jungens, wie der Günter von Thekla?

Dienstag, 25. August

In der Turnhalle von Goßlershausen, denn mein Einsatz ist ein Osteinsatz geworden.

30 Stunden waren wir unterwegs, weil der Zug dauernd stehen blieb.

Als es hieß, wir sollten zunächst nach Thorn fahren, brüllte der Vater eines Mädels, ein hoher Offizier, die Führerin wütend an: »Wenn nicht einmal das Fahrtziel feststeht, hole ich meine Tochter aus dem Zug!« Die hatte, im Nebenabteil, wahnsinnige Angst, dass ihr Vater seine Drohung wahrmacht. Ich ebenso, denn die Mama schoss gleich hinterher und bat ihn, mich auch heraus zu holen.

Doch wir fuhren trotzdem ab, winkten, und die Familien auf dem Bahnhof Zoo wurden immer kleiner.

In Thorn wurde unsere Gruppe von zehn Mädeln zum

Umsteigebahnhof geschickt, und wir fuhren allein, ohne Führerin, weiter.

Ja, und jetzt sitzen wir hier in der Turnhalle, auf Matratzen, faulenzen den ganzen Tag und laufen von einem Essen zum anderen.

Mittwoch, 26. August

Saßen wir zehn gestern noch in der Turnhalle herum, sind wir heute schon in Lautenburg. Ganz plötzlich kam morgens früh ein Anruf: »In einer halben Stunde geht der Zug.« Das war ein Theater! Jede griff nach den Sachen, die zwischen den Matratzen verstreut lagen, meist nicht nach den eigenen. Irgendwie schmissen wir alles in die Koffer.

Dann rasten wir mit den halb zugemachten Koffern zur Bahn und erklommen absolut atemlos den Zug. Zweimal noch umsteigen (mühsam), und nun sind wir hier im Schülerheim gelandet. Es gibt fabelhaftes Essen. Sogar heiß baden konnten wir.

Meine Sachen habe ich inzwischen zusammengesammelt, es war ein richtiges Tauschfest.

Ich komme als Schulhelferin aufs Dorf. Da bin ich Ausnahme, denn fast alle aus unserer Gruppe bleiben im Schülerheim und helfen den Lehrern in der Schule dort.

Auch sonst gibt es Ausnahmen. So sind Thekla und Melli vom Einsatz befreit. Melli hat ihr ärztliches Attest. Thekla hat auch eins, zwar kein eigenes, aber das ihrer Großtante. Sie kann zu Hause Einsatz machen, weil ihre Tante schwer krank ist.

Thekla ist die einzige in meiner Klasse, die ich wirklich gern mag. Die Unterhaltungen mit ihr werden mir fehlen, denn mit ihr kann ich über alles sprechen, auch wenn meine Mutter darüber den Kopf schüttelt.

»Lauf' ihr doch nicht nach«, sagt sie mir nicht nur einmal. Ich würde doch nur am Rand stehen.

Da widerspreche ich der Mama laut, denn mit Thekla und Melli habe ich immer Gesprächsstoff. Wir unterhalten uns

1942

ja nicht über das Geld unserer Eltern, auch nicht nur über die Schule, sondern reden viel über die Bücher, die wir lesen. Und da kann ich sehr wohl mithalten. Melli hat die Kunstgeschichtsbücher ihrer Eltern entdeckt, Thekla liest neuerdings über große Erfinder, und ich lese am liebsten Geschichten.

Übrigens: auch Renate, die bei »ihrem Volke« bleiben will, kann ihren Einsatz zu Hause machen, denn ihre Mutter schenkt dem Führer wieder mal ein Kind.

Wer nicht in den Einsatz geht, (ohne befreit zu sein) darf kein Abitur machen.

Dienstag, 1. September
In meinem Dorf. Am liebsten möchte ich gleich nach Hause schreiben, wie schrecklich es hier ist, doch das würde nur aufregen und machen können sie doch nichts.

Ein SS Mann hat mir meine schweren Koffer ins Quartier getragen. Das fand ich sehr nett, aber jetzt überläuft mich ein Grauen, wenn ich ihn nur von weitem sehe. Er gehört nämlich zum Siedlungsstab und sagte mir, dass Polen, die brauchbare Häuser haben, umgesiedelt werden. So als ob er Gutes täte, erzählte er, dass er nachts polnische Familien aus den Betten holt, die Polen in einen Lastwagen lädt, der mit ihnen abfährt, wohin wisse er selber nicht.

Ich sagte dazu nichts, denn ich bin viel zu erstaunt darüber, dass es so etwas gibt und der SS Mann noch damit prahlt. Jetzt weiß ich, wie die gottlosen Menschen aussehen, vor denen uns unser Pfarrer warnte.

Im polnischen Korridor, ganz früher einmal Westpreußen, lebten und leben Polen, die jetzt vertrieben werden und ihre Häuser für bessarabische Familien räumen müssen.

Bessaraber sind Deutsche, die jahrhundertelang im heutigen Rumänien gelebt haben, aber jetzt hierher umgesiedelt werden. Bei einer bessarabischen Familie wohne, bei einer anderen esse ich.

Ich wohne aber nicht allein in einem Zimmer, sondern

zusammen mit zwei kleinen Mädchen aus dem Rheinland, die wegen der Luftangriffe hierher evakuiert sind.

Unsere Wirtsleute, ein Ehepaar, sind Bauern, doch schön sieht der Hof nicht aus. Alles mögliche Zeug, Harken, Schaufeln und Karren, liegt kaputt herum. Der Stall starrt vor Dreck, ebenso unsere Stube.

Sonst kann ich nicht viel sagen, weil ich erst kurz hier bin. Die Landschaft aber kann ich schon beschreiben: Öde Äcker soweit das Auge reicht. Bäume nur an der Landstraße. Im Dorf watet man je nach Wetter in Schlamm und Pfützen oder hopst über Löcher.

Häuser? Nur wenige verdienen diesen Namen, viele sind verfallen.

Sonntag, 13. September

Als Schulhelferin bin ich Frau Morowski, der Lehrerin, unterstellt. Sie wirkt ganz freundlich, aber ob sie es wirklich ist?

Auf mich macht sie den Eindruck, dass sie nicht die geringste Lust hat, sich mit mir abzugeben.

Meine Klasse, Kleine und Große, setzt sich aus polnischen Kindern zusammen. Frau Morowski unterrichtet die Eingedeutschten. Dass sie mich links liegen lässt, hat sein Gutes, denn so mache ich was ich will.

Der Lehrer aus Lautenburg, der sich um mich kümmern soll, hat mich einmal besucht und mir einen Unterrichtsplan gegeben. Darin steht, dass ich den Kindern Deutsch, Lesen, Schreiben und Rechnen beibringen soll. Wie ich das mache, hat er mir aber nicht gesagt. Auch in Berlin, wo wir etwa eine Stunde Schulung hatten, sagte man nicht viel mehr, als dass wir uns von den Polen fernhalten sollten.

Mein Tag fängt früh an, weil die Schule früh anfängt. Spätestens um 6 Uhr muss ich aufstehen, denn waschen und anziehen ist bei fehlendem Licht, (fast) nicht vorhandener Waschgelegenheit und dem Ansturm der beiden kleinen Mädchen eine langwierige Sache. Im ganzen kommen sie

1942

allein zurecht, aber beim Anziehen ist meine Unterstützung willkommen. Die beiden, acht und sieben Jahre alt, gehen dann zu ihrer eigenen Schule für die aus Deutschland evakuierten Kinder.

Als Lehrerin komme ich mir ziemlich komisch vor. Ich habe allen guten Willen, nur sprechen die Kleinen überhaupt nicht und die Großen allenfalls etwas Deutsch. Als mich Frau Morowski vor der Klasse zurückließ, sahen die Kinder mich und ich sie an. So war's erstmal ruhig.

Als ich den Großen etwas erzählte, wurden die Kleinen unruhig. Daraufhin wandte ich mich ihnen zu. Sofort wurden die Großen laut. Den Unterricht hatte ich mir anders vorgestellt, denn auf Grund meiner Erfahrung als Nachhilfelehrerin bildete ich mir ein, dass ich auch hier den Kindern etwas beibringen könne. Nur fand ich leider keine Antwort auf die Frage: »wie mache ich das?«

Doch dann löste ich die Situation, mit der ich nicht zurechtkam, auf die einfachste Weise: ich schickte die Großen auf den unansehnlichen Platz, der sich zu Unrecht Schulhof nennt. Da sind sie gleich ausgerückt und nicht wiedergekommen.

Hätte ich geahnt, dass ich freihändig vor einer Klasse stehen muss, wären Kinder- und Bilderbücher in meinen Koffern gewesen, vor allem aber ein polnisches Wörterbuch.

Mit den niedlichen Kleinen lerne ich eifrig Buchstaben, jetzt das i. Mir macht's Spaß wenn sie, mit ihren Schürzchen angetan, vor mir auf der Schulbank sitzen, den Stift steil in ihre kleinen Pfoten klemmen und ihn mit aller Kraft aufs Papier drücken.

Der kleine Marian will aber absolut keinen Punkt auf sein i machen. Als ich ihm sagte, dass der Punkt auf das i gehört, fing er ganz leise an zu weinen. Das war so niedlich, dass ich ihm zum Trost eine eins auf seinen Zettel für zu Hause schrieb.

Dafür legte er mir am nächsten Tag einen großen Apfel aufs Pult. Das hatte zur Folge, dass die anderen Kinder auch etwas mitbringen. So kriegen bei mir alle Kinder nur noch gute Noten.

Ich müsste wohl darüber nachdenken, ob ich das darf, aber ich nehme alles mit nach Hause, auch für die kleinen Mädchen aus dem Rheinland. Bei denen dauert es nämlich, bis sie einschlafen, weil abends, wenn sie sich nach ihrer Mutter bangen, die Heimwehtränen kommen. Da scheint es ein guter Trost, ihnen, wenn sie im Bett liegen, einen Apfel oder ein Stück Brot zu geben. Dann geht es mit dem Einschlafen besser.

Sonst? Ich habe mir den Fuß umgetreten und bin zu der Medizinstudentin gegangen, die sich um die aus Deutschland evakuierten Kinder kümmern soll, aber meist bei den SS Männern herumsitzt und mit denen angibt wie eine Lore nackter Affen. Immerhin hat sie mir einen Verband gemacht.

Mein Tageslauf ist insofern ausgefüllt, als ich, wenn ich aus der Schule komme, erstmal unser Zimmer saubermache, essen gehe und nachmittags im Dorf die Eltern meiner Schüler besuche. Natürlich lobe ich dabei ihre Kinder, denn das hören alle Eltern gern. Meist können sie Deutsch, und bei jedem Besuch lerne ich ein paar Worte Polnisch.

Zwar sollen wir die Polen meiden, aber wie kann ich das, wenn man mir eine polnische Klasse gibt?

Ich hätte nicht gedacht, dass die Menschen hier in ihren ärmlichen Behausungen mit Hühnern und anderen Tieren unter der Sitzbank so freundlich sind. Immer bieten sie etwas an. Immer sage ich nein, esse dann aber doch und geniere mich, denn ich will ihnen nichts wegessen. Wovon leben sie wohl? Um das Dorf herum sehe ich nur öde Felder mit Kartoffeln.

Sonntag, 27. September

Grade bin ich von Griebels, den Bessarabern, bei denen ich esse, zurückgekommen. Mir schmeckt's dort, aber traurig geht es bei ihnen zu.

1942

Ich weiß inzwischen schon viel über ihr früheres Leben, denn das ist alles, worüber sie sprechen, d.h. Herr Griebel starrt meist stumm auf seinen Teller.

Frau Griebel dagegen erzählt ununterbrochen von dem Paradies, aus dem sie hierher vertrieben wurden. Fast kommen sie mir vor, als ob es Adam und Eva erst erwischt hätte, als sie dick und alt waren.

Bei ihnen zu Hause war immer schönes Wetter und strahlende Sonne. Getreide, Mais, Paprika, Tomaten und Trauben wuchsen von selbst, während sie vor ihrem großen, schönen Haus auf der Bank saßen.

Die Schweine, Kühe und Hühner waren so zart, dass sie nur reinzubeißen brauchten, »während hier ...« dann nimmt Frau Griebel ihr Taschentuch und wischt sich die Augen. »Und unser Garten«, geht's weiter. »Rosen, Nelken, bunte Blumen, während hier ...«

Da hat sie recht. Von einem Garten ist nichts zu sehen als ein ausgetretenes Stück Erde und Büsche mit ein paar trübe herunterhängenden Blättern hinter einem halb abgebrochenen Zaun.

Das Haus von Griebels ist unter aller Kritik. Wenn Frau Griebel, stets in abgetragenem Kleid und blauer Schürze, um sich blickt, sieht sie nur wenige abgeschabte Möbel. Beim Essen sitzen wir auf harten Stühlen, an einem abgewetzten Holztisch, an den Wänden eine gebrechliche Kommode und die Betten. Nur in einer Stube regnet es nicht durch.

»Von mir aus«, höre ich täglich, »können die Polen ihr Haus wiederhaben. Wenn wir doch nur hier wegkämen!«

Mich fragte Frau Griebel heute, ob ich mich nicht einmal bei der SS nach einer Möglichkeit erkundigen könnte, woanders hinzukommen. Außerdem sollte ich ihr erläutern, warum sie aus Bessarabien, wo ihre Familien seit unvordenklichen Zeiten zu Hause gewesen sind, umgesiedelt wurden. Ich sei doch von Deutschland, von der Partei, hierher geschickt worden und wüsste das sicher.

Ich sagte ihr, dass ich mit der SS oder der Partei so wenig zu tun hätte wie sie.

Ob sie mir glaubt? Wahrscheinlich nicht. Bestimmt rechnen mich alle im Dorf zu den Deutschen, die an der von unserer Regierung befohlenen neuen Ordnung beteiligt sind, wenn man die Ansiedlung der Bessaraber und die Vertreibung der Polen aus ihren Häusern so nennen kann.

Bin ich tagsüber im Dorf herumgelaufen, würde ich abends gern lesen, doch das ist mühsam, denn durch das kleine Fenster kommt kaum Licht herein, und die halb heruntergebrannte Kerze auf dem Tisch nützt nur wenig. Kalt ist es auch, denn unsere Stube ist nicht geheizt. Trotzdem habe ich eins meiner Bücher, »Ben Hur«, schon ausgelesen. Es ist enorm spannend.

Wenn ich nur einen Tag in dieser Zeit hätte leben können!

Sonntag, 4. Oktober

Bin ich froh, dass ich morgen wegen der Herbstferien in ein anderes Dorf geschickt werde. Hier bekomme ich Angst, denn vorigen Montag gab es einen Riesenkrach mit Neumann, dem Bessaraber, bei dem ich wohne. Ungemütlich schien mir der immer. Mich würde es nicht wundern, wenn er mir und den beiden kleinen Mädchen die Rolle des nicht vorhandenen Gesindes zugedacht hätte, denn er läuft den ganzen Tag auf dem Hof herum und spielt sich als »Herr« auf.

Als die Heidi sich auf den alten Schubkarren setzte, fühlte er sich bei seiner angeblichen Arbeit gestört, was ihr wiederum egal war, denn sagen lässt sie sich mit ihren acht Jahren gar nichts. Eine freche Antwort hat sie immer parat.

Neumann geriet bei lautem Hin und Her so in Wut, dass Heidi doch Angst bekam und wie ein Blitz ins Haus rannte. Aber Neumann verfolgte sie bis in unsere Stube, und da ging's los.

Es setzte Prügel, aber wie! Mit seinen Riesenhänden schüttelte er die Heidi durch und schlug sie wo es hintraf.

Ich stand dabei wie gelähmt, denn die Kleine, die Ulla, für ihre sieben Jahre sehr dünn und zart, hatte sich fest an

1942

mich geklammert. Ich drückte ihren Kopf an mich, damit sie nicht ansehen musste, was mit ihrer Schwester geschah. Trotzdem schrie sie vor Angst noch lauter als die Heidi.

Wir atmeten erst auf, als der Neumann herausrannte. Dann saßen wir drei auf meinem Bett. Später begleitete ich die beiden zum Häuschen über den Hof. Allein wären sie nicht gegangen, aber ich hatte ebenso Angst wie sie, dass der Hund von der Kette war und uns anfiel. Zum Glück kamen wir von diesem Ausflug heil zurück, aber die Heidi war gar nicht heil. Als ich ihr beim Ausziehen half, war sie überall geschwollen.

Am nächsten Tag lief ich zu der Medizinstudentin, denn die Gerda soll sich um die evakuierten Kinder, aber auch um die bessarabischen Familien kümmern.

Sie saß, wie meist, bei den SS Männern herum. Ich schilderte ihr die Prügelszene noch schlimmer als sie gewesen war und bat sie, den Neumanns klarzumachen, dass es gemein ist, kleine Kinder braun und blau zu schlagen. Gerda antwortete nur, dass sie mit Neumanns reden werde.

Am Tag danach haben die Neumanns kein einziges Wort mit mir gesprochen. Die Kinder hat er, Gott sei Dank, nicht mehr verprügelt, auch nicht, als die Heidi ihm die Zunge herausstreckte.

Gerächt aber hat er sich an uns so, dass wir noch mehr Angst bekamen. Morgens früh, im Dunklen, tat sich die Tür auf und irgendetwas kam herein, dahinter Neumann mit einer Taschenlampe. Noch im Schlaf, wurden wir gleich wach, als wir erkannten, wer uns da überraschte: der große, gehörnte Ziegenbock war's, der zu unseren Betten getrieben wurde. Wir sprangen hoch und standen aufrecht gegen die Wand gepresst. Alle drei schrien wir wie am Spieß, als der Bock mit seinen krummen Hörnern nach uns stieß und auf unsere Betten sprang.

Am nächsten Morgen wiederholte sich die Szene, bis Neumann laut lachte und den Bock heraustrieb. Seitdem haben wir Ruhe, aber ich glaube nur deshalb, weil wir für Frau Neumanns Geschmack zu laut brüllten.

Doch dann kam für uns noch ein Nachspiel. Es stellte sich heraus, dass Heidi und Ulla Läuse hatten. Ich raste mit ihnen zu der Medizinstudentin und sagte ihr, dass ich mich nicht von der Stelle rühre, bis sie uns ein Mittel gegen die Läuse gegeben hätte. Gerda meinte nur »hab dich nicht so.« In meinen dünnen, glatten Haaren fänden nicht einmal Läuse Halt. »Außerdem«, schnauzte sie mich an »musst du dich auf dem Land eben an Tiere gewöhnen.« »Aber nicht an solche«, gab ich zurück.

Ich versuchte mein Glück noch bei der Lehrerin, Frau Morowski, sagte ihr zwar nichts von den Läusen, erzählte aber, wie schwierig die Verhältnisse bei unseren Wirten seien. Sie ging auf nichts ein, sondern schlug mir vor, mich doch bei den SS Männern zu beklagen. Die würden die bessarabischen Familien hier ansiedeln.

Nirgendwo habe ich etwas erreicht. Welches Glück, dass ich jetzt in ein anderes Dorf komme.

Donnerstag, 15. Oktober
Dauerte bisher die Post ewig, kommt sie in dieses Nest überhaupt nicht. Ich bin jetzt noch tiefer im Land, wohin sich niemand verirrt, auch nicht der deutsche Lehrer aus Lautenburg. Allein komme ich sowieso besser zurecht. Mit der Sekretärin des meist abwesenden Ortsvorstehers habe ich mich schon angefreundet.

Schön war die Fahrt hierher. Früh fuhr der Wagen los, mit einem netten Pferd, das ich zwischendurch lenken durfte. Zum ersten Mal habe ich erlebt, wie der Tag anfängt. So habe ich die Zeit gesehen. Im Konfirmandenunterricht brachte unser Pfarrer einmal eine Sanduhr mit. »Kein Mensch« sagte er, »kann die Zeit, die wie Sand durch diese Uhr rinnt, zurückholen. Lernt daraus: Euer Weg geht nur vorwärts, nie zurück. Was Ihr getan habt, könnt Ihr weder ändern, noch ungeschehen machen, nur bereuen und nicht wieder tun, wenn es nicht gut war.«

Hier, in meinem neuen Dorf fand ich mich gleich zurecht,

1942

weil es sehr klein ist, ebenso die Schule. Nur wenig Kinder sind in der Klasse, und ich bin ganz frei, weil sich keine Seele darum kümmert, was ich hier treibe. Die Schulstunden habe ich schon verkürzt. Dafür spielen wir lange draußen auf dem Hof. Das macht allen Spaß, nur blöd, dass wir keinen anständigen Ball haben. Aber auf die Idee einen aus Berlin mitzubringen, bin ich wirklich nicht gekommen.

Am schönsten ist hier, dass ich zum ersten Mal im Leben ein eigenes Zimmer habe, eine Dachkammer. Mein Bett ist ein Gestell mit Stroh und dicken Decken, weil es nachts kalt ist. Mit dem Alleinsein stimmt es allerdings nicht, denn ich teile meine Kammer mit Mäusen, die sehr munter im Stroh rascheln.

Eine Kerze darf ich wegen des Strohs nicht mit hinauf nehmen, aber ich darf unten bei der Gemeindesekretärin sitzen.

Sie heißt Rita, gehört zu den Eingedeutschten und hat eine Petroleumlampe, bei der ich prima lesen und schreiben kann.

So machte ich mich an unsere Schullektüre und schrieb einen Aufsatz über »Michael Kohlhaas«, gab mir aber selbst nur eine drei, deshalb, weil ich nicht zu einer eigenen Meinung fand.

Doch jetzt habe ich überlegt: auch wenn man noch so ungerecht behandelt wird, darf man seine Wut nicht an anderen auslassen oder gar, wie der unglückliche Kohlhaas, die Häuser anderer Leute niederbrennen. Sollte ich einmal Unglück haben, nehme ich mir fest vor, das nicht an anderen auszulassen.

Das Zweitschönste hier ist, dass weit und breit keine umgesiedelten bessarabischen Familien zu sehen sind. Von Griebels, die jammern und von Neumanns, die Angst machen, habe ich genug.

Wieder zu Hause, in Berlin. Doch bevor ich den Osteinsatz ganz vergesse, will ich aufschreiben wie es zu Ende ging.

Wir, die Mädels aus unserer Gruppe, wurden in Lautenburg in einen Zug gestopft und fuhren zur Abschiedsfeier nach Marienburg. Dort standen wir mit mehr als hundert anderen Mädels eine halbe Stunde im Burghof herum, hörten eine Ansprache über unseren Großeinsatz für den deutschen Osten und sangen dazu »Die Eisenfaust am Lanzenschaft.« Dafür sind wir zehn drei Tage unterwegs gewesen und bevölkerten zwei Nächte die Wartesäle der Bahnhöfe Graudenz und Marienburg, wo wir keine Minute schliefen, sondern immerzu quatschten.

Aus der Kluft, die wir für die Fahrt anziehen mussten, sind wir nicht herausgekommen. Ungewaschen waren wir auch, denn in den Waschräumen auf den Bahnhöfen konnten wir uns nur mit einem dünnen Kaltwasserstrahl bespritzen. Als »saubere deutsche Mädel« traten wir in der Marienburg nicht an.

Dass ich nach Hause komme, hatte ich geschrieben, aber wann und mit welchem Zug wusste ich selbst nicht. So stand ich abends in der Schützenstraße vor der Tür, klingelte, fiel der Familie in die Arme und warf mich in den Schaukelstuhl in der Wohnstube.

Doch die Mama zog mich am Ärmel und weiter, vor den Spiegel im Schlafzimmer.

»Wie siehst du denn aus!« Sie machte das große Licht an.

Ich warf einen Blick auf mein Spiegelbild. Das reichte. Meine Haare waren dunkelgrau verklebt, meine Jacke »stand«, und auf meinen Schuhen lag der Dreck der Dorfstraße.

Der Papa musste gleich den Badeofen heizen, und Mama machte sich an die Arbeit. »Die erste Schicht ist runter«, stellte sie nach einer endlosen Prozedur fest. »Morgen kommst du noch mal ran.«

Doch das Fett konnte sie mir nicht abschrubben. Ich glänzte von oben bis unten. Was immer ich anziehen wollte,

1942

ich bekam es nicht zu. Jetzt esse ich die Äpfel auf, die Papa organisiert hat, dazu trockenes Schwarzbrot mit wenig Butter. Nur abends, die tägliche Milchsuppe, esse ich mit allen mit.

Als ich in die Klasse kam, gab es Gejohle. Am nächsten Tag fand ich auf meiner Bank einen Zettel: »Das Schwein, das frisst, sehr glücklich ist.«

Ich hätte mir nicht träumen lassen, dass das Essen auf den Dörfern solche Folgen hat! Nein, stimmt nicht. Natürlich wusste ich, dass fett essen dick macht, aber Wirklichkeit wurde das für mich erst jetzt, am eigenen Leib sichtbar.

Alle in der Klasse hatten sich wieder eingefunden, auch Helga, deren Eltern sie einfach von der Schule ab- und wieder angemeldet hatten. Sie begrüßte uns mit einem »schön blöd seid Ihr gewesen!« Prima Ferien hätte sie gehabt. Thekla dagegen leider nicht, denn sie hat für ihre Großtante gesorgt. Zum Glück geht's der wieder besser und ein Mädchen, das bei ihnen Haushaltseinsatz macht, haben sie jetzt auch.

In der Klasse erzählte jede von ihrem Einsatz. Als ich meine polnischen Schüler erwähnte, meinten die anderen Mädels, ich solle bloß nicht angeben, denn ich sei nur Schulhelferin und auch nur im polnischen Korridor gewesen.

Mehr habe ich über meinen Einsatz nicht gesagt, weil mein Vater mich streng vermahnt hat, mit niemandem über das zu sprechen, was ich im Einsatz gesehen habe oder die SS auch nur zu erwähnen.

Thekla und Melli sind da natürlich Ausnahmen. Auch sie finden es gemein, nachts Leute aus ihren Häusern zu werfen, nur weil sie Polen sind.

Sonntag, 13. Dezember

Wir haben Trauriges erlebt. Als ich, im November, abends wegen der Nachmittagswoche spät aus der Schule kam, stand Herr Marlik, Papas Bekannter und Schneider meines schönen Einsegnungskleides bei uns im Korridor, mit ihm, an die Wand gelehnt, seine Tochter. Papa ging gleich mit ihnen weg. Mama saß da und weinte.

Nach einigem Theater bekam ich heraus, dass mehrere Männer Frau Marlik aus ihrer Wohnung abgeholt und auf einen Wagen geladen haben. Keiner weiß wohin.

Mama konnte es nicht fassen, aber ich weiß seit meinem Osteinsatz, dass auch die Polen dort aus ihren Häusern geholt wurden, nur dass Frau Marlik jüdisch ist.

Die liebe Frau Marlik! Ich sehe sie vor mir, wie sie mir mein schönes Einsegnungskleid angepasst hat! Doch das ist jetzt egal, Hauptsache, dass sie bald wiederkommt.

Wohin hat man sie gebracht? Bis heute hat niemand etwas von ihr gehört. Weder Mama noch ich verstehen, warum man sie abgeholt hat, d.h. wir verstehen schon: nur weil sie jüdisch ist. Mama kam dazu gleich auf Dr. Selig, unseren Arzt, der seine Praxis in unserer Straße hatte. Er musste nach Shanghai gehen.

Es dauerte lange, bis der Papa wieder nach Hause kam. Mit Mühe kriegten wir aus ihm heraus, dass er zu Onkel Karl gelaufen war. Er wollte ihn um Hilfe bitten, weil er in der Kanzlei des Führers arbeitet, aber Papa hat bei ihm nichts erreicht. Alles was er, Onkel Karl, tun könne sei niemandem etwas zu sagen.

Vor allem will Herr Marlik seine Tochter aus Deutschland herausschicken. Papa meinte zwar, dass ihr wohl nichts passierte, weil nur ihre Mutter, nicht aber ihr Vater jüdisch ist. Doch Herr Marlik hat Angst. Er ist Tscheche und möchte so schnell wie möglich nach Prag zurückkehren, will aber seine Tochter keinesfalls mitnehmen.

Inzwischen hat Mama von Papa herausbekommen, (und ich von ihr) dass Papa einen seiner Bekannten, einen Spanier, gebeten hat, etwas für Marliks zu tun, und einen Brief an Tante Elise in Portugal hat er ihm auch gegeben, weil ihr Mann, dessen Firma seit mehr als hundert Jahren mit England handelt, einflussreich ist.

Bisher hat meine Mutter immer gesagt, dass sie Papas Herumlaufen als Oberbesorger und seinen Umgang mit, wie

1942

sie meint, zweifelhaften Leuten, entsetzlich findet. Diesmal aber rief sie laut »Gott sei Dank«, als sie hörte, dass der Spanier, weil er dem Papa verpflichtet ist, (warum will sie nicht wissen), den Marliks vielleicht helfen kann.

Meinem Vater übrigens gefiel es gar nicht, dass ich von dem Unglück der Familie Marlik etwas mitbekommen habe. Als er das der Mama sagte, ging sie hoch.

Gegen mich komme sie nicht auf. »Aber du, du hast noch nie einen Gedanken daran verschwendet, dass Kinder erzogen werden müssen.« Mamas Stimme erstarb vor Ärger, doch da war der Papa schon aus dem Zimmer.

Er hat mir streng verboten, mit irgendjemand, wer es auch sei, über Frau Marlik zu sprechen. Meine Mutter und ich hoffen, dass sie recht bald wieder nach Hause zu ihrer Familie zurückkehrt. Doch Papa schüttelt dazu den Kopf.

Aber nicht nur wegen Frau Marlik, auch sonst hat sich die Mama aufgeregt. Sie hatte, weil meine Großmutter erkältet war, an ihrer Stelle Tante Lieschen besucht. Die wohnt mit Onkel Karl, ihrem Sohn, zusammen in einer großen Wohnung am Bayerischen Platz und erzählt bei jeder Gelegenheit, dass sie nie vergisst, beim Staubwischen das Bild des Führers dankbar zu streicheln, weil ihr Sohn durch ihn die gute Stellung hat.

Eigentlich haben wir Tante Lieschen gern. Sie war mit einem Vetter meiner Großmutter verheiratet. Kommt sie zu Besuch, sagt sie jedes Mal ihren Lieblingsspruch: »Nicht stehen bleiben, mit der Zeit mitgehen. Nur so«, sagt sie, bleibe man jung. Ich finde sie zwar trotzdem alt, aber man merkt das nicht so, weil sie sich gern unterhält und sich für alles interessiert, selbst für das, was ich sage.

Doch jetzt wird sie nicht mehr zu uns kommen, denn Mama will sie nie mehr wiedersehen.

Also: an dem Sonntag, nach dem Besuch bei Tante Lieschen, fegte Mama in die Wohnstube, wo meine Großmutter und ich am Ofen saßen, Ansas am Klavier. »Das kommt über uns«, rief die Mama »eher soll meine Hand verdorren, als dass ich ein Stück auch nur anfasse!«

Wir begriffen nichts. Doch solche Ausbrüche kenne ich. Regt sie sich mittel über mich auf, sieht sie mich in der Gosse, geht es richtig los, malt sie mir das Gefängnis aus.

Es kam dann heraus, dass Tante Lieschen sie in eine Wohnung mitgenommen hatte, in der Sachen verschleudert wurden.

Mama schilderte den schönsten mit mausgrauem Samt bezogenen Sessel, den sie je gesehen hat. Daneben stand eine ältere Dame, ganz still. Ob Mama den Sessel nehmen wolle?

Erst da ging meiner Mutter auf, dass die Dame sie zu der Schar der sich in der Wohnung drängelnden »Käufer« zählte, – Leute, denen es nichts ausmacht, das Unglück von Menschen, die aus ihren Wohnungen vertrieben werden, für sich auszunutzen.

»Du warst aber da und bist mit Tante Lieschen »mit der Zeit mitgegangen« sagte ich in aller Ruhe. In der nächsten Sekunde knallte sie mir eine Ohrfeige. Die hatte ich verdient, denn die Mama hatte keine Ahnung, wohin Tante Lieschen sie mitgenommen hatte.

»Wenn ich an Frau Marlik, an Dr. Selig denke« rief Mama, »wo leben wir!«

»In großer Zeit« entfuhr es mir. Fast hätte sie mir wieder eine geknallt, und die hätte ich auch verdient.

Mir macht es manchmal Spaß, meine Mutter zu ärgern, weil sie so leicht hochgeht. Es ist, als ob man auf einen Knopf drückt. Alles ist traurig, alles sieht sie tragisch. Sie prophezeit uns eine schreckliche Zukunft, so als ob sie Kassandra persönlich wäre. Mich verlockt das, ihr dann genau das Gegenteil dessen zu sagen, was ich wirklich meine. Hinterher tut es mir leid.

Sonntag, 21. Februar 1943
Das schönste Wetter heute, fast ein Sommertag! So will ich nicht an den ewigen Fliegeralarm denken, aber wir fragen uns doch, ob und wie es einmal enden wird. Inzwischen hat

1943

Goebbels sogar den totalen Krieg ausgerufen. Meine Mutter fühlt sich in ihren dunkelsten Ahnungen bestätigt.

In Stalingrad wurde eine ganze Armee eingeschlossen und hat kapituliert. Dort, weit weg in Russland, müssen die Soldaten sterben. Als der Radiosprecher sagte: »Der Kampf um Stalingrad ist zu Ende«, war Berlin still. Oper und Theater spielten nicht.

Anders als früher sprechen Thekla, Melli und ich jetzt öfter über den Krieg und sind uns einig, dass wir wohl nie einen Mann finden werden. Wir brauchen nur die Zeitung aufzuschlagen. Seiten und Seiten voller Todesanzeigen mit dem Eisernen Kreuz. Alle gefallen, nur ein paar Jahre älter als wir.

Wir werden uns einen Beruf suchen müssen. Ich möchte Medizin studieren, weil man Ärzte immer brauchen wird, egal was kommt.

Doch jetzt geht's schleunigst in die Schule, weil ich Luftschutzwache schieben muss.

Donnerstag, 15. Juli

Ferien! Denkste!

Mich hat wieder ein Einsatz erwischt. Immerhin, mein Zeugnis ist gut, Theklas und Mellis ebenso. Wenigstens ein Trost. Ein richtig schlechtes Zeugnis hat in unserer Klasse zum Glück niemand.

Dieses Mal endete das Schuljahr in der letzten Stunde, Biologie, in Lachsalven. Rolli, unsere Biolehrerin, war ganz sie selbst. Leise hüstelnd stand sie an der Tafel, nahm Helga dran und stellte ihr die Frage, was bluterkranke Menschen für Kinder haben. Helga fing an: »Kreuzt man einen kranken Mann mit einer übertragenden Frau...« Die ganze Klasse brüllte vor Vergnügen.

Rolli: »Wenn nun die Chromosomen vereinigt werden, was kommt dann zusammen?«

Helga: »Ein kranker Junge.«

Wir konnten nicht mehr vor Lachen, während Helga verlegen an der Tafel stand und Rolli ihr beibrachte, dass man das »so« nicht sagen könne. Für uns war das das Signal für die Frage:

»Wie soll man es denn sagen?«

Leider wurde Rolli durch die Schulglocke erlöst, schade.

Das sind aber alle Freuden, denn jeden zweiten Tag muss ich um Punkt sieben Uhr in der Stadtküche antreten, um dort bis in die Puppen Kartoffeln zu schälen und Mohrrüben zu putzen, »für Leute, die nicht zu Hause essen können.«

Klar, denn sie sind ausgebombt. So werden wir wohl jeden Tag mehr und mehr schälen, denn man sieht immer neue Häuserruinen. Auch in unserer Klasse sind schon welche an- und ausgebombt. Helga durfte deswegen zwei Stunden früher aus der Schule gehen.

Freitag, 30. Juli

Mitten in den Kartoffeln heulten vorgestern die Sirenen. Wir hören da gar nicht mehr hin. Im Keller sitzen wir ja schon. Der ist feucht, riecht muffig, und das bringt mich auf meine Nachhilfeschülerin Betti. Sie ist nicht mehr da, denn als ich aus dem Osteinsatz zurückkam, sah ich an Stelle ihres Hauses eine Trümmerwüste. Mir haben die Nachhilfestunden mit ihr Spaß gemacht, doch war's für mich am schwierigsten, der Betti die Grammatik so zu erklären, dass das, was (immer) ich weiß, in ihren Kopf so hineingeht, dass sie es versteht.

In unserer Gemüseputzgruppe von zwölf Mädeln will eine, wenn sie 18 wird, gleich in die Partei eintreten. »Wir, die Jugend, müssen alle geschlossen hinter dem Führer stehen.« Als sie das in unsere Runde rief, hielt sie die Mohrrübe hoch, die sie gerade abschabte. Niemand lachte.

Ich jedenfalls stehe nicht hinter dem Führer, sondern nur hinter mir selbst.

Meine Mutter legt mir ans Herz, um Gottes willen nie in die Partei einzutreten. »Hab' du nichts mit einer gottlosen

1943

Partei zu schaffen, die Frau Marlik aus der Wohnung holt und einen Arzt wie Dr. Selig zwingt, nach Shanghai zu gehen.

Bilde dich, lebe dein Leben, dazu brauchst du keine Partei.

Und merk dir: von anderen Menschen hast du nichts zu erwarten und nichts zu fordern.«

Das war Mamas Mahnung zum Abschied, denn sie geht mit der Omi und Ansas in ein Dorf in der Nähe von Königswusterhausen. Meine Großmutter kann den Fliegeralarm in Berlin nicht einen Tag länger aushalten und schafft auch die dreieinhalb Treppen in den Keller nicht mehr.

In Berlin geht die Angst um. Ich sehe sie als weiße Frau aus der alten Berliner Sage, unheimlich, in langem weißen Gewand.

Jeden Tag gibt es ein anderes Gerücht und nie ein gutes. Ab 1. September, heißt es, darf niemand Berlin verlassen. Fabriken und Ämter sollen in den Osten verlegt werden.

Thekla hat als neuestes gehört, dass Großangriffe auf Berlin erwartet werden. Auch wir haben London bombardiert und deshalb, sagt sie, drohten die Engländer jetzt, in Berlin nichts mehr stehen zu lassen. Im Westen geschieht das schon. Hamburg soll mit Phosphorbomben zerstört worden sein.

Doch jetzt muss ich noch vom letzten Treffen ehemaliger Konfirmanden schreiben. Wegen der Lage in Berlin sind sie leider selten geworden.

Unser Pfarrer sprach mit uns über »Angst.« Ganz genau habe ich nicht zugehört, da ich zu sehr damit beschäftigt war, mich selbst danach zu fragen.

Was ist Angst? Ich glaube, es ist ein Gefühl, das – hat man es einmal – schwer loszuwerden ist. Wenn ich daran denke, dass wir in Berlin Schreckliches zu erwarten haben, möchte ich das aus meinem Kopf schieben. Doch das schaffe ich nicht, obwohl ich an etwas Schönes denken will. Ist das Angst?

Unser Pfarrer sagte uns, dass wir auf unserem Weg von Christus selbst begleitet werden. Deshalb brauchten wir, wenn wir bis zu Ende dächten, keine Angst zu haben. Ob das hilft?

Ich hoffe es.

Alle Menschen, die vor mir lebten, mussten sterben.

Warum nicht auch ich?

Im Krieg unterscheiden sich die Todesarten nur in der Machart, aber nicht im Ergebnis.

Sonntag, 8. August

Es ist unvorstellbar, aber ich bin jetzt in einem kleinen Dorf, in der Umgebung von Heydekrug, im Memelland.

Am Montag hieß es, dass Berlin geräumt wird, dass die Schulen geschlossen in die Kinderlandverschickung (KLV) gehen. Mich zog dahin nichts, um so weniger, als Thekla mir sagte, dass sie, zusammen mit Melli, in einem Internat in der Nähe von Potsdam angemeldet sei.

Für mich wäre das nicht in Frage gekommen, – zu teuer.

Dass Melli Thekla bei sich haben wird, ist ein Glück für sie. Ich kann gar nicht sagen, wie leid sie mir tut, denn Melli hat bei dem Luftangriff auf Hamburg ihre Mutter, eine Schwester und einen Bruder, der auf Genesungsurlaub war, verloren. Sie waren dort zum Besuch bei Verwandten.

Nach meiner Unterhaltung mit Thekla schoss es mir wie ein Blitz durch den Kopf: ich gehe auch weg! Nichts wie los, los von meiner Schule.

Außer mit Thekla und – ziemlich einseitig – mit Melli, bin ich mit keinem Mädel aus meiner Klasse befreundet, auch deshalb, weil die mir nachsagen, ich sei ehrgeizig. So ein Quatsch! Was die Schule angeht, strenge ich mich nur für die Hauptfächer an, die für das Zeugnis zählen, aber nicht für die Nebenfächer. Sonst beschäftige ich mich mit dem, was mir Spaß macht und mich interessiert.

Jetzt lache ich beim schreiben, denn mir fällt gerade ein, wie entsetzt die Lehrerin war, damals, noch in der Volksschule, als wir in einem Satz sagen sollten, was wir uns für uns selbst wünschten. Ich hatte von mir gegeben: »Ich

1943

möchte in den Himmel zum Herrn Jesus kommen und mehr Geld verdienen als mein Vater.«

Doch nun dazu, wie ich es angestellt habe, hier zu landen.

Wäre ich nicht allein in Berlin in unserer Wohnung gewesen, hätte es bestimmt nicht geklappt, aber mein Vater, in der Berliner Stadtverwaltung angestellt, ist zur Zeit sehr beschäftigt und nicht immer da.

So legte ich für ihn einen Brief auf den Tisch:

»*Lieber Papa*« schrieb ich. »*Du musst mich in der Schule für die KLV abmelden. Ich gehe da auf keinen Fall mit. Frag bitte nach, ob ich zu Onkel Adam nach Memel kann. Ich warte bei Onkel Paul in Königsberg auf Antwort.*«

Hätte ich meine Eltern vorher gefragt, nie hätten sie mich losfahren lassen. Mama hätte auch Hemmungen gehabt, mich zu Verwandten nach Memel zu schicken, weil sie Papas Familie kaum kennt.

Mein Vetter, Onkel Paul, – nur wenig jünger als mein Vater – ist Arzt und hat eine hoch modern eingerichtete Wohnung in Königsberg. Stundenlang saß ich im großen Wohnzimmer auf einem der Chromstahlsessel und sah durch die von leuchtend gelbseidenen Vorhängen eingefassten Balkontüren hinaus auf die Schlossteichbrücke wie auf ein in gold gerahmtes Gemälde, auf dem sich die Leute unten als bunte Figuren hin und her bewegten.

Doch bald ging's für mich weiter, denn Tante Gerti, die Frau meines Vetters, hat mich zu angeheirateten Verwandten ihrer Verwandten vermittelt, wo man mich freundlich aufgenommen hat. Frau Margies bot mir gleich an, Tante Hetty zu ihr zu sagen.

So bin ich plötzlich hier hereingeschneit, – in ein altes Pfarrhaus im Memelland. Die Jahreszahl 1700 steht über der Tür.

Ein breiter Gang führt hinein. Gleich rechts ist die Küche mit einem großen Herd, in dem immer ein Feuer brennt, denn Gas gibt es nicht.

Toilette ist ein Häuschen über den Hof. Ohne Stock sollte

man nicht dahingehen, weil ein Ganter böse zischt und den Rückweg abschneiden möchte, sobald man den Kopf aus dem Häuschen steckt.

Herr Margies ist Pfarrer und stammt aus dem Memelland. Beim Essen erzählt er gern lustige Geschichten und freut sich, wenn die beiden Pflichtjahrmädchen darüber lachen. Tante Hetty nimmt das freundlich hin. Doch mir scheint, dass sie wohl lieber ein Tischgespräch geführt hätte. Sie kommt aus Königsberg, spielt wunderbar Klavier (Chopin) und auch Orgel.

Da ich schon lange keine Klavierstunden mehr habe und auch nicht zum Üben komme, spiele ich nicht mehr. Um so lieber höre ich Tante Hetty zu, wenn sie sich abends im Wohnzimmer ans Klavier setzt. Gestern aber begleitete sie sich zu dem Lied von den fünf wilden Schwänen, was mich an zu Hause erinnerte, wenn Mama am Klavier saß und dazu »Lang lebe Masovia mein Heimatland« sang.

Mama! Ein Brief an sie ist halb geschrieben. Doch ich habe ziemlichen Bammel, denn was sie zu meiner Absetzbewegung sagen wird, kann ich mir denken.

Auf dem Bahnhof in Berlin stieg ich einfach in einen Kurierzug über Posen nach Polen und hoffte, dass ich nicht rausgeworfen werde. Das tat man nachts auch nicht. In Posen stieg ich aus und kaufte mir eine Fahrkarte nach Königsberg, denn Geld hatte ich mitgenommen, meins und das, was Papa zu Hause liegen hatte. Ich habe ihm das genau aufgeschrieben.

So ganz kann ich noch nicht glauben, dass ich abends ausgezogen im Bett liege und eins nicht höre: »Achtung, Achtung, hier ist der Befehlsstand der ersten Flakdivision Berlin. Der gemeldete Bomberverband im Raum Magdeburg ist im Anflug auf die Reichshauptstadt.«

Sonnabend, 21. August
Jetzt gehe ich in Heydekrug zur Schule. Alles ging glatt. Nur gut, dass ich meine Zeugnisse mitgenommen hatte.

Ich habe auch schon eine Freundin, Evchen. Jeden Tag fahren wir mit dem Zug um sechs Uhr morgens aus unserem Dorf los und kommen viel zu früh an. Ist die Schule mittags aus, verleiben wir uns in einer Gastwirtschaft einen Stamm (Essen ohne Lebensmittelmarken) ein, meist Kartoffelsuppe. So gestärkt, sitzen wir auf dem Bahnsteig herum und warten fast zwei Stunden auf den Zug nach Hause, denn die Frontzüge haben Vorrang. Wir winken ihnen zu, wenn sie langsam durchfahren, doch lachende Gesichter sehen wir an den Fenstern nur, wenn's ins Reich geht.

In meiner Klasse sind wir acht Mädchen. Die Jungens sind alle Luftwaffenhelfer.

In Mathematik muss ich aufholen. Dafür aber waren wir in Berlin in Deutsch und in den Sprachen weiter. In Französisch haben wir längst Aufsätze geschrieben und nicht mehr nur nacherzählt.

Hier gibt der Direx Deutsch. »Und an dem Ufer saß ich lange Tage, das Land der Griechen mit der Seele suchend«, – so klagt die Iphigenie in Heydekrug in breitestem Ostpreußisch. Ich dagegen suche in der Schule mit der Seele nur den Ausgang.

Wenn ich an Berlin denke! Wir waren über dreißig und haben richtig diskutiert. Hier sitzen wir acht vor den Lehrern auf der Schulbank.

Als ich in Berlin im deutschen Aufsatz über ein Thema von Schiller: »Freiheit ist nur im Reich der Träume« eine eins hatte und Melli über ihre zwei plus wütend war, hat Tante Tilde, (so nennen wir unsere Klassenlehrerin), erläutert, dass sie meine Arbeit deshalb am besten fand, weil ich mich strikt ans Thema gehalten hatte.

Ich hatte mich dafür entschieden, dass Freiheit in mir selbst liegt, in meinem Fühlen und Denken. Das ist mein Leben und kein Reich der Träume. Von außen her bin ich nicht frei, denn ich muss zur Schule gehen, ich muss dies und das tun, darf dies und das nicht. Doch meine eigene Freiheit, in mir selbst, bleibt mir, egal, ob ich alles machen darf was ich will, oder ob ich alles sagen kann was ich meine.

Viele in der Klasse kamen mit dem Aufsatz deshalb nicht zurecht, weil sie sich erstmal damit auseinandersetzten, was unter Freiheit zu verstehen sei. Am Ende langte die Zeit nicht mehr zur Beantwortung des Themas: Ist die Freiheit nur im Reich der Träume?

Bei Rückgabe der Arbeit gab es eine große Diskussion in der Klasse. Wir haben uns laut gestritten und uns gegenseitig überschrien. Doch das ist jetzt Erinnerung, denn ich bin nicht mehr in Berlin, und Thema ist nun meine Schule hier.

Mittwoch, 29. September

Inzwischen habe ich mein Leben geordnet, wozu vor allem Lebensmittelkarten gehören. Mama hat ziemliche Umstände damit gehabt, das nachträglich in Berlin zu regeln. Eine richtige Plage sei ich, schrieb sie. Das war mein Glück, denn sonst hätte sie sicher ausführlich ihre Meinung dazu geäußert, dass ich einfach abgehauen bin.

Übermorgen fahre ich nach Miesdorf bei Königswusterhausen, wo Mama und Omi im Gasthof Quartier gefunden haben. Ich kann ihnen dann von Ansas berichten, den ich letztes Wochenende in Rastenburg besucht habe, wo er mit seiner Schule in der KLV ist.

Er wohnt dort in einer Schülerpension bei zwei alten Damen, die mich gleich beiseite nahmen und darüber klagten, dass sie wegen Ansas Schwierigkeiten mit der Lagerleitung hätten.

»Können Sie nicht auf ihn einwirken?«, fragten sie mich, »dass er sich am Lagerleben beteiligt?« Ich versprach mein Möglichstes, hätte aber den Damen gleich sagen können, dass es aussichtslos ist, meinen Bruder dazu zu bewegen sonntags früh aufzustehen, um beim Fahnenappell anzutreten oder sonst etwas zu tun, was er nicht will.

Redet man auf ihn ein, antwortet er nicht. Mama hält ihn mir gern als Beispiel vor, weil er ihr nicht, wie ich, laut widerspricht. Doch ich fände es einfacher mit Ansas, wenn man sich mit ihm auseinandersetzen könnte.

1943

Ich meine, dass er durch und durch unglücklich ist. Ich wäre es in der KLV auch.

Die Damen boten mir an, bei ihnen zu übernachten, da in Rastenburg wegen des Führerhauptquartiers in der Nähe kein Hotelzimmer zu haben sei. »Um Gottes willen«, hätte ich fast gerufen, denn ich hatte andere Pläne als bei zwei alten Tanten zu sitzen und darauf zu warten, ob ihre weißen Haartürme auf dem Kopf nicht doch einmal zur Seite kippen.

Ich sah mich bereits in einem Hotel beim Abendessen im Gespräch mit einem eleganten Offizier und überlegte schon, ob ich mir falschen Hasen oder doch lieber Klopse bestellen sollte. Geld und Lebensmittelmarken hatte ich mit.

In Vorfreude auf den Abend ging ich zunächst zu dem Hotel, das mir teuersten aussah, aber ... jetzt könnte ich nur noch »aber« weiterschreiben, denn überall war es ein Reinfall. Nirgends ein Zimmer frei, und ein Hotelmensch scheuchte mich sogar sehr unfreundlich weg.

Blieb das Bahnhofshotel. Ich ging ins Restaurant, aber das verdiente den Namen nicht. Es war eine ganz gemeine Kneipe voller Soldaten, die hin und her torkelten und den Kopf auf den Tisch legten, der dauernd abgewischt werden musste. Essen wollte ich da nichts, aber die Kellnerin war trotzdem freundlich. Als sie sah, welche Angst ich vor den beiden Kettenhunden der Feldgendarmerie** hatte, die sich vor mir aufbauten und fragten, was ich hier täte, kam sie gleich hinzu. Ich sei Gast.

Das war ich dann in ihrer dunklen, kleinen Kammer.

Ich schlief sofort ein, aber nachts wachte ich auf und merkte, dass ich selbst Gäste hatte. Es juckte überall.

Die beiden Damen schlugen die Hände zusammen, als ich bei ihnen erschien. Sie führten mich gleich in die Badestube, wo sie mein verschwollenes Gesicht und die vielen Wanzenstiche mit essigsaurer Tonerde kühlten.

Sie luden Ansas und mich sogar zum Mittagessen ein. Das

** Soldaten, die zur Uniform Ketten tragen

hatte ich nicht verdient. Gleich von hier aus habe ich eine Karte geschrieben und mich noch einmal bedankt.

»Von hier aus« bedeutet, dass Evchen und ich jetzt in Heydekrug wohnen. Ihre Eltern, die im Dorf das Kaufhaus besitzen, haben uns ein Zimmer vermittelt. Es ist groß und hat eine lange mit gerahmten Photographien gepflasterte Wand. Die Photos führen uns vor Augen, dass die zahlreichen Verwandten unserer Wirtin sterblich sind, denn sie blicken aus ihren Särgen auf uns in unseren Betten herunter. Evchen kennt diese Sitte, aber für mich war's neu. Doch inzwischen habe ich mich an die stille Gesellschaft gewöhnt.

Los ist in Heydekrug nichts. In den von meist ein- oder zweistöckigen Häusern eingefassten Straßen geht es gemütlich zu.

Die Stadt aber hat in der Kirche einen Schatz, der allein eine Reise hierher wert ist. Jeder Besucher wird das Fresko (aus den zwanziger Jahren), das die in blau und gold leuchtende Altarnische umgibt, nicht anders als mit Staunen betrachten. Es stellt die Gemeinschaft der Heiligen dar und vereint Adam und Eva mit Amalie Sieveking, der ersten Diakonissin, – im ganzen mehr als hundert Menschen aller Konfessionen, deren Leben, Worte und Taten vor einem Altar zählen.

Moses, Päpste, Reformatoren, Musiker, Lehrer, Dichter, Staatsmänner aus der Antike bis in die Neuzeit sind hier unter den Zinnen des neuen Jerusalem und einer goldenen Kette mit den Bitten des »Vater Unser« versammelt. Die Darstellung einer solchen Weltgemeinschaft habe ich noch nie gesehen. Sie regt mich zu der Frage an, warum die Wirklichkeit so anders ist.

Und jetzt ist Krieg. Warum leben nicht alle Menschen, mächtig oder schwach, arm oder reich, friedlich miteinander? Wenn mir jemand doch darauf eine Antwort geben könnte!

Arm und reich: mein Onkel Adam in seinem winzigen Häuschen in Memel ist bestimmt nicht reich, und die uralten Schwestern meines Vaters sind es auch nicht. Mein

1943

Onkel nahm mich mit auf einen Hof, der seit unvordenklichen Zeiten der Familie meines Vaters, jetzt einem entfernten Vetter gehört. Dort habe ich sie gesehen, – das wörtlich, denn sie können wohl Deutsch, sprechen aber zu Hause, wie auch mein Vater in seiner Jugend, litauisch. So saßen sie mir gegenüber, ganz in schwarz, in einer Stube, deren Einrichtung war wie sie selbst auf mich wirkten: streng, ohne jeden Zierrat.

Für sie bin ich das Kind des jüngsten Bruders aus der langen Geschwisterreihe, von weither, aus Berlin, einer Welt, mit der sie nichts verbindet.

Wie mochte das Leben meiner Vorfahren gewesen sein? Ich stelle mir vor, dass sie, an der russischen Grenze geboren, das Land beackerten, Kinder hatten, beteten und am Ende starben.

Mittwoch, 29. Dezember

Der Anblick vom Pfarrer Margies neulich hätte ein Photo verdient, als er nach dem Konfirmandenunterricht so schnell wie man es ihm nicht zugetraut hätte, den frechen Lorbassen (so heißen hier die Jungens) hinterher lief, die ihrerseits die quiekenden Schweine scheuchten, nachdem sie sie aus dem Stall gelassen hatten.

Das bei Schnee und Kälte! Da haben die Tiere schon bei einer Tour über den Hof alles verloren, was man ihnen angemästet hat. Der Pfarrer hob den Stock und was er den ebenso wie die Schweine quiekenden Jungens versprach, hörte sich nicht nach Vergebung aller Sünden an.

Weihnachten ist nun vorbei. Wir saßen im Pfarrhaus in der Wohnstube zusammen, sprachen über dies und das, aber nicht über den Krieg. Tante Hetty erzählte von ihrer älteren Tochter und den Enkelkindern, die auf einem Gut östlich von Berlin leben.

Mit Marlene, der jüngsten Tochter – Philologiestudentin – drehte ich spät abends am Radio und bekam eine Station herein, so deutlich, als ob der Sprecher vor dem Haus stände.

Jede Silbe einzeln, tönte er in Deutsch: »Die Stunde der Abrechnung naht. Die Rote Armee rückt vor, über die deutsche Grenze. Bald ist sie da.«

Kommen wir jetzt unter die Sowjetrussen?

Marlene und ich sahen uns an. Beide hatten wir Angst.

Aus Miesdorf schrieb mir Mama einen langen Brief. Sie wohnt immer noch im Gasthof, mit Mäusen oben und Betrunkenen unten. Jetzt ist sie glücklich, weil Ansas da ist, aber sonst begegnet sie im Dorf gezielter Unfreundlichkeit.

Täglich regt man sich über die evakuierten Berlinerinnen auf, die wie Heuschrecken über das schöne Miesdorf herfielen

Montag, 10. Januar 1944

Zwei Nachrichten gab's. Eine kam mit der Post von Onkel Paul aus Königsberg. Er schickte mir ein rückwirkend ausgestelltes Attest, das mich vom Sport befreit. Ich hatte ihn darum gebeten, weil ich keine vier in meinem Zeugnis haben möchte, noch dazu für einen »Sport«, der nur im herumhopsen auf dem Schulhof besteht. Bei unserem Dauerlauf durch den Rabenwald bewegen Evchen und ich uns mehr als genug.

Die zweite Nachricht hörte ich am Telephon in meinem jetzigen zu Hause. Garniert mit der Ankündigung, sonst vom Abitur ausgeschlossen zu werden, befahl man mich von heute auf morgen in ein BDM Lager in Preußisch Holland. Während draußen der Wind ums Haus heulte, fragte ich das Weib am Telephon, wie ich bei dem Wetter wohl dahinkäme.

Sie schlug mir den Bummelzug vor.

Ich dankte, Evchen auch.

1944

Abends.

Morgen ist Abitur. Alle sind wir zugelassen. Die drei aus der Klasse, die in Schnee und Eis ins Lager gefahren sind, haben sich ganz schön geärgert.

Ich schreibe um mich abzuregen. Es kann nur noch schief gehen, nach dem Tag heute, dem fürchterlichsten Tag meiner Schulzeit!

Schwer bepackt ging ich morgens durchs Schultor. Ich nickte den beiden in Stein gehauenen Schülern zu, die den Eingang zieren. Der Fleißige hat ein Buch vor sich, der Faule schickt Seifenblasen hoch.

»Zum letzten Mal als Schulmädchen« dachte ich froh und stieg die breite Treppe hinauf, in einem Arm meine übervolle Schulmappe, im anderen die beiden dicken Bände »Preußische Geschichte.«

Oben stand, wie immer, die Schlimm, unsere Englischlehrerin. Sie freut sich über jeden, der zu spät kommt, doch bei mir hatte sie Pech, denn ich war mehr als pünktlich. Auch ihr nickte ich freundlich zu und war total geplättet, als sie mich anblaffte:

»Sie haben es wohl nicht mehr nötig, korrekt zu grüßen. Traurig, unmanierliche Schüler ins Leben zu entlassen.«

In der Stunde nahm sie mich aus Rache gleich dran. Da hatte sie wieder Pech! Die »Daffodils« von Wordsworth konnte ich glatt aufsagen. Das Gedicht ist viel zu schade für sie und ihre Englischstunden...«and then my heart with pleasure fills, and dances with the daffodils...« Ich tanze mit den daffodils, den Narzissen, in den siebenten Himmel, wenn ich die Schlimm ab morgen nicht mehr sehen werde.

In der großen Pause führte mich mein erster Gang zum Lehrerzimmer, um unserem Geschichtslehrer die beiden von ihm geborgten Bücher zurückzugeben. Niemand da.

Als die Glocke läutete, legte ich, in höchster Eile, die Bücher auf die vorderste Bank in der Klasse, in der er Stunde hatte. Seinem Sohn, der vorne saß, sagte ich Bescheid. Doch als ich in meine Klasse stürzte, hatte die Stunde schon angefangen, Latein.

»Nun, das Fräulein Ande kommt auch noch« begrüßte mich Dr. Wüste. »Fangen Sie doch gleich mit der Übersetzung der schönen Ode an der Tafel an, wenn möglich über die erste Zeile hinaus.« Zwei schaffte ich, dann verlor meine Übersetzung an Tempo. Wüste machte sich Notizen.

Danach nur noch eine Stunde. Hoffentlich, hoffentlich, für immer die letzte in der Schule!

Dr. Wenner kam herein, die beiden dicken Bände »Preußische Geschichte« unter dem Arm. Ich atmete auf. Er hat die Bücher bekommen, wenigstens ein Trost. Da aber hatte ich mich schwer geirrt. Er stand neben dem Pult, sagte eine Weile gar nichts und ließ seine Augen wandern. Bei mir hielt sein Blick an.

»Ande Seigis, stehen Sie auf.«

Was er wohl von mir wollte? Das erfuhr ich gleich.

»Wenn ich meine wertvollen Geschichtswerke verleihe, im Vertrauen darauf, dass man ordentlich damit umgeht, und wenn ich stattdessen…hier fehlen mir die Worte…«, (»leider nicht«, hätte ich ihm gern zugerufen) »wenn ich, zufällig, meine Bücher auf einer Schulbank herumliegen sehe…« Er schilderte nun ausführlich, wie er seine kostbare Habe »sehr enttäuscht« an sich nahm.

Welch ein Segen, dass ich Evchen an meiner Seite hatte, als wir unter dem faulen und dem fleißigen Schüler durchs Schultor herausgingen. »Nächste Woche sehen die uns nicht mehr hier« tröstete sie mich.

»Schön wär's« sagte ich düster

Sonnabend, 12. Februar

Abitur überstanden. Alle in der Klasse haben es geschafft.

Die Prüfung war nicht sehr aufregend. Am schönsten war der Schluss, als der Schulrat jeder eine Alberte ansteckte. Das ist eine Plakette, die uns (leider noch als Zukunftsmusik) Bürger der Königsberger Universität nennt.

1944

Wir acht liefen aus der Schule so schnell wir konnten und füllten den Rest des Tages damit aus, unsere Alberten spazieren zu tragen.

Abends bastelten wir, zum letzten Mal in Klassengemeinschaft, in aller Hast die Abiturzeitung. Das ging leicht, weil sich die täglichen Wehrmachtsberichte als Modell anboten.

Bei den Lehrern ernteten wir Beifall, als wir die Schulereignisse in »Frontbegradigung«, »geordneten Rückzug«, »Vorstoß zur Hauptkampflinie« usw. einkleideten.

Lachsalven gab es für unsere Behauptung, dass einer unserer großen Dichter, Goethe? Schiller? sich mit der Aussage, Name sei Schall und Rauch, in mindestens einem Fall »Schlimm« geirrt habe.

Die Feier bei Birute, in der Wohnung ihrer Eltern, war herrlich. Nie hätte ich mir träumen lassen, einmal mit unserem sonst vor Spott platzenden Mathematiklehrer bei »Komm doch in meine Arme«, übers Parkett zu schieben. Von ihm heißt es, dass er jedem Mädchen schöne Augen macht, (nur leider nie uns). So hatte ich jetzt, als Erwachsene, Lust die langweilige Unterhaltung, »müssen Sie in den Arbeitsdienst, wollen Sie studieren?«, auf ein interessanteres Thema zu lenken.

Ich sah schräg auf meinen dürren kleinen Lehrer herab und fragte in welche Arme er wohl möchte, denn wir hätten gehört, er sei ein Kavalier.

»Bestimmt nicht in die Arme von Schülerinnen, die, wenn ich die Reifeprüfung beim Wort nehme, diesem Stadium noch fern sind.« Damit ließ er mich stehen.

Am letzten Tag in Heydekrug lud unsere Wirtin Evchen und mich zusammen mit ihrer neuen Mieterin, einer echten Bulgarin, zum Kaffee ein.

Schon ihr Aussehen, glattes, schwarzes Haar, dunkle Augen, fanden wir interessant, ihre Person noch mehr. Sie bestand darauf, uns in ihrem gebrochenen deutsch aus einer Tasse mit Kaffeesatz wahrzusagen.

Evchen und ich platzten fast vor Neugier.

»Werde ich heiraten?« fragte Evchen, nachdem die Bulgarin feine Linien in den Kaffeegrund gezogen hatte.

»Ja, aber ich kann nicht sagen, ob es die große Liebe sein wird.«

Dann zog sie Linien für mich.

»Liebe dauert nicht«, sagte sie.

Evchen und mir gab der Blick in die Zukunft Gesprächsstoff für den Rest des Tages, bis es uns langweilig wurde und wir beide lachten: »Kaffeesatz!«

Mittwoch, 23. Februar

In Miesdorf, aber nicht mehr im Gasthof. Wir haben zwei Zimmer bei Renata, die Mama bei den hier zum Dorfleben gehörenden sonntäglichen Gottesdiensten kennengelernt hat.

Da ihr sonst Zwangseinquartierung ins Haus steht, nimmt Renata lieber uns als fremde Menschen.

Meine Mutter hat mir bestes Benehmen ans Herz gelegt, denn es sei ein großes Glück, bei Renata in der schönen Villa zu wohnen. Bei gutem Wetter führe ich meine Großmutter im Park spazieren, damit sie an die Luft kommt. Sie ist überaus stolz auf mein gutes Abitur, wenn sie auch so genau nicht weiß, was das ist. Die Eltern haben sich auch gefreut. Mama sagte dazu, dass Erfolg schön ist, dass ich aber vor allem danach streben soll, ein guter Mensch zu werden. Das will ich gern.

Papa habe ich gleich gefragt, ob er etwas über Frau Marlik gehört hat. Das hat er leider nicht. Er wusste nur, dass Herr Marlik gestorben ist, meinte aber, dass die Tochter nach Brasilien herausgekommen sei.

Meine nächste Zukunft ist unklar, denn es ist noch nicht entschieden, ob ich in den Arbeitsdienst muss. Dahin will ich nicht und habe deshalb das Attest meiner Befreiung vom Sport und ein neues Attest, auch von Onkel Paul, eingereicht. Irgendwie werde ich beim Amtsarzt schon durchkommen.

1944

Schon lange wieder zurück im Memelland. Mit dem Unwichtigen will ich anfangen, das Wichtige kommt danach.

Meine Attestvorsorge hat geklappt. Der Amtsarzt war sehr gemütlich und hat mich vom Arbeitsdienst freigestellt.

Jetzt warte ich darauf, welchen Ausgleichsdienst ich dafür machen muss. Von mir aus kann es dauern, bis Nachricht kommt. Soviel Zeit für mich habe ich noch nie gehabt.

Auf Mamas Anraten habe ich mir zwei ihrer »Russen« hierher mitgenommen, Geschichten von Dostojewski (dessen Bücher sie am meisten liest) und von Tschechow. Auf den habe ich mich gleich gestürzt und bin von der Arztgeschichte hingerissen.

Für mich nehme ich daraus, dass man sich von anderen Leuten nichts einreden lassen sollte, vor allem keine Schmeicheleien.

Die Heldin der Geschichte, – nein Heldin ist sie nicht, nur blind ist sie und glaubt jedes schmeichlerische Lob ihrer künstlerischen Talente nur zu gern. Ihren Mann schiebt sie beiseite. Seine Liebe erkennt sie nicht, noch weniger seine Hingabe an seinen Arztberuf.

Sie wird ihm untreu, treibt ihn für Nichtigkeiten an die Grenze seiner Kräfte, bis es zu spät ist. Ihre Reue an seinem Totenbett glaube ich ihr keine Minute. Sie wird weiter mit falschen Verehrern herumsitzen und die bleiben, die sie ist.

Die Geschichte von Tschechow lese ich bestimmt wieder. Was mich rührt, ist die Hilflosigkeit des Arztes, dem klar wird, dass er im eigenen Haus nur ein geduldeter Gast ist. Die Untreue seiner Frau nimmt er hin, weil er diese dämliche Ziege von Frau liebt.

Der Arzt ist der Held der Geschichte, – ein guter Arzt und ein guter Mensch. Ich bewundere ihn, doch: wenn ich mich ehrlich frage, möchte ich weder so sein wie er noch möchte ich ihn zum Mann haben.

Zur Kirche brauche ich heute nicht, denn ich muss aufpassen, dass das Feuer im Herd gleich bleibt.

Das Wichtige, das ich schon gestern schreiben wollte, fängt mit W an, Werner.

Evchen, die ich nach meiner Rückkehr hierher grade noch erwischt habe, bevor sie in den Arbeitsdienst musste, wollte in Memel Abschied von der Zivilisation nehmen.

Das Wetter war fürchterlich. Es regnete Bindfäden, dazu ein Wind, von dem Evchen sehr richtig sagte, »Sturm ist nichts dagegen.« Mit gesenkten Köpfen liefen wir die Parkstraße entlang. Trotzdem entging Evchens Späherblick nicht die Figur, die mit hochgeschlagenem Mantelkragen auf der anderen Seite durch die Gegend lief. Evchen rannte los und in einer Wasserwolke zu mir zurück. Sie hatte schnell einen über ein paar Ecken verwandten Vetter begrüßt.

Für uns gab's erstmal nur ein Ziel. Café Neumann in der Schuhstraße. Unsere Kuchenmarken legten wir zusammen und bestellten aus dem Vollen. Ab und zu stießen wir uns an und versicherten uns, wie unbegreiflich es sei, als Menschen unter Menschen und nicht mehr vor Lehrern auf der Schulbank zu sitzen.

Wir wären noch ewig im Café Neumann geblieben, aber wir mussten noch zum Photoatelier Schmidt, um Passbilder machen zu lassen. Dort angekommen, schraken wir erstmal zurück. Das Wartezimmer war gestrichen voll.

Doch wer erhob sich aus der Menge und ging auf Evchen zu? Ihr Vetter, Oberleutnant Werner Deilins, den sie vorhin begrüßt hatte. Gut sah er aus, groß, dunkle Haare, ein freundlicher Blick.

Seine Mutter, berichtete er, habe ihn verdonnert, für sie ein Photo von sich machen zu lassen.

Während der langen Wartezeit gab ich mir alle Mühe ein Gespräch zu führen, das diesen Namen verdient. Keinesfalls über die Schule, auch nicht über das Wetter, sondern über meine großstädtischen Erfahrungen, was mich dazu

1944

brachte, ein Leben in Berlin auszumalen, das mit der Wirklichkeit wenig zu tun hatte.

Werner, so schien mir, hörte interessiert zu und ging auf das, was ich sagte, freundlich ein.

Als die Photos endlich im Kasten waren, begleitete er uns bis zur nächsten Ecke, und dann legte Evchen los: »Sag mal, du hast angegeben wie eine Lore nackter Affen. Schon an der ersten Ecke ist der Werner schleunigst abgebogen. Wenn du auf Männerfang ausgehst: so klappt das nicht!« »Woher weißt du das?« »Weiß ich, und was ich sehe, das sehe ich.«

Der Abschied von Evchen fiel mir schwer. Ohne sie würde es öde werden. Niemand mit dem ich mich aussprechen könnte.

Meine Zukunft nach wie vor im Ungewissen, lesen konnte ich auch nicht immer, und so beschloss ich, wieder mal nach Memel zu fahren, – ins Café Neumann, wohin sonst?

Dort steuerte ich den Tisch an, an dem ich zuletzt mit Evchen gesessen hatte und dachte, dass Memel doch wohl zu groß ist, als dass Jeder Jeder über den Weg läuft.

In diesem Augenblick stand Werner Deilins in der Tür und sagte: »Wie schön, dass Memel klein genug ist, um sich über den Weg zu laufen.« Mir verschlug es die Sprache, denn zum ersten Mal erlebte ich ein Wunder. Dann sprachen wir beide sehr viel.

Er ist Jurist, aber jetzt bei der Infanterie, im Mittelabschnitt der Ostfront, mit Unterbrechungen für Examen und Referendarzeit schon lange, wie er meinte viel zu lange, im Krieg.

Doch vom Krieg sprachen wir nicht. Der dauert und dauert, was sollten wir darüber sagen? Da gibt es interessantere Themen. Ich brachte das Gespräch so ganz allmählich auf Frauen, deutete das gewisse Etwas an. Manche Frauen hätten es, manche nicht.

Ich hoffte, er würde nun sagen – vielleicht – dass ich es hätte, aber er fragte nur: »Wo haben Sie denn das gelesen?« Ich sagte nichts und drehte den Amethystring an meiner linken Hand hin und her, bis er herunterfiel. Er hob ihn auf und streifte ihn über meinen Finger.

Ob das etwas bedeutet?

Wir blieben noch lange zusammen, gingen durch die Stadt und am Hafen spazieren, einfach so.

Wir sagten auf Wiedersehen, und ein Wiedersehen sollte es sein, am Montag, dem 20. März.

Die Fähre auf die Nehrung nach Sandkrug brauchte nur Minuten. Wir liefen durch den Wald hinunter an den Strand.

Sonne, blauer Himmel, links von uns die Ostsee, ein Glitzermeer. Wir waren die einzigen Menschen und gingen nebeneinander an der See entlang, wie am Rand der Welt.

»Wenn die Sonne scheint, Annemarie, machen wir ne Landpartie« sangen wir beide bis zur letzten Strophe. »Sind wir alt und grau, dann ist es aus...« »Hoffentlich« sagte er.

Ich blickte ihn von der Seite an und verstand, was er meinte.

»Alt und grau« war seine Hoffnung.

Oben, an den Dünen, stand eine Reihe von Badebuden. Nach dem langen Weg durch den Sand ging's auf Quartiersuche. Er lobte sich, denn mit dem Blick des erfahrenen Infanteristen hatte er gleich die Bude erspäht, die offen war.

»Sing, Nachtigall sing«, pfiff er vor sich hin und zog mich neben sich auf den Holztisch. Das Gespräch stockte.

Aus lauter Verlegenheit begann ich, meine Schuhe aufzuschnüren, um den Sand herauszuschütten. Er trug sie heraus, schüttete sie aus und dann, ehe ich mich versah, kniete er auf dem Bretterboden und zog sie mir wieder an.

Langsam richtete er sich auf. Beide Hände legte er um mein Gesicht.

Über und über rot geworden, war alles was mir einfiel: »Ich glaube, wir sollten jetzt gehen.«

Am Strand hielt ich die Augen gesenkt, sammelte ein paar kleine Bernsteine auf und hielt sie ihm auf meiner Handfläche hin.

»Drei für dich und drei für mich.« Er steckte drei Steinchen ein.

65

1944

Langsam gingen wir den Dünensteig hoch. Oben blickten wir zurück über die See, über die Nehrung. Dünen, Sand und Sonne. Auf dem Weg zurück durch den Wald, auf der Fähre und weiter bis zum Bahnhof ließen sich unsere Hände nicht mehr los. Den herumgereichten Urlauber nannte er sich, denn er war abends zu Verwandten seiner Mutter eingeladen. Doch er bestand darauf, mich nach Hause zu begleiten. Wir hatten ein Abteil für uns, nahmen aber nur wenig Platz ein, obwohl die ganze Bank frei war.

Jetzt nickte mir der alte Schaffner auf dem Bahnhof freundlich zu. In unserer Fahrschülerzeit dagegen hatte er uns täglich mit Bahnhofsmorgengebrumm begrüßt: »Dass die Marjellens und die Lorbasse im letzten Moment angerannt kommen, immer die gleichen! Länger als fünf Minuten kann ich den Zug nicht wartenlassen.«

Wie lang war damals der Weg zum Bahnhof, wie kurz schien er mir jetzt mit Werner.

An der Kirche, hinter dem von zwei Wirtshäusern, dem großen Haus mit Laden von Evchens Eltern und kleinen Häuschen eingerahmten Dorfplatz blieben wir stehen.

»Morgen fahre ich mit meiner Mutter zu Verwandten nach Insterburg und dann ...« Ich wollte es nicht hören, »und dann zurück zu den Soldaten.«

Wenn es nur das gewesen wäre! An die Front musste er.

Die letzten Sonnenstrahlen fielen schräg ein. Zum ersten Mal bemerkte ich, welch langen Schatten der gedrungene Kirchturm warf. Ich griff nach dem Zettel mit seiner Feldpostnummer in meiner Manteltasche. 19941 D. Ich konnte sie schon auswendig.

»Bleib diesen Augenblick noch in der Sonne stehen« sagte er.

»Wirst du mir schreiben?«

»Ja.«

Heute hielt ich seinen ersten Brief in der Hand. Komisch sah der aus, ich meine den Poststempel »Straßburg, Elsass.« Werner ist doch an der Front im Osten.

Ich saß auf der Bank, lehnte meinen Kopf an die Hauswand und sah hoch in den blauen Himmel. Darunter lebt er so wie ich. Doch das hilft wenig.

Als ich die ersten Zeilen las, kamen gleich die Tränen. Werner schrieb, dass er seine Mutter überredet hatte, die Fahrt nach Insterburg aufzugeben, doch habe er mich am Telephon nicht erreichen können.

Heute Abend, beim Essen, ließ ich ganz nebenbei fallen, dass ich einen Telephonanruf erwarte. Das brachte Herrn Margies auf die Spur. »Richtig! Eben fällt mir's ein, es gab einen Anruf für dich, schon ein bisschen her. Der Zettel mit der Telephonnummer muss noch irgendwo unter meinen Papieren sein. Tut mir leid.«

Ein Zettel irgendwo, – was wäre gewesen, wenn … Nicht daran denken.

Doch Werner soll wissen, dass ich seinen Anruf nicht bekommen habe. So fing ich meinen Brief an ihn gleich damit an. Sonst kann ich ihm schreiben, dass ich nicht wieder Schulhelferin geworden bin, sondern im Büro der NSV (nationalsozialistische Volkswohlfahrt) in Memel Dienst machen muss.

Fast zwei Seiten habe ich zustande gebracht, aber ich sollte noch auf Werners Brief eingehen. Ruhige Tage habe er, bleibe es so, sei er zufrieden.

Aus Miesdorf kam ein Brief von Mama. In unserer Wohnung leben jetzt vorübergehend Bekannte, die ausgebombt sind, denn Steglitz ist im März von einem Luftangriff schwer getroffen worden.

Die schönen Häuser in der Undinestraße sind hin. In der Klingsor- und Breitestraße ein Trümmerhaufen neben dem anderen.

1944

Womit soll ich anfangen? Mit meiner Arbeit, die ich bisher nur mit dem Wort »sogenannt« verbinden kann? Doch darüber klage ich nicht, denn je weniger ich zu tun habe, desto besser gefällt es mir. Ab und zu bediene ich das Telephon, ordne Karteien ein, meist aber mache ich für andere Besorgungen. Noch nie bin ich soviel spazieren gegangen und kenne mich in Memel schon ganz gut aus.

Im Büro fühle ich mich wie in einem dunklen Wald, denn die Kreisleitung beherbergt ein Gewirr von Leuten, Parteigenossen und -Genossinnen, die mit den widersprüchlichsten Anweisungen hinter den Bäumen meines dunklen Waldes hervorspringen. Dann wieder tun sie sich zusammen, und da heißt es Vorsicht.

Der Büroleiter fordert »im persönlichen Auftrag des Gauleiters« Einsatz für die (mir zum Halse heraushängende) Volksgemeinschaft und hat mich angeschnauzt, weil ich nicht pünktlich zum Appell gekommen bin.

Tante Hetty hat mir ein Zimmer bei einem Landgerichtsrat Lehr vermittelt. So wohne ich jetzt mitten in der Stadt in einer großen alten Wohnung und bin mit Zimmer und Vermietern, Herrn und Frau Lehr, sehr zufrieden. Beide sind schon alt und sehr nett zu mir.

Sie: klein, nur in schwarzen Kleidern, Haare straff zurückgekämmt.

Er: wacklig, mit nur noch wenig weißen Haaren.

Mir tun sie leid. Sie haben ihre drei Söhne verloren, einen schon als Kind an Tetanus. Der zweite Sohn fiel in Polen, in den ersten Kriegstagen und der Jüngste in Russland, auch gleich bei Beginn.

Kind im Haus ist ein dicker Dackel, der früher dem jüngsten Sohn gehörte. Dieser Hund lässt überall spitze Knochen liegen und geht nicht gern spazieren. Deshalb rechnet es mir Frau Lehr hoch an, wenn ich ihn abends ausführe und er mit mir geht.

Sonntag, 28. Mai

Manchmal ist die Feldpost schnell. Auf meine Nachricht vom Ausgleichsdienst schrieb Werner, dass es erfreuliche Aussichten seien, mich Ende September, in seinem nächsten Urlaub, in Memel zu finden. »Doch schade«, schreibt er, »dass Du nicht Schulhelferin geworden bist. Vielleicht hättest Du Märchen mit den Kindern gelesen. Märchen liebe ich sehr. Ab und zu erlebt man auch heute noch welche. Man muss nur Glück haben.«

Diese Stelle habe ich schon Xmal gelesen. Ob er den Tag auf der Nehrung damit meint?

Hier ist das neueste, dass wir Memel nicht verlassen dürfen. Dazu hörte ich von der Parteigenossin aus dem Büro nebenan, dass ich mir meine Wochenendfahrten in die Gegend von Heydekrug nun verkneifen müsse. Wenn ich als Abiturientin glaubte mir mehr herausnehmen zu können als treue Parteigenossinnen, sei ich sehr im Irrtum. »Heute kommt's drauf an, zusammenzustehen«, rief sie mit erhobener Stimme.

»Nicht mit Ihnen«, lag mir auf der Zunge.

Sonntag, 18. Juni

Papa hat mich besucht. Im Pfarrhaus hat er fromme Gespräche geführt. Er liebt das. Mich behelligt er aber nicht damit.

Vor allem wollte er mich mit nach Miesdorf nehmen, doch es gibt keine Erlaubnis, den Ausgleichsdienst zu verlassen.

Zusammen haben wir seinen Bruder, Onkel Adam, hier in Memel besucht. Mit einem Jugendfreund aus ihrem Heimatdorf saßen wir in der engen Wohnstube um den Tisch und aßen ohne Unterbrechung. Ich wunderte mich, wie meine Tante, so lang wie breit, mit dem Tablett in der vollgestellten Stube am Vertiko vorbeikommt. Darauf prangt unter Glas ein Aufbau aus Porzellanblumen, von dem Mama mir schon erzählt hat, denn dieses Monstrum ist ihr vor Jahren, bei ihrem einzigen Besuch dort ins Auge gefallen.

Ich hätte von Papas Jugendfreund gern etwas aus seiner

1944

Missionarszeit in China gehört, aber Papa und er hatten andere Sorgen und fragten sich, ob mit der Invasion in Frankreich die Aussicht auf ein Ende dieses endlosen Kriegs steigt.

Ich bin froh, dass Werner im Osten ruhige Tage hat.

Da es von mir und meinem öden Dienst nichts zu berichten gibt, schreibe ich ihm über meine Gedanken.

Dazu antwortete er mir:

»Du schreibst von Deinen Gedanken über das Leben. Es ist lange her, dass ich darüber nachgedacht habe. Später werde ich das wieder tun. Im Augenblick aber stellt sich mir eher die Frage nach der Voraussetzung des Lebens, das heißt, dass man am Leben bleibt.«

Zur Zeit, schreibt er weiter, bauen sie ihre Stellungen aus. Abends hören sie den Soldatensender und wären lieber woanders als dort, wo sie sind.

Montag, 3. Juli

Morgens um halb fünf bei Nachtwache auf der Kreisleitung. Warum wir hier »wachen« habe ich nicht herausbekommen.

Von Werner kamen zwei Briefe hintereinander, einer vom 20. Juni mit Luftfeldpost. Es ist ein merkwürdiges Gefühl, einen Brief von ihm zu lesen und nicht zu wissen, ob er im gleichen Augenblick noch lebt, – besonders seit Neuestem. Im Mittelabschnitt sollen nämlich zur Zeit heftige Kämpfe im Gange sein. Deshalb stürze ich mich jeden Tag auf den Wehrmachtsbericht.

In seine Briefe legt er immer etwas für mich hinein, eine Fliederblüte, einen Jasminzweig, zuletzt drei Veilchen.

»Hoffentlich überstehen sie die Reise« schrieb er. Das haben sie und noch mehr hoffentlich: dass Werner die Veilchen übersteht.

Von Mama kam auch ein Brief. Sie ist in Miesdorf dem Ortsbauernführer in die Hände gefallen und muss mit ihm im Dorf herumziehen, um die Hühnerzählungen zu protokollieren, denn es wird kontrolliert, ob die Tiere, die der Abgabe unterliegen, auch da sind.

Da sich im Dorf alles herumspricht, weilen die Hühner längst nicht mehr unter den Lebenden, wenn die Inspektion kommt.

Ihre Tätigkeit hat meine Mutter wohl ihrem früheren Gegenüber zu verdanken, – einer Bauersfrau, die sich im Dorf nur auf Stöckelschuhen bewegt. Sie sorgt bei ihrem Freund, dem Dorfbürgermeister, dafür, dass die Damen aus Berlin sich nicht um den Einsatz drücken.

Mama meint, dass sie die Freundschaft mit dem Bürgermeister allerdings nötig hat, da es ihres Mannes wegen Unannehmlichkeiten gab. Dieser hatte bei einer Dorfversammlung vor dem Führerbild seinen Hut aufbehalten.

Hauptsache, meine Mutter kommt nicht in einen Fabrikeinsatz. Daher kam die Tochter des Pfarrers von Miesdorf im Sarg nach Hause. Sie und die beiden ukrainischen Ostarbeiterinnen neben ihr sind in der Munitionsfabrik beim Granatendrehen umgekommen.

Mama schreibt von der bewegenden Trauerfeier in der Kirche von Miesdorf. Sie schildert, wie sich ihre Teilnahme am Ende auf den Vater konzentrierte, der als Pfarrer seine eigene Tochter beerdigen musste.

Meine Mutter sieht hier einen tiefen Graben: als Pfarrer Trauernden Trost zu spenden gehört zum Beruf. Doch als Vater sich mit den gleichen Worten selbst zu trösten, geht tief ins Innerste.

So ist es: steckt man selbst drin, sieht alles anders aus.

Montag, 10. Juli
Herrlichstes Wetter, aber meine Stimmung ist trübe, so als ob graue Wolken vom Himmel herunter hängen. Kein Brief von Werner, nichts. Abends fuhr ich auf die Nehrung, obwohl das verboten ist. Ich ging am Strand entlang und redete mir ein, dass Werner in diesem Augenblick an mich denkt.

1944

Jeden Abend höre ich jetzt die Nachrichten über die Kämpfe im Mittelabschnitt der Ostfront. Ich sitze dann zusammen mit Herrn Lehr zwischen schweren dunklen Möbeln im sonst selten betretenen Herrenzimmer. Ihn mag ich sehr gern, aber meine anfängliche Freude über die freundliche Aufnahme bei Lehrs hat sich inzwischen verflüchtigt.

Ganz zu Hause soll ich mich bei ihnen fühlen. Daraus ist geworden, dass der Sonntag mit Lehrs beim Frühstück anfängt und damit leider nicht aufhört. Doch wie könnte ich nein sagen, wenn Frau Lehr mir so entschieden Gutes tun will.

An Eilika, das andere Mädel hier, traut sie sich nicht heran. Dabei bin ich sicher, dass sie Eilika lieber als mich an ihrem Frühstückstisch hätte. Kommt man im Sinne Frau Lehrs aus »bester Familie« ist man ihr nicht unterworfen und braucht nicht eine Art von »Hauskind« zu spielen.

Eilika hat das Zimmer neben mir, murmelt »guten Tag« wenn sie durchgeht und macht die Tür hinter sich zu. Noch nie habe ich ein Mädel gekannt, das so wenig spricht.

Ich schreibe das hier auf, weil ich keinem sagen könnte, wie lästig es mir ist, bei Lehrs eingemeindet zu sein.

So ging's gestern, nach dem Frühstück, für mich weiter. Ich trocknete in der Küche das Geschirr ab und dachte dabei an die »Via Mala«, ein rasend spannendes Buch, mit dem ich gleich nach Strandvilla spazieren gehen wollte, um dort unter Bäumen weiter zu lesen, ob die Familie endlich etwas gegen den grausamen Vater unternimmt.

Das erfuhr ich leider nicht, da Frau Lehr den Sonntagsgang zum Friedhof ankündigte. Sie werde die Rosen, ihr Mann den Waldi nehmen, »und du nimmst die Gießkanne.«

Warum nur kriege ich es nicht fertig, anderen Leuten ein »nein« ins Gesicht zu sagen?

Also trottete ich gestern wieder mit. Da Herr Lehr kleine Schrittchen macht und der Dackel nur dann munter trabt, wenn es auf den Platz um die Ecke zum Treff mit seinen Hundebekannten geht, brauchen wir allein für den Weg fast den ganzen Vormittag.

Sind wir endlich da, steht Frau Lehr lange vor dem Grab und sagt – immer gleich – »unser Leben.« Herr Lehr setzt sich mit Waldi auf die Bank daneben. Ich werde mit der Gießkanne zumBrunnen geschickt. »Wenn sie noch so viel gießt«, geht mir dabei durch den Sinn, »ihre Söhne werden aus dem Grab nicht herauswachsen.« Die beiden älteren liegen dort, da sie den in Polen gefallenen Sohn umbetten konnten.

Frau Lehr weint nicht, sie faltet nicht einmal die Hände zum Gebet. Ihr Gesicht bleibt so starr, dass ich wünschte, sie weinte.

Hat sie das Grab in Ordnung gebracht, wischt sie die Inschrift auf dem Stein »Ich gehe durch den Todesschlaf zu Gott ein als Soldat und brav« ab und gibt mir den Lappen für den Abfall.

Das getan, sind die Worte »bei unseren Söhnen ist auch Platz für uns«, Aufbruchssignal für den Nachhauseweg.

Dann kommt's: »Du isst natürlich mit uns.«

Da beginne ich zu trauern. Der Sonntag ist hin.

Nach dem Essen … tiefe Stille. Ich könnte tun, was ich wollte, doch habe ich nun zu nichts Lust. Immerhin ist die Kaffeestunde erträglich, weil beide, er und sie, dann zum Erzählen aufgelegt sind. Meist sind es Erinnerungen an die Söhne: wie der Jüngste mit dem Papagei von Justizrats im Parterre Schabernack getrieben hat und die Älteren mit »klirrenden Folgen« ihre eigenen Fußballtrainer gewesen sind.

Herr Lehr erzählt gern von Tilsit, wo er als jüngster Referendar nächtlich am Stadttor wachen musste, um die Wölfe abzuwehren und wartet am Ende darauf, dass seine Frau »aber Ernst!« ruft. »Ja Bertchen«, sagt er dann, »so stellt man sich im Reich Ostpreußen vor. Steppen mit Wölfen und Wälder, in denen sich Fuchs und Hase gute Nacht sagen.«

Gestern allerdings gab's keine Geschichten von früher, denn das Gespräch drehte sich um die heranrückende Front. Wilna ist genommen und andere Orte, die verdächtig nah sind.

1944

Dauernd zum Ostwall unterwegs. Ich muss bei der Proviantverteilung helfen. Die Aufsicht, ein dicker Mensch in brauner Uniform, sitzt immer in der Mitte der Ladefläche unseres Lastwagens, um ihn herum alte Männer und Jungens. Sie werden hinter die frühere Grenze gekarrt, um Gräben auszuheben, die die Russen am Vormarsch hindern sollen. Ob wirklich jemand glaubt, dass die Rote Armee dadurch aufgehalten wird?

Herrn Lehr, sonst ein Muster an Abgeklärtheit, riss mein Bericht vom Stuhl. »Bei aller Freude«, sagte er, »habe ich schon 1939 Böses geahnt, als das Memelland zum Reich, zu diesem Reich, zurückkehrte. Parteigenosse bin ich nicht geworden. Eine Beförderung wäre mir das nicht wert gewesen.

Dass die Partei oder wer immer mit Schippchen und Eimerchen ein potemkinsches Dorf namens Ostwall baut und glaubt, uns Sand in die Augen streuen zu können, während man alle und alles hier ungerührt aufgibt...« Er schüttelte den Kopf.

»Dabei dürfen wir davon ausgehen, dass sich diese Herren als erste in Sicherheit bringen.« Er stand auf und fiel in den Sessel zurück.

»Ernst, ist es möglich, dass die Russen kommen?« Frau Lehr schlug die Hände vors Gesicht. Die Antwort, »nicht nur möglich, es ist sicher«, ließ sie zum Taschentuch greifen.

Doch sie weint nicht um sich selbst, sondern um das Grab ihrer Söhne. Mit der unablässig wiederholten Frage, was damit geschehen werde, macht sie mich noch mal verrückt. Versäume ich, ihre Auslassungen mit unglücklichem Gesicht zu begleiten, bin ich »oberflächlich.«

Herr Lehr dagegen zieht sich ganz in sich zurück. Als er abends nach den Nachrichten das Radio ausschaltete, sagte er zu mir: »So oder so geht es dem Ende zu.« Ihm fiele der Abschied leicht, nichts zähle mehr für ihn. Den Fehlschlag des Attentats auf Hitler betrachtet er aber trotzdem als Unglück. Dazu nahm er mir das Versprechen ab, zu keiner

74

Seele darüber oder über die Kriegslage zu sprechen. Doch da braucht er sich keine Gedanken zu machen, an ähnliche Mahnungen bin ich nun schon jahrelang gewöhnt.

Wegen des Attentats mussten wir alle beim Büroleiter antreten. Er sprach von einem Verbrechen verräterischer Offiziere, die dem Führer und damit dem ganzen deutschen Volk gewissenlos in den Rücken hätten fallen wollen.

Meine Vorgesetzte, die Parteigenossin Wagner, empfahl mir, ich glaube sogar aufrichtig, ein Dankgebet an die Vorsehung.

Mittwoch, 2. August

Memel wird geräumt. Wir müssen weg. Dass die Zukunft zu einem Buch mit sieben Siegeln wird, dass unsere Welt plötzlich abstürzt, finde ich spannend.

Mal sehen, wie es weitergeht. Zunächst sehr wenig spannend auf dem Haffdampfer »Trude«, für den Frau Lehr und ich, (nicht aber Herr Lehr), eingeteilt sind. Ich fahre erstmal nach Königsberg zu Onkel Paul, der allerdings noch nichts von seinem Glück weiß. Aber irgendwie wird es schon klappen.

Heute früh nahm mich Frau Lehr zu Justizrats im Parterre mit. »Sorgen, nichts als Sorgen!« Damit empfing uns Frau Ehlers. Aber nichts sprach dafür, weder ihre Umgebung, noch sie selbst.

Durch die weit geöffnete Glastür blickte ich in einen alten Garten voller Rosen, Schwertlilien und Levkojen. Schön anzusehen, mit hochgestecktem weißen Haar, thronte Frau Ehlers im Salon, neben ihr ein Tischchen mit Vogelkäfig, Papagei und Handarbeit. Dieser Vogel war Gesprächsthema.

Wohin mit ihm? Mitnehmen könne sie ihn nicht. Als ob das große, rote Tier das ahnte, hielt es den Kopf schräg, sah seine Herrin schief an und wetzte den Schnabel.

Ich machte noch schnell einen Gang durch die Stadt, ohne Zweck und Ziel. Alles was zwei oder vier Beine hatte, rannte

1944

genau so ziellos hin und her, dazwischen Flüchtlingsscharen auf hoch bepackten Pferdewagen.

Je länger ich herumlief, desto erstaunter war ich darüber, dass eine Stadt sich von heute auf morgen um ihre eigene Achse dreht. Mir kommt's vor, als ob Memel im Wortsinn »aufbricht«, in lauter einzelne Menschen zerfällt.

Sonntag, 6. August

Mir geht's wunderbar. Onkel Paul hat seine Klinik in Cranz, dem Seebad, wohin es zum Wochenende nicht nur uns, sondern ganz Königsberg zog. Ein Badeleben wie im tiefsten Frieden. Auf der Kurpromenade stellte meine Tante mich ihren Bekannten vor, die freundlich guten Tag sagten, sich aber für den Grund meines plötzlichen Auftauchens nicht interessierten. Dass Memel wegen des russischen Durchbruchs bei Wirballen-Eydtkuhnen geräumt wird, schien niemand zu stören. Doch so weit weg ist die Grenze nicht von Königsberg!

Auch Onkel Paul fragte nichts, meinte aber, dass Frau Lehr dafür bestraft werden müsste, Hund und Kanarienvogel mitgenommen zu haben. Ich sagte dazu nichts, doch den dicken Dackel hätte ich auch nicht zurückgelassen. Den Kanarienvogel hatte mir Frau Lehr in einem winzigen Käfig mit verschiebbarem Vorhang um den Hals gehängt. Gesungen hat er nicht.

Ich habe nur einen Koffer mitgenommen, darin meine Tagebücher und die Briefe von Werner. »Mein« zweiter Koffer war einer von Frau Lehr, die zwei Koffer und den faulen Dackel nicht hätte schleppen können.

Die Dampferfahrt übers Haff wäre bei dem herrlichen Wetter schön gewesen, aber ich glaube, dass die auf dem Deck wie Heringe zusammengepressten Menschen das nicht so empfanden.

Alle blickten zurück, als das Schiff losmachte. Ich sah hinüber zur Nehrung und dachte an Werner.

Vor der Abfahrt aber gab es noch ein Durcheinander, weil

sich die Passagiere unten plötzlich in Bewegung setzten und aus dem Schiff stürmen wollten. Nachdem sie zurückgedrängt worden waren, hörten wir, dass angeblich Leprakranke mit uns mitfahren sollten.

Bei Memel liegt nämlich eine Leprakolonie, die einzige in Deutschland. Zu gern hätte ich einmal einen der Kranken aus exotischen Ländern gesehen, doch mein Onkel Adam räumte mit solchen Vorstellungen auf, als er mir sagte, dass ich allenfalls deutsche Matrosen zu Gesicht bekäme.

Obwohl die Frauen auf unserem Dampfer nicht nach Lepra, sondern danach aussahen, dass sie gut zu essen hatten, herrschte Unruhe. Wenn man Angst hat, glaubt man schnell, sogar an Leprakranke auf der »Trude.«

Von Frau Lehr, die unterwegs mit jedem Gedanken am Grab ihrer Söhne stand, habe ich mich in Königsberg verabschiedet.

Grab und Söhne haben in ihrem Kopf Dauerschaden hinterlassen. Mir tut Frau Lehr leid. Doch je deutlicher mir wurde, dass sie mich in ihren Trauerkäfig sperren wollte, desto mehr schwand mein Mitgefühl.

Übermorgen geht's nach Berlin. Schön ist es hier in Königsberg. »Nun ruhen alle Wälder ...«, wenn es abends vom Turm geblasen wird, scheint der Krieg weit, weit weg, – und doch kommt er jetzt über die Grenze und immer näher.

Dienstag, 26. September
Es ist nicht zu fassen: ich bin wieder hier, im Pfarrhaus im Memelland.

Zwar mache ich jetzt meinen Ausgleichsdienst bei der Gauamtsleitung Berlin der NS Volkswohlfahrt (Gau genannt) am Fehrbellinerplatz, aber mir ist es gelungen, mich zu verdrücken, als ich von Marlene hörte, dass sie nach Hause fährt, denn die Front ist stehen geblieben.

Die Dorfbewohner sind wieder da, doch es ist anders. Das Militär beherrscht die Szene, um uns herum nichts als Soldaten und Militärfahrzeuge in Kriegsaufmachung.

1944

Überall ist Einquartierung, auch bei Marlenes Freundin, die uns eingeladen hatte. Solange sich die Militärs noch aufrecht bewegen konnten, haben wir Swing, sogar Charleston, geübt, bevor sie im Trunk umsanken. Marlene hatte übrigens enorm Erfolg. Dazu trugen, zu meiner ungeheuren Erleichterung, auch ihre in Locken gedrehten kastanienbraunen Haare bei. Die Locken waren mein Werk, da ich die Brennschere bedient hatte. Nur ist der Umgang mit diesem unförmigen Verschönerungsinstrument nicht einfach. Mir fiel das Ding vor Schreck fast aus der Hand, als plötzlich zwei dicke Haarbüschel auf dem Boden lagen. Zum Glück war die kahle Stelle hinten nicht aufgefallen. Hauptsache die Locken haben gehalten.

Auch im Pfarrhaus hat die Einquartierung das Sagen: ein Militärpfarrer, ein Major und zwei Burschen. Gestern haben sie und andere Offiziere gefeiert. Die Burschen kochten, Marlene und ich deckten den Tisch mit dem guten Porzellan. Solcher Art Abwechslung ändert aber nichts daran, dass eine Spannung über uns liegt, die man, wie Tante Hetty sagt, mit Händen greifen kann. »So viel zu tun hätte ich«, klagte sie, »doch ich laufe durchs Haus und weiß nicht warum.«

Dagegen ist der Bursche vom Militärpfarrer ein Bild gemächlicher Ruhe. Meist bügelt er und handhabt das Kohlebügeleisen, als ob er in einer Plätterei aus dem vorigen Jahrhundert gelernt hätte. Von Beruf ist er Studienrat für alte Sprachen.

Ungeachtet der Bedenken von Tante Hetty, bin ich für einen Tag nach Memel gefahren, aber die Stadt, die ich kannte, fand ich nicht. Die Straßen voller Menschen, die nur eine Frage haben: Steht die Front, wird sie halten?

Vor einem Laden stolperte ich auf dem Bürgersteig über ein Fass mit Honig. »Marjellchen nimm dir« rief mir die Frau in der Tür zu. »Das verkaufen wir hier nicht mehr, aber wenn du Rubelchen hättest ...«

Marlene und ich fahren heute Abend. Ihre Eltern bestehen darauf.

»Wie immer«, sagte Marlene gestern zu ihrer Mutter, als Pferd und Wagen vor dem Haus warteten und ihr Vater einstieg. »Papa fährt über Land.«

Tante Hetty schüttelte den Kopf. »Nein. Für uns gibt's hier nie mehr ein »wie immer.«

Als Herr Margies nach Hause kam, ging er, ganz gegen seine Art, direkt in seine Studierstube und kam später stumm zu Tisch. Den hatte Tante Hetty für uns mit allem gedeckt, was noch in der Speisekammer zu finden war.

Doch wir schoben das Essen auf den Tellern hin und her.

»Er war zu nichts zu bewegen« sagte Herr Margies schließlich, nachdem er den Blicken seiner Frau lange genug ausgewichen war. »Du kennst meinen Vater. »Hier bleibe ich, bis ich mit den Füßen zuerst herausgetragen werde. Mit 93 Jahren habe ich nicht mehr lange zu warten.«

»Ich wusste, warum ich nicht mit dir mitfuhr.« Tante Hetty wischte sich die Augen. »Ich hätte es nicht ertragen ... der alte Mann in der Tür.«

Der Gottesdienst: über leere Kirchenbänke hatte sich Pfarrer Margies nie zu beklagen, doch heute morgen saß und stand man dicht an dicht.

»Mit Mann und Roß und Wagen hat sie der Herr geschlagen.«

Damit begann der Pfarrer seine Predigt. Dann sprach er über die große Freiheit, die Freiheit von Besitz. »Irdische Güter ziehen uns herab und verstellen den Blick in eine Zukunft im Lichte der Ewigkeit.«

»Eine andere«, ging mir durch den Kopf »gibt's im Augenblick wohl auch nicht.«

»Der Wolken, Luft und Winden gibt Wege, Lauf und Bahn, der wird auch für Euch einen Weg finden, den Ihr gehen könnt«, damit entließ der Pfarrer seine Gemeinde.

Für sich selbst hat er nur einen kleinen Koffer vorbereitet.

1944

Alles, was er mitnehmen will, sind Gesangbuch, seine eigene und die alte Bibel aus der Kirche.

Donnerstag, 5. Oktober
Wieder in Berlin, nach zehn Tagen im Memelland. Es war dort wie in einer Zwischenzeit.

Die Fahrt zurück verlief anders als ich gedacht hatte, denn der Zug war fast leer. Diesmal ging's nicht über Königsberg, sondern über Posen.

Seit den Luftangriffen Ende August soll in Königsberg kein Stein mehr auf dem anderen stehen. Onkel Pauls schöne Wohnung ist hin. Nie hätte er gedacht, so schrieb er, dass die Bomben auch Königsberg in Trümmer verwandelten. »Wir sind doch so weit weg vom Westen.«

Werner auch. An ihn denke ich jetzt sogar mit Hoffnung, denn meine Briefe sind zurückgekommen mit dem Aufdruck: »Neue Anschrift abwarten.«

Von meinem Ausgleichsdienst beim Gau kann ich nur sagen, dass ich die Sachbearbeiterin, Parteigenossin Lennert, unterstützen soll. Sie tippte auf das Parteiabzeichen an ihrem grauen Kostüm und ließ mich wissen, dass ich ihr unterstellt bin. Zugleich ermahnte sie mich, mich von ihrer Kollegin Scharnau im Büro nebenan fernzuhalten. »Sonst ist es aus.« Schön wäre es, wenn es wirklich »aus« wäre.

Wenn nicht mit der Kollegin meiner Chefin, kann ich aber mit meiner Abi Kollegin Annemarie sprechen. Das habe ich bereits ausgiebig getan, und wir haben uns gleich gut verstanden.

Doch schnell noch etwas ganz anderes. Ich habe soviel darüber nachgedacht, – über eine Erzählung von Ricarda Huch, die ich auf der Fahrt von Heydekrug zurück nach Berlin gelesen habe. Der Held der Geschichte führt einen Mordplan aus, weil er glaubt im Sinne einer höheren Ordnung dazu verpflichtet zu sein.

Ich bin absolut und total anderer Ansicht. Je länger der

Krieg dauert, desto mehr bin ich dagegen, dass man andere Menschen um einer Idee oder »um der Sache willen« töten darf.

Donnerstag, 26. Oktober

Unser Pfarrer hat sich für das Treffen mit seinen ehemaligen Konfirmanden viel Zeit genommen. Mich hat er in der Meinung bestärkt, dass kein Mensch sich einbilden dürfe, im Sinne besserer Überzeugung das Leben anderer in die Hand zu nehmen.

»Und wie ist es im Krieg?« fragte ich.

»Ach Ande, die Soldaten im Krieg sind eingebunden in den Befehl. Sie selbst wollen nicht töten, sonst wären sie Mörder. Aber das diskutieren wir vielleicht später einmal.«

»Krieg ist Krieg«, damit muss ich mich wohl zufrieden geben.

Ich werde einmal mit Thekla darüber sprechen, denn sie ist – zum Glück – auch wieder in Berlin, da sie eine kriegswichtige Ausbildung macht. Neulich diskutierten wir über unsere Zukunft, das heißt darüber, ob wir überhaupt eine haben.

Wir sitzen dann in ihrem schönen Zimmer mit den weißen Möbeln. Doch so viel und so lange wir reden, ein Fernrohr in die Zukunft haben wir damit nicht in der Hand.

Ich berichtete Thekla ausführlich von meinem Dienst auf dem Gau. Dazu gehört, dass wir Abis regelmäßig an Schulungen teilnehmen müssen, z.B. über Juden. Was man da zu hören bekommt, weiß ich schon vorher, aber das, was Frau v. M. uns bot, schlug alles. Schon bei dem Wort »Juden« schäumt sie.

In eine Art Gewand gehüllt steht sie da, mit wehenden Haaren eher einer Dame ähnlich, die im Jugendstilsalon empfängt. Tatsächlich aber wühlt sie in dieser Aufmachung mit beiden Händen in einem Abfallkübel, gebärdet sich als Obergermanin und ist um das edle deutsche Blut besorgt.

Da bin ich zum ersten Mal fast stolz darauf, dass letzteres in mir nur begrenzt fließt.

Die Familie meines Vaters lebte immer in den gleichen Dörfern an der Grenze. Im Buch über die Bevölkerung des Memelandes wird sie als pruzzischen Ursprungs aufgeführt und gehört zur Urbevölkerung, die man jetzt Preußisch Litauer nennt, weil sie sich mit Litauern, die die preußischen Könige ins Land holten, vermischt hat. Seit der Entstehung des Herzogtums Preußen sind wir evangelisch und preußisch. Von »edlem deutschen Blut« aber findet sich bei meinem Vater kein Tropfen.

Wir Abis sind nach solcher Schulung wie versteinert, so dass es nicht zur Diskussion kommt. Darüber gerät Frau v. M. in immer schlechtere Laune.

Annemarie meint, dass ihre Eltern sie nicht mehr auf den Gau ließen, wenn sie zu Hause erzählte, was wir dort anhören müssen. Dabei ist ihr Vater General!

Mag das Weib behaupten, die Germanen seien ganz oben, direkt bei der Vorsehung angesiedelt. Ich habe im Konfirmandenunterricht gelernt, dass Gott einen Bund mit dem Volk Israel, aber nicht mit den alten Germanen geschlossen hat.

Sonnabend, 28. Oktober
Erstaunlich, neuerdings bin ich während der Dienstzeit beschäftigt. Das liegt am Heldenklau, der zur Zeit umgeht und in manchen ruhigen Ecken auf dem Gau aufräumt. So müssen nun drei Vorgesetzte nicht mehr im Büro, sondern mit dem Gewehr in der Hand für den Endsieg kämpfen.

Meine Parteigenossin Lennert zeigt ihre Freude darüber offen, denn sie fühlt sich dadurch befördert, strebt nach Höherem und hat für nichts mehr Zeit. So bin ich bis über die Ohren mit der Aufnahme von Daten und Listen wegen der Kindertransporte nach Wien und Umgebung eingedeckt, wohin Kinder aus Berlin zur Zeit verschickt werden.

Doch mich interessiert an meinem Einsatz nur, dass ich

ihn hinter mich bringe, um zum Studium zugelassen zu werden.

Im Augenblick allerdings ist allein Melli wichtig. Sie steht im Mittelpunkt meiner Gedanken und meiner Gespräche mit Thekla.

Ich habe Melli, seit ich wieder in Berlin bin, nicht gesehen, weil sie verreist war. Jetzt liegt sie in der Charité, einem Krankenhaus mitten in der Stadt. Thekla, die zu Hause Telephon hat, ruft so oft es geht Mellis ältere Schwester an, die als Rotkreuzhilfsschwester in der Charité Kriegseinsatz macht.

Melli hat irgendetwas mit Miliar ... was genau, weiß ich nicht. Ihr geht es nicht gut. Wenn wir dürfen, wollen Thekla und ich sie besuchen.

Dienstag, 31. Oktober

Gestern Abend, als ich überlegte, ob ich in den wegen Fliegeralarms unterbrochenen Film ins Schlossparkkino zurückgehen sollte, klingelte es. Vor mir stand Klaus, mein Tanzstundenfreund. Er wollte einmal sehen, wie es mir so ginge.

Darüber habe ich mich doch gefreut. Im Äußeren hat er sich verändert, nicht mehr so blond wie früher und anders angezogen ist er auch. Der »Hitlerjunge« steckt jetzt in der Uniform der Waffen SS, ist Kriegsberichterstatter und kommt auf den Balkan.

Als ich ihn als Neugermanen ansprach, schaukelte sich unser Wortwechsel hoch wie früher. Ein Gespräch zwischen uns komme eben nie zustande, meinte er betrübt. Da lenkte ich ein und wir redeten friedlich und freundlich miteinander.

Klaus ist nur für ein paar Tage in Berlin, allein zu Haus wie ich. Seine Familie ist in Kärnten, und in unserer Wohnung gibt es nur meinen Vater und mich, denn die bei uns aufgenommenen Ausgebombten sind weggezogen.

1944

Gestärkt nach Verzehr alles Essbaren, gestand mir Klaus, dass er Gedichte schreibe.

Zwar musste ich eine Weile bitten, bis er sein Misstrauen überwand, aber dann würdigte er mich doch einer Lesung. Je freier sein Vortrag wurde, desto pathetischer die Steigerung.

In seinen Werken gibt er sich als Suchender nach so ziemlich allem, was er zwischen Hoch und Tief zu finden hofft, denn das Wetter spielt in seinen Dichtungen keine geringe Rolle: mal werden seine Gedanken vom Sturm geschüttelt, mal ziehen sie mit den Wolken mit oder lösen sich im Nebel auf.

Am Ende sah er mich erwartungsvoll an. Ich gab etwas über Poesie als Weg zu den Dingen des Lebens von mir und wechselte das Thema. Auf meine Frage nach seinen niedlichen kleinen Schwestern kam er ins Erzählen. Seinen Vater aber erwähnt er nie. Danach frage ich auch nicht, denn ich möchte es wirklich nicht wissen.

Ich begleitete ihn zum Bahnhof Steglitz. Er lief die Bahnhofstreppe hoch, und ich ging langsam nach Hause, vorbei am Rugeplatz, jetzt eine Trümmerlandschaft. Als der Mond für eine Minute aus den Wolken auftauchte und sein blasses Licht über die Trümmer gleiten ließ, schien es mir, als ob Werner auf mich zukäme. Denkt er in diesem Augenblick an mich?

Mittwoch, 22. November

Inzwischen habe ich Melli im Krankenhaus besucht. »Zwei Minuten« sagte ihre Schwester, als sie mich hineinließ. Es wurden ein paar mehr, denn Melli und ich haben soviel gelacht, besonders, als ich sie daran erinnerte, wie sie unseren Mathelehrer als Kaninchen, mit Salatblättern zwischen seinen Raffzähnen, an die Tafel gemalt hatte.

Melli sah aus wie immer, nur hatte sie kaum Farbe im Gesicht. Sonst war sie ganz sie selbst. Den Verlust ihrer Familie ließ sie sich nicht anmerken.

Sie machte eine Geste, wollte etwas sagen, aber ihre Hand sank auf die Bettdecke. In diesem Augenblick kam Hanna, ihre Schwester, herein. Ich musste gehen. In der Tür drehte ich mich um, doch Melli hatte die Augen geschlossen.

Gestern waren Thekla und ich noch einmal in der Charité. Vorsichtig klopften wir an. Eine Sekunde sahen wir Melli. Sie schien zu schlafen. Hanna stand auf und ging mit uns heraus. Niemand darf Melli mehr besuchen.

Mittwoch, 29. November

Wir haben Hanna angerufen. Melli muss sterben. Bei Fliegeralarm wird sie nicht mehr in den Luftschutzkeller gebracht. Zusammen mit Hanna sitzt ein junger Arzt bei Melli. Er hat Fronturlaub für den Dienst in der Charité und hat Melli erst am Krankenbett kennengelernt. Aber er weint, sagt Hanna, weil er sie nicht retten kann.

In Tränen sahen Thekla und ich uns an. »Kannst du dir vorstellen, dass Melli stirbt?«

»Nein« antwortete ich. »Aber vielleicht, vielleicht, kommt sie durch. Hannas Stimme klang trotz allem zuversichtlich, fast fröhlich.«

»Du bist verrückt.« Thekla betrachtete mich entgeistert. »Hanna tut alles für Melli, Tag und Nacht. Ihre Gelassenheit ist nur ein Zeichen, dass sie ihren Kummer für sich trägt und sich nicht darüber ausbreitet.«

Thekla hat wohl recht. Hanna ist ein sportlicher Typ. Ein paar Jahre älter als wir, klein und dunkel von Gestalt und Haarfarbe. Äußerlich ihrer Schwester nicht ähnlich, hat sie die gleiche Neigung wie Melli, nach außen nichts zu zeigen, selbst wenn es um das Schlimmste geht.

Montag, 11. Dezember

Heute Vormittag wurde Melli begraben. »Ich bin die Auferstehung und das Leben.« Wenn der Pfarrer an Mellis Sarg doch recht hätte!

1944

Ist der Tod der Eingang in ein anderes Leben, oder bleibt Melli in dem Erdloch, in das ihr Sarg an langen weißen Bändern gesenkt wurde?

Als man sie vorbeitrug, kam ich nicht davon los: da liegt Melli, nah bei mir und doch unberührbar. Schläft sie? Muss sie nicht ersticken? Warum hebt niemand den Deckel ab, damit sie atmen kann?

Wird ihr Körper bis auf ein paar Knochen zu Erde, während die Seele, das Ich, zurückgefordert wird? »Und wes wird sein, das du bereitet hast?«, stellte unser Pfarrer einmal in den Mittelpunkt seiner Predigt.

Alle aus unserer Klasse, die noch in Berlin sind, standen vor der Friedhofskapelle, in schwarz und traurig. Am besten sah Thekla aus, da steht sie Melli nicht nach. Ihr glänzend braunes Haar war allerdings von ihrem großen schwarzen Hut verdeckt, aber er stand ihr fabelhaft, ebenso wie der schwarze Samtmantel.

Wir hielten uns gut, doch als die Orgel den Erfolg unseres Schulchors, »... die Himmel rühmen ...« intonierte, kamen die Tränen.

Unser Musikunterricht gehört zu den besten Erinnerungen an die Schulzeit. Melli war, wie wir alle, erfüllt von der Matthäuspassion, die wir Note für Note durchnahmen. Wenn unser Lehrer aber in die Arie, »kommt Ihr Töchter, helft mir klagen«, volles Pathos legte, war es Melli, die ihm unter Lachsalven unsere Hilfe anbot.

»In Gottes Namen«, darüber sprach der Pfarrer für Melli. Wir sangen die Strophe ...«Er bringt Euch alle Seligkeit.«

Nach der Aussegnung stimmte ein Quartett »Ruh'n in Frieden alle Seelen« an, und wir warfen nach dem Vaterunser drei Hände Erde in ihr Grab.

In der Straßenbahn, auf dem Rückweg vom Friedhof Lichterfelde, stießen Thekla und ich uns an. Beide sagten wir das gleiche:»Ruh'n in Frieden alle Seelen«, das passt zu alten Leuten.

Schöne Zeiten in Miesdorf! Ich habe mich krankschreiben lassen und glaube nicht, dass meine Arbeitskraft auf dem Gau vermisst wird, denn die Kindertransporte machen keine Arbeit mehr, weil es kaum noch welche gibt.

Weihnachten ist Weihnachten, auch wenn es nicht so war wie früher, vor allem deshalb, weil Ansas jetzt mit der KLV in Böhmen ist.

Doch wir sind dankbar, dass wir bei Renata wohnen können, in einer Villa, die dem Bauhausstil folgt. Die Zimmer da, wo man sie nicht erwartet und die Fenster quer. Hätte Mama das Geld dazu gehabt, hätte sie sich gern in diesem Stil eingerichtet. Mein Geschmack wäre das nicht, – zu kahl.

Zu Weihnachten aber hatte Renata in ihren bauhausfreien Biedermeiersalon eingeladen und thronte in grauem Haar, schwarzem Reformkleid, auf grünem Ripssofa. »Heute lassen wir den Krieg nicht zu uns herein«, begann sie mit einem Weihnachtsgedicht von Storm. Es sollte uns in selige Kinderzeit versetzen, was ihr nicht mal bei mir gelang. Wir saßen still da und gingen bald auseinander.

Oben, in unseren zwei Zimmern, blieben wir noch zusammen.

Mein Vater nahm die Bibel zur Hand.

Ob der Krieg im neuen Jahr endlich zu Ende geht?

Donnerstag, 25. Januar

Welch ein Glück, dass in Miesdorf der Volkssturm aufgestellt wurde! Die ängstlichen Mienen der alten Knaben, die jetzt »an der Front kämpfen« sollen, stimmen allerdings niemand zuversichtlich, nicht für den »Endkampf«, noch weniger für den »Endsieg.«

Und Glück? Deswegen, weil der Volkssturm von Fähnrichen aus Krampnitz ausgebildet wird und man die Idee hatte, in einer großen Scheune einen Kameradschaftsabend zu veranstalten. So war es privat. Die Soldaten machten Musik, stellten Tische auf, und wir konnten tanzen.

Ich saß am Tisch der Fähnriche und tanzte bald nur noch mit meinem Gegenüber. Noch nie habe ich jemand getroffen, der so gut aussieht. Nicht blond, nicht dunkel, dunkelblaue Augen, ein grade geschnittenes Gesicht.

»Schnieke« hörte ich von zwei Mädchen aus dem Dorf, die sein Aussehen ebenso bewunderten wie ich.

Das ganze Dorf tanzte. Soldaten wie Dorfbewohner spielten unermüdlich auf der Ziehharmonika und allen möglichen Instrumenten, obwohl es nur Wasser, ganz wenig Bier und nichts zu essen gab.

Alles drehte sich, und die Scheune drehte sich mit. Die Sänger schmetterten aus voller Kehle »So stell' ich mir die Liebe vor.«

Als wir schließlich ermattet auf unsere eisernen Gartenstühle sanken, schien die Zeit gekommen, ein paar Worte miteinander zu wechseln.

Achim (so heißt er) fragte mich, wie alt ich sei.

»18.«

»Und wohlerzogen?«

»Legen Sie Wert darauf?«

»Nein.«

Er setzte sich in Positur. »Ich möchte ein Mädchen nicht nur ansehen, und zu jung dürfte sie auch nicht sein.«

»Ich bin 18«, wiederholte ich.

»Genau das richtige Alter.«

»Wofür?«

»Das kommt drauf an.«

»Worauf?«

»Wo Sie für mich hingehören.«

»Wo gehöre ich für Sie hin?«

»Sie fragen zuviel.«

Den Abend beschlossen wir auf der Dorfstraße. Eiskalt war es. Um uns zu erwärmen sangen wir laut, störten aber leider niemand, da das ganze Dorf seinen Liederschatz hören ließ.

»Schreiben Sie mir Ihre Telephonnummer auf? Hier bitte, Papier und Stift. Ein Landser hat alles im Griff.«

»Du und Landser!« Ich blickte Achim an, der zwar gerade aus einem dörflichen Tanzboden kam, aber eher danach aussah, vorher einen Umweg über seinen Maßschneider gemacht zu haben.

Ich gab ihm die Nummer vom Gau, aber erst, als er Miene machte, seinen Rücken so lange hin zu halten, bis ich sie auf dieser Unterlage aufschreiben würde.

Sonntag, 4. Februar

Fast bin ich zu müde zum schreiben. Das war ein Tag gestern! Ob sie uns heute Nacht in Ruhe lassen?

Sonnabend vormittags Fliegeralarm. Der Drahtfunk meldete immer neue amerikanische Bomberverbände. Wir saßen auf dem Gau im Keller, meine Abi Kolleginnen und ich, jede mit ihrem stets griffbereiten Kellerbuch.

Der Keller aber wackelte so, dass wir die Bücher beiseite legten. Das heißt viel, denn wir lesen immer bei Alarm, ob es schießt oder kracht. Die Männer, die der Heldenklau bisher nicht erwischt hat, spielten Skat, kloppten die Karten auf den Tisch und griffen, auch wie immer, zu den Flaschen.

Da der Alarm endlos schien, nahmen wir Abis wieder unsere Bücher vor. Dostojewski ist bei uns der letzte Schrei. Auf dem Gau kaum noch beschäftigt, sitzen wir nachmittags im Büro zusammen, lesen und diskutieren »Schuld und Sühne.« Eine Idee von Gisela, die Literatur studieren will und sich mit uns einübt.

Wir glaubten es nicht mehr, aber auch dieser Alarm ging zu Ende. Ich wollte zu meiner Mutter nach Miesdorf fahren, doch als wir aus dem Keller kamen, fuhr nichts, weder S noch U Bahn. Ein freundliches Auto nahm mich von der Kaiserallee mit in Richtung Friedrichstraße. Das sagt sich so, aber es war eine tolle Fahrt.

Früher einmal sah ich ein großes Gemälde, auf dem die Bösen in die Hölle stürzen. Anders war es gestern in Berlin auch nicht. Brände, Trümmer, Schutt, Löcher auf den Straßen.

»Da bleibt kein Stein auf dem anderen.« Diesen Spruch brauche ich nicht mehr zu hören, denn ich habe ihn gesehen.

Das Auto sprang mit uns wie ein Känguruh über die Löcher. Dabei saß der Chauffeur ruhig am Steuer, so als ob er spazieren fuhr. Außer mir hatte er noch drei Leute ins Auto gestopft. Vor allem war es ein Wunder, dass er niemand der durcheinander laufenden und liegenden Menschen überfahren hat.

Ein Stück hinter dem Potsdamer Platz ging es nicht mehr weiter. Ich stand in einer schwarzen Rauchwolke. Sehen und atmen war mühsam, aber aus dem Durcheinander von Stimmen hörte ich, dass die Leute sich zum Bahnhof Zoo aufmachten, weil von dort aus die S Bahn in Richtung Bahnhof Börse ginge. So schloss ich mich den schattenhaften Umrissen an, die aber auf dem Weg zu über Löcher stolpernden Menschen wurden.

Und tatsächlich: auf dem Bahnhof Zoo konnte ich mich gerade noch in eine S Bahn klemmen. Schrittweise fuhr die Bahn an. Jede Minute glaubte ich, sie würde aus den Schienen kippen. Aber sie fuhr. Wohin konnte ich, weil ich in der Mitte eingekeilt war, nicht sehen, doch als ich fragte rief der Mann neben mir: »Nee, Mädchen, da stehste hier in die falsche Richtung.« Leider, denn die Bahnfahrt war am Lehrter Bahnhof zu Ende.

Von da aus ging es nur zu Fuß weiter. Ich stolperte mit. Unter den Rauchschwaden war es inzwischen stockdunkel geworden. Als Neuestes wurde ausgestreut, dass man vom Stettiner Bahnhof bis Gesundbrunnen komme, von da aus nach Weißensee fahren, weiter nach Ostkreuz laufen und dort sein Glück versuchen könne.

»Und wohin geht's nu?« rief es neben mir. Das wusste niemand so genau. Von hinten brüllte jemand, dass ab Ostkreuz schon Züge gingen. »Ja Leute, wollt ihr an die Front?« kam es aus der Menge. »Dazu brauchen wir keenen Zug nich, dahin komm' wa auch zu Fuß« ertönte es, wieder aus der Menge.

Dann sprach sich herum, dass der Verkehr über Westkreuz

in Gang gebracht worden sei. Das nahm ich als Zeichen zur Umkehr. Die S Bahn fuhr! Zunächst hielt sie durch, wenn auch im Schneckentempo und mit Erholungspausen für die Schneckenurgroßmutter. Auf den Bahnhöfen standen die Leute so eingekeilt, dass wenigstens niemand über die Bahnsteigkante fallen konnte.

Auf einmal war's aus. Es gab einen Ruck, die Bahn stand. So wanderte ich unter blauer Verdunkelungsbeleuchtung nach Steglitz. Unser Haus stand.

Jetzt, beim schreiben, steht mir wieder das alte Gemälde vor Augen. Sind heute wir die Bösen, sind die Ruinen von Berlin unsere Hölle, in die wir unter Wolken von Rauch und Kalkstaub stürzen?

Freitag, 9. Februar

Von Thekla zurück, wo sich auch Günter, ihr Dauerverehrer aus der Tanzstunde, eingefunden hatte. Die Uniform ist, kann man sagen, nicht für ihn gemacht.

Wir bekamen Tee mit kleinen Kuchen. Dazu las Günter aus seinem neuesten Essay (so nennt er sein Geschriebenes) über den »West-Östlichen Diwan« vor. Er schwelgte in »Sinndeutungen«, die mir aber eher Inhaltsbeschreibungen zu sein schienen.

Doch bevor er mit Goethe auf den Literaturprofessor zugeht, sollte er zusehen, heil durch den Endsieg zu kommen, – ein Wort, das uns jetzt täglich begleitet. Wohin?

Zu Dritt schrieben wir noch eine Karte an Klaus, SS Kriegsberichterstatter auf dem Balkan. Eine schöne Karte ist es. Ich habe sie unter dem Kram meines Bruders gefunden: ein Hitlerbild, unter Fahne und blauem Himmel, mit der Inschrift:»Meiner Jugend als Erinnerung an die erweiterte Kinderlandverschickung.« Darüber kann sich Klaus nur freuen.

1945

Auf dem Gau scheint manchen Parteigenossen aufzugehen, dass ihre Welt sich ändern könnte. So hörten Annemarie und ich aus dem Büro nebenan die Stimme meiner Sachbearbeiterin, der Parteigenossin Lennert und, erstaunlich, auch die Stimme ihrer Kollegin, der Parteigenossin Scharnau, obwohl die beiden nach wie vor tief verfeindet sind.

Die Dritte im Bunde aber war Frau v. M., die uns mit ihren Vorträgen über Juden belästigt hatte.

Diese Drei versicherten sich gegenseitig, dass sie an den Führer geglaubt hätten. Er hätte das deutsche Volk zum Sieg geführt, sei jedoch von unfähigen Beratern und hinterhältigen Militärs im Stich gelassen worden.

Annemarie und ich, hinter dem Türspalt über solche Neuigkeiten mehr als geplättet, unterdrückten nur mühsam lautes Lachen und hätten gern mit dem neuesten Witz ausgeholfen: wer der Partei fünf neue Mitglieder zubringt, darf selbst austreten und bekommt obendrein eine Bescheinigung, dass er nie drin war.

Doch nun das Beste: wir trauten unseren Ohren nicht, als Frau v. M. erklärte, dass sie voller Vertrauen in die Zukunft blicke, denn sie werde sich einer neuen Regierung nach dem Krieg mit ganzer Kraft zur Verfügung stellen.

Das war unser Stichwort. Annemarie und ich erschienen in diesem Augenblick in der Tür und waren unwillkommen.

Wir begegneten misstrauischen Blicken und vernahmen, dass insbesondere von der Jugend erwartet werde, fest hinter dem Führer zu stehen, in schwerer Zeit ungebrochenen Kampfwillen zu zeigen und gemeinsam den Feind abzuwehren.

»Dann ist der Sieg unser«, tönte Frau v. M.

Passend dazu der Frontverlauf. In Schlesien stehen die Russen an der Oder, in Pommern ist Stargard Frontlinie.

Mittwoch, 14. Februar

Neulich haben Thekla und ich unsere Klassenlehrerin, Tante Tilde, besucht. Ihre Wohnung in der Schlossstraße ist halb ausgebombt, überall zieht's durch. Sie kriecht in den verbliebenen dunklen, eiskalten Zimmern herum, den Kopf in ein fuchsrotes Torerotuch eingewickelt, den Leib in ein dickes Wollkleid gehüllt, aus dem unten schlauchartige Trainingshosen hervorsehen. So kannte ich sie nicht!

Über unseren Besuch hat sie sich sehr gefreut, aber mir ging durch den Kopf, dass ich meine Lehrer während meiner Schulzeit nie als »Menschen«, sondern nur so gesehen habe, wie sie mir entgegentraten: als Lehrer. Ich erwartete von ihnen nicht mehr als mir etwas beizubringen und mich einigermaßen richtig zu beurteilen. Ein Lehrer oder eine Lehrerin, die sich persönlich mit mir beschäftigt hätte, wäre mir lästig gewesen. Solche Gedanken sind aber Ausnahme, denn meistens denke ich ans Essen.

Seit dem Angriff vom 3. Februar kommt das Essen auf dem Gau aus der Stadtküche, – eine dünne Suppe mit irgendwelchem Mehlzeug drin. Doch ich will nicht undankbar sein. Ich lebe (immer noch) davon.

An Alkohol allerdings fehlt es nicht. Die Männer werfen meist nur noch einen Blick ins Büro und verziehen sich truppweise in die Kantine. Flüssigkeit regt zu Geräuschen an. Grölen ist nur eins davon. Es gibt noch andere.

Sonntag, 18. Februar
Neulich ein Anruf für mich. Reiner Zufall, dass ich gerade im Büro war, denn wir Abis sind jetzt viel auswärts, ich meist auf dem Anhalter Bahnhof, sogar nachts. Dort verteilen wir Brote und helfen den Flüchtlingen, die in immer größeren Scharen ankommen, herumsitzen, herumliegen und nicht wissen wohin. Ich befasse mich vor allem mit den Alten. Wenn sie mich hilflos ansehen, möchte ich sie trösten, aber was soll ich sagen? Worte brauchen sie bestimmt am wenigsten.

Doch zu dem Anruf. Es war Achim, der Fähnrich, der in Miesdorf durchaus meine Telephonnummer haben wollte. Er und sein Freund seien eingeladen, ich sollte mitkommen.

Die Freundin des Kameraden heißt Ingrid. Ort der Einladung war eine kleine Neubauwohnung in der Nähe des Lauenburger Platzes. Hier hatte noch keine Bombe eingeschlagen, jedes Möbelstück stand auf der Stelle, unberührt und staubgewischt. Auf dem Sofa Türme von Häkelkissen, braune Sessel, Hängelampe, auch die Kreuzstichdecke fehlte nicht.

Achim war in dieser Umgebung ein Fremdkörper. »Sie sehen...« begann ich, kam aber nicht weiter, da Ingrids Mutter dazwischen ging. Zwar sah sie mich zum ersten Mal, doch sie legte gleich los: »Bei mir sagt niemand »Sie«!

Eine Flasche kam auf den Tisch. Ingrid sang. Sie drehte sich, zog die Jungens am Uniformkragen, fasste sie unters Kinn, ging weg, kam wieder ... und gab eine laut beklatschte Vorstellung der »Roten Laterne von St. Pauli.«

Während Ingrid ihre Kunst vorführte, leerte sich die Flasche auf dem Tisch zusehends, begleitet von Jammerrufen unserer Gastgeberin, aber nicht darüber, dass die Flasche leer geworden war, sondern dass sie nur noch Leitungswasser anbieten könne.

Da tat ich etwas, was ich sonst gern anderen ankreide: Ich gab an. Dass ich Meschkinnis, auch Bärenfang genannt, zu Hause hätte, den besten Schnaps, den es gäbe, von meinem Vater selbstgemacht.

Noch im gleichen Augenblick wurde ich mit Achim losgeschickt, um den Schatz zu holen.

Es war ein langer Weg bis fast zum Händelplatz. Zu Hause angekommen, suchte und fand ich die Flasche mit dem Bärenfang, nur hatte Achim, der auf unserem Schaukelstuhl hin und her wippte, nicht mehr die geringste Lust, zu der Gesellschaft bei Ingrid zurückzukehren. »Wir rufen an« sagte er, »dass ich mir beide Arme verstaucht habe und nichts tragen kann.« Da hatte er Pech, denn wir haben kein Telephon.

Wir zogen los.

Wie zwei Bürgersleute auf dem Sonntagsspaziergang bogen wir unterwegs in die Klingsorstraße ein, wo früher, am Tag, Menschen hin und her gingen, die nachts in ihren

Wohnungen schliefen. Jetzt standen die Ruinen ihrer Häuser an gleicher Stelle.

Totenstill war's. An der großen Rodelbahn, auf der es ehemals von Kindern und Schlitten wimmelte, setzten wir uns auf den Startbalken. Über uns, klar und kalt, die Sterne. »Ausnahmsweise«, begann ich, »richtige Sterne und nicht die Markierungen der Engländer.«

»Vielleicht haben sie sich mit unseren Nachtjägern geeinigt und wollen einmal ausschlafen. Aber sie kommen wieder, wenn dich das beruhigt.

Ich hab's!« Er hob die Flasche mit dem Bärenfang hoch.

Nach einigem Zerren und Ziehen hatte er den Korken in der Hand.

»Das letzte Aufgebot des Führers kriegt auch die letzte Flasche auf. Frauen und Kinder zuerst. Bitte.«

Erst ich, dann er, dann ich, dann er – wir wandelten uns auf dem Balken an der Rodelbahn zu Schluckspechten.

Trotz innerer Erwärmung wurde es kalt und kälter, doch als ich hochblickte ging unser Gespräch in die Tiefe. »Was sagen die Sterne?«, fragte ich. »Bis du von denen Auskunft kriegst, ist der Krieg vorbei.«

»Krieg«, nahm ich das Wort auf, »was willst du nach dem Krieg machen?« »Ich weiß es nicht…irgendetwas.., vielleicht studieren.« »Bei mir kein vielleicht«, erwiderte ich. »Ich möchte Medizin studieren.«, »ich auch«, fiel Achim ein, »wenn ich bei dir das Erstsemester Praxis in Anatomie belegen kann.«

»Soweit ich weiß, geht's bei Erstsemestern mit Theorie los, aber«, ich heftete meinen Blick auf seine Hand, »das ist keine Theorie: hältst du die Flasche grade?«

Bei Ingrid wurden wir mit dem Bärenfang, den wir vor uns selbst gerettet hatten, freudig begrüßt.

Ihre Mutter stellte alles auf den Tisch was die Küche hergab. Dankbar machten wir uns über angewärmte Pellkartoffeln und den letzten Rest Butter her, den unsere Gastgeberin für uns opferte.

Irgendwann wachten wir auf, als wir vom Stuhl fielen.

1941

Mittwoch, 21. Februar

Obwohl der Ostwall die Russen bisher nicht aufgehalten hat, versucht man es jetzt in Berlin. Annemarie und ich machten uns dabei zwangsweise nützlich und schleppten Eimer für die große Barrikade, die den Fehrbelliner Platz uneinnehmbar machen soll.

Auf ihre Spaten gelehnt, rissen die Männer Witze, doch immerhin: die Volksweisheit sprach sich für unser Vorhaben aus, denn ein alter Mann rief uns zu, »Frolleinchens, wenn Se so weitermachen, wat glooben Se wie die Russen weghüppen.«

Ich bin auch weggehüppt, denn Achim holte mich ab. Schüttelte er den Kopf über unsere Vorbereitungen für den Endkampf, taten Annemarie und die anderen Abis das gleiche, als sie Achim zu Gesicht bekamen. Den hätten sie mir nicht zugetraut.

Eigentlich wollten wir ins Kino gehen, doch daraus wurde nichts, weil Achim gleich zurück in die Kaserne musste. Ich brachte ihn zur S Bahn und wir verabredeten uns für Sonnabend am Wannsee

Dienstag, 27. Februar

Gestern Fliegeralarm, und was für einer! Unser Haus steht so gerade noch. Der Rest des Nebenhauses ist jetzt aber ganz weg. So haben wir eine Außenwand, an der man aus Tapetenfetzen den Geschmack der früheren Hausbewohner ablesen kann.

Am Sonnabend schleppte ich Achim erstmal am Kleinen Wannsee entlang. Da ging's früher zum Bootshaus unserer Schule, am Kleistgrab vorbei, wo unsere Lehrerin stets wegen Bildung Halt machte. »Er suchte hier den Tod und fand Unsterblichkeit.«

Achim meinte, dass sich Kleist deswegen um den Tod nicht hätte bemühen müssen, da er zumindest in der Schule unsterblich geworden sei. »Wer wurde nicht mit Michael Kohlhaas geplagt!«

»Stimmt«, sagte ich, brach dann aber eine Lanze für den Kohlhaas. In meinen Augen hat die Steigerung der Geschichte vom harmlosen Anfang bis zur Katastrophe eine enorme Spannung.

Wir wanderten weiter am Wannsee, sprangen im Wald über Baumstämme, spielten Abschlag, machten Hindernisläufe und setzten uns dann bei strahlend schöner Sonne im Garten eines Ausflugsrestaurants an einen Tisch, wo wir unsere Lebensmittelkarten zusammenlegten in der Hoffnung, dass das Huhn nicht nur auf der Speisekarte existierte.

Die Wartezeit, bis die Kellnerin sich entschloss, es uns in winzigen Stückchen auf großen Tellern zu servieren, verkürzten wir mit »Stein, Schere, Papier.« Wir knobelten so lange, bis sich Achim als Verlierer erklärte und mich an den Haaren zog.

Ich bat ihn, meine dünne Haarpracht zu schonen, da ich mit jedem Haar viel zu verlieren hätte. »Lass dir nichts erzählen«, rief er, »deine Haare sind nicht dünn, sondern fein und scheinen in der Sonne wie eine Mischung aus Gold und Silber.

Sonst aber«, er machte eine Pause, »bin ich ein geborener Zyniker. Nichts und niemand ernst nehmen, das allein bringt durchs Leben.«

Er sprach, und ich vertiefte mich in sein Gesicht. Die griechischen Statuen in unserem Kunstgeschichtsbuch sehen nicht schöner aus.

»Du, sieh mich nicht so an. Ich habe Tigeraugen, die sind gefährlich.« Ich lachte. »Die zähme ich. Dann werden aus Tiger- Kateraugen, und mit Katern spiele ich.«

Auf dem Weg zum Bahnhof sagte Achim, dass er bis zum Vormittag nicht zurück in die Kaserne müsse. »Kann ich bei dir bleiben?«

»Fabelhaft«, war meine Antwort.

Zugleich dachte ich, wie gut es doch ist, dass mein Vater jetzt viel in Miesdorf oder auf seiner Dienststelle übernachtet. So oft er kann, kommt er aber, weil wir in Berlin die

1945

Stellung halten müssen. Sonst würden selbst in unsere teilbeschädigte Wohnung Ausgebombte eingewiesen.

Wenn Mama wüsste, mit wem ich die von Papa hinterlassenen Kartoffeln teile! Sie wäre dauernd hier, wenn die Omi nicht so krank wäre.

Zu den Kartoffeln gab's noch zwei Eier, für einen Rest Butter sorgte meine Reichsfettkarte. Diese Schätze verwerteten wir einträchtig in der Küche und machten Bratkartoffeln. »Weißt du, dass ein Bratkartoffelverhältnis etwas sehr Gutes sein kann?« fragte Achim.

»Die Bratkartoffeln oder das Verhältnis?«

»Die Bratkartoffeln machen weniger Sorge, Hauptsache sie sind vorhanden. Aber das Verhältnis ...« »Quatschkopf«, ich nahm ihm die Pfanne aus der Hand.

Da Luftwarnung und Voralarm war, saßen wir am Boden in der Stube meiner Großmutter auf zwei großen Kissen einander gegenüber vor dem runden Ofen, den Achim gekonnt in Gang gebracht hatte.

Bei Malzkaffee warteten wir, bis wir in den Keller mussten.

Beim Schein der Kerze zwischen uns versuchte er, in dem kleinen Buch zu lesen, das auf dem niedrigen Tischchen nebenbei lag.

»Gedichte?«

»Ja, ziemlich aparte, von Klabund, einem Dichter, den wahrscheinlich nur meine Mutter kennt.«

»Lies mir eins vor.«

Tik Tak aus dem Radio. Die darauf folgende Ansage: »Feindlicher Bomberverband mit Spitzen über Braunschweig im Anflug auf die Reichshauptstadt« ließ es aber zur Dichterlesung nicht mehr kommen. Im nächsten Augenblick heulten die Sirenen.

»Ich bleib sitzen.«

»Los.« Ich zog ihn hoch. »Wir sind hier ganz oben im Haus, und du hast noch was vor im Leben.«

»Sag' mal, willst du nicht rüber in den Westen?« fragte

Achim, als ich nach endloser Zeit im Keller die Wohnungstür aufschloss. »Wir werden nach Bayern verlegt.«

»Ja, soll ich mich deiner Truppe als Marketenderin anschließen?« »Willst du etwa in Berlin für den Endsieg kämpfen?« »Kaum, aber wohin sollte ich?« Darauf wusste Achim keine Antwort.

Für den Rest der Nacht legte er sich auf das Bett meiner Omi, ich mich gegenüber in meins, beide angezogen. Ausziehen wäre zu peinlich gewesen. Morgens früh zog er ab.

Doch jetzt ist das schon Erinnerung. Achim ist nicht mehr in Berlin, Gott sei Dank. Der Schutz irgendwelcher Berge in Bayern ist sicher weniger gefährlich als ein bewaffneter Ausflug in Richtung Oder.

Sonntag, 18. März

»Die dritte Angriffsgruppe behält weiterhin Ostkurs in Richtung auf Berlin, 11 Uhr 48.« So die augenblickliche Lage. Gleich werde ich mein Kellerbuch nehmen und in den Bunker an der Ecke Birkbuschstraße gehen, wo man unter dem Steinhaufen eines ausgebombten Hauses verwinkelte Gänge abgestützt hat.

Alarm vorbei, unser Haus steht noch. Im Keller las ich »Schuld und Sühne.« Ich weiß nicht, ob ich die Geschichte zu Ende lesen werde, denn das Schicksal des tränenseligen Helden, Mörder zweier alter Frauen, löst bei mir keine Teilnahme aus.

Vielleicht aber sollten wir uns jetzt doch mit allem was russisch ist, befassen, denn die Russen stehen vor Berlin, wenn sie wohl auch nicht mit Dostojewski auf uns schießen werden.

»Niemand darf eine Lücke in unsere Kampfgemeinschaft reißen.« Das hören wir täglich, nur: wer gehen will und kann geht doch. Auch Annemarie ist jetzt in Bayern. Ihr Vater hat sie herausgebracht, sogar mit einem Flugzeug.

Die Kampfgemeinschaft von uns, den verbliebenen Abis, besteht neuestens darin, dass man uns vormittags mit

Schreibmaschinenunterricht beschäftigt, Teilnahme freiwillig. Auch etwas Neues.

Die Kampfgemeinschaft der Männer, nichts Neues, bewährt sich in Saufgelagen. Im nächsten Frieden will ich nie mehr einen Mann mit Schnapsflasche sehen.

Hauptsache, der Familie in Miesdorf passiert nichts. Um Ansas haben wir Angst, denn aus der Schule in Böhmen darf niemand nach Hause fahren. Das Schrecklichste ist das Gerücht, dass man die Jungens aus den KLV Lagern in den »Endkampf« schickt. Meine Mutter sieht Ansas schon mit einer Panzerfaust in der Hand tot im Graben liegen.

Sie weissagt immer das Schlimmste, und glücklich ist sie sowieso nicht. Papa bleibt für sie der litauische Bauer.

Obwohl Ansas der Jüngste ist, kann er am besten mit Mama umgehen, wenn sie aus den Fugen gerät. Über ihn regt sie sich nie auf.

Sonntag, 15. April

Ein verlängertes Wochenende in Miesdorf. Es war mehr als schwierig hierher zu kommen. Reines Glück, wenn man sich in einen Zug hineinschieben kann, aber ich bin, bei ständig übervollen Bahnen, so routiniert, dass ich mich durchwinde.

Dieses Mal geriet ich in ein Abteil für Reisende mit Hunden oder Traglasten, in dem ich zwischen Ostarbeiterinnen eingepresst stand. Die Frauen sind durchweg dicker und kleiner als ich. Wenigstens scheinen sie genug zum essen zu bekommen. Meist arbeiten sie in einer Munitionsfabrik.

Grade als sich die Türen schlossen, drängelte sich eine dicke Frau an uns heran. Sie stieß, schubste, teilte rund herum Tritte aus und grub samt dicker Tasche auch noch die Ellenbogen bei mir und meinen Standnachbarinnen ein. Dazu schimpfte sie so laut, dass wir nicht mehr wussten, wo wir hinsehen sollten.

»Na warte«, dachte ich und dachte zugleich an Achim und den von ihm empfohlenen Trick. Wenn der auszuprobieren war, dann jetzt. Ich hüstelte vor mich hin, leise aber deutlich.

Es dauerte etwas, doch dann blickte das Weib, kleiner als ich, nervös zu mir auf. Ich hüstelte weiter, bis sie mich anschrie. Seelenruhig gab ich von mir: »Ich kann doch nichts für meine Tuberkulose. Der Krieg …«

»Sie, Sie …« kreischte die Frau, »ins Gefängnis sollte man Sie stecken.« Aufs Eiligste stieß sie sich samt Tasche, Ellenbogen und Fußtrittbeinen von uns weg.

Ein voller Erfolg. So konnte ich mich bei den Ostarbeiterinnen, die mich zwischen gelassen hatten, revanchieren.

Doch jetzt hierher, nach Miesdorf.

»Goethe, meine Lieben«, war die Begrüßung, als Renata die Hausbewohner zu ihren sogar öfter als früher im Salon zelebrierten Goetheabenden versammelte. Der Kreis der Unfreiwilligen hat sich neuestens erweitert, da ein Stabsarzt mit Burschen jetzt im Haus einquartiert ist.

Ich musste vorlesen, aus »Wilhelm Meister.«

Es ist unwirklich. Allmählich glaube ich, dass nicht die Russen, sondern Goethe vor der Tür steht.

So halb habe ich mich am Gespräch beteiligt, Mama zuliebe, die sich mit Renata gefunden hat. Was mich bei »Wilhelm Meister« überrascht, ist die Unbefangenheit, mit der Goethe seine Leser an den Liebeshändeln seines Helden teilnehmen lässt, freier als manche Schriftsteller, die uns zeitlich näherstehen.

Der Stabsarzt schleppte mich nach dem Lesefest noch hinaus, zu einer Runde ums Haus. Er versprach, meine Großmutter gründlich zu untersuchen. Sie wird immer schwächer.

Er selbst besteht nur noch aus Angst um seine Familie, die aus Ostpommern abgereist ist. Wohin?

Für Renata aber hielt das Wochenende noch eine wirkliche Überraschung bereit.

Es klingelte. Niemand hatte bemerkt, dass sich drei Personen auf dem langen Weg vom Parktor dem Haus genähert hatten.

1945

»Karla du!«, schallte es gleich darauf durch alle Wände, als Renata in der Tür ihrer Schwester gegenüber stand, die, groß und breit, mit festem Tritt über die Schwelle schritt. Hinter ihr ihr Mann, klein und schmal, zwischen beiden der Sohn, ein ausgewachsener Mittfünfziger.

»Ja, dann kommt herein.«

Dass Renata über den Familienzuwachs nicht jubelte, verbarg sie so gut es ging, schüttelte ihre grauen Locken, bereit, sich mit ihren Lieben einzurichten. »Wir werden unten ein Zimmer umräumen und die Kammer oben freimachen.

Familie ist Familie«, sagte sie später. »Sie kommen aus Schlesien. Wohin sollten sie gehen, wenn nicht zu mir?«

Morgen früh muss ich zurück nach Berlin. Mama will durchaus, dass ich in Miesdorf bleibe, aber einmal weiß ich nicht, ob ich dann überhaupt noch zurückkönnte, weil die Russen hier, östlich von Berlin, bestimmt eher da sind als bei uns in Steglitz. Zum anderen hat man wieder gedroht, irgendwelche Leute einzuweisen, wenn in der Wohnung nicht mindestens zwei Familienmitglieder leben.

Meine Mutter sagte, ich sei ihr lieber als die Wohnung, aber nach längerer Debatte einigten wir uns dahin, dass ich nächstes Wochenende nach Miesdorf komme. Dann wüssten wir mehr über die Lage und könnten noch einmal überlegen, wo ich bleibe.

Eben saß ich an Omis Bett. »Kannst du nicht bleiben?« fragte sie. »Warum nur ist Krieg? Den Ersten Weltkrieg erlebte ich in der Mitte meines Lebens und diesen am Ende.«

»Du erlebst auch noch den Frieden« redete ich ihr zu. »Irgendwann gibt es nie wieder Krieg.«

»Mein Kind, mein liebes Kind. Denk dran, deine alte Omi wird vom Himmel immer auf dich heruntersehen.« Ich legte meinen Arm um sie.»Warte noch ein bisschen mit dem Himmel.«

Sie lächelte.

»Gute Nacht.«

Zur Abwechslung mal wieder Alarm, jetzt meist dreimal am Tag und nachts extra. Angeblich sollen die Luftangriffe aufhören, wenn die Russen mit der Eroberung der Stadt selbst beginnen. »Da bin ich doch mehr für die Luftangriffe«, sagte unser Kaufmann, als ich bei ihm noch weißen Käse ergatterte, mein Hauptnahrungsmittel, weil markenfrei.

Ich bin entschlossen, alles was kommt hinzunehmen. Werner musste das ja auch. Von ihm hat niemand etwas gehört.

Hauptsache ist, dass der Familie nichts zustößt.

Im Keller, hier auf dem Gau, hörte ich, dass die Armee Wenck Berlin befreien soll und schon unterwegs sei. Im Kreis der Schnapsbrüder (Partei- und nüchterne Genossen findet man auf dem Gau nicht mehr) glaubt man das allerdings nicht. Sie fuhren den hoffnungsvollen Optimisten mit »Blödsinn« über den Mund und hoben die Flaschen mit dem Ruf, dass Schnaps die beste Waffe für den Endsieg sei. Die Armee Wenck könne ihnen gestohlen bleiben. »Warum spendiert der Führer zu seinem Geburtstag »nich »die Frau meiner Träume« aus'm Film? Det wär ne schönere Befreiung«, damit klang unter Krachen und Schießen der, vielleicht, letzte Alarm im Keller auf dem Gau aus.

Sonnabend, 21. April

Unser Leben ändert sich stündlich. Kein Dienst mehr, und mit den Fahrten nach Miesdorf ist es auch aus. Ich sage mir, dass mein letzter Besuch dort kein Abschied war.

Vor zwei Wochen hielt unser Pfarrer noch einmal Andacht in seiner Kirche, wo ich bei Verdunkelung und angebombter Treppe dem Herrn fast vor die Füße gefallen wäre.

»Erhalt uns Herr bei deinem Wort« war das Schlusslied.

Die Radioansprache von Goebbels zu Führers Geburtstag hörte ich mit halbem Ohr, denn ich las dabei »Bobok«, eine Geschichte von Dostojewski, die mir meine Mutter in die Tasche gepackt hatte. Nur saß ich am Radio und nicht, wie der junge Held im Buch, auf einem flachen Grabstein auf dem Friedhof. Gemeinsam war uns aber, dass er wie ich glaubte, den eigenen Ohren nicht zu trauen. Er hörte Stimmen von unten, ich leider Goebbels' Stimme aus dem Radio, die, übertönt von Einschlägen, versicherte, dass der Feind vergeblich anstürme. Schadenfroh kündigte er an, dass es jetzt um die Verteidigung des nackten Lebens gehe und die Zivilbevölkerung im Luftschutzkeller ausharren solle.

Auch Dostojewskis Geschichte spielt in der unteren Etage, denn es sind die Toten die sich, nicht gerade liebenswürdig und ganz wie im Leben, das sie soeben verlassen haben, in ihren Gräbern miteinander unterhalten. Der General schummelt beim Kartenspiel, eine Dame ist über den nicht standesgemäßen Neuzugang ihres Kaufmanns empört, weil der nicht in ihre teure Friedhofsecke passt.

»Aber wir sind doch sozusagen gestorben« wagt sich der Neue hervor, erstaunt darüber, dass die Regeln von oben auch noch unter der Erde den Umgang der Toten miteinander bestimmen.

Mir hat diese Frage den Abend über zu denken gegeben.

Werden wir die Ordnung von oben nie los? Was ist jetzt unsere Ordnung? Sterben? Als unser Pfarrer mit uns von Krieg und Sterben sprach, hatte ich gesagt: »Dann sterbe ich eben.«

»Du weißt nicht, was du redest« war seine Antwort gewesen.

Ich weiß das jetzt noch weniger.

Mittwoch, 25. April
Gestern lief ich noch schnell zu Auerbachs Buchhandlung in der Albrechtstraße, um zwei Bücher zurückzugeben und, vielleicht, zwei auszuleihen.

Als ich in den Laden ging, bückte ich mich noch gerade rechtzeitig, denn sonst wäre ich an die Stiefel eines Soldaten gestoßen, der, mit einem Zettel an der Uniform, am langen Arm des Buchladenschilds hing.

Die Frau hinter mir hatte nicht aufgepasst, die Beine baumelten an ihren Kopf. Außer sich kreischte sie: »Schneiden Sie den Kerl ab, sofort!«

Die Dicke hinter dem Ladentisch verdrehte die Augen und wurde frech.

»Wohin mit dem? Soll ich ihn mir ins Regal legen?«, und zu mir: »Den können Sie sich meinetwegen ausleihen. Bücher gibt's erst wieder im Frieden.«

Mich ist die im nächsten Frieden als Kundin los!

Der arme Kerl, übrigens nicht der einzige, der in der Gegend herumhängt. So kurz vor den Russen! Auch die Zeitung, »Panzerbär« genannt, kann uns nicht mehr weismachen, dass die Rote Armee nicht schon in der Tür steht.

Freitag, 4. Mai

Die Tage bis zum vorigen Freitag habe ich im »Bunker« verbracht, in niedrigen, unter den Trümmern eines ausgebombten Hauses abgestützten Gängen. Kalt und feucht war es. Eine Art Toilette gab es in einem Abschlag hinter Brettern.

Es war brechend voll. Wir lagen und standen neben- und übereinander. Papa war nicht zurückgekommen. Hoffentlich hat er es noch nach Miesdorf geschafft.

Dann, am Donnerstag, dem 26. April, hieß es: »Ruhe, Kopf oben behalten, alle ohne Sachen herauskommen.«

»Hände hoch«, hörte ich draußen. Als sich meine Augen an das helle Sonnenlicht gewöhnt hatten, sah ich die russischen Soldaten. Sie richteten ihre Gewehre auf uns und durchsuchten die Leute. Dazu schallte es laut: »Uri, Uri!« Doch ebenso wie ich es schaffe in volle Züge hineinzukommen, schlängelte ich mich trotz dicken Mantels über Jacke und Wollkleid ganz dünn durch und kam unbehelligt auf die andere Straßenseite.

Meine Armbanduhr hatte ich schon vorher in den Schuh gesteckt. Ich sah nicht ein, warum ich sie gleich geben sollte. Die nächsten würden auch danach fragen, und ich habe nur eine. Meinen kleinen Koffer mit meinen Tagebüchern

1945

und den Briefen von Werner hatte ich im Bunker unter eine niedrige Bank nach hinten geschoben und war deshalb froh, dass man uns wieder dahin zurückscheuchte, nachdem wir eine Weile zusammengetrieben in Eingangsresten eines halb ausgebombten Hauses herumgestanden hatten. Von jungen Soldaten bewacht, die an ihren Gewehren fingerten, war es nicht gemütlich. Wahrscheinlich sah unsere kleine Schar Frauen so dumm wie ängstlich drein. Anderes kann ich nicht schreiben, da in meinem Kopf nichts vorging.

Eine Nacht noch im Bunker, bis irgendwann jemand schrie, dass wir alle weg müssten. Ich hatte rasendes Glück und schaffte es noch in den Toilettenverschlag, denn es ging gleich los.

Draußen war es heller Tag. Unser Haus, nur ein paar Schritte weiter, war zu einem rauchenden Trümmerhaufen geworden. Meinen Koffer in der Hand, wanderte ich vorbei, in Richtung Händelplatz nach Lichterfelde hinein. Heiß war's mir in meinen dicken Sachen. Im Bunker hatten sie sich bewährt, aber in den Klamotten auf der Straße entlang zu trotten, war etwas anderes.

Ich ging immer geradeaus, (erst jetzt weiß ich, dass es die Holbeinstraße war). Je weiter ich kam, desto öfter sah ich kleine Trupps russischer Soldaten. Sie kümmerten sich nicht um mich. Sonst war niemand unterwegs.

An einer Ecke lag ein totes Pferd auf der Straße, an der nächsten wieder eins. Wo die wohl herkamen? ging mir durch den Kopf, als ich um die Tiere einen Bogen machte.

Rechts von mir grenzten Vorgärten an den Bürgersteig, alles grünte und blühte, in Sonne getaucht. Einen Augenblick zögerte ich, als ich eine Frau an der Gartentür sah, doch sie rief mir gleich zu: »Gehen Sie, gehen Sie, mit den Mädchen kommen die Russen.«

Ich trottete weiter, wohin wusste ich nicht. Doch das entschied sich schnell, als vier russische Soldaten von der anderen Straßenseite her zu mir herüberwechselten und mich in die Mitte nahmen.

Die Soldaten führten mich in eine alte Villa und schubsten mich eine schmale Steintreppe hinunter. Unten stand ein Mann, aber sonst waren, soweit ich sehen konnte, nur Frauen und Kinder im Keller.

Die Frauen schrien laut, als die Russen sich und mich auf einen Haufen Kohlen warfen, bis der Mann an der Treppe sie übertönte.

»Ruhe! Solange sie sich über die hermachen, passiert hier nichts.«

Dann wurde es still. Eine Frau, mit einer großen wattierten Mütze über dem Kopf, hielt ihrem Kind den Mund zu. Man hätte eine Stecknadel fallen hören können, wenn nicht die Russen und ich, allerdings aus gegensätzlichen Gründen, abgerissene Laute gegen die Kellerwand geschickt hätten.

Die Leute saßen im Halbkreis um mich herum, wie im Zimmertheater, nur war ich die Hauptdarstellerin.

Streckte ich meine Hand aus, berührte ich Stuhlbein und Bein der Frau mit der großen Mütze und spürte zugleich, wie sie bei der unwillkürlichen Annäherung meine Hand mit dem Fuß wegschob.

Nach den ersten vier kamen noch zwei Soldaten. Das Peinlichste war die Öffentlichkeit. Es fehlte nur noch der Beifall am Ende des Schauspiels. Grässlich war's, mich vor all diesen Leuten wieder anziehen zu müssen, d.h. ich tat es nicht, sondern streifte mir irgendetwas über und machte, dass ich wegkam.

Erst glaubte ich, nie mehr im Leben auch nur einen Schritt gehen zu können, setzte dann aber doch die Füße voreinander und lief schräg über den Platz am Ende dieser und in die nächste Straße hinein. Niemand folgte mir.

Gleich links sah ich eine große, gelbe Villa mit weit offenem Gartentor. Ich wäre vorbeigegangen, doch die Frau vor dem Haus rief mir zu, um Gottes willen hereinzukommen.

Sie zog mich in eine riesige Küche. »Gerettet«, atmete ich auf, um gleich vor Schreck zusammenzufahren: am Küchentisch saßen zwei russische Soldaten!

»Die tun Ihnen nichts«, sagte die Frau, strich über ihr graues Haar und stellte mir eine Schüssel mit so wenig Was-

1945

ser hin, dass es sich sofort in eine schwarze Brühe verwandelte, als ich meine Hände hineintauchte. Da half es nur wenig, dass die Russen mir die Hände abwischten.

Mein Schutzgeist, Frau Henriette, versicherte mir, die Brüder und Schwestern oben in den Zimmern würden später ihr Wasser mit mir teilen. Dann ließ sie mich mit den Russen allein am Küchentisch. Zwei große Kerle saßen mir da gegenüber. Freundlich sahen sie aus und waren auch nicht mehr jung. Sie gaben Laute wie »woina, woina« von sich. Ich verstand »weinen« und nickte mit dem Kopf. (Inzwischen habe ich aber gelernt, dass »Woina« Krieg bedeutet, ebenso wie ich jetzt weiß, dass die Brüder und Schwestern in der gelben Villa Mennoniten sind).

Als die Russen mir gegenüber am Tisch mich mitleidig betrachteten, hatte ich eine Eingebung, nicht vom Himmel, sondern aus meinem Kopf, der plötzlich wieder arbeitete.

Ich machte Zeichen mit den Händen, radebrechte, stand auf. Sie verstanden und nahmen mich in die Mitte. So fühlte ich mich stark genug, zwischen ihnen auf die Straße, schräg über den Platz, bis ans Ende der Holbeinstraße zu gehen. Niemand belästigte uns, da man mich bestimmt für die schwarz verschmierte Beute der beiden Sergeanten hielt.

Auf der engen Kellertreppe in der grauen Villa zwängten sich zwei Soldaten an uns vorbei. Der Mann an der Kellertür war immer noch da. »Jetzt bringen die Weiber die Russen schon selber mit«, begrüßte er mich und brüllte den wimmernden, am Boden liegenden Frauen ein »haltet das Maul« zu.

Ich wies auf die Ecke mit den Kohlen. Der eine meiner Russen nahm den Koffer, der andere wollte nach meinen Sachen greifen, aber die ließ ich da. Nur ganz, ganz schnell raus!

Überglücklich sah ich, dass meine Begleiter meinen kleinen Koffer festhielten, bis wir vor der Tür der gelben Villa standen. Meine Tagebücher und die Briefe von Werner hatte ich wieder! Nie mehr hätte ich sie gefunden, wenn ich nicht meiner Eingebung gefolgt wäre. Noch einmal würde ich mich das nicht trauen.

Zu meinem Kummer setzten sich die beiden Sergeanten nicht mit mir an den Küchentisch. Vielmehr machten sie uns verständlich, dass sie woanders hin müssten. Henriette, die Frau die mich mitleidig aufgenommen hatte, war das nun überhaupt nicht mehr.

Mit den Worten, »wenn Sie durchaus auf die Straße wollen und uns obendrein unsere Beschützer wegnehmen...«, schob sie mich durch die Gartentür. »Für Sie geht's da lang.« Ich konnte gerade noch fragen, in welcher Straße ich gelandet war, als sie im Haus verschwand.

Wie ein Hase lief ich los und versuchte mir jede der großen Villen einzuprägen, denn es war, kaum konnte ich es glauben, die kleine Straße, in der Melli gewohnt hatte. Und da sah ich schon, nicht zu verkennen, Mellis Haus, mit bunten Dachzinnen, die Thekla nicht nur einmal als das Schönste an der altmodisch mittelalterlich aussehenden Villa beschrieben hatte.

Ich setzte über die niedrige Gartenpforte und schlich ums Haus. Was dann geschah, werde ich sobald nicht vergessen. Hanna, Mellis Schwester, stand an der Verandatreppe, breitete die Arme aus und rief: »Mensch, wie siehst du aus, warst du im Kohlenkeller? Komm rein.«

Sie brachte gleich einen halben Eimer Wasser für mich allein.

So bin ich hier, bei Hanna und bei ihrem Vater.

Was soll ich sonst sagen? Am besten nichts. Wenn »das« der krönende Gipfel der Liebe ist, in Dichtung und Liedern auch noch besungen ... Ob auf einem Haufen Kohlen oder im Bett in Daunenkissen, – das Eigentliche ist ja wohl immer dasselbe.

Irgendwann wachte ich in einem Bett auf und wusste nicht, wo ich war, bis Hanna in der Tür stand. »Komm, steh auf, die Russen sind unterwegs, beeil dich.«

Sie zog mich die Treppe herunter in das große, dunkle Esszimmer. Herr Voss und das Faktotum des Hauses, Herr

1945

Lehmann, hatten dort eine über Eck stehende Anrichte beiseite gerückt. Wir klemmten uns dahinter. Mäuschenstill hockten wir da und lauschten auf die Geräusche um uns herum.

Lange brauchten wir unsere Ohren nicht anzustrengen, denn bald hörten wir schwere Tritte und unverständliche Laute. Dazwischen die ruhige Stimme von Hannas Vater.

Russen! In kleinen Trupps gehen sie durchs Haus, nehmen dies und das mit, suchen angeblich Soldaten, begnügen sich aber auch mit Nichtsoldaten weiblichen Geschlechts.

Weit haben sie es nicht, denn sie kommen aus der nur Minuten entfernten Kaserne der SS Leibstandarte in der Finckensteinallee.

Hanna merkt man nichts an, aber ich zittere jedes Mal, wenn ich hinter der Anrichte hocke. Halten die Schritte an, geht mir durch den Kopf: »Nicht noch einmal, lieber sterben.« Doch das denke ich nur vor mich hin, denn ich will gar nicht sterben.

Mittwoch, 9. Mai

Vor ein paar Tagen kamen Thekla und ihre Großtante angewankt. Ihr schönes Haus ist zerstört, weil 15jährige in Uniform gesteckte Jungens noch für den Endsieg kämpfen mussten. So der empörte Bericht der Tante, die sich aber noch empörter darüber ausließ, dass diese Jungens mit Inbrunst bei der Sache waren. Auch ich habe denen zu verdanken, dass unser Haus noch draufgegangen ist.

Seit Thekla hier ist, sitzen wir nicht mehr hinter der Anrichte im Esszimmer. Zu dritt hätten wir soviel Platz gebraucht, dass der Abstand über Eck zu groß gewesen wäre.

So leben wir jetzt mehr oder weniger auf dem Dach. Herr Lehmann, der mit roter Armbinde und roter Nelke geschmückt herumläuft und alles weiß, hat gehört, dass die Russen meist unten und in den Kellern suchen, aber selten nach oben gehen. Zwei Häuser weiter haben sie im Keller ein Ehepaar erschossen.

Wir drei, Hanna, Thekla und ich liegen tagsüber auf Decken auf dem mit Gras bewachsenen flachen Dach. Die bunten Dachzinnen schützen uns vor Blicken von unten, während wir beobachten was auf der Straße vorgeht, in der Hoffnung, dass die dort entlang schlendernden Soldaten nicht zu uns finden.

Sind wir oben, zieht Hannas Vater die Leiter weg und macht die Bodenklappe zu. So kann man nicht sehen, dass es von da aus aufs Dach geht.

Herr Voss ist für mich die Verkörperung von Ruhe und Überlegenheit. Dafür spricht schon sein Äußeres: weißes Haar und weißer Bart. Vor allem aber strahlt er Sicherheit aus. Alle im Haus folgen seinen Anweisungen.

Thekla und ich liegen nebeneinander und reden über alles, was uns durch den Kopf geht. Vor uns liegt eine total unbekannte Zukunft, die wir uns nicht einmal ausmalen können.

Mit allen Fasern hoffe ich, dass meine Leute in Miesdorf leben und gesund sind.

Ich weiß nicht, ob und was Thekla passiert ist und sie nichts von mir. Das Thema Russen berühren wir nicht. Was wäre auch darüber zu erzählen? Dass mir Thekla leid täte, wenn ... oder ich ihr?

An Hannas Seite fühlen wir uns sicher. Sie nimmt die Dinge so lässig, als ob niemand und nichts ihr (und uns) etwas anhaben könnte. Auch nicht einen Hauch lässt sie sich anmerken, dass im letzten Jahr ihre Mutter, ihr Bruder, ihre Zwillingsschwester umgekommen sind und Melli gestorben ist.

Sie teilt das Wenige im Haus mit allen, die sie aufgenommen hat. Ich wusste bisher nicht, aus wie wenig Mehl und Wasser man Nudeln machen kann, dass die letzten Wachskerzen in der Pfanne Bratfett hergeben und ein dickes grünes Knäuel aus Kräutern vom Garten den Bauch stopft. Das kleine Fräulein Weber, das hier auch Asyl gefunden hat, kann sich gar nicht genug tun, die grüne Kost als gesund zu preisen und Hannas Einfallsreichtum zu loben.

1941

Für Hannas Vater jedoch schwärmt sie weniger, denn er hat ihr kurz und bündig verboten, mit aufs Dach zu kommen. »Nicht eine zuviel!« ist seine Anweisung. Zwar hat das ältliche, magere Fräulein Weber grässliche Angst vor den Russen, doch, wie Hanna meint, überflüssigerweise. Für mich kann ich die Angst, unter der Fräulein Weber leidet, nachfühlen, denn aufs Äußere kommt's den Russen nicht an.

Und unser Äußeres? Thekla steckt in Sachen von Hannas jüngstem Bruder, ich in Mellis alten Schulkleidern.

Dienstag, 22. Mai

Ich war 13, als der Krieg anfing. Jetzt ist er vorbei, und ich bin 19 Jahre alt.

Also Frieden. Etwas hat er schon gebracht, denn wir brauchen nicht mehr aufs Dach. »Wir können wieder heraus.« Mit diesen Worten drückte mir Hanna einen Zettel mit einer Adresse in die Hand. »Da gehst du hin, jetzt gleich.« Dem Arzt sollte ich sagen, dass sie mich geschickt habe. Also weiß sie es. Ich bin ihr dankbar, dass sie mich nicht darauf angesprochen hat. Was könnte sie auch sagen? »Du Ärmste, wie schrecklich«, Mitgefühl zeigen oder stille Schadenfreude verbergen?

Meiner Mutter werde ich nichts sagen. Sie würde nur mit dem Schicksal hadern und könnte doch nichts ändern.

Hanna rief mir noch etwas nach, was wie »viel Spaß« klang. Ich trottete los. Allein auf der Straße sah ich mich vorsichtig nach allen Seiten um, wie ein Dieb vor oder nach dem Klauen.

Sobald ich russische Uniformen erblickte, hier, zwischen den großen Kasernen keine Seltenheit, verdrückte ich mich mit unauffälligem Gang auf die andere Seite. Doch nichts geschah. Dennoch atmete ich auf, als ich das Arztschild sah. Schon auf der Treppe war es brechend voll. Mühsam arbeitete ich mich bis zur Sprechstundenhilfe durch, durfte bleiben und mich auf den Boden setzen. Auf Stühlen hätte nicht einmal die Hälfte Platz gefunden. Noch nie habe ich so viele Frauen auf einem Haufen gesehen.

Die Untersuchung dauerte nur ein paar Minuten, gesagt oder gefragt hat der Arzt nichts. Er war aber ganz freundlich und meinte, es sähe bei mir gut aus, Risse abgeheilt. Noch einmal muss ich wiederkommen. Das hängt mit einem Wort zusammen, das alle Frauen im Wartezimmer im Munde führen: »Wassermann.« Es ist ein Test gegen eine Krankheit.

»Welche?«, fragte ich den Arzt. »Syphilis«, buchstabierte er mir vor.

Sonntag, 27. Mai

Neu ist, dass wir jetzt nach Moskauer Zeit leben. Mir kommt es vor, als ob die Welt größer geworden ist.

Neu ist auch, dass Herr Voss die Radios abgegeben hat. Er tut alles, was angeordnet wird, denn er will weder uns noch das Haus einem Risiko aussetzen. Doch wir haben, wie Hanna sagt, trotzdem ein Radio, nämlich den Herrn Lehmann. Seit Jahren zusammen mit seiner Frau bei der Familie Voss angestellt, ist er im Haus unentbehrlich.

Seit die Russen hier sind, gebärdet er sich als Kommunist, was Hanna sehr, ihr Vater aber nur halb komisch findet.

Lehmann hat gleich nützliche Beziehungen zu den Russen in den auf der anderen Straßenseite besetzten großen Villen aufgenommen. Mich hat er in die Straßenfegerkolonne eingereiht, worüber ich sehr froh war, denn so brauchte Hanna nicht anzutreten.

Das Fegen habe ich hinter mir, zusammen mit ganz grässlichen Leuten aus der Nachbarschaft. Sie sprachen vom Feind, als wäre der Krieg nicht zu Ende und gaben sich als deutsche Patrioten, die sich verpflichtet fühlten, die Russen mit nachlässigem Straßenfegen zu bestrafen.

Inzwischen hat Herr Lehmann Hanna und mich zum Saubermachen an die Russen vermittelt. Dafür sei das Haus vor Besetzung sicher. Ich bin richtig glücklich, mit der Arbeit etwas zu meinem Dasein hier beizutragen.

Thekla dagegen sorgt Tag und Nacht für ihre Großtante. Wie ich sehe und höre ist sie eine schwierige Kranke, aber Thekla tut alles für sie.

Hannas und meine Arbeitsstelle ist die Villa schräg gegenüber, die, ebenso wie die große Villa daneben, von der russischen Armee beschlagnahmt ist.

Nachdem das erste Kommando abgezogen war, standen wir vor den Resten, die die Truppe hinterlassen hatte. »Nicht sehr übersichtlich«, war Hannas Kommentar, als wir in der Küche die Berge von Geschirr, Batterien von Gläsern und sonstiges Zeug betrachteten.

Mit kaltem Wasser und zwei großen Stücken Kernseife machte Hanna die Erst-, ich die Zweitwäsche. Schon bald steckten unsere Hände in einer undurchsichtigen Lache. Unsere Finger waren von einer Fettschicht umhüllt, an der alles, was wir anfassten, abrutschte.

Dabei waren wir nicht eine Minute allein in der Küche, denn immer stand ein Soldat mit Gewehr um uns herum. Zuerst war mir das doch ängstlich, aber Hanna nickte mir zu: »Die wollen uns nur zur Arbeit.« Unseren kleinen Bewacher hatte sie bald im Griff und machte ihm klar, dass wir heißes Wasser brauchten. Und tatsächlich, zwei Soldaten tauchten damit auf.

Wir machten uns an die Zehntwäsche.

Die kluge Hanna zweigte gleich heißes Wasser für das Klo ab, und ich befasste mich mit der Zweitreinigung dieses Orts. Die erste Garnitur hatte ich schon, so gut es ging, mit kaltem Wasser herausgeholt.

Zufrieden betrachtete ich mein Reinigungswerk. »Das«, meinte Hanna, »ist der Nahrungskreislauf. Erst rein, dann raus.«

Wir arbeiteten Stunden und Stunden, bis die Küche einigermaßen manierlich aussah und wir uns mit zwei geschenkten Stücken Brot und Gurken auf dem Fußboden niederlassen konnten. Gleiches tat der Soldat, nachdem

Hanna ihn bewogen hatte, sein Gewehr ein Stück weit weg zu legen. Doch nach dem letzten Bissen nahm er es wieder zur Hand und wies damit nach oben, mit dem russischen Lockruf: »Frau komm!«

»Du irrst mein Junge, wenn du auf den gemütlichen Teil abzielst«, gab Hanna seelenruhig von sich, auf deutsch. Der Soldat begriff, dass wir »nein« gesagt hatten, aber das Missverständnis lag bei uns, denn er wollte uns, jetzt unter Zuhilfenahme des Besens, beibringen, dass wir noch oben die Zimmer machen sollten.

Das allerdings wäre selbst für uns zuviel gewesen. So einigten wir uns auf den nächsten Tag.

Oben in den Zimmern rätselten wir darüber, dass sämtliche Türklinken abgeschraubt waren. Warum?

Inzwischen haben wir uns an unsere Russen gewöhnt. Der dicke Sergeant stellte Hanna und mich unserem Oberhaupt vor. Ein Kapitän ist es, und gut sieht er aus, dunkle Haare, Scheitel wie mit dem Lineal gezogen. Wie Lineale stehen auch die Soldaten vor ihm stramm. Für uns ist der Sergeant die wichtigste Person, denn er spricht gut Deutsch. Er sagte uns, dass er aus Odessa komme.

Sonntag, 10. Juni

Mein Vater war hier, um nach mir zu sehen. Obwohl schon über 60, ist er mit dem Rad bis Königswusterhausen gefahren und dann weiter, mit irgendeinem Transport.

Die ganze Familie ist jetzt in Miesdorf. Mein Bruder Ansas ist aus der Tschechoslowakei zu Fuß nach Hause gelaufen. Als das Schullager in Böhmen aufgelöst wurde, überließ man die Schulkinder ihrem »Heimweg.«

Ich fahre nicht mit Papa zurück nach Miesdorf, auch wenn ich das am liebsten möchte, um die Familie, insbesondere meine Großmutter, wiederzusehen. Doch ich will nicht auf dem Land festsitzen, ganz abgesehen davon, dass Renatas Haus von Flüchtlingen überquillt und wir dort nur noch ein Zimmer und eine Kammer für die kranke Omi haben.

1941

Nicht nur ich, auch Thekla hat sich über den Besuch meines Vaters gefreut. Warum? Er hat sich den Handwagen geben lassen und hat aus Theklas Hausruine nicht nur noch brauchbare Sachen, sondern Bobby, ihren Terrier, mitgebracht. Grau vor Staub thronte der kleine Hund auf dem Karren. Als Papa vor dem Haus anhielt, flitzte er in Theklas ausgestreckte Arme, beide außer sich vor Freude.

Hanna ist das nicht, denn hier sind weitere Hausgenossen eingetroffen: ihre Tante Luise, aus Pommern geflohen, wird nun mit ihrer Wirtschafterin Gustchen hier bleiben.

So hat Papa die letzte Nacht in meinem Bett geschlafen, ich auf dem Teppich. Morgens, als er wegging, nahm er mich in die Arme und sagte zu mir: »Danke Gott für alles.«

Hoffentlich ist er inzwischen heil in Miesdorf angekommen.

Mittwoch, 13. Juni

Den Karren, mit dem Papa den Terrier Bobby aus Theklas Haus gebracht hat, haben Hanna und ich heute selbst gebraucht. Das Fräulein Weber hielt uns über Nacht in Atem. Ich staunte, was bei ihr alles herauskam. Dass ein kleiner, dünner Körper so viel Inhalt hat! Wir haben sie auf dem Karren ins Krankenhaus gezogen, da Hanna auf Ruhr tippte. Es gelang ihr sogar, unsere Kranke in einem Zimmer unterzubringen. Hanna setzt sich immer durch.

Mich fragte sie, ob ich nicht Angst hätte, mich anzustecken, aber darauf konnte ich mit »nein« antworten. Seit ich weiß, dass die Russen bei mir keine Folgen hinterlassen haben, ist mir jede Furcht vor Ansteckung vergangen.

Freitag, 15. Juni

»Hanna«, rief ich heute früh »wir müssen los. Gestern haben unsere Leute drüben gefeiert, Küche und Klo werden sich lohnen.«

»Lärmen Sie doch bitte nicht durchs Haus« wies mich die

Tante Luise zurecht. Sie saß mit ihrer treuen Hilfe Gustchen am Küchentisch und kratzte sich irgendeinen Rest auf ihr Brot. »Ich weiß nicht, ob meine Nichte im Haus ist, vorhin war sie im Garten.« Ich lief die Treppe der Veranda herunter, »Hanna, wir müssen ...« »Ich komme« schallte es fröhlich.

In diesem Augenblick lief uns Thekla entgegen. »Habt Ihr Bobby gesehen?«

Sie hatte ihn, wie jeden Morgen, in den Garten gelassen. Der ist groß, zugewachsen und eingezäunt. Bobby findet darin für sein Amüsement die schönsten Löcher und hat als stolzer Terrier auch schon selbst welche gegraben. Thekla ist glücklich, dass sie Bobby damit etwas bieten kann, denn das Essen ist mager, wenn sie auch alles mit ihm teilt.

Ihre Frage nach Bobby konnte ich nur dahin beantworten, dass ich ihn zuletzt sah, als sie ihn in den Garten ließ.

Hanna zuckte die Achseln und brach, mit mir zusammen, eiligst auf. Der Kapitän legt größten Wert auf Pünktlichkeit, ebenso auf ordentliche Arbeit.

Jetzt sollte ich beim schreiben anhalten und mich wundern: vor noch nicht langer Zeit sind wir vor Angst fast gestorben und jetzt vor Lachen. Wir müssen an uns halten, wenn wir die Fahrradübungen der Russen sehen, wie sie sich auf Rädern mit losen Lenkstangen abmühen, oder wie sie zerbrochenes Zeug, zusammen mit Bergen von Radios und einem Haufen Türklinken, zum Abtransport auf Lastwagen laden. Sie haben überhaupt kein Empfinden für Sachen.

»Was soll das?«, fragte ich Hanna. »Sieh du lieber zu, dass du mit dem Besen bis hinten unters Bett kommst« »was sie in Russland mit abgebrochenen Stuhlbeinen...« redete ich weiter, »nun mach' schon«, schnitt sie mir das Wort ab.

Als wir am Ende unseres Arbeitstages nach Hause kamen, hatten Hanna und ich kaum die Tür aufgemacht, als Thekla uns entgegenstürzte. Überall habe sie nach ihrem Bobby gesucht. Nirgends sei er zu erblicken, aus dem Garten könne er doch nicht heraus.

1945

»Nein, da kannst du beruhigt sein«, antwortete Hanna, »komm mit.«

Sie führte uns an die Regentonne hinter der Verandatreppe und nahm den Deckel ab. »Sieh mal rein.«

Thekla beugte sich herunter und sprang zurück.

Hanna fasste nach. Sie hob etwas hoch, das bis heute morgen Bobby gewesen war.

Thekla schluckte. »Wie soll Bobby da hineingekommen sein?«

»Dreimal darfst du raten. Glaubst du, ich füttere deinen Köter durch, wenn niemand im Haus satt wird?«

Hanna drehte sich um, den toten Hund in der Hand. »Lehmann wird ihn beseitigen.«

Bisher hatte Thekla, wie ich, stumm und starr dagestanden. Sie gab auch keinen Laut von sich, als Hanna mit Bobby wegging, sondern rannte ins Haus.

Langsam ging ich nach oben, zögerte, klopfte aber dann bei Thekla an. Tränenüberströmt richtete sie sich vom Bett auf. »Du selbst hast mir gesagt, dass du Bobby zuletzt gesehen hast. Du hast mitgemacht! Dabei hat dein eigener Vater Bobby gefunden und gerettet!«

Sie hielt ein und wischte sich die Augen.

Ich antwortete nicht und ging weg. In meinem Zimmer setzte ich mich auf mein Bett und weinte. Warum war Bobby tot? Ich musste Hanna fragen, gleich.

Auf der Treppe hörte ich laute Stimmen. »Herzlos sind Sie, in diesem Haus werden wir nicht bleiben. Wir gehen weg, so bald wir können. Meine Nichte wird sich bei Freunden in Charlottenburg erkundigen.« Theklas Großtante hielt sich auf der Treppe am Geländer fest.

Hanna stand auf der Treppenstufe und sah zu, wie Thekla sich abmühte, ihre Tante ins Zimmer zurückzubringen.

»Da hast du ein Beispiel, wie sie hier herumschreien. Von mir aus können sie gehen oder bleiben. Hauptsache der Köter ist weg«, wandte sie sich mir zu.

»Hast du ihn denn selbst ...« »Na klar, die Tonne bot sich an. Ich hab' mich oben drauf gesetzt, Deckel zu. Es dauerte nicht lange, dann war er still. Für Tierquälerei bin ich nicht.«

Ich erschrak so, dass ich kein Wort herausbrachte. Zu sehr war ich damit beschäftigt, das Bild des in der Tonne ertrinkenden kleinen Hundes aus meinem Kopf zu schieben.

»Du und Hanna«, hatte Thekla mir nachgerufen, als ich herausging. Es stimmt, ich bin den ganzen Tag mit Hanna zusammen. Aber das ergibt sich aus unserer Arbeit. Thekla dagegen kommt kaum noch aus dem Zimmer ihrer Tante heraus.

Deshalb sehe ich sie wenig.

Ich kann doch nichts dafür, dass Hanna mich vorzieht. Ich freue mich darüber, denn in der Schule habe ich mich vergeblich um Melli bemüht, während Thekla Mellis Freundin war.

Hanna bewundere ich dafür, wie sie all den Leuten hilft, die sie aufgenommen hat, mich eingeschlossen. Dass sie Bobby umgebracht hat, verstehe ich nicht, aber ich kann Hanna nicht anders machen als sie ist. Ich bin glücklich darüber, dass sie mir gestern noch sagte, wie gern sie mich hat.

Sonnabend, 16. Juni

Die Sache mit Thekla lässt mir keine Ruhe. Als ich sie heute auf dem Korridor sah, hielt ich sie fest, um ihr noch einmal zu sagen, dass ich mit Bobbys Tod nichts zu tun hatte.

»Das ist die Wahrheit«, rief ich.

Doch sie hörte mir nicht zu.

Ich lief in mein Zimmer und weinte, – um Thekla, um mich und um unsere Freundschaft.

Sonntag, 17. Juni

Die allergrößte Neuigkeit: Die Russen gehen weg. Nie hätten wir das gedacht. »Noch sind sie und nicht die Amerikaner da«, dämpfte Herr Voss unsere Erwartungen. Immerhin meinte er, dass der Abzug der Russen insofern wahrscheinlich sei, als Herr Lehmann seine rote Armbinde nebst roter Nelke abgelegt hat.

Dienstag, 19. Juni

Lehmann hat richtig vorausgesehen. So war es ein bewegter Tag heute. Unsere Russen ächzten und schleppten. Den ganzen Vormittag luden sie Radios, meist aber zerbrochenes Zeug, auf ihre Lastwagen. Der Dicke aus Odessa nahm Hanna und mich beiseite. Sehr gut hätten wir gearbeitet. Im Namen des Kapitäns gab er uns zwei Radios, für jede eins. Ich traute meinen Augen nicht, als ich den herrlichsten aller Apparate erblickte, aus poliertem Holz, mit Stoff bespannt. Das andere Radio war kleiner, aber supermodern, flach und lang. Hanna nahm es, meins fand sie spießig.

Doch zunächst hieß es arbeiten. Der Kapitän wollte das Haus in guter Ordnung hinterlassen.

Zufrieden gingen wir nach Hause, mit uns zwei Soldaten, die unsere Radios trugen. Ich stellte meins zunächst in der Halle ab. Auf fragende Blicke von Herrn Voss erklärte ich stolz, dass ich mir dieses schöne Radio bei den Russen erarbeitet hätte. Seine Reaktion kam unerwartet. Kalt sagte er: »Sie sind frei zu tun, was Sie für richtig halten. Allerdings schlage ich vor, das Radio umgehend zurückzugeben, denn für gestohlenes Gut ist in meinem Hause kein Platz.«

Hanna nickte mir zu und gab Herrn Lehmann einen Wink, mein Radio herauszutragen. Ich will es behalten. Mir ist total egal, wo es herkommt.

Der dicke Sergeant aus Odessa gab Hanna zwei Bescheinigungen, aus denen hervorging, dass wir für die Sowjetische Armee zu deren Zufriedenheit gearbeitet hätten.

Als sich der Dicke von uns verabschiedete, brummte er, wir sollten uns nicht zu sehr auf die Amerikaner freuen. Die hätten mehr gegen die Deutschen als die Russen.

Mit flottem Schwung flog noch ein letztes Tischchen auf den Lastwagen. Die dünnen Beinchen des Möbels splitterten.

Die Soldaten standen zur Abfahrt bereit. Auf Wink des Kapitäns brachte uns ein Soldat zwei beim Nachbarn abgebrochene Rosen an den Gartenzaun. Mir stand für einen Moment ein altes Albumbild vor Augen: Manövertruppen, die aus einer deutschen Kleinstadt abrücken, nur singen die Soldaten heute russisch, – das Lied von der Katiuscha am Dnjepr.

Langsam rasselte die Kolonne über das Kopfsteinpflaster. Es war eine Art Abschied.

In diesem Augenblick kam Hannas Tante Luise aus dem Haus gelaufen. Sie zog Hanna am Ärmel, sah aber mich an, als sie von sich gab: »Bitte Hanna, hör' auf, den Russen so würdelos nachzuwinken.«

»Tantchen, sei du würdig, aber lass mich winken.«

Wir winkten, bis der letzte Wagen über das Kopfsteinpflaster gerasselt war.

Sonntag, 24. Juni

»Jetzt ist der Krieg vorbei«, sagte ich abends am Küchentisch.

Herr Voss, der sonst nie mit mir spricht, ging diesmal auf meine Bemerkung ein. Zwar sei der Krieg zu Ende, aber dessen Folgen für uns begännen erst. Einmal blieben die Russen in Deutschland, und zum anderen solle Berlin unter die Alliierten aufgeteilt werden. Es sei auch noch nicht klar, ob die Stadt insgesamt nicht trotzdem unter russischer Oberhoheit bleibe.

Er macht sich Sorgen um seine Betriebe, aber noch mehr darüber, dass Deutschland möglicherweise geteilt wird.

»Geteilt?«, rief die Tante Luise, »Deutschland geteilt, unvorstellbar!« »Beruhige dich, Tantchen«, rief Hanna, »noch ist es nicht so weit.«

Ich sagte nichts. Angesichts der besorgten Gesichter um den Tisch schien es mir geraten, besser für mich zu behalten, dass Deutschland mir egal ist. Was war Deutschland bisher? Krieg, am Ende die Russen. Bleiben sie, verspricht die Aussicht, unter einer Siegermacht zu leben, deren Soldaten glückstrahlend zerbrochene Tischbeine abtransportieren, wenig.

Doch noch schnell zum Großereignis der Woche.

Hanna hatte es sich in den Kopf gesetzt, sich in der Charité nach den Ärzten und ihren Kolleginnen aus dem Kriegseinsatz umzusehen. In Schwesternkleidern noch aus Hannas Einsatz zogen wir los, nachdem Herr Voss unseren Verpflegungsbeutel mit Brot, Wasser und Zucker überprüft hatte. Ein langer Weg war's, von Lichterfelde bis zur Charité: die endlose Holbeinstraße entlang, dann Hindenburgdamm, Schlossstraße, Hauptstraße. Manches konnten wir erkennen, aber die Potsdamerstraße war eine Trümmerwüste.

Allein wanderten wir nicht, denn eine Menschenschar zog, meist einen Karren hinter sich, dem Anschein nach ziellos durch die Gegend. Dazwischen marschierten russische Militärkolonnen, nur hatten jetzt die Männer Grund, sie zu meiden. Vor unseren Augen wurde ein Mann mittleren Alters, ehe er es recht gewahr wurde, eingereiht und fand sich in der Marschkolonne zwischen den Soldaten.

Der tollste Betrieb war vor dem Brandenburger Tor. Der Tiergarten hat sich zu einem öden Feld gewandelt, aus dem nur noch tote Baumstümpfe herausragen. Dafür wimmelte es hier von sehr lebendigen Menschen, russischen Soldaten, fliegenden Händlern und jeder Art wild aussehender Figuren.

Handel und Wandel, alle hatten etwas anzubieten. »Was die Leute noch oder schon wieder zu verkaufen haben«, wunderte ich mich. »Geh hin, sieh's dir an.« Hanna lachte.

»Bloß weg«, war meine Antwort, denn ein Mann, das Maul voller Goldzähne, drängte sich, in der Hand einen alten Stahlhelm, an uns heran. »Krieg kaputt!«

Lustig anzusehen waren die russischen Blitzmädel, die mit ihren Fähnchen den Verkehr regelten. Klein und rund, platzten sie aus ihren dicken Uniformen und zeigten wo es lang ging.

Doch dann war es wirklich die, wenn auch angeschlagene, Charité, wo wir auf die harten Holzstühle im Schwesternzimmer wie in weiche Sessel sanken. Während Hanna Bekannte begrüßte, fragte ich mich zu Schwester Ella, der alten Freundin meiner Mutter durch. »Durchgearbeitet« antwortete sie auf meine Frage nach dem Kriegsende und wies auf die Betten mit Kranken und Verletzten zwischen notdürftig zurechtgeflickten Wänden. »Die Elise in Portugal hat's besser«, rief sie mir nach als ich ging.

Mit dünner Suppe, milder Gabe der Schwestern, gestärkt, machten Hanna und ich uns auf den Rückweg. Am Bayrischen Platz setzten wir uns bei strahlender Sonne zwischen Schuttbergen auf die Steine einer Hausruine und teilten Brot und Zucker.

Was hast du für Pläne?« fragte ich Hanna und fuhr fort: »Ich möchte, falls möglich, Medizin studieren, Ärzte werden immer gebraucht, wie sehr habe ich gerade gesehen.« Hanna zuckte die Achseln. »Ich werde bei meinem Vater arbeiten. Sollte mein Bruder, zuletzt an der Front im Osten, nicht wiederkommen, habe ich als einzige meiner Geschwister überlebt.«

»Dein Vater ist zwar nicht sehr zugänglich« sagte ich »aber ich finde ihn großartig. Nicht jeder würde sein Haus so vielen Menschen öffnen.

Dich wollte ich schon lange fragen, wie du es schaffst, das Unglück deiner Familie mit einer Fassung zu ertragen, die«, »frag besser nicht«, unterbrach mich Hanna. »Ich weiß es selbst nicht.

Irgendwie geht's weiter. Seit dem Tod meiner Zwillingsschwester hat mich mein halbes Ich verlassen.« Sie hielt mir die Tüte mit dem Zucker hin. »Doch um auf meinen Vater zu kommen, glaub mir, bei Gelegenheit muss man deutlich machen, dass seine Wünsche nicht Gesetz sind.«

Als sie eine solche Gelegenheit schilderte, wurde es mir trotz heißer Junisonne durch und durch kalt. Ich erstarrte, als sie erzählte, wie sie ihren Vater aus Mellis Tod ausgeschlossen hatte.

1945

Er wollte, wenn es zu Ende ging, bei seiner Jüngsten sein. Hanna sollte ihn anrufen, falls er nicht im Krankenhaus sei.

»Genau das habe ich nicht getan«, berichtete sie, noch nachträglich stolz darauf.

Ihr Vater saß zu Hause und sie am Bett als Melli starb.

»Jetzt kannst du kommen«, sagte sie ihm dann durchs Telephon.

»Ich verstehe dich nicht«, war meine Antwort. »Warum anderen etwas antun, wenn man weiß, dass sie dadurch leiden werden.« »Warum?« erwiderte Hanna, »ich hab's dir doch eben erklärt: mein Vater muss sich darein fügen, dass seine Wünsche für mich nicht Befehl sind.«

Zwar werde ich nie verstehen, warum Hanna in Mellis Tod eine »Gelegenheit« sah, ihren Vater zu erziehen, doch der Dankbarkeit, die ich Hanna schulde, tut das keinen Abbruch.

Donnerstag, 5. Juli

Die Amerikaner sind da. Hanna und ich standen am Fenster und sahen, wie die Jeeps und Command Cars der 2nd Armored Division, Hell on Wheels (alle diese Namen habe ich schon gelernt) mit groß aufgemalten weißen Sternen unsere Straße entlang rollten.

Zuerst bekamen wir einen Schreck, denn wir hielten die amerikanischen- für Sowjetsterne.

Plötzlich beugte sich Hanna weit aus dem Fenster und stieß mich an. »Mensch«, rief sie »guck mal hin!« Da stand, wer? auf dem Trittbrett? Herr Lehmann! Jetzt mit kleiner amerikanischer Fahne an der Jacke und ohne seinen roten Schmuck.

Die Wagenkolonne hielt gegenüber, vor der großen weißen Villa, die mit ihrer geschwungenen Fassade und den bis zum Boden reichenden Fenstern den Eindruck eines kleinen Schlösschens macht.

Dank des Wegweisers Lehmann, der die Kolonne schon in

der Drakestraße abgefangen hatte, lassen sich die Amerikaner darin nieder und richten dort ein Kasino ein.

Herrn Voss verkündete Lehmann bereits als sein Verdienst, dass das Haus vor Beschlagnahme sicher sei. Er nennt sich jetzt Butler und hat, nicht gerade zur Freude von Herrn Voss, an der Vorgartentür ein Schild angebracht, das ihn als »Paul W. Lehman (mit einem n), Businessagent and Interpreter« ausweist.

Wie stets saßen wir heute Abend zusammen in unserer Küchentischrunde (ohne Thekla und ihre Tante, die sich ganz auf ihr Zimmer zurückgezogen haben). Doch wie sonst war es nicht, denn Herr Voss machte umständlich eine Flasche Wein auf, um mit uns auf die Zukunft anzustoßen.

»Hoffentlich in einer Demokratie«, brachte er einen Toast aus, nachdem er vorher die Photos von Melli und Hannas Zwillingsschwester wieder im Salon angebracht hatte. Wegen der russischen »Nachfragen« hatte er sie abgehängt.

»Was ist demokratisch?«, fragte Hanna.

Jeder in unserer Runde hatte eine andere Antwort, aber schließlich einigten wir uns dahin, dass wir in einer Demokratie zwischen Politikern unterschiedlicher Richtungen wählen können wen wir wollen, dass ein Parlament das Volk vertritt, dass man frei denken und sagen kann, was man will.

»Allerdings«, goss Herr Voss Wasser in den Wein unserer Vorstellungen, »werden wir büßen müssen. Deutschland steht ein langer, mühseliger Weg bevor.«

Mich stört das nicht. Von nun ab scheint mir die Zukunft amerikanisch und damit hoffnungsvoll. Ab morgen schon werde ich sehen, wie sie sich anlässt, denn Hanna und ich sind in Stellung als Serviererinnen in der Villa gegenüber. Herr Lehmann hatte dafür eigentlich nur Hanna vorgesehen, aber sie erklärte ihm kurz und bündig: »Nur mit Ande zusammen.« Seine Frau hat Lehmann bei den Amerikanern als Köchin untergebracht.

Ein Sergeant hat uns beäugt und o.k. gesagt. Hanna hat

1945

schon aus dem großen Schrank Kleider und Schürzen der ehemaligen Dienstmädchen.der Familie Voss geholt.

Als erstes werde ich gleich nach Miesdorf schreiben. Die ganze Familie muss so schnell wie's geht nach Berlin kommen. Das ist das Wichtigste.

Und ebenso wichtig: Werner. Ob er zurückkommt?

Vorhin haben Hanna und ich noch in meinem, eigentlich Mellis Zimmer, zusammengesessen und an meinem inzwischen von Herrn Lehmann angeschlossenen Radio gedreht, um etwas Amerikanisches zu hören, nur war leider der Empfang nicht gut.

Als Hanna die Tür hinter sich zugemacht hatte, stürzte ich mich gleich wieder auf mein Radio und drehte so lange, bis ich endlich, endlich Musik hörte, amerikanisch!

Mir gingen die Augen über und die Ohren auf. Die klemmte ich ans Radio und verstand sogar den Text:

»I am beginning to see the light.«

Zweiter Teil

1945–1948

»haply I may remember,
and haply may forget.«
Christina G. Rossetti

Dienstag, 17. Juli 1945
Wir sind aufgestiegen: von den Russen zu den Amerikanern, vom saubermachen zum servieren.

Hanna hat die Oberaufsicht über die Tische mit insgesamt 25 Offizieren und zwei Mädchen zur Hilfe. Mir hat man den Tisch rechts in der Ecke an den großen Fenstern zum Garten gegeben, mit sieben Stabsoffizieren.

»Gut aufpassen und fix sein« hat Hanna mir ans Herz gelegt. Doch das allein genügt nicht, denn von uns wird ordentliche Arbeit verlangt. Deshalb haben wir die Abende zu Hause mit Servierübungen verbracht, vom alten Gustchen, der treuen Hilfe von Hannas Tante, dirigiert.

Für mich hat sich die Unterweisung schon gelohnt, denn ich stelle jetzt die Teller korrekt hin und serviere Essen oder Trinken von der jeweils richtigen Seite.

Ich sah mich bereits auf dem Weg zur Meister- und Musterkellnerin. Doch Hochmut kommt vor dem Fall, denn von Hanna bekam ich gleich eine kalte Dusche. Sie hatte mich beobachtet, als ich beim Abräumen am Tisch vier Teller auf dem Arm balancierte. »Lass dir raten, nicht die Wirtshausmaid zu spielen, sondern so zu servieren, wie es sich in besseren Häusern gehört. Nimm die Teller einzeln weg.«

Ich war ganz betreten, denn ich war auf meine Balancierkunst so stolz gewesen und dachte schon an den fünften Teller.

Doch damit nicht genug.

Die Housekeeper, Herr und Frau Born, sprachen mich darauf an, dass ich mich mit den Offizieren am Tisch unterhalten hätte. Das sei gegen die Regel.

Ich sank in mich zusammen, konnte mich aber rechtfertigen. Der Oberst hatte mich gefragt, ob ich aus Berlin komme, wo ich zur Schule gegangen- und wie alt ich sei.

»Da musste ich antworten.« »Bitte nur eine kurze Antwort auf direkte Fragen«, damit bürstete Frau Born mich ab, und ich gab mir alle Mühe, nunmehr mit unbewegter Miene meinen Pflichten nachzukommen.

Auch nicht recht! Heute sagte mir der nette Major, sie vermissten mein freundliches Lächeln.

Am Tisch herrscht strenge Ordnung. Der Oberst ist ein richtiger »Chicken Colonel«, weil er Rangabzeichen mit Adlerflügeln trägt. Ihm serviere ich zuerst. Legt er Messer und Gabel nieder, isst niemand weiter.

Essen! Es gibt wohl niemand in Berlin, der nicht Tag und Nacht daran denkt, denn in Berlin herrscht Hunger. Sich satt essen zu können ... davon kann der Normalberliner nur träumen. Dass ich mir darum keine Sorge zu machen brauche, ist das beste an meiner Arbeit. Doch in einem Meer von Hunger auf einer glücklichen Insel zu sitzen, macht in Hannas und meinem Fall zwar satt und dankbar, nagt aber am Gewissen.

Dreimal am Tag herrscht an meinem Tisch üppiger Luxus: Braten, Gemüse, Salate, Kuchen. Jeden Tag staunen wir darüber, wieviel unsere Leute auf den Tellern zurücklassen und fragen uns, warum sie sich soviel auflegen.

Vorgestern holte Hanna mich ans Fenster. »Sieh mal!«

Es lohnte sich. In der Abenddämmerung bot sich ein Bild des Gebens und Nehmens: zwei Arme, die sich aus dem Küchenfenster im Souterrain heraus- und zwei Arme, die sich entgegenstreckten. Es dauerte, bis Herr Lehmann die ihm von seiner Frau zugereichten Schätze über die Straße geschafft hatte.

»Lehmann verkauft alles«, sagte Hanna. »So wird man reich.«

»Und Borns?«, fragte ich, »merken die denn nichts?«

»Cosi fan tutte«, Hanna lachte.

Montag, 23. Juli

Das neueste Gerücht! Hanna verkündet, dass Potsdam

zum amerikanischen Sektor kommen soll. Doch Lehmann, der stets das Gras wachsen hört, widerspricht. Potsdam würde nicht amerikanisch. Da sei nur eine Konferenz über Deutschland.

Sonnabend, 4. August

Jetzt umrunde ich meinen Tisch schon ganz lässig. Was immer ich eingieße, ich verschütte keinen Tropfen. Meine Offiziere haben sich an mich gewöhnt und lachen mich freundlich an. Weil ich blond bin, behaupten sie, ich sei ein »real German girl«, ein »echt deutsches Mädchen.« So ein Quatsch! Ich kenne viel mehr Leute mit dunklen als mit hellen Haaren. Auch in meiner Schule waren nur wenig Mädel blond. Meine Mutter hat sogar tief-schwarze Haare.

Sonntag, 5. August

Hanna und ich haben uns angewöhnt, jeden Abend in meiner, d.h. in Mellis Stube zusammen zu sitzen. »Solange Lehmann drüben im Kasino Herr und Meister ist, haben wir unseren Job«, begann sie vorhin die Unterhaltung. »Was meinst du damit?« fragte ich, »er ist doch dick im Geschäft. Tag und Nacht hängt er mit den Amis rum.« »Noch. Bisher scheinen unsere Amis blind, aber irgendwann werden auch sie sehend.

Erstmal Frau Lehmann: Sie kocht unter aller Kritik. Das sagte schon meine Mutter, wenn Frau Lehmann für unsere Köchin aushalf.

Außerdem: sie wird zu schnell zu sicher. Sie fängt an, die Offiziere auf Ration zu setzen, Butter, Eier, Fleisch, von allem etwas weniger, auch den Nachtisch streckt sie. Wir haben es ja selbst gesehen. Abends reicht sie das Ersparte aus dem Küchenfenster in die ausgestreckten Arme ihres Mannes.

Doch verlass dich drauf, die mageren Zeiten kommen wieder. Wer weiß, wie lange die Amis drüben noch bleiben.«

»Und ich frage mich, was unsere Offiziere eigentlich tun«, erwiderte ich. «So lang sind die Pausen zwischen den Mahlzeiten nicht, doch mindestens eine Stunde vorher amüsieren sie sich in den Salons und spielen Ping Pong. Für Arbeit, gleich welcher Art, bleiben da nur Minuten.

Abends kommen die WACS, die amerikanischen Wehrmachthelferinnen, »die«, unterbrach mich Hanna, »in nicht allzu ferner Zeit durch deutsche Mädchen ergänzt, wenn nicht ersetzt werden.«

Ich schüttelte den Kopf. »Privater Umgang mit uns ist den Amerikanern streng verboten. Daran halten sich unsere Offiziere auch. »No fraternization zwischen Siegern und Besiegten«, so heißt es.«

»Das wird nicht dauern«, meinte Hanna.

Freitag, 17. August

Gestern Abend schreckte mich Hanna mit dem Wort »Zukunft« hoch. »Ein paar Gedanken solltest du dir schon machen.« »Tue ich«, war meine Antwort, »aber im Augenblick mache ich mir eher Gedanken über das Ehepaar Born.«

Ich erzählte ihr von dem täglichen Miteinander, das allmählich in Schikanen ausartet.

An Hanna trauen sie sich nicht heran, wohl aber an mich.

Heute zum Beispiel schob Frau Born die Bestecke, die ich schnurgerade ausgerichtet hatte, auf meinem Tisch herum. Als ich daraufhin die Messer und Gabel wieder zurechtrückte, zischte sie: »Lange kommen Sie damit nicht mehr durch.«

»Die Borns bauen sich als Housekeeper auf«, war Hannas Antwort, »aber mach dir keine Sorgen. Solange Lehmann herrscht und solange ich hier bin, bleibst auch du.«

Ich legte alle Dankbarkeit, die ich für Hanna empfand, in meinen Blick.

Sie hat so recht. Gedanken über meine Zukunft sollte ich mir wirklich machen. Am liebsten möchte ich studieren.

Endlich Nachricht von Evchen. Sie ist im letzten Moment aus Ostpreußen herausgekommen und hat sich mit ihren Eltern nach Württemberg durchgeschlagen. Mein Onkel Adam und meine Tante aus Memel dagegen sitzen, wie viele Flüchtlinge aus dem Memelland, in Sachsen.

Die Familie Margies ist bei Beate, der ältesten Tochter, in einem Dorf an der Oder gelandet. Herr Margies hat gleich eine Pfarrstelle bekommen und konnte die ganze Familie im Pfarrhaus unterbringen, denn das Gut seines Schwiegersohns ist abgebrannt

Marlene schreibt sehr komisch von ihren russischen Erlebnissen. Zum Glück gab's keine, denn der Küster hat in der Leichenhalle einen Sarg mit Luftlöchern für sie zurechtgemacht. Kein russischer Soldat ist auch nur in die Nähe ihrer Ruhestätte gekommen. »Aber im Himmel war ich nicht«, endet ihr Bericht.

Bei uns im Kasino stehen Änderungen an. Bevor unsere Offiziere abzogen, bekam ich noch einen Extraauftrag vom Oberst. Er fragte mich nach einem antiken Schachspiel. Zuerst dachte ich an den Oberorganisator Lehmann, ließ es aber. Die fürs Besorgen versprochenen Zigaretten kann ich selbst brauchen.

Doch wie und wo sollte ich zu dem Schachspiel kommen? Da fiel, zufällig, mein Blick auf das Telephonbuch in der Halle. Es ist zwar von 1941, aber ich machte mich dran und suchte darin Adressen von Antiquitätenhändlern, mühsam, mühsam.

Noch mühsamer war es, die Adressen abzuklappern.

Ich kroch durch Trümmer mit kreidebeschrifteten Steinen »bin jetzt ...« In der Stadt gibt es keine Straße mehr, nur Geröll.

Ich machte einen Abstecher zu meinem Pfarrer und fand ihn im abgemagerten Zustand des Normalbürgers in seiner Kirche beim wegräumen von Schuttbergen. Wie immer nahm er sich Zeit für eine Unterhaltung. Über Sterben und Ewigkeit sprachen wir allerdings nicht, sondern vom Essen.

133

1945

Ich wünschte, ich könnte ihm von meinem amerikanischen Essen abgeben, aber wir dürfen nichts mitnehmen. Anders nur, wenn man es tut. Der kleine, dünne »Butler« Lehmann schleppt nach wie vor ganze Kartons heraus.

Doch endlich, bei einer meiner Adressen, in einer Trümmerlandschaft seitlich der Potsdamerstraße, stolperte ich in einen Hof, in dem noch ein halbes Haus halb stand. Darin bewegte sich ein Mann, faltig, mager, in mitgenommenem Anzug. Er sah aus wie alle Männer in Berlin, die nicht Amerikaner sind.

Herr Schult, so heißt er, hatte hier sein Geschäft gehabt und kroch in den Resten herum. Bestimmt, meinte er, könne er etwas besorgen, vielleicht sogar ein Schachspiel.

Der Oberst bekam was er wollte: ein edles, altes Spiel mit indischen Figuren aus Elfenbein.

Es war ein schöner Augenblick, als der Soldat, der den Chauffeur machte, die Zigaretten – die Währung, die die wertlose Reichsmark ersetzt – aus dem Wagen holte. Meinen Anteil lege ich als Vorrat an. Die Hälfte bekommt Hanna

Auf der Fahrt zurück fand der Oberst kein Ende. Es schien als sei er zum ersten Mal in Berlin unterwegs. So habe er sich die Trümmerfelder nicht vorgestellt. In Amerika werde er viel zu erzählen haben, von »Berlin, wie es wirklich ist.«

Das Schachspiel hat mir aber mehr als Zigaretten eingebracht. Da der Oberst sich so zugänglich gab, erkundigte ich mich, wie es wohl weitergehen werde.

Im Kasino würde sich viel ändern, meinte er und fragte, ob ich eine Vorstellung hätte, was für mich in Frage käme. »Jede Arbeit«, sagte ich und erwähnte meine Büroerfahrung.

Von sich aus bot er mir an, für mich eine Empfehlung bei dem General selbst zu hinterlassen. Sicher würde sich für mich eine Stelle in der Kaserne finden, in die die 82nd Airborne Division einziehen werde.

Der Abschied war freundlich. Wir wurden nicht nur gelobt, sondern jeder der Offiziere hinterließ an seinem Platz Zigaretten und Schokolade.

In letzter Sekunde konnte Hanna das Housekeeperpaar Born davon abhalten, Hand auf diese Schätze zu legen. Sehr zu deren Ärger tat sie alles in einen großen Korb und verteilte dessen Inhalt gleichmäßig unter alle, die für unsere Offiziere gearbeitet hatten.

Montag, 27. August

Heute kam Nachricht aus Miesdorf. Ich freute mich rasend und stürzte mich gleich darauf.

Mit diesem Brief ist alles anders geworden. Beide sind tot, meine Großmutter und mein Vater.

Erst starb die Omi. Mama schrieb, dass ihr Körper sich auflöste. Ob sie, wie sie mir versprochen hat, nun vom Himmel auf mich herabsieht?

Bald nach Omis Tod wurde Papa überfahren, als er bei Regen und Wind auf einem alten, unbeleuchteten Fahrrad auf der Landstraße mit einem Lastwagen zusammenstieß.

In meinem Zimmer habe ich den Kopf in die Kissen gesteckt und geweint. Zuerst darüber, dass meine Omi mich verlassen hat.

Dann Papa. Meist war mein Vater still, doch wenn er aufdrehte und Geschichten aus seiner Seemannszeit erzählte, war er der Lustigste, aber nur, wenn die Mama nicht dabei war. Am liebsten hörten wir vom Paradies. Das fanden die Seeleute in Bali, wo sie am Hafenkai Riesenschlangen mieteten, auf deren Rücken sie unter Palmen hin und her glitten und Kokosnüsse aßen.

Meine Mutter hat den Papa nie wichtig genommen. Dabei ist sie, obwohl mit meinem Vater verlobt, nach Berlin gezogen, als sich meine gänzlich verarmte Großmutter durch trügerische Versprechungen dorthin verlocken ließ. Mein Vater, der nach Rückkehr aus englischer Kriegsgefangenschaft bei der Schifffahrt eine gute Stellung gefunden hatte, musste ihr aus Königsberg nach Berlin nachziehen und dort neu anfangen.

Für mich aber war der Papa mein Vater. Als Mensch mit

194

eigenen Gefühlen existierte er in meinen Augen nicht. Ich sah ihn nur in dem Ausschnitt, der sich auf mich bezog.

Jetzt frage ich mich warum und finde keine Antwort.

Sonntag, 2. September

Inzwischen war ich einen Tag in der Universität, die wieder aufmachen wird. Ich wollte mich erkundigen, – trübe sieht's aus! Keine Chance, der Andrang für Erstsemester Medizin ist enorm.

Trotzdem habe ich Grund mich zu freuen. Der Oberst hat sein Wort wahrgemacht und mich empfohlen. So wurde ich in die Gardeschützenkaserne in Lichterfelde zum Master Sergeanten bestellt. Er ist klein, drahtig und kurz angebunden.

Fast eine Seite diktierte er mir, lauter unbekannte Worte. Wie ich später erfuhr, waren das Bezeichnungen für Autoteile.

Danach blieb ich allein am Tisch zurück. Mein Blick ging über die roten Backsteinbauten, den leeren Kasernenhof. Würde man mich nehmen? Wenn nicht, wovon sollte ich leben? Ohne eigenen Verdienst will und kann ich nicht bei Hanna bleiben.

Ich saß da und wartete, als ob es um mein Leben ginge.

Dann tat sich die Tür auf. Durch seine dicken Brillengläser musterte mich der Sergeant noch einmal.

«Können Sie nächsten Montag anfangen?»

Das klang so selbstverständlich, dass ich mir recht dumm vorkam, mich eben noch in eine Lebenswende hineingesteigert zu haben.

Der Sergeant zögerte, schwang sich dann aber doch auf und sagte mir, ich hätte im Diktat erstaunlicherweise nur zwei Fehler gemacht, mich auch nicht vertippt. Außerdem schriebe ich professionell mit allen zehn Fingern. Mit der Zeit, meinte er, würde ich sicher schneller werden.

Das klang mir wie Musik in den Ohren. Nie hätte ich mir

träumen lassen, dass der Verlegenheitsunterricht auf dem Gau mir heute eine Stelle bei den Amerikanern verschafft!

Wo mein Englisch herkomme, fragte er noch. »Aus der Schule«, antwortete ich, nachträglich dankbar dafür, dass, ob in Deutsch oder in Fremdsprachen, kein einziger orthographischer Fehler bei unseren Lehrern durchgegangen wäre.

Morgen also. Ich bekomme Gehalt, Mittagessen und behalte die bessere Lebensmittelkarte. Zwar bin ich froh darüber, aber ungerecht ist es. Die besseren Karten sollte man nicht denen geben, die bei den Amis essen können, sondern all den vielen Menschen, die von den Lebensmittelzuteilungen auf Karten nicht satt werden. Auch Hanna arbeitet nur wegen des Essens zunächst noch weiter im Kasino.

Dienstag, 30. Oktober

Jetzt muss ich endlich einmal über meine Arbeit in der amerikanischen Kaserne am Gardeschützenweg schreiben.

Ich arbeite in einem großen Raum voller Tische. An jedem Tisch sitzt ein amerikanischer Soldat, ich vorne in der zweiten Reihe hinter einer Schreibmaschine, einziges Mädchen und einzige Deutsche.

Als der Mastersergeant mich dort hineinführte und sich, wie mir schien, unzählige Soldatenaugen auf mich richteten, war's mir doch ängstlich, zugleich aber war mir alles so neu, dass ich mich darauf freute.

Ich muss endlose Anforderungslisten für Autoersatzteile schreiben und gebe mir Mühe, jeden Tag etwas schneller zu werden. Noch spricht gegen Schnelligkeit, dass ich mich nicht vertippen darf. Dass ich Englisch schreibe ist weniger schwierig, weil die Worte immer gleich sind.

Mittwoch, 7. November

Heute habe ich das zweite deutsche Mädel, das hier arbeitet, kennengelernt. Sie ist drei Jahre älter als ich, heißt Si-

1945

grid, nennt sich aber Sissy. Wie ich sitzt sie unter Soldaten und notiert auf Inventarlisten, was an Autozubehör ausgegeben wird. Im Krieg war sie Blitzmädel bei einer Truppe, die Wehrmachtautos instandhielt und arbeitet, so sagt sie, »wie gehabt«, nur jetzt unter den Amerikanern. Sie ist sehr munter, lacht viel und ist überall in der Kaserne beliebt.

Auch zu mir sind meine Soldaten freundlich, nur bleibt zwischen unseren Tischen für Unterhaltungen nicht viel Zeit, denn wir müssen vor allem schnell arbeiten. Der Master Sergeant, Lucky genannt, hat seine Augen und Ohren überall.

Schräg vor mir sitzt ein Soldat namens Joel Bernstein. Er brachte mir gleich die erste Frage meines Nebenmanns, Pete, ein: »Do you like him? He is jewish.«

Joel sah mich aus seinen dunkelbraunen Augen irgendwie erwartungsvoll an, aber ich blickte auf meine Schreibmaschine.

Ich konnte doch unmöglich sagen, dass ich ihn liebe.

Der blöde Pete fragte dann das gleiche für seine Person und setzte hinzu: »I am not jewish.« Auch ihm gab ich keine Antwort.

Inzwischen aber weiß ich, dass »like« nur »mögen« und nicht »lieben« bedeutet, und da habe ich Joel gleich gesagt, dass ich ihn mag. Das stimmt, weil er mir jeden Tag freundlich zulächelt.

Den Oberst behalte ich übrigens nicht nur meiner Arbeitsstelle wegen in dankbarer Erinnerung, sondern auch dafür, dass er mich zugleich als Quelle für Antiquitäten empfohlen hat. Herr Schult in seiner Ruine links von der Potsdamerstraße freut sich mit mir über die amerikanischen Kunden. Als Vermittlungsgebühr habe ich bereits einen Schatz an Zigaretten.

Für mich bedeutet meine Nebenbeschäftigung laufen, laufen, laufen. Auf die Bahn kann man sich nicht verlassen, und ich muss oft zu Herrn Schult um mich zu orientieren, was er anzubieten hätte.

Mein hauptsächlicher Kunde ist ein älterer Oberstleutnant. Neulich war er ganz glücklich, als Herr Schult ihm erklärte, wie kostbar der kleine weiße Schwan sei, Meißner Porzellan aus dem 18. Jahrhundert.

Dagegen kostete es Herrn Schult Mühe, dem Kunden beizubringen, dass auch das Kaffeeservice von KPM, der Berliner Manufaktur, ein guter Kauf ist. Der Ami wollte nur Meißen, nahm aber das Kurlandservice dann doch.

Da ich wegen meiner Wege zu Herrn Schult eher selten unmittelbar nach meinem Dienst nach Hause komme, ergeht sich Hannas Tante in Anspielungen, dass ich mich, kaum in der Kaserne angestellt, schon mit amerikanischen Soldaten herumtreibe.

Ich antworte darauf nicht, und Hanna lacht darüber. Sie fragte mich, ob ich beabsichtige, in den Antiquitätenhandel einzusteigen. »Keinesfalls«, sagte ich. » Ich will Medizin studieren.« Das bleibt mein Ziel, wenn es auch trübe aussieht. Zu wenig Plätze für Erstsemester und zu viele Bewerber.

»Du«, kam es spontan von Hanna. »Ich habe eine Idee! Du steigst im zweiten Semester ein. Da hast du bessere Chancen für die Zulassung. Ich werde meine Drähte für dich spielen lassen!« Ich blickte sie, wie so oft, dankbar an.

Was wäre ich ohne Hanna!

Doch es gibt etwas in ihr, das mir unbegreiflich scheint. So lachte sie neulich, als Herr Lehmann die Wassertonne leerte und sagte: »Dass ich darin Theklas Köter beseitigt habe, war eine meiner klügsten Taten.« Mir klang das schrecklich in den Ohren. Ich verstehe nicht, wie man jemand einfach so ums Leben bringen kann, auch wenn es ein Hund ist.

Aber Hanna tut nun einmal vieles »einfach so.«

Montag 19. November
Ein neuer Abschnitt. Morgen früh fährt unsere Ordnance Co. der 82nd Airborne Division ab.

Hoffentlich sind die Neuen nett. Diese Frage erörterten Sissy und ich nach der Mittagspause, in der wir bei jedem

Wetter auf dem Kasernenhof mit den Soldaten eine Art Schlagball spielen. Wir werfen uns die Bälle zu und laufen dann los, im Karrée.

Im shop geben sich die Soldaten die Klinke in die Hand, Sissy lachend in der Mitte. Rauchen tut sie wie ein Schlot und behält die geschenkten Zigaretten für sich. Das kann sie auch, denn sie wohnt zu Hause, nicht ausgebombt. Ihr Vater, Zahnarzt, hat seine Praxis wieder eröffnet.

Hauptgegenstand ihres Interesses sind die Amis. Jetzt hofft sie auf die Neuen und schwärmt von einem amerikanischen Freund. Ein fabelhafter Spaß wäre das. Nicht für mich, denn ich kann mir denken, worauf dieser »Spaß« hinausläuft. Freiwillig mache ich da nicht mit. Wozu, wenn überhaupt kein Spaß dabei ist?

Zum Abschied hatte Sissy am Sonnabend noch einmal ihre Freunde um sich versammelt, und sie hat viele. Es wurde laut und lustig, denn Timmy, im Office zwei Tische hinter mir, sorgt für Stimmung wo er geht und steht.

Als er auf dem Höhepunkt der Party mit dem Ruf »no fraternization« auf den Tisch sprang, brachen wir alle in brüllendes Gelächter aus.

Ob die Vor- und die Vor-Vorbewohner der Gardeschützenkaserne sich jemals hätten vorstellen können, dass einmal im Jahre 1945 lautes Lachen amerikanischer Soldaten sämtliche Wände wackeln ließe?

Leider wurde es dann peinlich, denn Sissy beklagte sich über die Schilder, die in Riesengröße an den Straßenecken prangen. Wenn darauf ein dickes Mädel mit noch dickeren blonden Zöpfen zu sehen sei … .sie sähe nicht so aus, und Veronika Dankeschön heiße sie auch nicht. Außerdem habe sie keine VD, Veneral Disease, auf Deutsch Geschlechtskrankheit.

Dann setzte sie noch eins drauf: solche Schilder seien eine Gemeinheit.

Darauf lachten die Soldaten im Chor. Die Schilder warnten nur deshalb, weil ihnen die deutschen Mädchen so gut gefielen. Und die Krankheiten? Die hätten die Mädchen von den Russen.

Ich dachte an meinen »Wassermann« und wusste nicht wo ich hinsehen sollte.

Donnerstag, 29. November

Die Neuen sind angekommen. Mit dem großen Raum und den vielen Tischen ist es vorbei. Ich sitze jetzt in einem Büro vor meiner Schreibmaschine. Dazu gibt es zwei Schreibtische und einen Sergeanten.

Der Sergeant wird Tex genannt, weil er aus Texas ist. Als erstes zeigte er die Photos seiner schon großen Kinder herum.

Bisher kenne ich ihn nicht anders als lustig und guter Dinge, besonders dann, wenn wir seine Lassokünste bewundern. Mich schnürte er gleich ein und dann alles, was im Büro steht, sogar meine Schreibmaschine!

Dienstag, 4. Dezember

Sie sind da. Die Familie ist wieder in Berlin.

Ich begrüßte Mama und Ansas vor dem Haus, als sie aus dem Lastwagen stiegen, den sie in Miesdorf organisiert hatten.

»Hier ist also unsere neue Wohnung«, sagte Mama, als wir ins Treppenhaus gingen. »Nix Wohnung«, berichtigte ich, »der Einweisungsschein vom Wohnungsamt spricht uns nur ein Zimmer zu« »Und..« »die Möbel«, unterbrach ich sie, »können wir zu einem Teil in den Durchgangsraum unserer neuen Behausung stellen. Meine Zigaretten stimmten Frau Mettler, unsere Hauswirtin, wohlwollend.«

Lucky Strike, Chesterfield und Camel, mein Zigarettenschatz aus der Vermittlung von Antiquitäten, taten weiter ihr Werk und beflügelten die Männer, die aus Miesdorf mitgekommen waren, sich unsere Möbel willig auf den Rücken zu laden.

141

1945

Nach endlosem Schleppen und Räumen die erste Sitzprobe auf unserem alten Sofa, eingeklemmt in einem Möbellabyrinth.

Meine Mutter fasste meinen Bruder und mich um.

»Nun sind wir hier zu Hause in der Holbeinstraße.«

Wenn sie wüsste, was mir am anderen Ende der Holbeinstraße passiert ist! Sie machte einen Versuch mich zu fragen, doch ich habe das überhört, und sie hat nichts mehr gesagt.

Als wir uns von der Schlepperei so halb erholt hatten, stärkten wir uns mit amerikanischem Kaffee und Keksen. Die Unterhaltung bestritt meine Mutter.

»Hätte ich doch nicht unseren Ebenholztisch aus der Scheune in Miesdorf, wo unsere Möbel gelagert waren, aus Sorge, dass er, wie so Vieles, gestohlen werden könnte, ins Haus genommen und im Salon abgestellt«, begann sie. »Der schöne kleine Tisch! Auch Renata, die uns so großzügig beherbergte, freute sich daran.«

»Nun sag schon, was passiert ist«, doch Mama überhörte das.

Sie entwickelte das Drama Schritt für Schritt.

»Renatas Neffe, Professor nennt er sich, – also dieser Neffe war mit der Zeit trotz Kriegsende zu einem den häuslichen Krieg stets neu entfachenden Element geworden.«

Ich goss Mama zur Beruhigung die nächste Tasse Kaffee ein.

»Daher weinten ihm Renata und sogar seine Eltern keine Träne nach, als er verkündete, er ginge nach Berlin und von da aus in den Westen.

Renata erlaubte ihm großzügig die Mitnahme einiger Möbel. Doch der Schock traf sie, als ihr Herr Neffe behauptete, ihre Goethe Erstausgaben hätten den Großeltern gehört und würden somit ihm zustehen. Aber da hatte er Pech. Ihren Goethe verteidigte seine Tante mit Klauen und Zähnen. Dafür aber«, Mamas Hände schlossen sich um die Kaffeetasse, »war der nächste Schock für mich. Stell' dir vor«, wandte sie sich mir zu und näherte sich endlich der Schlüsselszene.

»Renata stand freudig erwartungsvoll auf dem Kiesrondell vor der Tür und verabschiedete ihren Neffen, der sich mit wohlgesetzten aber unaufrichtigen Dankesworten über ihre Hand beugte.«

Mama stand neben Renata als ihr Blick, eher zufällig, auf den hinten noch offenen Kleinlastwagen fiel. Sie lief gleich darauf zu, denn was hatte sie erspäht? Ein schwarzes Bein unseres Tisches, halb verborgen unter einer Decke.

Mit beiden Händen versuchte sie den Tisch herauszuziehen, was den Reisenden veranlasste, die Abschiedszeremonie abzubrechen und die Ladeklappe herunter zu knallen. Hätte Mama ihre Hand nicht schnell weggezogen, er hätte ihr die Klappe auf die Finger gehauen.

»Sie können doch nicht unseren Tisch mitnehmen!« rief Mama ihm nach. »Ihren Tisch? Alles, was sich im Wagen befindet ist Eigentum meiner Familie aus den Räumen dieses Hauses. Los!«

Das Auto fuhr an. Mama rannte hinterher, aber Renata zog sie am Ärmel.

»Meine Liebe, lass ihn fahren. Ich bin so glücklich, ihn in meinem Haus nicht mehr ertragen zu müssen, und meinen Goethe hat er ja nicht bekommen.«

»Nun«, Mama hob den Kopf, blickte sich um und stellte ihre Kaffeetasse auf dem Fensterbrett, dem letzten freien Platz im Zimmer, ab.

»Weg ist weg, und Möbel haben wir genug. Der Papa hat doch manches richtig vorausgesehen, als er unsere besten Möbel und das chinesische Porzellan bei seinem spanischen Bekannten in Miesdorf in der Scheune unterstellte.«

Freitag, 7. Dezember

Mein zu Hause ist nach wie vor bei Hanna. Für mich ist sie Familie, und sie sagt mir das gleiche.

Trotzdem bin ich abends meist bei Mama und Ansas, wo wir zu dritt Möbel und Kisten rücken. Ansas schleppt und schleppt. Doch jetzt haben wir es zu schmalen Gängen zwischen den Schränken gebracht. Man kann in dem Zimmer »wohnen.«

Mama ist glücklich darüber, ein eigenes Dach über dem Kopf zu haben. Sie freut sich, wenn ich komme und sie Publikum für ihre Geschichten aus Miesdorf hat.

Ansas, jetzt wieder Schuljunge, hält sich dabei die Ohren und Augen zu. Mit Grund, denn Mama erzählt die Geschichte der »Bauersfrau auf Stöckelschuhen« wie eine Moritat, als ob sie mit dem Zeigestock auf die grässlichen Bilder wiese.

Als die Russen nach Miesdorf kamen, gingen dem Mann der »Bauersfrau«, bekannt dafür, vor dem Hitlerbild den Hut aufbehalten zu haben, die Nerven durch. Die kleinen Töchter ertränkte er in der Badewanne und schoss seine Frau, dann sich, in den Kopf.

»Nur«, Mama holte Luft: »Seine Frau hat er nicht getroffen. Wer nun gedacht hatte, sie würde vor Kummer und Entsetzen wahnsinnig werden, irrte. Die nicht! Den Pfarrer, der ihr Trost und Zuflucht bot, wies sie mit einer frechen Bemerkung zurück. Alle Schuld schiebt sie auf ihren Mann und stolziert bereits mit einem neuen durchs Dorf, wie es heißt einem Antifaschisten.

Dass es solche Menschen gibt!«

Meine Mutter zog ihr Taschentuch hervor.

Montag, 10. Dezember

»Wenn's dir Spaß macht, geh hin«, sagte Hanna zu mir. »Du kannst das schwarze Kleid mit der grünen Stickerei von Melli nehmen.

Gehst du allein?«

»Ja« antwortete ich klar und deutlich.

»Ich glaube, ich sollte die von Sergeant Tex freundlich gemeinte Einladung in den Klub nicht ausschlagen«, entschuldigte ich mich, aber natürlich brannte ich darauf hinzugehen.

Am Kasernentor gab's erstmal strenge Kontrolle durch die

MP, die Militärpolizei. Ohne Begleitung eines Soldaten kam keins der Mädchen, die dort herumstanden, durchs Tor.

Nur für Sissy und mich wurde eine Ausnahme gemacht, da wir in der Kaserne arbeiten.

Der Abend war noch schöner, als ich es mir vorgestellt hatte. Soviel getanzt habe ich schon ewig nicht mehr, am meisten mit Sgt. Tex., obwohl der ziemlich alt ist.

Sein Lieblingslied, »Don't fence me in« sangen wir mit, und als die Band am Ende »I can't give you anything but love, baby«, spielte, seufzte er: «So ist es, als Cowboy und Farmer wird man nicht reich.«

Sonntag, 6. Januar 1946

Die Mannschaft in der Kaserne ist uns nun schon ganz vertraut. Jeden Tag spielen wir mit den Soldaten Tischtennis. Sissys lange dunkelbraune Locken fliegen ihr dabei um den Kopf. Alles an ihr bewegt sich. Am Ende aber kommt der Hauptspaß, wenn Sgt.Tex Sissy und mich mit seinem Lasso einfängt und die Soldaten applaudieren.

Nur gut, dass die Offiziere sich nicht um unser lustiges Treiben kümmern, doch fragen sie leider auch nicht nach Antiquitäten. Bei den Soldaten ist da nichts zu holen. Ich habe versucht, den Sergeanten den Mund wässrig zu machen, aber die wissen nicht und wollen auch nicht wissen, was Antiquitäten sind.

Immerhin, meine Minen habe ich gelegt und überall ausgestreut, dass ich die herrlichsten Sachen besorgen kann. Irgendwie werde ich schon Interessenten finden. Da hoffe ich auf Sissy, denn in ihren Supplyshop verirrt sich manchmal auch ein Offizier. Einen Freund hat sie bisher aber noch nicht gefunden, obwohl sie die Soldaten anzieht wie ein Magnet und es bei ihr laut und lustig zugeht.

Der Allerlustigste aber ist mein Vorgesetzter, Sergeant Tex, der alte Cowboy, – stets mit fangbereitem Lasso.

»Vorgesetzter.« Dieses Wort bringt mich auf Hannas Tante Luise und ihre treue Seele Gustchen. Die möchten bei mir die Vorgesetzten spielen. Beiden gefällt nicht, dass ich von allen, die Hanna aufgenommen hat, als einzige noch da bin. Insbesondere hacken sie auf mir herum seit ich ab und zu sonnabends in den Klub der Kaserne gehe.

»Hanna sollte einmal mit Ihrer Mutter sprechen«, oder zu Hanna: »In unseren Kreisen gibt es Dinge, die man nicht tut.« Sogar zu Herrn Voss, »dass man aus diesem Hause zum Schwof in die Kaserne geht, Party sagt man ja wohl heute.«

Bei Hannas Vater stößt die Tante Luise aber auf taube Ohren, denn ob ich da bin oder nicht, ist ihm egal.

Mich interessiert nur, was Hanna tut und denkt, und sie hat gegen meine Besuche im Klub nichts einzuwenden.

Dass ich mit keinem Soldaten gehe, habe ich sowohl Hanna als auch meiner Mutter versichert. »Du bist doch keine Hilde Kuhnke«, sagte Mama zu mir. Die Hilde wohnt mit ihrer Familie Wand an Wand mit dem Zimmer, in das wir eingewiesen sind. Sie geht mit einem amerikanischen Soldaten und ist im Haus unten durch.

Frau Naubert aus dem dritten Stock, die schon ewig im Haus wohnt, hielt Mama neulich auf der Treppe an und beklagte sich, »dass solche Leute hier eingewiesen sind!«

Ihr Mann ist Strafrichter und war, wie sie dauernd betont, nicht in der Partei. Deshalb durfte er gleich nach Kriegsende in seinem Beruf weiter arbeiten.

Montag, 21. Januar

»Übermorgen.« Damit überraschte mich Hanna. Ich sei bei dem Anatomieprofessor der Berliner Universität zur Vorstellung angemeldet.

Wenn es eine Prüfung ist? Noch nie habe ich mich mit Medizin befasst und entsprechend keinen Schimmer. Doch Hanna redete mir zu: »Lass dir die Chance nicht entgehen. Ich habe mich erkundigt. Der Professor möchte sich nur ein Bild von seinen künftigen Studenten machen. Hat er einen guten Eindruck von dir, kannst du ins zweite Semester einsteigen.«

Es war furchtbar, so schrecklich, dass ich Hanna nur sagte mit meinem Studium würde es nichts, zu viele Bewerber.

Hätte ich doch auf meine innere Stimme gehört!

So fing es an: In einer großen Wohnung wurden wir von der Eingangsdiele aus, – mit getäfelten Wänden und einer ungeheuren Truhe an der Wand –, durch einen schmalen Korridor in die Küche geführt.

Vor zwei großen Fenstern stand ein überdimensionaler Küchentisch, davor Stühle im Halbrund. Hinter dem Tisch saß ein älterer Herr, fest in einen dicken Wintermantel gewickelt, denn es war in dieser Küche so gemein kalt, dass wir unseren Atem vor uns her bliesen. »Wir«, das waren etwa 12 Personen. Außer mir noch zwei Mädchen, sonst alles Jungen, manche schon älter in ziemlich mitgenommenen Uniformresten.

Der Professor brach das klamme Schweigen und ließ uns aus seinem Mantelkragen heraus wissen, dass er höchsten Wert auf Kontakt mit seinen Studenten lege und wir jederzeit zu ihm kommen könnten.

Das war kein guter Anfang. Derlei Angebote haben mich schon in der Schule misstrauisch gemacht.

Eine Fachprüfung begann der Professor zum Glück nicht, sondern fragte jeden einzeln nach dem woher und wohin. Hanna hatte recht gehabt. Ich atmete erleichtert auf und antwortete unbefangen, als die Reihe an mich kam.

Für mein ausgedachtes Semester Medizin gab ich Königsberg als Studienort an. Da wurde der Professor munter, schlug sogar seinen Mantelkragen zurück, als er sagte, er habe selbst früher dort gelehrt. Er überschüttete mich gleich mit Fragen nach meinen Vorlesungen, ob ich wüsste, wie das und das Institut bei dem großen Luftangriff weggekommen sei. Schon bei der ersten Frage wurde ich unsicher und stotterte irgendetwas. Mehr und anderes hätte ich auch nicht gekonnt, denn an der Königsberger Universität bin ich nur einmal vorbeigegangen.

Der Blick des Professors hinter dem Küchentisch wandelte sich von freundlich zu böse. Meinen Namen habe er sich gemerkt. Solange er an der Universität lehre, sei für jemand, der sich das Medizinstudium mit Lug und Trug erschleichen wolle, kein Platz. »Außerdem ...« Da aber sprang ich mit tief gesenktem Kopf auf, riss an der kleinen Tür an der Wand und raste die Küchentreppe hinunter.

Auf der Straße lief ich, so als ob der Professor hinter mir her wäre, die Habelschwerdter Allee entlang. Erst an der Drakestraße fasste ich mich wieder.

Sonnabend, 9. Februar

Als Mama neulich mit Kartoffeln und Äpfeln beladen von einem Besuch bei Renata aus Miesdorf nach Hause kam, brachte sie einen Brief für mich mit. Von Achim, meinem Fähnrichsfreund! Wir hatten noch kurz vor dem »Endsieg« so lustige Tage miteinander. Auf seinen langen Brief antwortete ich gleich und erzählte ihm, wie es mir jetzt geht.

Achim ist bei Bremen gelandet und hofft studieren zu können. Ingenieur will er werden und sieht seine Zukunft in Autos.

Zur Zeit, schreibt er, sei sein Tag damit ausgefüllt, Autoruinen zu sich ohne Benzin bewegenden Gefährten umzubasteln.

Ich dagegen kann mir zwischen unseren Trümmerwüsten so bald keine neuen deutschen Autos vorstellen.

Sonnabend, 16. März

Meiner Mutter ist es gelungen, mich zu einem Besuch bei Tante Lieschen zu überreden. Als milde Gabe hatte sie schon zwei Päckchen Zigaretten in die Tasche gesteckt.

Ich erlaubte mir daran zu erinnern, dass wir Tante Lieschen nie mehr wiedersehen wollten, nachdem sie die Mama mitgeschleppt hatte, um sich an dem Anblick der Verfolgten zu weiden, die vor ihrem Abtransport Möbel und Hausrat verschleudern mussten. Wohin es ging, wissen wir jetzt, – ins KZ, in den Tod.

Als ich, leider ohne nachzudenken, meine Mutter fragte, warum sie meine Zigaretten für Tante Lieschen eingepackt habe, warf sie sie mir vor die Füße. Lieber würde sie verhungern als von mir wie eine Sklavin gehalten zu werden, der gesagt werde wohin sie gehen dürfe und wohin nicht.

Ein Glück, dass Ansas zu Hause war! In wenigen Minuten brachte er Mama wieder in normale Stimmung. Doch das bedeutete für mich, dass ich nun ohne jede weitere Anmerkung mit ihr zu dem Besuch aufbrach.

Auf dem Weg dahin erinnerte meine Mutter daran, dass Tante Lieschen deshalb für Hitler schwärmte, weil ihr Sohn durch die Partei die gute Stellung bekommen »aber widerlich dahergeredet, über die Verfolgung der Juden gejubelt hat und jeden Juden, der noch in Berlin war, anzeigen wollte«, rief ich dazwischen.

»Ich habe das nicht vergessen«, antwortete Mama, »aber ebensowenig habe ich vergessen, dass Onkel Karl nie ein böses Wort über Juden gesagt und den Papa auch nicht angezeigt hat, als er sich wegen Frau Marlik an ihn wandte. Seiner Mutter hatte er verboten, Verfolgte zu denunzieren.

Und jetzt«, fuhr meine Mutter fort, »würde Tante Lieschen zu denen gehören, die mit weißer Weste dastehen, weil sie sich darauf berufen könnte, niemals einer Naziorganisation angehört zu haben. Außerdem geht's ihr schlecht.«

So war es. Wir fanden sie mutterseelenallein in ihrem stockdunklen Zimmer.

Über unseren Besuch freute sie sich so, dass sie gleich alles was sie hatte, für uns auf den Tisch stellte: ein Stück Brot, sogar einen winzigen Butterrest und Ersatzkaffee, den guten Muckefuck.

Zu meinem Erstaunen war sie fröhlich, ganz wie wir sie kannten. Vergangenheit gibt es für sie nicht, nur Zukunft, von der sie, auch wie früher, Gutes erwartet. Sie zerfloss vor Dankbarkeit, als Mama ihr den Besuch von Ansas ankündigte, mit Kohlen, denn bei Tante Lieschen war es eiskalt.

Mehr denn je ist meine Mutter davon überzeugt, dass wir, obwohl wir mit ihr gebrochen hatten, Tante Lieschen nicht ihrem Schicksal überlassen können, so als ob sie uns nichts mehr anginge. Mich wundert das, aber konsequent war Mama noch nie.

Sonntag, 12. Mai

In der Kaserne hat die Mannschaft gewechselt, aber nicht nur das. Ich halte Herrn Schult auf Trab, denn die Offiziere sind meine bisher besten Kunden geworden.

Doch nach wie vor setzt unsere Kundschaft Porzellan gleich mit »Meißen.« Mit meiner Übersetzungshilfe gab Herr Schult unserem Großkunden eine Unterrichtsstunde über deutsche Porzellanmarken, doch ich glaube, dass nur ich etwas gelernt habe.

Unsere Erkenntnis: die Kunden kaufen, um in Amerika weiter zu verkaufen, und da machen sie ihrer Vorstellung nach mit Meißner Porzellan die besten Geschäfte.

Mittwoch, 22. Mai

Unsere Arme sind lahm, weil wir tagelang geräumt und geschleppt haben.

Welch ein Glück, dass es Diebe gibt! Das Eckzimmer haben wir nur bekommen, weil die darin eingewiesene Frau samt 15jährigem Sohn ausgewiesen worden ist, denn der Sohn hat die Schuhe geklaut, die die in die hinteren Zimmer eingewiesene Familie am Hinterausgang hatte herumstehen lassen. So hatte die Hauswirtin beim Wohnungsamt eine Handhabe. Dort war man der Meinung, dass niemand mit einem Dieb zusammen wohnen müsse.

Unsere nunmehr zwei Zimmer liegen zwar nicht nebeneinander, denn das Zimmer dazwischen bewohnen Kuhnkes.

Doch mit Hilfe meiner Zigaretten, die zwei Männern starke Arme gaben, haben wir unsere schwarzen Schränke vor die Flügeltür gestellt, so dass wir am Leben der Familie Kuhnke bei Zimmerlautstärke nicht mehr teilnehmen.

Immer wenn dieser Name fällt, hält meine Mutter es für nötig, mich vor lockerem Umgang mit den Soldaten in der Kaserne zu warnen. Erwidere ich, dass die Amerikaner meine Arbeitgeber seien, kommt prompt die Antwort, »andere sehen das anders.« »Hanna jedenfalls nicht.«

»Sei nicht so abhängig von Hanna«, sagte Mama heute zu mir. »Verlass' dich nicht darauf, dass du, weil du noch dort wohnst, bei ihr zu Hause bist.«

Da widersprach ich laut und deutlich. Für mich bleibt Hanna immer Hanna. Und wenn ich, wie meine Mutter behauptet, viel zu sehr unter ihrem Einfluss stehe, bin ich darauf besonders stolz.

Sonntag, 26. Mai

Gestern wurde in der Kaserne der neue Klub eröffnet. Dazu erschienen sogar die Offiziere, von denen ich bisher nur meine Kunden kannte.

Wenn der neue Klub auch größer und schöner ist, die Atmosphäre darin scheint mir anders. In dem großen Raum sah ich so viele neue Gesichter, dass ich mir fast verloren vorkam. Außerdem war ich viel zu fein angezogen, denn Hanna hatte mir aus dem Schrank, in dem immer noch die Kleider ihrer beiden Schwestern hängen, Mellis schönstes Kleid herausgesucht: aus weißem, seidigem Stoff mit aufgesetzten Borten aus Korn- und Mohnblumen.

Als sie mich vor den Spiegel führte, gefiel ich mir zwar selbst, aber ich bekam doch Bedenken. Auch wenn Mama meint, dass ich blind um Hanna herumkrieche, – ab und zu öffne ich Sehschlitze. So fragte ich sie, ob es ihr wirklich recht sei, dass ich zur Klubpremiere ginge, noch dazu in Mellis bestem Kleid.

»Mir ist alles recht«, Hanna lachte.

In dem übervollen, großen Raum stand ich zunächst herum, nicht lange, denn Mike Marmelstein, Sergeant in unserer Kompanie, gabelte mich auf.

Mike, – gut aussehend, groß, dunkle Haare, sprach gestern zum ersten Mal mit mir. Wirklich und wörtlich sagte er, ich sei das einzige Mädchen im Klub, mit dem er tanzen möchte.

Keinen Tanz ließen wir aus. Mike führte mich so sicher, dass ich das Gedränge nicht einmal spürte. Irgendwann aber hatten wir dann doch genug und sanken auf einen Barhocker. Die Welt um uns herum drehte sich weiter. Es dauerte, bis sie stillstand und wir ins Erzählen kamen.

Gestern war für Mike ein besonderer Tag, denn er bekam seine Entlassung aus der Army und freut sich auf zu Hause, auf New York. Er wird Jura studieren und später in der Anwaltspraxis seines Vaters arbeiten.

Ich hätte gewünscht, Ähnliches von mir berichten zu können, aber außer einem Professor, der mir angedroht hat, mich aus der Universität zu scheuchen, hatte ich nichts für mich vorzubringen.

So sagte ich nur, dass ich mir das Leben in New York wunderbar vorstellte, eigentlich gar nicht vorstellen könne, denn aus den Trümmern von Berlin ragt meine Phantasie nicht heraus.

Mitten im Satz unterbrach er mich. »Nie hätte ich gedacht«, er zögerte, »dass ich einmal mit einem deutschen Mädchen tanzen werde.«

»Ich umgekehrt auch nicht« erwiderte ich. »Noch im vorigen Jahr tanzte ich mit...« »Ich meine es anders. Ich heiße Mike Marmelstein und bin jüdisch.«

Ich sagte nichts.

Er setzte sein Glas ab. Ob ich nicht wüsste, dass die Deutschen jeden Juden, der ihnen in die Hände gefallen sei, im KZ Lager vergasten. Hätte er in Deutschland gelebt, säße er jetzt nicht mit mir an der Bar, sondern wäre Asche in einem Ofen.

»Ich habe niemand ermordet«, war alles, was mir einfiel.

Er schüttelte den Kopf.

Was sollte ich antworten? Dass die Ermordeten tot und die Verbrechen unvergänglich sind? Dass mir die Verfolgten leid tun? Das sagte ich und schloss: »Jetzt sind die Überlebenden befreit, aber die Folgen für uns, die Deutschen, beginnen erst.«

Ich machte eine Pause und blickte ihn an:

»Mike, Sie müssen nicht mit mir tanzen.«

Er nahm mich bei der Hand und stand auf. »Dance with me.«

Der Offizier, der sich auf seinen Platz setzte, folgte uns mit den Blicken.

»Wie war's«, fragte Hanna. Sie stand in der Tür zum kleinen Salon, als ich, noch ganz erfüllt von dem Gespräch mit Mike, nach Hause kam. Mir ging im Kopf herum, dass Mike aus den Schrecknissen der Konzentrationslager eine Linie zu mir gezogen hatte, als ob er mich für schuldig hielte.

»Weißt du Hanna«, überfiel ich sie, kaum eingetreten, »der Mike hat etwas gesagt, was mich auf dem Nachhauseweg sehr beschäftigt hat, und ich möchte dich dazu fragen..« Hier brach ich ab, denn ich sah, dass die Tante Luise und Hannas Vater im Salon saßen.

»Erzähl' nur weiter«, ermunterte mich Hanna. »Worüber unterhält man sich denn mit einem Mike auf dem Tanzboden? Eine amerikanische Kaserne werde ich wohl kaum von innen kennenlernen«, »das möchte ich auch nicht hoffen«, fiel ihre Tante ein.

Ich drehte mich um und floh nach oben, hörte aber noch wie die Tante Luise sagte: »...dass du sie hier wohnen lässt, ist deine Entscheidung, dass du aber diesem Mädchen Mellis Kleider gibst, geht, verzeih' mir, über mein Verständnis. Nie wäre Melli in eine Kaserne gegangen, um sich dort mit amerikanischen Soldaten zu amüsieren.« »Tantchen«, erwiderte Hanna, »Ande ist nicht Melli.«

1946

Eine Überraschung. Der Captain, der Mike und mir bei der Party neulich nachgeblickt hatte, ist unser neues Oberhaupt. Anfang der Woche hat er sich vorgestellt. Bruce Marvin heißt er, kommt öfter ins Büro, spricht ein paar Worte mit Sgt. Healy oder setzt sich für ein paar Minuten auf die Armykiste neben meiner Schreibmaschine, auf der ich fleißig Endlosbestellungen für Autoersatzteile tippe.

Schade nur, dass ich nicht mehr so oft in den Supplyshop zu Sissy gehen kann, wo es jetzt mit Johnny, ihrem neuen Freund, besonders lustig ist. Er ist Oberleutnant, und sie scheint total verknallt. Er auch? Schwer zu sagen, weil Johnny immer lustig und zu jedem freundlich ist.

In den Klub gehen Sissy und ich übrigens nicht mehr. Da hat sich zuviel geändert. Fremde Soldaten, fremde Mädchen und was für welche! Von oben bis unten angemalt, werfen sie in schrillen Tönen englische Brocken um sich, und ihr Deutsch ist auch nicht das feinste.

Mein Tätigkeitsfeld hat sich neuerdings erweitert, da ich Adressenbeschafferin geworden bin und durch ganz Berlin zu den Quellen fahre, die ich aufgetan habe, z.B. für Gasflaschen und ähnlich nützliche Dinge.

Die Straßen führen wie Schneisen durch die Trümmerlandschaften der Stadt. Ruinen, in denen halb Berlin herumkriecht, während die andere Hälfte wacklige Handwagen hinter sich herzieht. Überall das gleiche Bild, (abgesehen von den unterschiedlichen Uniformen unserer Eroberer.)

Dauern meine Fahrten länger, über die Dienstzeit hinaus, werde ich auf dem Rückweg zu Hause abgesetzt, was gestern Anlass zu deutlichen Unmutsäußerungen gab. »Jetzt fährt die schon mit den Soldaten vor«, rief Gustchen, das Faktotum der Tante Luise, Hanna zu, als ich vor dem Haus aus dem Lastwagen stieg.

Ich erklärte gleich, dass ich dienstlich unterwegs gewesen war.

»Ande«, antwortete Hanna, »wie und mit wem du deine

Zeit verbringst, ist deine Sache, solange du die Soldaten nicht ins Haus nimmst.«

Ich blickte sie erstaunt an. »Auf die Idee käme ich nie. Hanna«, fragte ich, »willst du mich nicht mehr bei dir haben?«

»In dem Fall erfährst du's als Erste.«

Mir war, als ob sie mir einen Schlag versetzt hätte, doch zugleich fiel mir ein, dass sich Hanna, wie sie sagt, gern lässig ausdrückt und Spaß daran hat, andere mit Taten oder Worten zu überfahren, ihre Familie eingeschlossen.

Ich darf nicht vergessen, was ich Hanna schulde. Sie hat mich aufgenommen, meine Stellung verdanke ich ihr.

Freitag, 7. Juni

Manches kommt blitzartig. Seit vorgestern ist mein zu Hause bei meiner Familie.

Doch von Anfang an.

Vorgestern fuhr ich mit Sgt. Healy nach Wannsee, um Spezialgarn zu holen, das sofort gebraucht wurde. Wir bekamen es, nur leider nicht genug. Man versprach jedoch, den noch fehlenden Rest bis zum Nachmittag zu beschaffen.

So fuhr Sgt. Healy mit dem Garn, das wir bekommen hatten, los. Mich setzte er an meiner alten Arbeitsstelle, jetzt Officers' Mess, ab, um Captain Marvin Bescheid zu sagen. Der ordnete an, dass ich den Truck für die Nachmittagsfahrt um zwei Uhr vor der Offiziersmesse erwarten solle.

Zum Mittagessen in der Kaserne hätte die Zeit bis zwei Uhr nicht gereicht. So freute ich mich darauf, Hanna zu Hause zu überraschen, denn sie arbeitet in der Offiziersmesse nur noch stundenweise, wo sie dem inzwischen eingestellten Koch spätnachmittags bei der Vorbereitung des Abendessens hilft.

Doch gerade als ich über die Straße zu ihr gehen wollte, fasste mich Johnny, Sissys neuer Freund, am Rockzipfel und nahm mich zum Tischtennis mit.

Für mich war's schon etwas Besonderes in dem Salon, den wir früher nicht einmal betreten durften, Ping Pong zu spielen und danach, Gipfel! als Gast an dem Tisch zu sitzen, an dem ich serviert hatte. Johnny hatte darauf bestanden. Natürlich müsse ich mit ihnen essen, es sei doch Mittagspause.

Bei Tisch herrschte Gelächter und freundliche Stimmung, aber dann traf mich der Schlag.

Noch nie hat sich jemand so gewünscht, tief, ganz tief in den Boden zu versinken.

Wer servierte Nachtisch und Kaffee? Hanna!

Sie stand vor mir wie der steinerne Gast in »Don Juan«, nur eben nicht auf der Opernbühne.

Mit unbewegter Miene räumte sie die Schälchen ab, stellte den Kaffee hin, sah über mich hinweg, es sei denn, dass ich ihre betont höfliche Frage nach weiteren Wünschen als Zeichen des Erkennens deute.

Vor Schreck war ich selbst zum steinernen Gast geworden, bewegungsunfähig an meinen Stuhl gefesselt und stumm.

Wie ich nachmittags nach Wannsee gekommen bin, weiß ich nicht mehr, nur dass wir das restliche Garn in der Kaserne ablieferten und ich von Captain Marvin gelobt wurde.

Als ich gegen Abend zurückkam, wurde ich gleich an der Gartentür von Gustchen, der treuen Seele, in Empfang genommen: ob ich nicht wüsste, dass ich das Haus nicht mehr betreten dürfe. Herr Lehmann und sie hätten meine Sachen bereits zu meiner Mutter gebracht und ihr alles berichtet.

Trotz unguter Vorahnung war ich fassungslos. Ich drehte mich um und wollte nur noch weg. In diesem Augenblick kam Hanna über die Straße.

Nichts habe es ihr ausgemacht, sagte sie, mich am Tisch der Offiziere zu bedienen. Mein Tun und Treiben interessiere sie nicht, ich sei ihr mit der Zeit gleichgültig geworden.

»Doch im Haus bei mir kannst du nicht bleiben«, fuhr sie fort und schloss, während sie sprach, die Vorgartentür.

»Denk einmal nach: erst bist du zu Soldatenparties in der Kaserne losgezogen, und jetzt hast du dich zu den Offizieren hochgearbeitet. Das reicht.

Tante Luise hat definitiv erklärt, mit dir nicht mehr unter einem Dach leben zu können. Du wirst einsehen, dass ich, mit dir im Haus, keine ruhige Minute mehr hätte.

Außerdem hat Gustchen berichtet, deine Mutter sei vor Stolz bald geplatzt als sie vernahm, dass du mit amerikanischen Offizieren tafelst.

Einen erzieherischen Rückhalt hast du offensichtlich nicht an ihr.«

Ich wollte weglaufen, doch Hanna hielt mich am Arm fest. »Einen Augenblick noch! Ich brauche erstmal Abstand. Komm in ein paar Wochen wieder, dann sprechen wir uns aus.«

Darauf kann sie bis in alle Ewigkeit warten.

Niedergedrückt, in der Schule hätten wir gesagt »total geplättet«, schlich ich nach Hause, die endlose Holbeinstraße entlang und machte mir Gedanken.

Dass Hanna wütend darüber ist, mich in der Offiziersmesse zu bedienen, kann ich ihr nachfühlen. Hätte ich nur geahnt, dass sie an diesem Tag ausnahmsweise aushalf!

Nur verstehe ich ihren Stimmungswechsel nicht. Erst für und jetzt ganz und gar gegen mich. Stets habe ich sie vorher gefragt, wenn ich zu einer Party in die Kaserne ging.

Doch ich werde ihr immer dankbar sein.

Zu Hause machte meine Mutter die Tür auf. Gleich wollte ich ihr sagen, wie recht sie gehabt hatte. Aber sie ließ mich nicht zu Wort kommen und fasste mich um.

Bei Tisch unterhielten wir uns über alles, nur nicht über das Ereignis des Tages.

Später dann hatte Mama ihre Stunde. Ihre Schilderung geriet wieder einmal zu einem Theaterstück in mehreren Akten.

Als es klingelte und sie ahnungslos die Tür öffnete, gestaltete sich der Wurf mehrerer von Gustchen geschleuderter Bündel zum ersten Höhepunkt.

Dann trat Lehmann auf und errichtete mit dem Rest meiner Sachen einen Aufbau im Flur vor unserer Tür.

Für weitere Steigerung sorgte Gustchen, als sie durchs

157

1946

Haus schrie: »Ihre Tochter sitzt zur Zeit im Kasino herum und lässt sich von amerikanischen Offizieren aushalten.«

Nachdem Mama die Tür zugeknallt hatte, kam der Abgang, denn nun stand Gustchen neben dem geleerten Handwagen auf der Straße und verabschiedete sich mit dem Ruf, dass ich kein anständiges Haus mehr betreten dürfe.

»Blöde Ziege« flocht Ansas ein.

»Gott sei Dank«, schloss meine Mutter ihre Vorstellung, »du bist jetzt wieder zu Hause.«

Sonntag, 9. Juni

Ein Nachtrag. Nicht nur die Freundschaft mit Hanna haben mich die Amerikaner gekostet, sondern ich werde wohl auch von Achim nichts mehr hören.

Mein Brief nämlich, in dem ich ihm von meiner Arbeit in der Kaserne erzählt und auch die lustigen Abende im Klub nicht ausgelassen hatte, hatte sich mit seinem Brief gekreuzt, worin er einen Besuch in der amerikanischen Kaserne schilderte. Dort habe er die Mädchen gesehen, die da ein- und ausgingen.

»Man kann sie getrost über einen Kamm scheren, denn alle wollen das gleiche: Amis und Zigaretten. Nicht mit der Feuerzange würde ich ein Mädchen anfassen, das aus einer amerikanischen Kaserne kommt.«

Seitdem habe ich nichts mehr von ihm gehört. Mein Brief an ihn ist wohl die Feuerzange, mit der er mich nicht anfassen würde. Doch meiner Erinnerung kann dieses Instrument nichts anhaben. Ich sehe ihn und mich so wie wir waren.

Mittwoch, 12. Juni

Wir werden mehr. Zwei Deutsche sind neu eingestellt worden. Wally, 27, mit schwarz geränderter Brille, wiesel bereits überall herum und schaut gern in unser Office »eben mal« herein. In spätestens zwei Wochen wird sie Herrin des Büroklatschs sein.

Die andere Neue, Inge, 22, zierlich und klein, wird von der ersten Minute an nur Tiny genannt. Sie soll Wally bei der Neuordnung der Verwaltung für die größer werdende Schar der deutschen Angestellten assistieren.

Meine Schreibarbeit schaffe ich nur noch, wenn ich meine Listen immer schneller in die Maschine haue, weil der neue Major am liebsten täglich mit mir zu Herrn Schult fahren möchte. Mein Kunde kauft alles, – neulich einen Biedermeiersekretär mit Ebenholzleisten und Elfenbeinknöpfen an den Schubladen. Wer wohl einmal daran gesessen haben mag?

Der Zigarettenvorrat wächst merklich, doch bin ich mit Herrn Schult einig, dass der Umgang mit schönen Dingen das Beste an unserem Handel ist.

Abgesehen von meiner ausgedehnten Nebenbeschäftigung, bin ich weiterhin kreuz und quer unterwegs auf Beschaffungsfahrten.

Ab und zu fährt Captain Marvin mit, und da habe ich neulich die Gelegenheit beim Schopf gefasst und ihm das gerade bei Herrn Schult eingetroffene große Meißner Service angepriesen, als Chance etwas Wertvolles aus unserer Trümmerlandschaft mitzunehmen. In Deutschland hätten wir nichts mehr zu erwarten.

Hier widersprach der sonst schweigsame Captain lebhaft. »Glauben Sie mir, Deutschland wird wieder aufgebaut. Die Ruinen werden verschwinden, ebenso wie die Besatzung.«

»Die russische auch?«, fragte ich.

»Wenn die Russen bleiben, bleiben wir auch.« In diesem Augenblick schien mir Captain Marvin Abbild eines Amerika, das uns in Berlin die Zukunft sichert.

Freitag, 14. Juni

Captain Marvin ist an dem großen Service interessiert!

Die Besichtigung dieses Schatzes bot ein seltsam schönes

1946

Bild, denn Herrn Schults Schwiegertochter hatte zwischen den Trümmern im Hof die Tafel mit einem blütenweißen Damasttischtuch gedeckt, so als ob das in allen Farben leuchtende Service Gäste erwartete.

Es dauerte jedoch, bis der Captain sich entschloss. Er erwies sich als harter Verhandler. Herr Schult hatte einige Mühe, ihm deutlich zu machen, dass er etwas Besonderes vor sich habe. Ein vollständiges Meißner Ess- und Kaffeeservice für 24 Personen aus den 1880iger Jahren fände selbst er nicht einfach so.

Herr Schult und Sohn sind in der Umgebung von Berlin bis nach Sachsen hinein unterwegs, um mit Hilfe alter Geschäftsverbindungen Porzellansammlungen zu retten, die sonst beschlagnahmt oder in alle Winde zerstreut würden.

»Ich kenne die Herkunft einer jeden Tasse und zahle einen angemessenen Preis«, sagte Herr Schult und fügte zu meiner Belehrung hinzu, dass er vor allem an guten Stücken aus dem 18. Jahrhundert interessiert sei, weil diese zeitlos sicheren Wert verkörperten.

»Ihre Amerikaner wissen gar nicht, was sie für Geschäfte machen«, seufzte er, als Captain Marvin schließlich aufgab.

»Doch«, widersprach ich. »32 Kartons Zigaretten rückt ein Ami sonst nicht heraus.«

»Sagen Sie Ihrem Captain, dass er seiner Frau ans Herz legt mit dem Service so umzugehen, als ob es aus Porzellan wäre.« Da lachte ich. »Herr Schult, das ist die geringste Sorge. Das Service wird verpackt und unberührt auf Mitnahme und Verkauf in Amerika warten.«

Als ich, mit mir und meinem Geschäftserfolg zufrieden, aus dem Jeep stieg, hörte ich vom Captain ein »wait a minute.«

Ob ich Lust hätte, ihn am Sonnabend in den Officers' Club nach Wannsee zu begleiten.

Ich war so erstaunt, dass es mir die Sprache verschlug.

»Well, it's yes then«.

Der Sonnabend.

Gleich morgens, als erstes, stürzte ich in den shop zu Sissy, um die Einladung für den Abend mit ihr zu besprechen.

Für sie war meine Nachricht weder überraschend noch neu, denn Johnny hatte sie auch eingeladen.

Sollte ich mitgehen? »Klar. Einmal ist ein Abend zu viert ungefährlich und zum anderen hast du deinen Kunden gegenüber Verpflichtungen.«

Es war nicht einfach, von zu Hause wegzukommen. Meine Mutter wirft alle Amerikaner in einen Topf. »Du solltest einmal unsere Portierfrau hören, wenn sie schildert, wie die Hilde Kuhnke und ihr Soldat ihre Mutter in die Küche schicken, um in der Pfanne die mitgebrachten Kaffeebohnen zu rösten und die Kaffeemühle in Bewegung zu setzen. Bis sie den Kaffee aufgebrüht hat, sich am Küchentisch niederlässt, um sich dem Genuss des Gebräus hinzugeben, bliebe den beiden im Zimmer Zeit genug...« »Bitte Mama«, unterbrach ich sie und war schon aus der Tür.

Der Captain erwartete mich unten in seinem Jeep. Er, aber nicht ich, fand, dass ich wunderbar aussehe. Nichts ist weniger wahr, denn schön ist mein rotes Leinenkleid nicht. Seine Herkunft vom Schonläufer unseres Perserteppichs lässt sich nicht leugnen.

Im Klub blickten wir hinaus aufs Wasser. Der Wannsee lag vor uns, eine schimmernde, sich im Halblicht auflösende Fläche. Die Stimmung war ganz und gar unmilitärisch, obwohl die Offiziere in ihren dunkelgrünen Uniformjacken das Bild beherrschten.

An einem der weiß gedeckten, mit winzigen Rosensträußen geschmückten Tische rückten Captain Marvin und Johnny uns die Stühle zurecht. Das hat noch keiner für mich getan. Sissy und ich fühlten uns erhoben, auch im Gespräch. Johnny und der Captain unterhielten sich mit uns von gleich zu gleich. Überhaupt nicht ließen sie uns fühlen, dass wir nur Deutsche sind.

Über unseren gebratenen Hühnern auf dem Teller sprach

1946

Johnny den Captain auf seine Frau an, wann sie käme. Das Meißner Essgeschirr für täglich hätte er ja nun.

»Ungewiss«, war seine Antwort, »das ob und auch das wann.«

In der Army ginge es von Ort zu Ort, mehr als sechs Monate am Stück habe er noch nicht mit seiner Frau zusammen gelebt.

Jetzt schreibe ich einfach weiter, wörtlich, wie es war.

»Let's take a walk«, schlug Johnny nach dem Essen vor.

Während wir die beiden bald aus den Augen verloren, wandelten der Captain und ich weiter, einen schmalen Pfad entlang. Aus dem Dienst und den Besorgungsfahrten war er mir ganz vertraut geworden, aber dann, neben mir, doch ein schweigsamer Unbekannter.

Rechts von uns lag der See. Das Mondlicht gab den Weiden am Ufer Konturen und ließ die Bank am Weg leuchtend weiß erscheinen. Doch ich bin sicher, dass sie bei Tageslicht so abgeblättert ausgesehen hätte wie sie war.

Wir saßen nebeneinander. Stumm.

Ich blickte auf den Jasminbusch neben unserer Bank und streckte meine Hand nach den Blüten aus.

Der See vor uns fing die Mondstrahlen auf, schickte sie weiter zu dem rosenumrankten Gitter am Ende des Pfads und gab sie uns als Mondlicht zurück.

»Eine schöne Nacht«, hörte ich vom Captain neben mir.

»Sehr richtig«, hätte ich fast erwidert. Seine Worte hatten mich auf einen Gemeinplatz versetzt, auf dem ich Jasmin, Rosen und Mondschein nicht mehr fand.

»Wenn ich diesen Augenblick anhalten könnte.«

Erstaunt blickte ich ihn an. Dass es im Kreislauf des Captains eine romantische Ader gab, hatten mich sein Interesse an Gasflaschen und Garn nicht vermuten lassen.

»To be here with you.«

Jetzt brachten mich seine Worte wieder dahin wo ich war: zwischen Rosen, Mondlicht und Jasmin.

»Wenn du wüsstest wie ich mich nach diesem Augenblick gesehnt habe, – seit ich dir bei dem Fest im Klub nachblickte und jede Minute, die ich im Büro neben dir und deiner Schreibmaschine auf der Armykiste saß. Auf den ersten Blick hatte ich mich in dich verliebt. Doch so schwer es mir fiel, ich wartete. Du solltest mich besser kennenlernen, mir vertrauen.«

Ich schob seinen Arm zurück und saß kerzengrade neben ihm. Ich war, – ein anderes Wort finde ich nicht –, verblüfft. Dieser Ausbruch des Captains, der bisher nicht das geringste Interesse an mir bekundet hatte – hörte ich was ich hörte?

Doch mein Staunen versank mit jedem geflüsterten Darling ins Nichts.

Den Jeep, in dem mich Bruce nach Hause brachte, steuerte er mit einer Hand.

Doch erst als wir in unsere Straße einbogen, fuhr er mich aus dem Traum von Rosen und Mondschein heraus.

»I love you.« An der Ecke Ringstraße stieg ich aus.

Die erste Hälfte des Sonntags habe ich verschlafen. Meiner Mutter gefiel das überhaupt nicht, denn Sonntagsschlaf ist sie nur von Ansas gewohnt.

Die zweite Hälfte des Sonntags verbrachte ich damit, vor mich hin zu staunen. Meiner Mutter aber sah ich an, dass sie an das dachte was sie dachte, dass ich dächte. Als ich ihr abends beim Abwasch in der Küche half und das Geschirr in unseren Teil des Küchenschranks stellte, wandte sie sich mir zu. Ich wusste, dass sie sich durchgerungen hatte, das zu tun was sie selten tat: zu fragen. So beeilte ich mich, ihr zuvorzukommen.

»Der Captain ist nicht nur mein Vorgesetzter, sondern auch ein guter Kunde. So war es, auch außerhalb des Büros, ein dienstliches Zusammensein.«

Mit Hilfe der zugeschlagenen Küchentür entwich ich.

Sonntag, 30. Juni

Gestern Abend ging's nach dem Kino in den Lightning Club, und wo ist der? In Steglitz, im früheren Schlossparkkino. So oft war ich dort mit meiner Großmutter. Die blecherne

1946

Stimme, die uns vor der Reklame mit dem Lied »Mamaci, schenk mir ein Pferdchen«, erfreute, klingt mir heute noch im Ohr.

Den Film, den wir gesehen hatten, fand ich ziemlich blöd. Im Habit des Pfarrers bemühte sich Bing Crosby unverdrossen, Jungens, die weder gut taten noch gut tun wollten, mit dämli-chen Liedchen auf den rechten Weg zu führen. Wer's glaubt wird selig!

Als wir aus dem Kino kamen, nahm Bruce meine Hand, lächelte und meinte, dass ich meine Brille getrost aufbehalten könne, ich gefiele ihm immer. Ob alle Männer so nett sind?

»I like your looks, always«, hätte ich ihm das auch gesagt?

Ich weiß es nicht. 34 Jahre ist er alt. Seine Augen, seine Haare sind von unbestimmter Farbe, – dazu ein Gesicht, dem man nicht ablesen kann was er denkt.

Doch er hat das Kommando. Die Soldaten springen, wenn sie ihn nur von weitem sehen. Er weiß was er will. Und er will mich!

Später, im Klub, ging das Gespräch an unserem Tisch um Bing Crosby. Der größte Sänger der Welt! Mir blieb vor Staunen der Mund offen! Was singt er? Schlager für den Augenblick, doch die »Winterreise«, sagt Mama, ist für immer.

Stimmt das? Auch Schlager können lange leben. Was also ist der Unterschied? Der Geschmack des Publikums. Ob Schlager oder Klassik, – was gefällt lebt weiter. Darauf kam ich nach einiger Überlegung, wozu ich Zeit und Muße hatte, denn ich war mit Bruce allein am Tisch zurückgeblieben. Er tanzt ungern und hielt sich an sein Whiskyglas, das von voll zu leer und wieder zu voll wechselte.

»Stardust, sometimes I wonder«, sang der Soldat, der ans Mikrophon getreten war. Ich ließ mich von dem Lied wegtragen, irgendwohin, bis Bruce aufstand.

»Tanz mit mir.« Ich legte die Arme um seinen Hals. Er tanzte besser als ich erwartet hätte. »I love you« hörte ich und wollte nie mehr etwas anderes hören.

»Wir bleiben zusammen, ein Leben lang«, sagte er auf der Rückfahrt, als er den Jeep ausnahmsweise mit beiden Händen steuerte.

»I want you, ich will dich. Ganz.« Danach blieb es still zwischen uns, bis ich, als er eine Ecke schnitt und ich fast aus dem Jeep gefallen wäre, sagte: »Mir gefällt es so wie es ist.«

»Dann gefällt es mir auch. Aber ...« Ich ließ ihn nicht zu Ende reden, sondern stieg an unserer Ecke ganz schnell aus. Der Jeep mit dem aufgemalten weißen Stern setzte zurück und ich? Ich lief zurück. »Darling ...« Der Jeep fuhr an.

Ich blickte ihm nach. Stimmt es? Gefällt es mir so wie es ist? Wenn ich zu mir selbst ehrlich bin, habe ich Zweifel und staune darüber.

Bruce noch vor Augen, öffnete ich die Tür zur Wohnstube nichts anderes im Sinn als mich auf die Couch zu werfen, um an ihn und an mich zu denken.

»Sag mal, wo kommst du jetzt her?« schreckte mich die Stimme meiner Mutter auf. Wie ein Schatten saß sie auf meinem Lager. »Doch ich frage wohl besser nicht.«

»Warum fragst du dann«, gab ich zurück.

»Höre einmal, glaubst du, mir macht es Freude deinetwegen bis in die Nacht aufzubleiben? Ich sehe, jeden Tag mehr, dass du nicht du selbst bist. Du läufst herunter sobald das Militärauto an der Ecke auftaucht, du fieberst ihm entgegen, und, bitte, erzähl mir jetzt nicht, dass du dienstlich oder geschäftlich, wie immer du es zu nennen beliebst, mit einem Vorgesetzten oder Kunden unterwegs warst. Der Kunde ist doch wohl dieser Captain, und deine Kundenbetreuung ...«

»Er ist mein Vorgesetzter, und mein Kunde ist er auch. Meine Geschäfte bringen mehr ein als mein Gehalt. Ohne Kon-takt zu meinen Kunden aber ...«»kein Wort mehr!«

Meine Mutter sprang auf und setzte sich gleich wieder hin.

»Willst du etwa damit sagen, dass wir, – ich will es nicht aussprechen ...« Sie brach ab.

1946

»Komm her,« sagte sie, »setz dich zu mir. Du bist verliebt?«

»Ich liebe ihn.« »Und er? Was bist du für ihn?«

Daran mochte ich nicht denken, noch weniger darüber sprechen. So setzte ich an, meiner Mutter in aller Ausführlichkeit von dem Film zu erzählen, kam aber nicht weit.

»Er ist also verheiratet«, stellte Mama fest.

»Aber er lässt sich scheiden«, platzte ich heraus. »Er sagt, dass seine Frau längst eine Fremde für ihn geworden ist.«

Einmal in Fahrt, redete ich weiter. »Denk doch, Mama, er heiratet mich und nimmt mich mit nach Amerika. Du und Ansas kommt natürlich so schnell wie's geht nach. Dort werden wir anfangen zu leben. Was sollen wir in Deutschland, wo es niemals besser wird und wir in Berlin dazu noch die Russen auf dem Hals haben.

Bruce stammt aus Virginia. Kein Krieg, Sonne, die Häuser sind weiß und haben Säulen am Eingang. Ich glaube auch Bruce hat so ein Haus...« »und eine Frau«, warf Mama ein.

»Kind«, sie zog meinen Kopf an ihre Schulter und streichelte mein glattes Haar. »Mein Kind, mein liebes Kind, wie kannst du nur glauben«, »wenn du dich nicht mit mir freust.«

»Ande!« Meine Mutter rief es laut. »Mein Gott, du kannst doch nicht so dumm sein, dass du auf eine der ältesten, abgegriffensten Lügen hereinfällst.«

»Es ist ja nichts passiert«, antwortete ich ziemlich kläglich.

Ich wollte es mir nicht eingestehen, aber ich sollte nachdenken, nur anders, ganz anders als ich es eben noch vorhatte.

Dienstag, 2. Juli

Bruce holte mich gestern ab, zur Party, bei Johnny, der sein neues Quartier in einer beschlagnahmten Villa am Kadettenweg bezogen hat.

Es war brechend voll, aber deswegen schreibe ich das

nicht auf, sondern weil Sissy sich neben Johnny ganz als die Frau an seiner Seite gab. Zu essen gab's bei der neuamerikanischen Hausfrau aber nur trockne Kekse. Dafür floss der Alkohol umso reichlicher.

Wir verabschiedeten uns bald und gingen langsam die Holbeinstraße entlang. »Bis morgen«, sagte Bruce, als er an der Ecke in seinen Jeep stieg.

Ich dagegen fragte mich: soll ich, soll ich nicht?

Dann, als ich unsere Tür aufschloss, stand nur noch ein Bild in meinem Kopf. Werner! So lange habe ich nicht mehr an ihn gedacht.

Von hinten, aus dem Schrank, holte ich sein Photo hervor, leise, um Ansas nicht zu stören. Überflüssige Sorge, denn sein Lager war leer. Bestimmt saß er im Haus schräg gegenüber bei seinen Freunden, gegen die meine Mutter ebenso eingenommen ist wie gegen »diesen Amerikaner.«

Ich nahm das Bild zur Hand. Von Evchen weiß ich, dass niemand etwas von Werner gehört hat.

Würde ich ihm unrecht tun? Seine Augen sprachen zu mir aus dem Photo.

Was sagen sie?

Was sage ich?

Ich bin frei, für niemand brauche ich mich aufzuheben, denn ein erstes Mal gibt es für mich nicht.

Ich legte das Bild zurück in den Schrank.

Montag, 8. Juli

Am Mittwoch, dem 3. Juli, stand der Jeep nachmittags an der Ecke Ringstraße. Es war der Vorabend des amerikanischen Feiertags. Da fing es an, und am 4. war es vorbei.

»Unter all den Leuten sehe ich nur dich«, hatte Bruce gesagt. »Mach dich schön.« Damit ist es nicht weit her, denn Mellis Kleider habe ich nicht mehr. Das rote Schonläuferkleid muss es tun. Doch die Schuhe! Die hängen wie Klötze an den Beinen. Aber darauf sieht Bruce sicher nicht, und die Füße kann ich immer unter den Tisch stecken.

Er begrüßte mich, fand mich schön und berichtete, dass er seine Order bekommen habe: voraussichtlich noch ein Jahr Berlin.

Er fragte nach meinen Vorschlägen für den Abend, doch ich wusste noch immer nicht, was ich wollte. Halb ja, halb nein.

»Dann fahren wir erstmal durch Berlin spazieren.«

Ziellos bewegten wir uns durch die Straßen. Am Brandenburger Tor und um den Reichstag herrschte geschäftiges Treiben in einer Landschaft längerer oder kürzerer Stümpfe, die einmal Bäume im Tiergarten gewesen waren.

Dennoch hat sich der Anblick seit Hannas und meinem Gang zur Charité vor einem Jahr verändert. Das russische Militär bestimmt das Bild nicht mehr ausschließlich, es war jetzt ziviler. Auf dem weiten, kahlen Platz wimmelten die Gestalten durcheinander, die heute die Berliner Geschäftswelt verkörpern.

»Keinem von denen würde ich auch nur für eine Minute eine leere Zigarettenschachtel anvertrauen«, sagte ich.

Bruce lächelte. »Jede Zeit hat ihre Leute.«

Handel und Wandel. Haperte es sprachlich, wurde gestikuliert. Hände, Arme, Beine, alle Körperteile waren in Bewegung. Ich hätte noch stundenlang zugesehen, aber es ging weiter, zum Bayrischen Platz, den Bruce noch nicht kannte.

Als ich ihm die Ruinen und das Geröll um uns herum als früheren Berliner Westen darstellte, mit ehemals – längst daraus verjagten – zivilisierten Einwohnern schüttelte er den Kopf. Das überstieg seine Vorstellungskraft.

Am Fehrbelliner Platz dagegen wollte er mir kaum glauben, dass ich hier im vorigen Jahr Barrikaden geschippt hatte, um die Russen an der Eroberung Berlins zu hindern. Irre!

Schließlich bewegten wir uns langsam durch Dahlem, das amerikanische Berlin, an den vom Krieg verschonten Villen vorbei, auf die Holbeinstraße zu.

»Soll ich dich nach Hause bringen?«

»Nein«, sagte ich, und dieses nein war ein Ja.

Das von den Amerikanern beschlagnahmte, Bruce zugewiesene Haus in Lankwitz war still und leer, als er die Tür aufschloss.

Er breitete die Arme aus. »Weißt du, dass ich dich liebe?«

«Making love« heißt es auf amerikanisch. In der Sache gleich, das Beiwerk aber doch sehr anders.

Später: Bruce stand hinter mir, als ich in den Spiegel in der Eingangsdiele blickte. Ich wollte wissen, wie ich jetzt aussah.

Ich drehte mich zu ihm um und sah auf die Uhr. »Ich muss gehen.«

»Alle Zeit der Welt liegt vor uns.« Er öffnete die Haustür. Morgengrauen im Sommer, wir fuhren durch leere Straßen. »Mir kommt's vor, als ob wir die einzigen Menschen in Berlin sind«, »auf der Welt«, sagte Bruce.

Ein schöner Tag würde es werden, ein Feiertag.

Mittags würde er mich abholen, nachmittags kämen ein paar Freunde zu ihm ins Haus. Abends sei Party im Klub.

An der Ecke stieg ich aus, lief zurück, er setzte den Jeep zurück. »Darling.«

Gott sei Dank, zu Hause schlief noch alles.

Kaum hatte ich mittags den Jeep an der Ecke erspäht, sauste ich, zwei Stufen auf einmal, die Treppe herunter und raus ging's, nach Wannsee.

Bruce traf sich dort mit anderen Offizieren, während ich Sissy begrüßte. »Ein schöner Tag wird's«, versicherten wir uns gegenseitig. Sissy wies auf die beiden WACS, amerikanische Blitzmädel in Uniform. »Für die werden wir zu einer immer härteren Konkurrenz«, stellte sie zufrieden fest.

Wir standen am Geländer und betrachteten das Tun und Treiben im Strandbad von oben. Von oben herab, wenn ich ehrlich bin. Ich fühlte mich amerikanisch, den Menschen da unten nicht zugehörig, obwohl ich in derselben Minute wusste, was ich gedacht hätte, hätte ich von unten zu unserer Gruppe hochgeblickt.

Gleich nach dem Essen strebte Bruce weg. »Ich will mit dir allein sein.« Das waren wir, bis es an der Tür in Lank-

1946

witz klingelte und eine Frau Gebert auf der Schwelle stand. Sie ist die Hauseigentümerin und zugleich die neu eingestellte Housekeeperin von Bruce.

Sie sah an mir vorbei, würdigte mich keines Worts, und von nun an fühlte ich mich nicht mehr amerikanisch, sondern sehr deutsch, – eben wie jemand, der mit Amis geht.

Kommen und Gehen der Gäste, um die ich mich nicht kümmerte, um so weniger als ein Captain, namens Bobby, auf mich wies: so etwas Blondes gefiele ihm auch.

Bruce nahm mich bei der Hand und ging mit mir die Treppe hinauf. Ob er sich für diesen Bobby entschuldigen oder etwas mit mir besprechen wollte? Besprechen wollte er nichts. Er öffnete die Schlafzimmertür und drehte den Schlüssel um.

Als er herunterging, blieb ich oben. Am liebsten hätte ich mich im Kleiderschrank verkrochen oder, noch lieber, unbemerkt aus dem Haus geschlichen, aber da hörte ich seine Schritte auf der Treppe. »Wo bleibst du denn?«

Unbefangen brachte er mich zu seinen Gästen, die sich auf dem Rasen niedergelassen hatten und setzte sich neben mich.

»Kopf hoch«, redete ich mir zu. »Mach's wie er.«

Das sagte ich mir noch zweimal, und es klappte. Aus meinem Kopf war alles weggewischt. Auch die Blicke von Frau Gebert, die Tabletts mit Whisky, Gin, Brötchen und Keksen herumreichte, prallten an mir ab, – nicht ganz aber die Frage, ob sie zwischendurch das Zimmer oben in Ordnung bringen sollte.

Bruce rührte das Eis in seinem Whiskyglas und antwortete mit einem gleichgültigen »yeah.«

»Schön habt Ihr's hier«, Johnny und Sissy kamen über den Rasen. Bruce blickte auf, begrüßte sie mit einem flüchtigen »hi« und wandte sich mir zu.

»Licht und Schatten in deinem Haar«, sagte er leise. »Ich...«

»Einen Moment noch, ich hab was für dich.« Johnny beugte sich zu ihm herunter und schwenkte ein Blatt Papier in der Hand. »Ich hab's aus dem Orderly Room mitgenommen, eine Nachricht für dich, eine gute. Sorry«, fügte er hinzu und sah mich an.

»Dann lass mich mal die gute Nachricht lesen, die beste habe ich schon. Noch ein Jahr Berlin.« Bruce überflog das Papier und steckte es in die Tasche.

»Hier ist noch ein Brief für dich.« »Später«, der Brief nahm den gleichen Weg.

»Seine Frau hat die Clearance für ihre Schiffspassage nach Bremerhaven bekommen«, beugte sich Sissy zu mir.

Ich erstarrte.

»Was gibt's«, Bruce wandte sich Johnny zu. »Sissy hat's ihr eben gesagt.«

»Mach dir keine Gedanken darling, noch weiß ich gar nichts.«

Ich atmete auf. Meine Welt schien wieder heil.

Allmählich brachen die Gäste auf. Bruce blieb mit mir auf der Terrasse hinter dem Haus zurück.

Die Lichtkegel der Beleuchtung, von den Amerikanern letzte Woche in Gang gebracht, warfen ihren Schein in den jetzt dunklen Garten. Bäume und Büsche am Rand des Rasens zeichneten sie in bizarren Mustern nach.

»Komm, setz dich auf meinen Schoß.«

Das tat ich und legte die Arme um seinen Hals.

»Lies«, sagte er und hielt den Brief ins Licht. Am Ende fiel er uns aus der Hand, aber wir hoben ihn nicht auf.

Seine Schwiegermutter schrieb, dass, wenn er diesen Brief in Händen habe, Claudine bereits auf dem Weg sei.

Bruce presste mich an sich. »I love you. Das ist alles, was ich weiß. Sonst weiß ich nichts und muss erst herausfinden, was da eigentlich vor sich geht.«

Letzteres schien mir ziemlich klar, aber ich fragte nichts.

Er brachte mich nach Hause. Das war am 4. Juli.

Obwohl meine Gedanken nur um Bruce kreisten, gelang es mir so zu tun, als ob nichts geschehen wäre. Gestern, beim Kaffeebesuch von Schwester Ella, Mamas alter Freundin, beteiligte ich mich sogar an der Unterhaltung, da die beiden

1946

die Briefe verglichen, die sie von Tante Elise aus Portugal bekommen hatten. Uns hatte sie geschrieben, wie nahe ihr Papas Tod gegangen sei. »Ein kluger, stiller Mensch, gebildet, weise war er. Seine Freundschaft hat sich bewährt, als es darauf ankam.«

Mama schüttelte den Kopf. »Weise? Nun ja, für seine Person hielt er nichts vom Heldentod, aber..« Zum Glück fiel ihr in diesem Augenblick der Kaffee ein. Sie eilte in die Küche, bevor sie dazu kam, uns über meinen Vater »wie er wirklich war« aufzuklären: »Fromm war er und wie alle Frommen sah er wo er blieb und nahm's mit der Wahrheit nicht genau.«

Da hatte meine Mutter nicht Unrecht, aber der Papa war doch ganz anders.

Nachdem Schwester Ella ihrerseits von ihren neuen Aufgaben als Oberschwester am Schöneberger Krankenhaus berichtet hatte, wandte sie sich mir zu.

»Schön, wenn man Beziehungen zu den Amerikanern hat. Du bist ja in die Kaserne unter die Soldaten gegangen, erzähl doch mal ...« Aber da hatte ich schon Teller und Tasse abgesetzt und lief die Treppe herunter, zum Jeep an der Ecke.

»Hast du auf mich gewartet?« fragte Bruce.

»Nein.«

»Ich werde das ein Leben lang. Let's go.«

Donnerstag, 11. Juli

Den Nachmittag habe ich heute bei Sissy im Shop verbracht, in der Absicht, mich mit ihr auszusprechen. Das allerdings ließ sich schwierig an. Die Tür ist immer in Bewegung, mindestens jede halbe Stunde steckt Johnny seinen Kopf in den Shop.

»Er nimmt mich mit nach Amerika«, verkündete Sissy, als wir endlich einmal mehr als fünf Minuten allein waren.

»Zu Hause hat er sich schon vorgestellt, doch begeistert ist nur mein jüngster Bruder.

Darüber schüttelten wir beide den Kopf. Unverständlich! Die eigenen Eltern wollen nicht sehen, dass Amerika die größte, vielleicht einzige Chance unseres Lebens ist!

Ihren Vater, klagte Sissy, interessiere auch nicht ihre Liebe, sondern nur die Frage, wovon Johnny und sie in Amerika leben wollten.

»Mein Vater kann mich später besuchen kommen und mit eigenen Augen sehen, wie glücklich ich dort lebe, zusammen mit Johnny in Georgia. Kannst du dir das vorstellen?«

Weder konnte und noch weniger wollte ich das.

»Deine Sorgen möchte ich haben«, war meine Antwort.

War ich zu ihr gegangen um mich auszusprechen, hatte ich dazu keine Lust mehr. Was hätte Sissy mir raten können?

Im gleichen Augenblick sprach sie aus, woran ich nicht denken wollte. »Wann kommt sie denn?« »Bald.«

»Ich dachte, es stände mindestens 50/50 für dich. Dein Bruce will sich doch scheiden lassen.«

»Erstmal wird seine Frau kommen.«

»Tut mir leid«, Sissy legte ihre Hand auf meinen Arm. »Ehrlich«, fuhr sie fort, »ich wundere mich. Über meinen flatterhaften Johnny warst du so erhaben.«

»Was willst du, ich gebe alles zu.«

Sissy steckte sich eine Zigarette an. »Glaub mir, wenn seine Frau wirklich kommt, hast du an ihm nichts verloren. Außerdem: so fabelhaft finde ich deinen Captain nicht. Er ist stumm wie ein Fisch und trinken...da macht er diesem Tier alle Ehre.«

»Ich habe ihn niemals betrunken erlebt«, verteidigte ich Bruce, doch Sissy fuhr fort:

»Dazu sein Aussehen, damit ist es auch nicht weit her. Hier spielt er den Offizier. Wer weiß, vielleicht ist er in Virginia ein kleiner Niemand. Ich sag dir: du wirst noch mal froh sein, dass seine Frau kommt, denn wahrscheinlich wärst du wirklich auf ihn reingefallen.«

»Das bin ich längst«, hätte ich ehrlicherweise antworten müssen, aber ich stand auf und ging.

1946

»Dependents' Ship Due to Bremerhaven.« Das war die Überschrift in der Militärzeitung, den «Stars and Stripes.« »Claudine C. Marvin«, las ich auf der Passagierliste.

Gestern, am Donnerstag, ist sie gekommen.

Bis zu diesem Tag stand der Jeep jeden Abend an der Ecke. Jeden Abend klammerten wir uns aneinander, kaum dass Bruce die Haustür in Lankwitz hinter sich geschlossen hatte.

»I love you, I love you for ever.«

Doch in der gleichen Minute kam das Schiff auf dem Ozean seinem Ziel näher.

Vorgestern, am Mittwoch, waren wir schon halb auf der Treppe nach oben, als es klingelte. Bruce zögerte, ging dann aber doch zur Tür, weil man von draußen Licht im Haus sehen konnte.

Captain Farland, Bobby, dem ich bei der Party am 4. Juli »auch« gefallen hatte, stand nicht nur im Eingang, sondern ging schnurstracks durch ins Wohnzimmer, dessen braun tapezierte Wände den auch am Tag wenig anheimelnden Raum im Licht einer einsamen Stehlampe noch dunkler erscheinen ließen als sonst.

Der unerwartete Gast nahm sich einen Whisky, setzte sich auf einen Sessel und streckte die Beine von sich.

»Ein nachbarlicher Besuch«, damit lud er sich ein, im Vorgriff darauf, dass er zwei Häuser weiter einquartiert war.

Bruce ließ sich nicht stören. Er machte sich einen Whisky, zog mich neben sich aufs Sofa und legte seinen Arm um mich.

»Du solltest eigentlich heute woanders sein«, begann Bobby die Unterhaltung, »zum Beispiel in Bremerhaven. Meine Frau würde sich am Kai ziemlich erstaunt umsehen, wenn ich sie abholen ließe. Diese Kleinigkeit solltest du schon selbst erledigen.«

Bruce und ich rührten uns nicht.

»Nun, keine Antwort?«

Ich stand auf.

»Ich bring Sie nach Hause«, erbot sich Bobby. »Meine Frau kommt erst in vier Wochen.«

Bruce schob ihn zur Tür hinaus.

Ich stellte mich in der Eingangsdiele vor den Spiegel. Bruce trat hinter mich.

Der 4. Juli. Überdeutlich sah ich uns an der gleichen Stelle. Da wollte ich wissen, ob ich anders aussah. Jetzt war alles anders. Ich drehte mich zu ihm um. »Zeit zu gehen.«

Er steuerte mit einer Hand bis zu unserer Ecke an der Ringstraße.

Ich lief zurück, als er den Jeep zurücksetzte.

Dann stand ich still und blickte ihm nach.

Mein lieber Herr Schult hat mir (bei einem Verkäufer im Ostsektor) eine Leica mit Projektor vermittelt, die Bruce schon lange haben wollte.

Schnelle Entscheidung stand an. So kam gestern die Fahrt mit ihm zustande. Auf seine Frage schlug ich unsere kleine Lichterfelder Dorfkirche als Treffpunkt vor.

Er kam, nicht mehr im Jeep, sondern in einem blauen Plymouth, in dessen Polstern man versank.

Zu Beginn unserer Fahrt war ich vor allem neugierig. Dass Bruce im Büro als Fremder ein- und ausging, hatte ich nicht anders erwartet. Dienst ist Dienst.

Doch gestern waren wir allein auf einer langen Fahrt in den Ostsektor. Ich blickte ihn von der Seite an, ließ mir nichts anmerken, aber innerlich war ich gespannt. Ich übertreibe nicht, wenn ich sage: zum zerreißen.

Bruce sprach wenig. Das war nicht neu. Das wenige, worüber er sprach? Über die fällige Bestelliste der Autoersatzteile. Ob ich damit schon durch sei.

Ein weiteres Thema ergab sich aus dem Kauf der Leica.

Da wurde er sogar ganz redselig. Hier konnte ich nicht mithalten, denn von Photoapparaten verstehe ich nur, dass die Amerikaner, wie bei Porzellan hinter Meißen, beim Kauf von Kameras hinter Leicas her sind, so auch Bruce. Ohne zu handeln zahlte er den geforderten Preis und überwachte sogar die Verpackung der kostbaren Beute.

Auf dem Rückweg schleppte sich die Unterhaltung stockend fort, aber nicht deshalb, weil Verlegenheit in der Luft lag oder gar Spannung zwischen uns knisterte. Nein, Bruce war absolut, gänzlich, total unbefangen, – der freundlich distanzierte Vorgesetzte, mit einer Angestellten unterwegs.

Vom Rathaus Steglitz ab war ich damit beschäftigt mir klar zu machen, dass seine Unbefangenheit nichts vorspielen, nichts verdecken will, sondern die Gegenwart zwischen uns wiedergibt wie sie ist. So schwand, als wir in den Tietzenweg einbogen, mit den letzten Kilometern auch meine letzte Hoffnung.

Hoffnung worauf? Auf irgendetwas, auf ein Wort von ihm, dass wir einander nicht fremd sind, oder auch nur auf einen halben Satz, dass es vorbei ist.

Hat er Angst vor einer Fortsetzung? Das Gegenteil habe ich doch auf der Fahrt und auch im Büro bewiesen!

An der Lichterfelder Dorfkirche setzte er mich ab. »Thanks« und weg war das Auto.

Ich trottete langsam nach Hause, mit gesenktem Kopf. Nie, nie habe ich mir selbst so leid getan.

Doch ich sollte nicht klagen, zu niemand ein Wort.

Ich wusste, dass Bruce verheiratet ist.

Ich wusste, dass seine Frau auf dem Weg nach Berlin war und bin, wenn sein Jeep an der Ecke stand, ohne Zögern, ohne Nachdenken zu ihm herunter gelaufen.

Ich höre ihn noch: »I love you, ich liebe dich. Du und ich, wir beide für immer.«

Und jetzt? Vorbei. Auch für immer.

Sgt. Healy, der mich neuerdings mit Arbeit überschüttet, sieht das wohl ebenso. Sein Kommentar? »Well, well, zählen Sie nicht mehr auf den Captain.«

Jetzt ist es Tiny, die auf den Captain zählt, denn sie ist zum Darling im Marvin'schen Haushalt geworden, seit sie Mrs. Marvin im Klub bei der Willkommensparty (der ich mich nicht ausgesetzt habe) kennengelernt und sich mit ihr angefreundet hat.

Über die Frau von Bruce gibt es nur eine Meinung: sie sei zurückhaltend, aber stets freundlich. Von Wally weiß ich, dass sie ein brünetter Typ, 31 Jahre alt ist und fabelhaft zurechtgemacht.

Freitag, 25. Oktober

Wir sind aus der Gardeschützenkaserne in Lichterfelde ausgezogen, nach Tempelhof, auf ein brachliegendes Industriegelände, wo Wally, Tiny und ich zwischen den kahlen Wänden einer Werkhalle sitzen. Unser neuer Chef sieht darin an seinem Schreibtisch ganz verloren aus, vielleicht auch weil er so klein und zierlich ist.

Er stellte sich als 1st Lieutenant Newette aus New Orleans vor, begrüßt uns jeden Tag mit »guten Morgen« und schließt dann ein Kaffeestündchen für alle an.

Viel zu tun hat niemand mehr. So bin ich froh, mit meinen Listen eine vorzeig- und nachprüfbare Arbeit zu haben.

Anders als seine Vorgänger kann unser (Ober)leutnant Charles Newette nicht genug darüber hören, wie wir im Krieg in Berlin gelebt haben, was wir über das Kriegsende, über Deutschland denken, – für Wally ein gefundenes Fressen, die politischen Aktivitäten ihres Mannes in der liberalen Partei ins Licht zu setzen und ein Lied von der Demokratie anzustimmen.

Heute fragte unser Leutnant, ob uns die Nürnberger Urteile gegen die Führungsschicht der Nazis, »sentenced to death by hanging« nahegingen.

»Nein«, sagten wir drei wie aus einem Munde. Was mit diesen Leuten geschehe sei uns egal. Wir seien froh, sie los zu sein.

Newette schüttelte den Kopf.

1946

»Verstehe das wer will! Ganz Deutschland ist seinem Führer nicht nur nachgelaufen, sondern hat gekämpft bis zur letzten Minute, die nur noch Tote zurückließ.«

»Wir haben nicht gekämpft«, raffte ich mich auf. »Wir wollen nichts weiter als anfangen zu leben.«

»Das glaube ich aufs Wort«, Newette lächelte, »aber das beantwortet keine einzige Frage.«

Sonntag, 15. Dezember

Leutnant Newette, den wir nur noch Charlie nennen, habe ich inzwischen als Kunden gewonnen. Herrn Schult gefällt er von allen Amerikanern am besten, weil er die Sachen für sich kauft. Da er nicht handelt, bekommt er Vorzugspreise, denn Herrn Schult ist feilschen zuwider.

Ich habe meine Provision in ein Weihnachtsgeschenk für die Familie umgesetzt, einen kleinen Flügel. Herr Schult hat ihn bei einer uralten Dame gefunden, die froh ist, das Möbel loszuwerden. Wer will heute schon einen Flügel!

Inzwischen bin ich bei Lt. Newette Mädchen für alles geworden und kann nur hoffen, dass seiner Frau die Einrichtung ihres neuen zu Hause in Berlin gefallen wird.

Heute wartete Frau Heinrichs, die Housekeeperin, mit ihren Fragezetteln auf mich und meine Übersetzungskünste.

Danach war Newette an der Reihe. Allmählich kommt er mir vor wie ein Forscher, der sich im Urwald über Fauna und Flora der Eingeborenen unterrichtet. Er scheint einer der wenigen Amerikaner in Berlin, der seine Abende nicht mit Mädchen im Klub und/oder mit der Flasche verbringt.

Frau Heinrichs hatte vor flackerndem Kaminfeuer den Tisch für einen Adventskaffee gedeckt, aber ich war doch froh, dass ihr geschäftiges Hin und Her die Stimmung nicht so gemütlich werden ließ, wie Charlie es sich vielleicht vorgestellt haben mag, als er sich in den Sessel zurücklehnte und das Gespräch mit der Frage begann, »kann es Freundschaft zwischen Mann und Frau geben?«

»Warum nicht«, war meine Antwort. »Bisher haben Sie mir den Eindruck vermittelt, dass wir befreundet sind.«

»Dienstlich und geschäftlich«, schränkte er ein und fuhr fort: »Doch würde es auch darüber hinaus bei freundschaftlichen Beziehungen bleiben?«

Ich blickte unbehaglich auf meine Schuhspitzen.

»Wär's denn so schrecklich?« Charlie lächelte. »Wissen Sie, dass Sie mir empfohlen wurden? Sie waren Tischgespräch bevor ich zum ersten Mal das Büro betrat.

Ihre Affäre mit Capt. Marvin ist Allgemeingut, aber da sage ich Ihnen sicher nichts Neues.

Nein, bitte!« Er drückte mich auf den Sessel, als ich aufstand.

»Nehmen Sie das, was ich sagen will, als Kompliment, denn Sie, die deutschen Mädchen, sind dabei die Army zu erobern. Sie schlagen die älteste Brücke von Mensch zu Mensch. Die militärische Obrigkeit muss das ernst nehmen.

Doch zu Ihnen. Ich bin einige Jahre älter als Sie, College Professor und habe jedes Recht, Ihnen ein paar gute Lehren zu erteilen: ob Freundschaft oder Liebe, teilen Sie beides nicht mit jemand, mit dem Sie nichts gemeinsam haben.«

»Mir gefiel er.«

»Das spricht nicht gegen meine Feststellung.

Vor allem aber sollten Sie aufhören hier zu arbeiten, und zwar so bald wie möglich.«

Meinen Einwand, dass ich die Stelle nicht zuletzt wegen meiner Nebengeschäfte im Antiquitätenhandel brauchte, wischte er beiseite. »Glauben Sie etwa, dass die Zigarettenwährung ewig dauert? Suchen Sie entweder einen Mann oder eine Arbeit, die Zukunft hat.

Vergessen Sie meine guten Lehren nicht«, legte er mir ans Herz, als er mir sein Weihnachtsgeschenk gab. Bücher.

Balzac, Stendhal »und das Beste«, er wies auf das dritte Buch: »Liaisons Dangereuses« … «leider nur als Lektüre.«

Das war bereits ein Abschied, denn nach Weihnachten ist Charlie an eine andere Dienststelle versetzt. Unser Büro wird aufgelöst.

1946

Kalt ist es und was ich jetzt, im Februar, schreibe, ist eine Weihnachtsgeschichte.

Sie fängt am 24. Dezember im Büro an. Morgens früh schon lud uns unser Chef Charlie nach dem Morgenkaffee zu einem Drink ein. Dabei schielte Wally auf die Flasche und flüsterte mir zu, dass genau die bei ihr zu Hause fehle.

Hinter den dunklen Rändern ihrer großen Brille glitzerten ihre Augen, als sie Charlie ansprach. »Lieutenant«, begann sie, »ein kleines Spiel. Wenn Sie verlieren, sage ich was Sie tun sollen.« »Da bin ich aber neugierig. It's a bet, die Wette gilt.«

Das Spiel war harmlos, Wally nicht. Sie beherrschte den Trick von »Stein, Schere, Papier«, Charlie aber verlor jedes Mal.

Was er zu tun hätte? Ein echt deutsches Weihnachtsfest solle er bei Wally feiern.

Charlie war begeistert. Ob er einen Freund mitbringen dürfe?

Dann kam Wally zur Sache und ließ keinen Zweifel daran, dass unter deutschen Weihnachtsbäumen auch gegessen und getrunken wird.

Nur weil ich Wally zugesagt hatte, brach ich nachmittags auf, nachdem ich unter Aufsicht meiner Mutter widerwillig ihr altes (aber warmes) dunkelgrünes Wollkleid angezogen hatte.

»Mein Mann«, stellte Wally einen langen, dünnen Menschen in lose hängendem Anzug und grauer Strickjacke vor. Mit ins gleiche Grau spielender Miene bot er das Kontrastbild zu den ihre Uniformen voll ausfüllenden Amerikanern, denen nichts Graues anhaftete.

Doch, von Wally als Funktionär der liberaldemokratischen Partei eingeführt, war er bereits nach den ersten Worten nicht mehr ein Unbekannter in grau, sondern Bernd, Freund unter Freunden.

Nachdem die Kerzen auf dem mit zwei einsamen Silberkugeln geschmückten aus der Ostzone organisiertem Baum angezündet waren, vereinten sich die Gäste, je nach Stimm- und Sprachvermögen in weihnachtlicher Runde zur »Stillen Nacht.«

»Friede und den Menschen ein Wohlgefallen.« Darum kreiste die Unterhaltung, denn der Krieg, zwar vorbei, stand im Raum. Noch war er Erlebnis und nicht Erinnerung.

»Darauf, dass wir heute zusammen sind«, Bernd hob sein Glas. »Es ist noch nicht lange her, dass niemand um diesen Tisch herum sich hätte vorstellen können, mit amerikanischen (oder deutschen) Freunden zusammen Weihnachten zu feiern.«

»Die Welt dreht sich«, rief Charlie, »aber von jetzt ab merken wir das. Darauf!« Charlie trank sein Glas aus und nicht nur er.

Als Wally zum Essen bat, war der Flüssigkeitsspiegel in den Flaschen bereits gesunken, eine Erscheinung, die sich von Flasche zu Flasche wiederholte. Charlie hatte Wallys Hoffnungen nicht enttäuscht. Der Tisch bog sich unter amerikanischem Spam (hellrosa Wurstfleisch), fuchsroten Würstchen, Weißbrot und Butter.

Die Stimmung stieg. Nur der von Charlie mitgebrachte Freund, saß stumm und still neben mir und bat Wally um ein Glas Wasser. Standhaft widersetzte er sich den Verlockungen der Tischrunde, die sich darin einig war, dass auch er einheizen sollte, – innerlich, denn äußerlich fehlte es daran. Die an einer Hand zu zählenden Kerzen waren heruntergebrannt, und in dem Behelfskohlenofen schwelten nur kärgliche Reste von Koks, Zeitungspapier und Holz vor sich hin.

»Heizen!«, rief Bernd. Ich griff nach meinem Glas und wunderte mich. Wer drehte sich? Ich oder die Uhr an der Wand?

Die Uhr! Ich wollte aufstehen, vergeblich. Ich kam vom Stuhl nicht hoch. »So können Sie nicht nach Hause gehen«, hörte ich Bernd irgendwo über mir.

Das Ende vom Lied war, dass er sich, ungeachtet der auf-

1947

fordernden Blicke, die Wally auf mich richtete, auf den Weg machte, um meiner Mutter Bescheid zu sagen.

Ich wandte mich Josh zu und leerte mein Glas. »Auf das was vorbei ist.« »Der Krieg?« fragte Josh. Den meinte ich nicht. Ich dachte an Bruce. Den Leutnant Joshua neben mir ließ ich reden, bis ich erschreckt hochfuhr.

»Wir sollten beten«, klang es an mein Ohr.

Er übertönte die Tischrunde. Die Gespräche brachen ab, als er dem Herrn dankte und uns versicherte, dass ER seine Augen auf uns richte.

»Bevor es zu spät ist! Der Herr mahnt zur Umkehr«, rief er über die schweigende, aber nur für einen Augenblick außer Fassung gebrachte Runde hinweg, denn gleich erschallte es: »Weitermachen! Sag deinem Herrn, dass wir weitermachen!«

Wetten wurden abgeschlossen. »Who gets drunk first, wer ist zuerst blau?«

Wally kreiste mit den Flaschen um den Tisch und flüsterte mit Charlie. »Wie wär's, wollen wir unseren Prediger gewinnen lassen?«

»Wie denn? Der kommt aus einer frommen Gegend in Amerika und rührt Alkohol nicht an.«

»Mal sehen.« Im gleichen Augenblick kam Hilfe vom Betroffenen selbst. »Noch ein Glas Wasser bitte.« Das wurde ihm zugesagt, »aber nur, wenn du versprichst, es in einem Zug auszutrinken.«

»Versprochen.«

Wally verzog sich in die Küche und machte, von Charlie und Tinys kleinem Leutnant assistiert, das Glas Wasser zurecht. Ehrlich geteilt, halb Wodka, halb Gin.

»Austrinken, ex!«

Josh saß aufrecht auf dem Stuhl, allerdings nicht lange.

Er gewann die Wette.

Mit vereinten Kräften legten wir ihn auf dem breiten Ehebett ab. Weg war er. Nicht nur er, ich auch.

Es war Nacht, als ich hochfuhr, von links eingepresst wie

ein Hering, von rechts greifen und zerren ausgeliefert. Josh, der fromme Bußprediger, hatte sich an mich geklammert.

»Tanks. God help me«, glaubte ich aus seinem Stöhnen herauszuhören. Sein Kopf verschwand unter der Bettdecke. Josh schlug wohl noch einmal die Ardennenschlacht, in der er, wie ich von Charlie wusste, gekämpft hatte.

»God forgive me!« schrie er auf, als ich ihm bei meinem Versuch aus dem Bett zu steigen, die Decke vom Kopf zog. Mühsam war's, denn ich war von allen Seiten umklammert. Auf dem Ehebett war jeder Platz besetzt.

»Gut geschlafen?« Bei offener Tür saßen Wally und Bernd in der Küche beim Frühstück. Das rosa Wurstfleisch leuchtete mir entgegen. Ich rettete mich zur Toilette. Dort kniete ich mich auf den Boden, beide Arme um den Beckenrand gelegt. Allein, aber nicht einsam, bis der Nächste kam. »It's my turn now.«

Nach und nach sammelten sich grau-bleiche Gestalten um den Küchentisch vor Wassergläsern und Kaffeetassen, nachdem Wally das Wurstfleisch taktvoll weggeräumt hatte.

Erwiderungen auf ihr fröhliches »Merry Christmas« waren zurückhaltend.

»Thanks für ein echt deutsches Weihnachtsfest.« Charlie lächelte, als er seinen Freund im Jeep abschleppte.

Tiny ließ ihren anlehnungsbedürftigen kleinen Leutnant ziehen und blieb mit mir zurück, um bei der Beseitigung der wenig weihnachtlichen Überreste zu helfen. Da macht mir so leicht keiner was vor.

Der Empfang zu Hause war nicht unfreundlich. Bernd hatte gute Vorarbeit geleistet. »Wenn jemand wie Herr Siegel sich politisch für unseren Neuanfang einsetzt, blicke ich zuversichtlich in die Zukunft«, ließ mich meine Mutter wissen.

Abends dann nahm ich eine der Weihnachtsgaben von Charlie zur Hand, die »Liaisons Dangereuses.« So wurde der Weihnachtstag doch noch zum Festtag für mich, denn ich fand das Buch faszinierend. Es wurde im 18. Jahrhundert geschrieben, aber beim Lesen fühlte ich mich nicht in

1947

eine ferne Vergangenheit versetzt. Heute, gestern und immer wird es Menschen geben, die Intrigen spinnen und wenig Skrupel haben, andere zu manipulieren, wenn sie meinen, die aus der Schwäche ihrer Opfer zu erwartende Reaktion für ihre eigenen Ziele ge- oder missbrauchen zu können.

Sonntag, 23. Februar

Kalt ist es, draußen und drinnen. Nur insofern bin ich froh über meinen jetzigen warmen Arbeitsplatz im Depot.

Alles hat sich um 180 Grad gedreht. Bei der 82nd Airborne saß ich in einem großen Raum unter Soldaten, heute dagegen ordne ich mit anderen Mädchen Karteikarten, und ein einziger Amerikaner sitzt vorne am Tisch.

Auch Sissy ist nicht mehr da. Sie wartet auf ihre Papiere, denn Johnny macht ernst. Aus der Army entlassen, kommt er im Herbst nach Berlin. Wenn alles klappt, wollen sie hier standesamtlich heiraten.

Sie fragte mich nach Neuigkeiten aus dem Depot, aber da kann ich weder Gutes sagen noch schreiben.

Ein großes dickes Mädchen namens Kitty, (ich wette, dass sie Käthe heißt), Freundin vom Master Sergeant, sitzt in der ersten Reihe, ich hinten in der letzten.

»Deine Zeit ist um«, sagte sie mir.

Tiny, verlegen zu Boden blickend, klärte mich auf. Mir hafte der Ruf an, dass ich sämtliche Offiziere aus meiner näheren und weiteren Umgebung durch sei. Auch Charlie hängt man mir an. Ich solle mir nicht einbilden, dass ich, statt wie die anderen zu arbeiten, mit den Offizieren weiter durch die Stadt fahren und Geschäfte machen könne.

Mich überläufts kalt. Wenn ich entlassen werde?

Hinzukommt, dass Herr Schult neulich sagte, es ginge allmählich auf die Normalität von Regeln zu. Ich glaube aber, dass, solange unser Geld nichts wert ist, weiter mit Zigaretten gezahlt wird.

Donnerstag, 27. Februar

Nie hätte ich's gedacht: Ich bin im Depot und überglücklich, denn in einem der hinteren, um viele Ecken versteckten Räume, habe ich eine Entdeckung gemacht. Die Bibliothek!

Ich fragte gleich den Soldaten am Tisch, ob ich etwas ausleihen dürfe. »Go ahead«, war seine Antwort.

Das ließ ich mir nicht zweimal sagen. Schnell griff ich ein paar Hemingways, the Book of Verse und, da ich davor stand, einen Band Shakespeare, letzterer immer gut und bildend.

Sonnabend, 1. März

Mitten auf der Schlossstr. traf ich Helga aus meiner Schulklasse, diejenige von uns, die keinen Einsatz zu machen brauchte, weil sie den richtigen Vater hatte. Ich sprach sie an, denn ich war auf Neuigkeiten aus.

Auf meine Frage nach dem Ergehen unserer Klassenlehrerin, Tante Tilde, berichtete sie, dass sie sie als Trümmerfrau besichtigt habe. »Dass die mit ihren dünnen Ärmchen auch nur einen einzigen Stein wegschaufelt«, wunderte ich mich.

»Einer Parteigenossin wachsen auch nachträglich noch Kräfte für die Volksgemeinschaft«, war der Kommentar.

Doch mich interessierte vor allem, was sie von Thekla wusste. Ihr ginge es gut, sie sei im Westen und studiere Mathematik.

Günter aber, Theklas Verehrer aus der Tanzstunde, wird die Literatur nicht bereichern, denn ihn hat es, ganz am Ende, bei Berlin, noch erwischt, ebenso Klaus, »meinen Hitlerjungen.« Er ist auf dem Balkan von Partisanen erschlagen worden. Mir tun die beiden leid, aber Klaus nicht mehr als Günter.

Sonnabend, 15. März

Die Hemingways aus der Soldatenbibliothek habe ich schon verschlungen. Wie macht er das? Seine Geschichten lesen sich so einfach. Kurze Sätze, ein Essen, das gut war, ein Zusammensein im Bett, das auch gut war. Er erklärt nicht, er sagt was seine Leute tun. Doch ein Roman kommt heraus. Liebe, Treue, Glück, Unglück und, nicht zuletzt, Tod.

Soviel ich sehe, bin ich augenscheinlich der einzige Kunde der Bibliothek. Längst schon winkt der Soldat am Tisch ab, wenn ich ihm zeigen will, was ich mitnehme. Ihm ist das egal, er schreibt auch nichts auf.

So machte ich gestern Beute mit dem »Großen Gatsby« von Scott Fitzgerald, dieser eine Art Gegenpol zu Hemingway. Als ich grade überlegte, ob ich mir auch den Wälzer »Gone with the Wind« antun sollte, stand Sergeant Healy hinter mir, der jetzt im Büro von Bruce arbeitet.

Er legte gleich los. Wer mir erlaubt habe, die Bibliothek zu betreten, geschweige denn Bücher mitzunehmen. Diese seien für die Soldaten bestimmt, nicht aber für Krauts.

Er redete noch weiter, aber ich hörte das nicht mehr, weil ich mich blitzschnell verdrückte, – mit den Büchern.

Bruce! Er wird mir doch nicht die Bibliothek verbieten.

So machte ich mich auf den Weg zu seinem Büro. Es gibt Redensarten, die einen Zustand genau beschreiben: »Das Herz schlägt bis zum Hals.« Bei mir schlug es schon oben in der Kehle.

»Yes?« Er blickte hinter seinem Schreibtisch auf.

Alles, was ich mir zurechtgelegt und noch auf dem Korridor memoriert hatte, flog bei seinem Anblick aus meinem Kopf.

So fragte ich nur, ob ich mir Bücher ausleihen dürfe. Sgt. Healy habe mir das verboten.

Bruce blickte auf. »Nimm alle, du kannst behalten was du willst.«

Hier stockt meine Feder. Hat er mich mit »Sie« oder mit »du« angesprochen? Da das Englische keinen Unterschied kennt, übersetze ich seine Anrede in »du«. Ein Trost auf dem Papier.

Ich legte ihm ans Herz, Sgt. Healy entsprechend zu unterrichten und machte die Tür hinter mir zu.

Ich bin sicher, dass er jedem das gleiche erlaubt hätte, denn Büchern steht er gleichgültig gegenüber. Ich habe nie ein Buch bei ihm gesehen, geschweige denn ihn lesend angetroffen. Nicht einmal die »Stars & Stripes«, die Armyzeitung, hat er zur Hand genommen.

Die Bibliothek wird jetzt meine werden. Wie eine Wespe im Pflaumenkuchen werde ich darin herumschwirren.

So sehr ich mich darüber freue, – die Bücher waren nur ein Vorwand. Der wahre Grund meines Besuchs bei ihm war die Hoffnung auf ein Erkennungszeichen. Nein, das trifft es nicht. Es war die Hoffnung auf einen Blick, ein halbes Wort, eine Andeutung, dass wir uns gekannt haben.

Wenn er irgendeine Regung gezeigt hätte. Doch nichts, absolut nichts. Für ihn ist es vorbei. Die Bank am Wannsee, der Jeep, der jeden Tag an der Ecke stand … und …

So wenig wie man Geschehenes nachträglich ändern kann, so wenig kann man sich aussuchen, welches Geschehen man ableugnet und welches nicht.

Unsinn! Natürlich kann man, und er tut es.

Dienstag, 25. März

Bruce ist weg, zurück nach Amerika. Zufällig traf ich ihn kurz vor seiner Abreise im Korridor. Er sagte »hello« und ging an mir vorbei.

Ich bin in diesen Tagen um Tiny herumgeschlichen, denn sie hat in der letzten Woche, als alles sehr schnell gehen musste, bei Marvins gewohnt, um beim Packen zu helfen.

Doch heute schlug meine Stunde, denn Wally hatte Tiny und mich eingeladen, um die letzten Neuigkeiten vom Depot zu hören. Zwar arbeitet sie nicht mehr dort, nahm aber regen Anteil an meiner Schilderung der immer dreister zur Schau gestellten Herrschaft von Kitty. »Ich sage Euch«, vervollständigte Tiny meinen Bericht, »wenn der dicke Mastersergeant nach Amerika zurückgeht, »steht das ganze Depot, jede von uns, mit einer Nudelrolle hinter der Tür.«

»Du, da mach' ich mit«, fiel Wally ein, »aber jetzt erzähl mal von der Abschiedsparty bei Captain Marvin.«

Tiny ließ sich nicht bitten. »Eine große Party war's, das Haus voll zum Überlaufen. Amerikaner, Deutsche, – Claudine hat sich überall Freunde gemacht.

Ich werde die Marvins sehr vermissen«, sprach sie in meine Gedanken hinein. »Beide wären gern noch geblieben. Am letzten Abend, als wir zu dritt ein Abschiedsglas auf Berlin tranken, stand Captain Marvin am Fenster und sah hinaus.

»Tiny«, sagte er zu mir, »die Stadt liegt in Trümmern, but I love Berlin. I lost my heart here.«

Ob Bruce das nur so hingesagt hat? Hat er es überhaupt gesagt? Genaue Berichte sind nicht Tinys Stärke.

Dass Berlin für Bruce nicht irgendeine Stadt war, weiß ich. Vielleicht liebte er sie. Aber sonst...ich werde es nie wissen.

Meine Rettung verdanke ich der Soldatenbibliothek. Das Book of Verse, das ich eher unabsichtlich mitnahm, wurde meine Offenbarung. Als ich darin blätterte, fand ich kein Ende mehr. Die Sonette von Shakespeare waren neu für mich. Jetzt kann ich »Love is not love which alters when it alteration finds«, auswendig. Dazu Keats, Drayton, Edgar Allan Poe, besonders das Gedicht vom Raben.

»Quoth the Raven, nevermore.« Habe ich aus seinem Schatten herausgefunden? Ja. Ich habe ihn hinter mir gelassen und bin weiter gegangen zu Rossetti: »Haply I may remember, or haply may forget.«

Freitag, 11. April

Im Andenken an Werner habe ich mich bei der Lindenuniversität für Jura beworben, wurde aber abgelehnt. Doch das ist wohl meine Schuld, denn meine Antworten auf die Fragen des Zulassungsreferenten waren einfach dämlich. Statt eines zuversichtlichen »Ja« auf die Frage, ob ich mich für den juristischen Beruf für geeignet hielte, sagte ich, dass ich das nicht wüsste, ich würde Jura ja erst studieren wollen.

»Und dann wollen Sie nicht mehr und haben einem anderen den Studienplatz weggenommen.« Zum Schluss kam noch ein guter Rat: »Bleiben Sie bei der amerikanischen Besatzungsmacht, da sind Sie besser aufgehoben.«

Das aber ist fraglich, denn meine Stellung im Depot scheint immer unsicherer. Dafür spricht, dass Kitty neuestens nicht einmal mehr den Mastersgt. vorschiebt, sondern selbst Fehler oder Flüchtigkeiten auf meinen Karteikarten rügt.

Immerhin ein Trost: die Geschäfte laufen gut, denn Charlie hat mir einen Oberst vermittelt, der Berlin leerkaufen will.

Herr Schult kommt kaum noch nach.

Doch leider gibt es da noch einen Major Smith, der mich damit vertraut macht, dass Dummheit bestraft wird. Ich habe mich nämlich auf Brillanten eingelassen. Da ich mir einbildete, alles und jedes besorgen zu können, hatte die von Herrn Schult genannte Dame leichtes Spiel mit mir. Sie begleitete mich zu einem Händler, und dann verschwand sie.

Der Händler stand vor kahlen Wänden an einem Tisch, sprach gebrochen Deutsch und stellte die herrlichsten Brillanten in Aussicht, wenn ich ihm amerikanische Kunden vermitteln könne.

Smith war begeistert von dem, was er sah. Er ließ seine russische Sprachlehrerin kommen, mit deren Hilfe er des längeren verhandelte und sich nach endlosem Feilschen für einen großen Brillanten entschied.

Zufrieden ging ich mit meinen Zigaretten weg, bis zum S Bahnhof zusammen mit der Russin. Wir hatten gleich Gesprächsstoff. Ich möchte sie gern wiedersehen und mehr von ihr und ihrem Leben hören.

Leider gab der Major Smith den Brillanten als nicht lupenrein wieder zurück.

Es war grässlich. Ich musste mich abplagen, hin und herfahren, und nur weil es mir gelang dem Händler weiszumachen, dass ich noch andere amerikanische Kunden für ihn

1947

in Aussicht hätte, war er zu bewegen, den Stein zurückzunehmen und den Major Smith auszuzahlen. Meine schönen Zigaretten bin ich los.

»Nie mehr Brillanten«, riet mir Herr Schult.

Diamantenhändlern sei ich nicht gewachsen. Er schwor, dass ihm die von ihm genannte Dame von zuverlässiger Seite empfohlen worden sei. Er werde dort deutliche Worte fallen lassen.

*Montag, 19. Mai*b

Unsere Wirtin will uns, nachdem unsere Zimmernachbarn ausgezogen sind, die ganze große Wohnung vermieten. Ein Risiko, aber wenn wir die Mieter im hinteren Teil als Untermieter übernehmen, wird es schon irgendwie gehen.

Doch es gibt Wichtigeres. Hoffentlich!

Gestern kam, überraschend, Papas Jugendfreund zu Besuch. Ich hatte ihn damals in Memel bei Onkel Adam kennengelernt, als sich Papa dort mit ihm getroffen hat.

Jetzt lebt er in Hamburg und arbeitet, obwohl im Ruhestand, in der Seemannsmission. »Ich bin immer noch der Missionar, der ich in China war und begegne denen, die mich brauchen, in der Liebe Gottes.«

Er blickte mich an. Sogleich fühlte ich mich bewogen, den Schein teilnehmenden Zuhörens zu wahren. Das war ich meinem Vater schuldig. Man sollte es nicht glauben, aber auf den Bauernhöfen im Memelland, oben an der russischen Grenze, hatte die Missions-bewegung einen festen Stand. In langen Sonntagsandachten wurde dafür gebetet. Mein Vater blieb ihr immer verbunden.

»Doch die Liebe allein tut's nicht«, fuhr Papas Freund milde lächelnd fort, war aber weltlich genug, sich mit nicht nur einem Stück Kuchen zu stärken. »Vom nüchternen Realismus meiner Chinesen habe ich gelernt. Ich versuche praktisch zu helfen und verbringe so meine alten Tage nicht nutzlos.

Doch ich fürchte«, unterbrach er sich, »Herz und Zunge

laufen über, wenn ich ins Erzählen komme. Und du?« fragte
er mich. »Was machst du jetzt, studierst du?« »Leider nein«,
ich berichtete von meiner öden Arbeit im Depot und davon, dass ich bei den Amerikanern wohl nicht mehr lange
in Lohn und Brot stehen würde.

»Lass mich überlegen«, sagte er. »Du kannst doch sicher
gut Englisch und Büroerfahrung hast du auch. Weißt du
was? Ich treffe mich morgen mit dem Sohn einer mir aus
meiner Missionszeit in China befreundeten Familie. Soweit
ich weiß arbeitet er bei der chinesischen diplomatischen
Vertretung. Ich werde dich Herrn Kao ans Herz legen. Vielleicht wird was draus.

Mittwoch, 28. Mai
Nächste Woche fange ich in der Chinesischen Militärmission in Dahlem an.

Herr Kao hat sich gleich gemeldet, sich mit mir unterhalten und mich empfohlen. Das habe ich aber weniger meiner
Person als der Verehrung der Familie Kao für den Missionar zu verdanken. Damit waren allerdings die Würfel noch
nicht gefallen, denn der für Neueinstellungen maßgebliche
Major Wei sagte mir, dass es letztlich auf die in der Mission
tätige Engländerin ankomme, der ich zuarbeiten soll.

Sie heißt Mrs. Canfield, etwa Ende 40, blütenweiße Bluse,
Rock gebügelt, Schuhe blank, Haare fest am Kopf. Sie sagte,
dass sie es mit mir versuchen wolle.

Welch ein Glück, denn im Depot befürchten alle den be-
vorstehenden Personalabbau. Meine letzten Tage dort habe
ich der Bibliothek gewidmet und in aller Eile wahllos Bücher herausgegriffen, darunter zwei von Edith Wharton,
einer bekannten amerikanischen Schriftstellerin.

Sonnabend, 2. August
Gestern, auf der Straße, traf ich Wally. Sie hegt und webt
jetzt mit ihrem Mann in Politik und schäumt vor Empörung

1947

darüber, dass die Alliierte Kommandatur den gewählten Oberbürgermeister Reuter wegen des sowjetischen Vetos nicht bestätigt hat. Düster sagt sie eine Spaltung Berlins voraus.

Ich antwortete lahm, dass ich, solange die Amerikaner in Berlin sind, optimistisch sei. Sie setzte zu einer Diskussion an, aber dazu hatte ich, mitten auf der Straße, nur wenig Lust.

So erklärte ich, dass ich auf die Amerikaner vertraue. Bleiben sie in Berlin, wird man uns nicht vereinnahmen.

Gehen sie weg, wird Westberlin zu Ostberlin gehören. Und dann? Dann ist es mit unserer Freiheit, mit unserem Leben hier aus.

Dieses Schreckensbild wollte ich nicht diskutieren und noch weniger wollte ich es mir vorstellen.

Sonntag, 7. September

Obwohl immer in Berlin, führen mich meine verschiedenen Beschäftigungen um die Welt: Russen, Amerikaner und jetzt Chinesen, bei denen ich mich schon eingelebt habe. An der Spitze der Militärmission steht ein General, für mich ein ferner Gott.

Chef der Diplomaten ist Dr. Miao, – vornehm bis in die Fingerspitzen, nie ein lautes Wort, allenfalls eine leise, aber messerscharfe Rüge, die mir zuteil wurde, als ich ihn am Telephon nicht gleich verstand.

Für mich ist die Engländerin, Mrs. Canfield, deren Büro ich teile, am wichtigsten. Sie ließ mich wissen, dass sie sich in der Mission als Vertreterin der »Alliierten« betrachte. Mich sieht sie als ihren Stab und neigt sich wohlwollend zu mir herab.

Sie ist meine Vorgesetzte, wenn auch diese Meinung nicht von allen geteilt wird, denn Frau Kaufmann, die sich als »senior secretary« und damit Oberhaupt der deutschen Angestellten sieht, gab mir ihrerseits zu verstehen, dass ich ihre Untergebene sei.

Einbildung macht stark! Ich riet ihr, Mrs. Canfield darauf anzusprechen. Da blieb ihr nichts weiter als ein giftiger Blick und eine (von ihr) zugeknallte Tür.

Meine Arbeit? Ich bin Mädchen für alles, sitze aber meist an der Schreibmaschine, denn Mrs. Canfield gibt mir sämtliche Korrespondenz. Da sie mich gern belehrt, hoffe ich auf gute Fortschritte in Englisch.

Alles, was ich schreibe, muss termingerecht herausgehen, z.B. Einladungen, Dankschreiben, An- und Abmeldungen. Mrs. Canfield ist, so hat sie mich belehrt, verantwortlich für den protokollarischen Schriftwechsel mit dem ACA, dem Alliierten Kontrollrat. Doch selbst unterschreibt sie nichts, sondern stets das betroffene Mitglied der Mission.

Mittwoch, 12. November

Gestern früh, ich war noch allein im Büro, stand Frau Conrad in der Tür, (eigentlich Fräulein, aber sie hat ein Kind und nennt sich Frau). Heftig mit einem Papier wedelnd fragte sie:

»Machst du mit?«

»Wobei?«

»Sag mal, kommst du vom Mond?«

Sie klärte mich auf, dass man herausgefunden habe, was uns, dem einheimischen Personal, an Lebensmitteln für unser tägliches Mittagessen in der Kantine zusteht. »Glaub mir, dass, auch wenn unser Essen in Butter eingeweicht wäre, fast die Hälfte unserer Rationen übrig bliebe.

»Davon«, fuhr sie fort, »sollten besser unsere Leute zu Hause satt werden, als dass der Koch auf unsere Kosten Geschäfte macht. Unsere Rationen nehmen wir künftig insgesamt mit nach Hause.«

Als ich bemerkte, mir unseren netten Koch, bei dem wir bisher wie im besten China Restaurant gegessen haben, nicht als Geschäftemacher der geschilderten Art vorstellen zu können, lachte mich Frau Conrad aus und schloss die Tür hinter sich.

Dennoch: so schnell wie ich meinen Namen auf unseren

1947

gemeinschaftlichen Antrag setzte, habe ich noch nie etwas unterschrieben.

Herr Kao hat mir neue Freunde vermittelt. Er löste sich von seinen Schriftzeichen über die gebeugt man ihn, mit einem Tuschpinsel in der Hand, normalerweise antrifft und stellte mich Captain Liu, dem neuen Adjutanten des Generals, vor.

Groß, schlank, elegant, scheint der Captain äußerst munter und will alles gleich. Herr Kao empfahl mir, mich in klassische chinesische Literatur zu vertiefen, denn darin sei Captain Liu porträtiert als ältester Sohn der Ersten Hauptfrau, dessen Wünsche, Launen eingeschlossen, Gesetz sind. In China, ob alt oder neu, wiederhole sich alles von Generation zu Generation.

Mrs. Liu sieht nicht weniger gut aus als ihr Mann. Sehr schlank, trägt sie grade geschnittene Kleider, mit Stehkragen und Schlitzen an beiden Seiten. Bewegen tut sie sich auf Höchstabsätzen. Verständigung geschieht durch Lächeln.

Außer in Begleitung ihres Mannes verlässt sie das Haus nicht. Nicht mal ins 279th, das amerikanische Krankenhaus, ist sie mitgekommen. Dort ließ mich Captain Liu mit seinem kleinen Jungen, der untersucht werden sollte, zurück.

Mit dem Kleinen, knapp vier Jahre alt, habe ich mich schon am zweiten Tag angefreundet. Das Märchenbuch, das ich vorsichtshalber mitgenommen hatte, war ein Schlager. Er verstand die Geschichte gleich und spielte auf dem Korridor des Krankenhauses einen »richtig« bösen Wolf.

Captain Liu dolmetschte für seine Frau, dass sie mir das Kind jederzeit anvertraue. So hoffe ich, für die Familie Liu noch viel unterwegs zu sein.

Mrs. Canfield dagegen ist von Capt. Liu nur wenig angetan. Klar, seine Art ist ihrer Natur zuwider. Vor allem verabscheut sie den Wirbel, den Capt Liu um sich verbreitet wo er geht und steht.

Auf meinem Weg zum Dienst, die Fabeckstraße entlang,

balancierte ich in Gedanken aus, wie sich meine Wege für die Familie Liu mit meiner Stellung bei Mrs. C. vereinbaren ließen. Bis jetzt hat sie meine Gänge ins Krankenhaus hingenommen, aber Anzeichen, dass das nicht zur Regel werden dürfe, sind schon da. Also werde ich sie auch weiterhin für jeden Auftrag von Capt. Liu unter Gebrauch dieses Wortes um Erlaubnis bitten, ungeachtet der Tatsache, dass ihr nichts anderes übrig bliebe, als diese zu »gewähren«, denn gegen den Adjutanten des Missionschefs käme sie nicht auf.

Nur würde mir das wenig nützen, weil sie sich mit Sicherheit so ärgern wird, dass sie sich gegen mich wendet. Ob Capt. Liu sich dann gegen die vom Foreign Office ausgeliehene Engländerin durchsetzen wird? Darauf könnte ich wohl nicht bauen.

Bleibt: Vorsicht ist die Mutter der Porzellankiste.

Porzellan. Herr Schult bereitet sich darauf vor, dass sich irgendwann Verkauf gegen Geld wieder lohnen wird und investiert sein erhandeltes Zigarettenpolster nur noch in edelste Qualität, – z.B. in eine, wie er sagt, einmalige Sammlung Meißner Porzellans, die die Eigentümer aus ihrer Schlossruine in letzter Minute retten konnten.

Mich fragte er, ob man sich auf die Amerikaner verlassen könne. Ich weiß zwar auch nicht mehr als er, bin aber überzeugt, dass es den Sowjets nicht gelingen wird, ganz Berlin in die Hand zu bekommen.

Mittwoch, 31. Dezember

Eine Weihnachtsgeschichte, aber eine andere als im letzten Jahr.

Das Fest wurde durch ein großes Paket von Tante Elise aus Portugal sehr verschönt. Dazu schrieb sie: »Unserer alten Freundschaft hat die Zeit nichts anhaben können.« Darüber sei sie, trotz Kummers über den Tod ihres Mannes, glücklich.

»Das bin ich auch«, sagte meine Mutter zu Schwester Ella,

die am zweiten Feiertag zu Besuch kam. Auch sie hatte Brief und Paket von Tante Elise bekommen.

Schwester Ella war nicht unser einziger Gast, denn Mama hatte Tante Lieschen mit Anhang eingeladen. Onkel Karl, nun nicht mehr in brauner Uniform, trägt auf der Straße auch im Winter eine dunkle Brille und hofft wohl darauf, nirgends vorgeladen zu werden. Bisher ist das noch nicht geschehen.

Während er und seine Mutter schweigend, aber nach besten Kräften, dem Kuchen zusprachen, bestritt seine Freundin, ein nicht naturblondes Wesen von stämmiger Figur, die Unterhaltung mit bitterer Klage darüber, dass die Zeiten jetzt auch nicht besser seien als früher unter Hitler.

Meine Mutter warf entsetzte Blicke um sich, und ich sah den Moment gekommen darauf hinzuweisen, dass wir jeden Tag dankbar sein sollten, im amerikanischen Sektor zu leben. Verdient hätten wir etwas ganz anderes. Würden die Amerikaner uns gegenüber so auftreten wie wir es als Besatzung taten ...

Onkel Karls Hildegard setzte zu einer Erwiderung an, doch Mama warf Ansas derart beschwörende Blicke zu, dass er den Flügel öffnete. Sein Spiel, eigenwillige Variationen über Weihnachtslieder, wurde laut beklatscht und bot ein Gesprächsthema, an dem sich unsere kleine Runde erleichtert festhielt.

Beim Abendessen blickte Schwester Ella lächelnd auf ihren Teller und fand Worte hohen Lobs für meine Mutter. »Heute hast du dich übertroffen. Du musst das ganze Paket von Elise für dieses köstliche Essen geopfert haben, um deinen Gästen eine Weihnachtsfreude zu bereiten.«

Kaum hatte sich die Tür hinter dem Besuch geschlossen, fragte ich Mama, was sie zu der Lobeshymne ihrer lieben Freundin Ella sage.

»Jede Köchin freut sich, wenn's schmeckt. Ihr beide habt es nicht für nötig gehalten, ein Dankeswort an Eure Mutter zu verschwenden.«

»Ja bist du blind und taub? Was Schwester Ella meinte

war mit Händen zu greifen. Das gleiche was ich sage: warum hast du das schöne Paket von Tante Elise an Besuch und ausgerechnet an unsere Naziverwandtschaft vergeudet? Uns hätte sein Inhalt noch lange geschmeckt.«

Mama schoss hoch wie eine Rakete. Ein Glück, dass ich das gute Geschirr abtrocknete, sie hätte es hingeknallt.

Über mich ergoss sich eine längere Klage über meine von ihr vergeblich bekämpften Charaktereigenschaften. »Wann wirst du einmal lernen, dass man vom eigenen Überfluss abgeben, dass man teilen muss.«

»Fragt sich nur mit wem«, erwiderte ich, »und Überfluss? Ich«, mit einem »halt den Mund«, schob mich Ansas aus der Küche.

Doch bevor ich dieses Buch für 1947 zuklappe, denke ich zurück. An wen? An Werner.

Evchen, die jetzt Medizin studiert, hat von seiner Mutter gehört, dass er lebt. Darüber wusste ich mich vor Freude nicht zu lassen, fiel aber gleich in mich zusammen, als ich weiterlas: die gute Botschaft stammt von einer Frau, die für Werners Mutter ein Pendel geschwungen hat! Irre!

Aber ich hoffe weiter, – darauf, dass Werner in russischer Gefangenschaft ist.

Freitag, 16. Januar 1948
Dass ich zum ACA, (dem Alliierten Kontrollrat), fahre um die Post zu holen, hatte ich Capt. Liu gesagt. Er legte mir ans Herz mich zu beeilen, da er den Wagen brauche. Doch wie es so geht, diesmal dauerte es besonders lange, da Mrs. Canfield sich im letzten Moment entschloss zuzusteigen. Sie hatte am Kaiser-damm etwas zu erledigen und ließ uns warten, – endlos.

So war ich, als wir schließlich in der Podbielskiallee 62 vorfuhren, nicht erstaunt, dass Capt. Liu uns schon vor dem Haus empfing, überaus wütend mit beiden Füßen trampelnd.

Mrs. C. rauschte an ihm vorbei. Ich zog den Kopf ein und

wunderte mich, dass meine Ohren bei dem Gebrüll nicht in tausend Stücke zerbarsten.

Und da heißt es, die Chinesen hielten auf Form. Im Dienst erlebe ich sie anders.

Man braucht kein Chinesisch zu können, um nicht mitzukriegen, dass man sich, insbesondere vom Ranghöheren zum Rangniederen keinerlei Zwang auferlegt. Es genügt, wenn man den eigentlich lieben Major Wei erlebt, wie er tobt und und schreit, während Dr. Wang am Fuß der Treppe den Rücken beugt, um gleich danach mit seinen Kollegen laut schnatternd durchs Haus zu laufen.

Von asiatischer Ruhe nirgendwo eine Spur!

Anders als die Militärs und Diplomaten sind die »kleinen Chinesen« angestellte Ortskräfte, die, wie auch Herr Kao, schon ewig in Berlin wohnen, hier studiert haben, perfekt Deutsch sprechen und meist mit Deutschen verheiratet sind.

Eins noch. Zu uns, den deutschen Mädchen in niederer Stellung sind alle, Ortskräfte, Militärs und Diplomaten, stets nett und freundlich.

Meine Meinung: die Chinesen mögen in ihre Gesellschaft nebst Ahnenkult eingebunden sein. Doch je nach Umständen, Charakter und Temperament geben sie sich so unterschiedlich wie Nichtchinesen auch.

Freitag 23. Januar

Von Natascha, mit der ich inzwischen befreundet bin, habe ich nur geschrieben, dass ich sie anlässlich des verunglückten Brillantkaufs bei dem grässlichen Major Smith kennengelernt habe. Sie gibt ihm russischen Sprachunterricht, – doch nicht mehr lange, denn sie erzählte mir gestern, dass er demnächst weggeht.

Meine neue Freundin ist ein paar Jahre älter als ich. Ihr im Krieg umgekommener Vater stammt aus Smolensk, ihre Mutter aus Leningrad. Als die Deutschen kamen, lebten sie in Kiew, wo Natascha studierte und dort von der Wehrmacht zur Arbeit rekrutiert wurde. Sie und ihre Mutter hat es im Krieg nach Berlin verschlagen, Natascha als Ostarbeiterin.

Ich mochte Natascha vom ersten Augenblick an. Außerdem interessiert mich was sie erlebt hat, doch auf meine Frage nach ihrer Zeit als Ostarbeiterin sagte sie nur, dass das Vergangenheit sei und dass sie es schaffen werde, ihr Leben so einzurichten wie sie es plane.

Ich staunte. Obwohl ich Natascha erst seit kurzem kenne, kann ich schon sagen, dass ich noch nie jemand mit einem derart ungebrochenen Selbstbewusstsein kennengelernt habe.

»Meine Ausbildung in Kiew ist jeder anderen überlegen.« Das behauptet sie als Tatsache.

Sie fühlt sich als Russin jedem Amerikaner gleich, wenn nicht überlegen, den Siegermächten zugehörig und sieht sich und ihre Mutter keineswegs als die armen Flüchtlinge, die sie sind.

Sie will zunächst als Dolmetscherin/Übersetzerin Fuß fassen. Ihr eigentliches Ziel aber ist eine »Chefstellung.«

Ich bewundere ihren Mut, vor allem aber imponiert mir ihre Selbstsicherheit. Wäre ich in ihrer Lage, würde ich von einer »Chefstellung« nicht einmal träumen.

Inzwischen bin ich mit Natascha und ihrer Mutter schon ganz vertraut. In der Kantstraße, in einem ziemlich mitgenommenen Haus haben sie seit kurzem zwei Zimmer, in denen Stuhl, Tisch, Bett und Schrank stehen.

Mit Nataschas Mutter verständige ich mich auf Französisch. Der Stapel für alt besorgter Bücher auf ihrem Tisch weckt bei mir schon Vorfreude auf viele Lesestunden. Ebenso, glaube ich, freut sich Frau Jelnikowa auch über Gesellschaft, denn die Umgebung in Berlin ist ihr nicht nur fremd, sondern sie will davon auch nichts wissen.

Sie spricht kein einziges Wort Deutsch. Natascha sagte mir, dass sie das auch nie tun wird.

Mittwoch, 25. Februar

Wieder ein vergeblicher Gang zur Universität. Der Mensch im Zulassungsbüro gab mir den Rat, mich bei einer Universität im Westen zu bewerben. Mich regte das zu der Frage an, wie ich zu einem Stipendium käme.

Da lachte er fröhlich. »Kleines Fräulein, was haben Sie zu bieten? Fürs erste Semester gibt's sowieso nichts. Oder kommen Sie aus einer antifaschistischen Familie, haben Sie für die Gesellschaft gearbeitet?«

Ich wies darauf hin, dass weder ich noch meine Eltern aus der Nazizeit her belastet sind, doch er klappte meine Akte zu.

Warum, warum nur, habe ich keine Aussicht, studieren zu können?

Montag, 22. März

Guter Stimmung ist niemand in Berlin, wegen des roten Schattens, der über uns hängt.

Jetzt sind die Tschechen dran und dann? Ob sich die Amerikaner hinter die Elbe zurückziehen und uns in Berlin sitzenlassen?

Unsere »Senior Secretary«, Frau Kaufmann, die stets das Gras wachsen hört, erfreute uns heute mit dem Gerücht, dass die amerikanischen Familien aus Berlin evakuiert werden. Die Russen haben nämlich den ACA, den Alliierten Kontrollrat, verlassen und wollen neuerdings alle amerikanischen Züge von und nach Berlin kontrollieren. Doch bisher lassen die Amerikaner das nicht zu.

Ob die Russen die ganze Stadt übernehmen? Das ist der Albtraum von Frau Jelnikowa. Gestern verbrachte ich den Nachmittag damit, ihr zum mindestens hundertsten Mal zu versichern, dass kein Russe sie aus dem Westsektor herausholen und abtransportieren wird.

So blieb nur wenig Zeit für »Asja«, von Turgenjew, eine Geschichte darüber, wie man in einem Augenblick des Zögerns sein Leben verpasst.

Als Natascha später dazukam und ich die beiden nebeneinander sah, stachen Nataschas breiter Kopf, die groben Linien, die ihr Gesicht in Augen, Nase und Mund einteilen, derart von den feinen Zügen, dem Netzwerk zarter Fältchen im Gesicht ihrer Mutter ab, dass die Tochter nicht mit der Mutter mithalten konnte. Schönheit ist alterslos!

Freitag, 30. April

Gestern machten wir, Mrs. Canfield und ich, einen Ausflug nach Karlshorst, denn – wie sie mir sagte – sei es für die Erledigung der Dienstgeschäfte von Vorteil, wenn sie von ihrem Stab, d.h. von mir, begleitet werde.

Das Dienstgeschäft bestand in einem Visaantrag für Major Wei, der sich in den Unterlagen, – ich traute meinen Augen nicht –, selbst als »gelb« eingestuft hatte.

Den sowjetischen Konsul fand Mrs. C. reizend, sie war es auch. Englischer gegen russischen Charme. Sie ließ ihn wissen, dass man den Krieg gemeinsam gewonnen habe, was der Konsul ohne jede äußere Regung hinnahm. Seinerseits ließ er Mrs. C. wissen, dass sie das Visum nicht sofort mitnehmen könne.

Heute fuhr ich noch einmal nach Karlshorst, allein. Das sei, so Mrs. Canfield, nur ein Botengang, nachdem sie den Grund gelegt habe.

Fast zwei Stunden musste ich in einem öden Warteraum verbringen, dessen Möbel ich nach ebenso langer Betrachtung als Beute aus einer Jugendherberge einordnete.

Am Ende aber kehrte ich mit Pass und Visum in die Mission zurück, wo Mrs. C. mich damit zu Major Wei schickte, (auch ein Botengang). Bei mir aber hat er sich sehr freundlich bedankt!

Sonntag, 9. Mai

Das habe ich noch nie erlebt! Zusammen mit Natascha habe ich mir am Sonnabend die Nacht um die Ohren geschlagen. Wo? In der russischen Kirche in der Nachodstraße. Auch

1948

für Natascha war es ein erstes Mal, denn sie ist nicht gläubig.

Als die Ikone hinter die Wand getragen wurde und das Licht anging, leuchtete alles in Gold und Silber, in einem Meer von Kerzen. Allein der Anblick versetzte mich in festliche Stimmung. Welch ein Gegensatz zu unserem Gottesdienst, dem Pfarrer im schwarzen Talar. Und nicht nur äußerlich. Die Russen treten im Sinne des Wortes anders vor Gott. Doch fühlte ich mich, mitten in der Menge, mit einer Kerze in der Hand, den Gläubigen zugehörig, als ein junger Priester, schön wie ein Erzengel, verkündete: »Christus ist auferstanden.«

Ich dachte an die Worte unseres Pfarrers, der uns dazu im Konfirmandenunterricht gesagt hat, dass die Auferstehung Christi uns Menschen das ewige Leben sichert, weil er uns damit aus der Vergänglichkeit des Irdischen heraushebt. Das sei unsere Glaubenssicherheit, – nicht aber der falsche Glaube, dass Christus den Tod auf sich genommen hat, um unser Leben im Diesseits gerecht zu ordnen. Dafür müssten wir Menschen hier auf der Erde schon selber sorgen.

Doch nachts, auf dem Rückweg, war ich wieder in Berlin. Alles schien tot. Ab und zu warf eine Laterne ihr trübes Licht auf die Ruinen am Straßenrand. Eine Kulisse für unheimliche Geschichten. Aber das Bild der Nacht schwand wie der letzte Schnee in der Ostersonne, als Frau Jelnikowa Natascha und mich mit einem fröhlichen »Christus ist auferstanden« und dem Osterkuss an der Tür empfing. Als ich ihren Gruß erwiderte, liebte ich sie in diesem Augenblick mit ganzer Seele. Und Natascha? Sie nahm beim Frühstück ein großes Stück Osterkuchen und sagte mit überlegenem Lächeln. »Ich glaube gar nichts.«

Donnerstag, 24. Juni

Man spricht über nichts weiter als über die Währungsreform. Damit sind wir an den Westen angeschlossen, Ostberlin an die Ostreform. Wir werden also in Berlin zwei Geldsorten haben.

Da weder Personen noch Waren nach Berlin durchkommen, sollen wir aus der Luft versorgt werden. Vielleicht fliegen uns demnächst die gebratenen Tauben in den Mund. Ob wir dann im Schlaraffenland sind?

Die betrüblichste Neuigkeit aber hält die Mission bereit: Der größte Teil der Angestellten wird entlassen. Die »kleinen Chinesen« trifft es besonders hart, darunter auch, leider, Herrn Kao.

Solange die jetzige Konstellation anhält, bin ich nicht gefährdet, denn Mrs. Canfield hält an mir, ihrem Stab, fest. Hinzukommt, dass der grade zum Major beförderte Captain Liu mich bestimmt nicht gehen ließe. Was sollte er ohne sein Kindermädchen anfangen?

Seine Frau erwartet ein zweites Kind. Damit begründet er, dass er sich neuerdings täglich seines Kleinen entledigt, indem er ihn durch die Tür zu mir ins Büro schiebt, nicht zur Freude von Mrs. C. Aber da haben wir nun eine Bresche geschlagen, seit ich dem kleinen Liu beigebracht habe, sie mit »how do you do, Madam«, zu begrüßen. Jeden Tag wohlgesonnener, lässt sie sich von ihm Papier und Stift zureichen.

Der Kleine ist ein Wunder an Intelligenz. Seit er vormittags in den deutschen Kindergarten geht, hat er im Handumdrehen Deutsch gelernt. Im Büro ist er mein Mitarbeiter und mit allen Fasern bestrebt, dieser Stellung gerecht zu werden.

Freitag, 25. Juni

Kaum war mein kleiner Freund gegangen und ich ausnahmsweise allein, schob sich Frau Conrad, eine Kollegin im Schlepptau, zu mir ins Büro. Nur eine Frage hätten sie, – wie ich mich denn so fühlte.

Auf meinen erstaunten Blick bemühten sich beide um mein Gewissen, das, hätte ich einen Funken Gerechtigkeitsgefühl, nicht anders als schlecht sein könne.

Frau Conrad, entlassen, schilderte, dass sie ohne Arbeit nicht imstande sei, ihr Kind zu ernähren, und die andere Kollegin fragte mich, ob ich wüsste, wo sie mit 54 Jahren eine neue Stelle fände.

Ich beschränkte meine Antwort auf Nichtwissen.

Beide gingen hoch und wurden laut, aber ich widerstand ihren Bemühungen, mich in eine Diskussion zu ziehen, die die Stimmung nur weiter anheizen würde. Außerdem: meine Stelle bekämen sie nie.

Mir tun die beiden leid, aber nur begrenzt. Mit ihrem Auftritt bei mir im Büro wollten sie nichts weiter als ihrem Ärger darüber Luft machen, dass ich nicht entlassen bin

Montag, 28. Juni

Regen, schlechtes Wetter, passend zur Stimmung. Radio Berlin kann sich nicht genug tun, schadenfroh zu verkünden, dass die Westalliierten dabei sind, Berlin zu verlassen.

Als Vorgeschmack gibt es dauernd Stromsperre, doch wenn die Sonne scheint ist es lange hell, und die Amis sind noch da.

Von Radio Berlin und dessen Schreckensmeldungen haben wir nun genug und schalten jetzt nur noch den RIAS (Radio im amerikanischen Sektor) ein. Da allerdings kommt man uns mit Gummisätzen.

»Gnade uns Gott, wenn die Amerikaner herausgehen«, das sagte selbst unser Pfarrer, von dem ich bisher noch nie eine politische Äußerung gehört habe.

Er fragte mich, was ich zur Zeit lese. Mit großer Geste erwähnte ich Hemingway und den »Doppelgänger« von Dostojewski. Der Held dieser Geschichte ist ein Mensch, der sich ständig selbst begegnet. Er erschrickt über sein zweites Selbst und weiß nicht mehr ein und aus als er gewahr wird, dass dieses andere Ich sich an seine Stelle setzt und ihn, die wirkliche Person, auslöscht.

Im freien Raum meiner Vorstellung erlebe ich das Geschehen beim Lesen dieser Geschichte als Tatsache und weiß doch, dass es ein Phantasiegebilde ist, – ein Zwiespalt zum Nachdenken.

Ein Schlag ins Kontor. Die Mission hält unsere Gehälter zurück und will uns (wann?) halb in West- und halb in Ostgeld bezahlen.

Doch zu Major Liu. Wir haben sein Baby beerdigt, das gestern geboren wurde, einige Stunden gelebt hat und dann gestorben ist. Nur er und ich waren dabei, als die Beerdigungsleute die Mützen abnahmen, »in Gottes Namen« sagten und den winzigen Sarg herabließen.

Alle Menschen sind »geboren um zu sterben.« Das sagte einmal unser Pfarrer. Doch dazwischen leben wir.

Wie ist es, wenn der erste Lebenstag der Todestag ist?

Der freundliche Amerikaner vom Mortuary machte Anstalten, für die Beerdigungsleute ein paar Zigaretten aus der Tasche zu holen. Da flüsterte ich Major Liu zu, dass das seine Sache sei, denn sein Kind werde begraben.

»Ein Mädchen«, war sein Kommentar.

Ich zog ihn so lange am Ärmel, bis er unwillig seine Tasche öffnete.

Auf dem Rückweg fuhr er mich ärgerlich an. Für ein Mädchen, nicht einmal einen ganzen, sondern nur einen halben Tag alt, hätte er gar nichts zu geben brauchen. Das fand ich unlogisch. Wenn es ihm so wenig wert gewesen sei, hätte er für das Mädchen, das sich selbst weggeräumt habe, das Doppelte herausrücken müssen.

Gleich hatte er wieder gute Laune und meinte ich hätte recht.

Da Mrs. Liu krank und der Kindergarten geschlossen ist, macht mein kleiner Freund zur Zeit vollen Bürodienst. Zum Glück ist Mrs. Canfield im Urlaub. So bin ich frei, mit

1948

dem Kleinen in den Park zu gehen, denn stundenlang im »Dienst« still zu sitzen, wäre selbst von ihm zuviel verlangt. In den Garten hinter dem Haus darf er nicht, weil er sich da im Blickfeld des Generals tummelte, worauf Vater Liu wenig Wert legt.

Im Park bestimmt mein Mitarbeiter das Unterhaltungsprogramm. Da wird er, ganz chinesisch, zum »befehlenden Liebling«.

Erholen wir uns am Ende auf einer Bank, beginnt mein kleiner Freund: »Vor vielen, vielen Jahren« … Dann muss ich die Geschichte erzählen, die auch ich als Kind nicht oft genug von meinem Vater hören konnte:

Fange ich an »mein Papa tat auf einem großen Kriegsschiff Dienst«, setzt er sich zurecht und nickt »wie ich im Büro. Und nun die Geschichte.« »Ja, das Schiff musste wieder einmal Scheiben schleppen. Das war langweilig, aber die Matrosen freuten sich trotzdem.« »Warum?« »Das will ich dir sagen. Sie freuten sich auf die große Dusche, denn sieh mal, auf dem Schiff war es eng, kein Platz zum Duschen.

Deshalb hielten alle Ausschau nach einem Walfisch.« »Und?« »Leider mussten sie warten, aber dann…dann ging endlich die Signalflagge mit der großen Flosse hoch. Ein Walfisch in Sicht!« Eine kleine Hand legte sich fest auf meinen Arm.

»Der Kommandant befahl, das Ruder, das ist auf einem Schiff das Steuer, herumzuwerfen, denn der Wal kam von hinten angeschwommen. Leider umsonst! Es war eine Mama Walfisch, die mit ihren Kinderchen in den Fischmarkt schwamm, denn dort waren gerade Meerestang und kleine Fische eingetroffen, die den Kindern so gut schmecken.«

»Warum müssen die gerade jetzt dort einkaufen?« Der Kleine gab seinem Ball einen ärgerlichen Schubs.

»Hör nur weiter! Kaum war die Familie Walfisch aus dem Markt herausgeschwommen, ging wieder die Flagge hoch, diesmal für einen riesengroßen, den Onkel aller Walfische.

Er legte sich längsseit ans Schiff, so dass sich alle Matrosen auf ihn stellen und in der Fontäne, die über dem Walfischkopf hochsprüht, ordentlich duschen konnten.« »War das Wasser kalt?« »Nein, es war genau richtig, weil es sich ja vorher im Walfisch erwärmt. Und mein Papa«, schloss ich, »wurde mit einer besonders großen Dusche begrüßt, weil er in der Maschine das Schiff auf dem Wasser grade gehalten hatte.«

Im Büro war ich dann damit beschäftigt, meinem kleinen Kollegen bei der Gestaltung einer mit großer Flosse bemalten Signalflagge aus Schreibpapier zur Seite zu stehen.

Ich bin immer wieder erstaunt darüber, wie perfekt der Kleine Deutsch spricht und wie schnell er alles versteht.

Sonnabend, 17. Juli

Mrs. Canfield ist vom Urlaub zurück und begrüßte mich mit einem »ich bleibe in Berlin!« Sie arbeitet ehrenamtlich in Gatow, wo sie an die englischen Flieger, die uns versorgen, Brezeln austeilt.

Sie wird nicht müde zu betonen wie glücklich sie sei, die Blockade in Berlin durchzustehen. Doch ihre Ansichten? Ein tägliches Wechselbad, in das ich jedenfalls nicht steige.

Einmal sind die Deutschen arrogante, unverbesserliche Nazis, Mörder, die Rettung und Hilfe durch Einsatz englischer Piloten nicht verdienten. Dann, am nächsten Tag, möchte ich andere Ohren haben: »Ja, ich bewundere Hitler. Die Deutschen waren diszipliniert und tapfer bis zum letzten Schuss.«

So habe ich immer wieder Gelegenheit, mich über Mrs. C. zu wundern. Sie gibt sich – nicht unfreundlich – unpersönlich, lässt sich aber zu meinem Erstaunen mir gegenüber so frei über alles und alle aus, wie ich es schon aus Vorsicht nie täte.

Das beruht aber weniger auf besonderem Vertrauen zu mir, sondern eher darauf, dass sie im Büro ab und zu ein Echo braucht. Über sich sagt sie nichts. Ich weiß von ihr

1948

nur, dass sie Engländerin ist und jetzt in der Mission arbeitet.

Etwas anderes. Ich habe heute wirklich und tatsächlich 200 DM und 30 Ostmark bekommen. Bis jetzt haben wir noch keinen Pfennig gesehen, weil sich die Mission um die Bestimmungen über die Währungsreform nicht im geringsten schert. Obendrein kürzt man die Gehälter um 20 %, was offiziell verboten ist. Immerhin werde ich künftig, nach dem Gehaltsschnitt, 220,– DM kriegen, dazu die Essensrationen. Dafür verzichte ich auf das Junigehalt, auf das ich sowieso nicht mehr hoffen könnte.

Von der großartigen Währungsreform haben wir bisher nur die Nachteile. Die Arbeitslosigkeit in Berlin steigt. Die Preise sind gleich geblieben. Nur gut, dass es nichts zu kaufen gibt.

Mittwoch, 28. Juli

Die Dienstzeit ist neu geregelt. Morgens fange ich eine halbe Stunde früher an, habe aber jeden zweiten Nachmittag frei.

So werde ich mich öfter bei Frau Jelnikowa zu Lesestunden einfinden. Ihre Tochter, klagt sie, sehe sie kaum noch. Das glaube ich ihr, denn Natascha ist für ihren Russischunterricht dauernd auf Achse. Gibt sie keinen Unterricht, so bildet sie sich weiter, vor allem in Sprachen. Deshalb wundert es mich nicht, dass ihr Deutsch perfekt ist, nie ein Fehler, – trotzdem beim ersten Hören schwer vorstellbar, denn ihren Akzent kann man mit dem Messer schneiden.

Jetzt weiter, von Russland nach England. Mrs. C. hat ein Meisterstück vollbracht. Doch das wäre eine längere Geschichte, deshalb hier nur kurz: Vom Büro des Generals wurde uns aufgegeben, einem vom General eingeladenen wichtigen Gast mitzuteilen, dass er seine deutsche Freundin mitbringen könne.

Da hatte Mrs. C. ihre Stunde. »Wenn das einreißt, wenn nunmehr Deutsche auf Gesellschaften hochrangiger Alliierter geduldet werden« – sie versuchte vergeblich, ihre

Erregung zu bändigen – »dann sind Tür und Tor offen.« Welchem Abgrund sich die Pforten zu öffnen drohten, verschwieg sie allerdings.

Als es ihr gelungen war, die Entweihung der Party des Missionschefs zu verhindern, genoss sie ihren Triumph in vollen Zügen. Das um so mehr, als im Dunkel blieb, wie es zu dieser »ärgerlichen Panne« (der »wichtige« Gast war nicht erschienen) gekommen war. Ich hätte Major Liu aufklären können, aber das hätte nichts gebracht als Klatsch und weiteren Ärger.

Sonntag, 8. August

Bewegte Zeiten zu Hause. Vorgestern kam mir Mama schon auf dem Korridor entgegen, einen Brief aus Portugal in der Hand.

»Lies das. Da hätte ich gedacht, dass sich Tante Elise über meinen Dankesbrief für das Weihnachtpaket freut, stattdessen ...«

Es war ein »stattdessen«, denn der Brief war gespickt mit Vorwürfen.

»Ich habe«, las ich, »lange überlegt, ob ich Dir noch einmal schreiben sollte, nachdem ich den Brief von Schwester Ella erhielt. Doch um unserer Freundschaft willen möchte ich Dir sagen, was mich bewegt.

Es ist weniger mein Erstaunen, dass Ihr Lebensmittel, die Euch über die Runden helfen sollten, für ein Festmahl verbraucht. Ella konnte nicht genug Lobesworte für Deine Großzügigkeit finden.

Nein, es ist ...« Der Rest des Briefs quillt über vor Empörung, dass sich unsere Naziverwandtschaft an den Gaben, die unsere Not lindern sollten, gütlich getan hat.

»Ich bin tief enttäuscht von Dir, und das will ich Dir in aller Offenheit sagen.«

Mama kochte. »Tante Elise kann es doch nicht darauf ankommen, was ich ...« »Doch Mama«, unterbrach ich sie.

1948

»Du verkennst den Grund ihres Ärgers. Es kränkt sie, von dir für Onkel Karl und Anhang eingespannt worden zu sein.

Dass sie, dass ihre hoch angesehene Familie so schändlich aus Deutschland verjagt wurde, sitzt tief.

Außerdem: Tante Elise tut, was reiche Leute tun. Sie spendet, aber mit Vorgabe.«

Mama ließ sich auf dem Sofa nieder, schlug die Hände vors Gesicht und weinte. Mein Bruder und ich setzten uns zu ihr und fassten sie um.

»Du solltest dir erstmal deine liebe Freundin Schwester Ella vornehmen«, riet Ansas. »Die hat dich in die Pfanne gehauen, wer weiß, was sie alles geschrieben hat.«

»Das kann ich mir nur zu genau vorstellen.« Mama wischte sich die Augen. »Doch lass nur, die Ella kenne ich, besonders ihre Neigung, spitze Pfeile zu schießen und anderen nicht einmal das zu gönnen, was sie selbst hat. Doch das sind Wesenszüge, die ich längst hinnehme. Dafür setze ich eine lange Freundschaft nicht aufs Spiel. Aber«, meine Mutter richtete sich auf, »der Tante Elise schreibe ich, verlasst Euch drauf.«

»Lass es, Mama«, sagte ich. »Nach allem, was wir heute über die Schrecken der Verfolgung wissen – auch Tante Elise wäre darin umgekommen – haben wir weder ein Recht beleidigt zu sein, noch Argumente dafür, wie wir mit ihrer Spende umgegangen sind.«

Jetzt kam Mama in Fahrt. »Spende sagst du, Spende! Dann sag doch gleich Almosen! Ich lasse sie nicht darüber bestimmen, wie ich ein Geschenk zu verwenden habe. Billigt mir die Elise das nicht zu, sage ich ihr das. Ich kenne sie. Nie konnte sie es lassen, anderen zu diktieren. Nicht umsonst war sie in der Charité bei den jungen Schwestern gefürchtet.

Eigentlich, was ich nie verstanden habe, hatte sie nur an Papa nichts auszusetzen.« Ansas und ich blickten uns an, voll trüber Ahnung. »Sie wird einen fürchterlichen Brief schreiben.«

»Mach dir keine Sorgen« meinte er. »Tante Elise wird von

Mamas Brief nicht überrascht sein und wartet nur darauf. Beide sind nicht ohne, und darin finden sie sich immer wieder.«

»Bist du abergläubisch?« Diese Frage würde ich mit einem klaren »nein« beantworten. Dennoch habe ich das eigentlich Wichtige bisher nicht aufgeschrieben, aus lauter Angst, dass wieder eine Enttäuschung daraus wird. Doch es hat geklappt.

»Alea iacta est«, sagte Caesar, als er den Rubikon überschritt. Caesar bin ich sicher nicht, aber meinen Rubikon habe ich überschritten, denn ich kann studieren.

Ich bin an der neu eröffneten Freien Universität zugelassen. Den Bescheid habe ich mindestens schon 20mal gelesen.

22 Jahre bin ich alt und kann endlich anfangen, mein Leben einzurichten. Zu verdanken habe ich das den Amerikanern und vielleicht auch der Blockade, denn ohne sie wären General Clay und Oberbürgermeister Reuter wohl nicht so entschieden für die Neugründung einer Universität in Westberlin eingetreten.

Doch der Reihe nach: es ist schon etwas her, dass ich nach Erledigung eines Botengangs meinen Rückweg zur Mission über die Boltzmannstraße nahm und mein Blick dort auf ein Pappschild fiel, »Freie Universität, Anmeldung hier«. Ich füllte den Antrag aus, erkundigte mich dann aber doch, ob es auch eine richtige Universität würde. Im Radio wurde nämlich verbreitet, dass nur die Lindenuniversität in Ostberlin anerkannte Studiengänge anbiete. Insoweit beruhigte man mich.

Inzwischen habe ich die Gebühren bezahlt und will als Hauptfach Betriebswirtschaft studieren, denn als ich sagte, dass ich später gern ins Ausland gehen möchte, riet man mir von Jura ab. Das sei, im Gegensatz zur Betriebswirtschaft, eher ein innerdeutsches Studium.

1948

Ich kann mir unter meinem Studienfach zwar (noch) nichts vorstellen, aber irgendwie wird es schon werden.

Zu Hause ist die Stimmung geteilt. Als ich meiner Mutter mein Glück verkündete, war sie mehr für ein anderes Glück.

»Warum heiratest du nicht? Ein netter Mann, der dich glücklich macht, müsste doch zu finden sein. Sieh dich einmal auf der Universität um.«

»Mama!« Ich schüttelte den Kopf. »Mein Studienziel ist nicht ein Mann, sondern ein anständiger Beruf. Ich will nicht, wie Mrs. Canfield, nur das ausführen, was andere von sich geben. Ich will das tun, was aus meinem Kopf kommt.«

»Und wie stellst du dir dein Studium neben der Arbeit in der Mission vor?« Jetzt schüttelte meine Mutter den Kopf.

»Ganz einfach. Die Universität in Dahlem ist in nächster Nähe vom Büro. Zwei Nachmittage arbeite ich sowieso nicht mehr. Es wird gehen, weil es gehen muss. Ich sag's dir noch mal: mein Ziel ist soviel zu verdienen, dass wir anständig davon leben und das, was wir brauchen selbst bezahlen können, denn niemand wird uns etwas geben.«

Zur Feier meiner Studentenwürde habe ich mir eine Karte für das Schlossparktheater geleistet, »Des Teufels General.«

Es war Theater wie es mir gefällt: Ein Stück, das mich beschäftigt und unterhält, eine Bühne, auf der mir die Schauspieler das Stück vorspielen, ganz so »als ob ich im Theater wäre.«

Im Mittelpunkt steht der General, sein Verhältnis zu einer Führung, die er, an Gehorsam gebunden, dennoch ablehnt.

Er löst diesen Konflikt mit seinem Leben.

Den eigentlichen Konflikt sehe ich aber im Tun des Ingenieurs, der den Flugzeugbau sabotiert, um die Kriegführung zu schwächen, selbst um den Preis von Menschenleben, die er dem Tod aussetzt.

Es stimmt. Die Kriegführung war verbrecherisch. Der Ingenieur stand in einem schweren Konflikt, dennoch: wenn er glaubt seinem Gewissen folgen zu müssen, sollte er das nicht auf Kosten ahnungsloser Menschen tun und diese für ein Ziel, dem er höheren Wert beilegt, sterben lassen.

Dagegen hat mich die Kontroverse darüber, ob der General in seiner Person nicht zu sympathisch wegkomme, weniger interessiert. Als abstoßender Nazi Typ konzipiert, wäre er als Bühnenfigur nicht kontrovers gewesen und hätte eben das nicht entfacht: eine heftige Kontroverse.

Überhaupt: die im Naziregime Verantwortlichen gehörten einer jungen Generation an, der zu viele begeistert folgten. Dass der »Aufbruch« mit Verbrechen gepflastert war, in Krieg, Mord, Zerstörung und Tod führte, hat man nicht erkannt und auch nicht erkennen wollen, – nicht einmal dann, als der Weg zur Hölle auch für den Unbedarftesten erkennbar wurde.

1948

Dritter Teil
1948-1956

GLÜCK

»... dem Schläfer fällt es nimmermehr vom Dache
und auch der Läufer wird es nicht erjagen.«
August Graf von Platen

Donnerstag, 11. November 1948
Manches hat sich geändert. An Stelle des Generals ist jetzt
ein Oberst namens Yang Chef der Chinesischen Militärmission.

Er ist klein, dünn und trägt eine große Brille.

Für Mrs. Canfield ist die Neubesetzung an der Spitze ein
Zeichen, dass sich noch mehr ändern wird, denn die Kommunisten machen in China Fortschritte.

Auch für Berlin sieht es trübe aus. Wir sind ganz und gar
auf die Amerikaner angewiesen, die uns aus der Luft versorgen.

Die Russen legen gegen alles und jedes ihr Veto ein.

Ich glaube es gibt keine Stadt in Deutschland, in der Amerikaner und Deutsche so miteinander verbunden sind wie
in Berlin. Ohne die Amerikaner könnte Berlin der Blockade
nicht standhalten. Dann hätten wir die Russen morgen bei
uns.

So verdanken wir den Amerikanern unsere Freiheit.

Haben wir das verdient? Nach diesem Krieg sicher nicht,
aber als Betroffene sage ich, was alle sagen: es ist ein Glück,
dass die Amerikaner sich für uns einsetzen. Betroffen bin
ich wirklich, denn ich könnte nicht studieren, wenn nicht
die Freie Universität eröffnet worden wäre. Wie oft habe ich
mich bei der Lindenuniversität beworben, stets vergeblich!
Und in den Westen gehen? Wie denn, wovon? So haben Blockade und die Amerikaner nicht nur im Großen über Berlin
entschieden, sondern auch im Kleinen meinem Leben eine
andere Richtung gegeben.

Endlich Aussicht auf eine Zukunft. Ich kann gar nicht sagen wie froh ich darüber bin, studieren zu können. Andere

1948

sehen das allerdings anders. Fast täglich weist mich Frau Kaufmann, die selbst ernannte »Senior Secretary«, darauf hin, dass ich mich eigentlich gar nicht Studentin nennen dürfe, denn das sei man nur, wenn man den ganzen Tag in der Uni Vorlesungen höre. Zum anderen frage sie, wie ich wohl Studium und Dienst vereinte, ohne dass die Arbeit darunter litte.

Als sie noch hinzufügte, »da werde ich einschreiten«, stand für mich fest, was ich zu tun hatte: ich legte meinen Vorlesungsplan dem Chef der Diplomaten, Dr. Miao, vor mit der Anmerkung, dass ich nur außerhalb meiner Dienststunden in der Universität sein werde. Ich sehe ein, dass ich offen legen sollte, was meine Vorgesetzten im Zusammenhang mit meiner Arbeit interessieren könnte.

Und was sagte Dr. Miao? Er wünschte mir viel Glück.

So bin ich auf der sicheren Seite

Mittwoch, 1. Dezember

Heute fand ich mich um Punkt acht Uhr in der Ihnestraße ein, zu meiner ersten Vorlesung. Gleich im Eingang musste ich mich in einen Strom von Studenten hineinpressen, bis es oben im Korridor nicht mehr weiterging. Abgerissene Laute aus einer offenen Tür ließen mich hoffen, dass ich mich meinem Ziel, der Vorlesung über Betriebswirtschaft, näherte.

Doch als ich, eingekeilt in der Masse, in den Hörsaal geschoben wurde, drang vom Podium zu mir durch, dass es die dem römischen Recht als dem vornehmsten Recht der Welt allein angemessene Reverenz sei, dieser Vorlesung stehend zu lauschen. Eine andere Wahl hätten wir auch nicht gehabt, denn weit und breit war kein einziger Stuhl zu sehen.

Mittwoch, 22. Dezember

Berlin. Die Teilung schreitet voran. In Ostberlin wurde ein Ostmagistrat aufgestellt. Doch ich – und nicht nur ich –

hoffe, dass wir, trotz Blockade, wie bisher in den Ostsektor fahren können, denn mein Frisiersalon ist im Bahnhof Friedrichstraße, wo, dicht gedrängt und geduldig wartend, nur Westkundinnen sitzen.

Die Haare aber werden dort ebenso gut gemacht wie in Lichterfelde, nur kostet es nicht halb so viel wie bei uns im amerikanischen Sektor. Meine Freundin Natascha bedauert, dass sie nicht auch auf diese Weise sparen kann, doch da rate ich ihr dringend ab. Zwar habe ich noch keine Kontrolle erlebt, aber wenn, riskierte sie den zwangsweisen Rücktransport in »die Heimat.«

Natascha. Sie hat durch den Weggang ihrer amerikanischen Schüler Kunden verloren, keine neuen gefunden und mit dem Sprachinstitut hat es auch nicht geklappt.

Ihr Selbstbewusstsein ist jedoch ungebrochen. Zwei Angebote, Schwerpunkt Russisch, hat sie abgelehnt. »Ich nehme nicht alles und jedes«, erklärte sie dazu.

Ich in ihrer Lage hätte genommen, was immer man anbot.

Sonntag, 20. März 1949

Genau fünf Jahre ist es her. Der Strand in Sandkrug, Werner und ich. Er gilt als im Mittelabschnitt vermisst.

Wenn er wiederkäme!

Doch zur Gegenwart. Meine Mutter und ich haben uns im Kino »Ehe im Schatten« angesehen. Die Unschuldigen hat es getroffen. Im Film ging es um die letzte Rolle des Schauspielers Joachim Gottschalk. Weitere gab es nicht für ihn, da seine Frau jüdisch war. Beide nahmen sich das Leben. Obwohl wir im Kino saßen, spielte sich das Ende in unseren Augen nicht auf der Kinoleinwand ab. Wir erlebten es.

Der Tod besiegelte eine große Liebe, der der Abschaum der Welt nichts anhaben konnte.

Mittwoch, 20. April

Sollte ich mir wegen meiner Stellung in der Mission Sorgen machen? Ja, denn ich habe nicht mehr viel zu tun.

Die Mission leert sich allmählich an der Spitze. Auch Dr. Miao ist abgereist, aber Major Liu ist nach wie vor da. So hoffe ich, noch bleiben zu können.

Sonst aber bin ich sehr erleichtert. Natascha ist, wie wir bei den Amerikanern sagten, abgefixt. Reiner Zufall!

Ich wollte nachmittags zur Vorlesung fahren. Mit mir zugleich verließ Dr. Yü die Mission und nahm, wie ich, den Weg zur U Bahn, die, wie immer, gerammelt voll war.

Im Gedränge stießen wir mit einem Herrn zusammen, den Dr. Yü freudig mit »Herr Professor« begrüßte. Es war der Dekan der philosophischen Fakultät der Freien Universität.

Als wir in den Bahnhof Thielplatz einfuhren, drängten sich der Professor und ich mühsam heraus und trotteten als Zufallsweggenossen nebeneinander die Straße entlang.

Plötzlich ging mir ein Blitz durch den Kopf: ich überschüttete den Professor mit Natascha. Russisch, Ukrainisch, Studium in Kiew, Lehrerfahrung, Flüchtling, – noch nie ist jemand so angepriesen worden.

Als der Professor, wenig angetan, an der Ecke abbiegen wollte, fragte ich, – nein, ich fragte nicht. Ich bot Natascha als einmaligen Glücksfall für eine Stelle in der Fakultät an und schlug auch gleich vor welche: studentische Hilfskraft und daneben Studium der Slawistik.

Der Professor wurde meine ungebetene Begleitung erst los, als er mir einen Vorstellungstermin für den nächsten Tag, zehn Uhr, nannte.

Danach drehte ich mich auf dem Absatz um und sauste zu Jelnikowas, erfüllt von Glück und Hoffnung.

Ich hätte es besser wissen sollen, denn solche Gefühle stellten sich schon nach den ersten Worten als Ballon heraus, aus dem die Luft entwich. Natascha wies mich kurz und knapp darauf hin, dass sie keine Hilfskraft sei, und als kleine Studentin sehe sie sich auch nicht.

Meine Erläuterungen, dass sie Slawistik mit links studieren –, dazu als Bürokraft bezahlt werde, machten ihr wenig Eindruck, auch nicht mein Hinweis, dass diese Stelle ein Einstieg in die Zukunft sei.

Es dauerte sehr viel länger als bei dem Professor bis ich sie überreden konnte, mich nicht sitzenzulassen und den Vorstellungstermin wahrzunehmen.

Und nun das happy end: Sie ist genommen worden, fühlt sich im Büro des Seminars keineswegs als Hilfs–, sondern als »Ober- und Erste Kraft.« Auch ihre Mutter ist beruhigt, da sie ihre Tochter im akademischen Universitätsbetrieb weiß.

»Beruhigt«, – das wünschte ich auch für uns, aber leider kann davon zu Hause keine Rede sein. Ansas hat es erwischt. Er verlässt die Schule.

Hätte er den Spickzettel für die Lateinarbeit doch bei sich behalten, denn bei dem Versuch, ihn seinem Freund Karlchen auf dessen dringende Bitte hin weiterzugeben, wurde er ertappt und musste eine fürchterliche Szene beim Schuldirektor über sich ergehen lassen, obwohl er den Zettel für sich selbst nicht gebraucht hatte. Der Direktor wollte die Namen der Beteiligten wissen, sonst müsse mein Bruder für alle büßen und die Schule verlassen.

Doch Ansas blieb stumm. Insofern unnötigerweise fiel Karlchens Mutter bei uns in die Tür, um meinen Bruder anzuflehen, auch weiterhin stumm zu bleiben und ihrem Sohn nicht die Zukunft zu verbauen.

So empört meine Mutter war, sie gab dem Verstand Urlaub und ließ sich vom Ehrenstandpunkt einfangen. »Ansas verrät seinen Freund nicht.«

Ich dagegen sprang vor Wut an die Decke. Was soll das? Solcher Art Ehre ist nichts als Dummheit!

Sonnabend, 25. Juni
Die Blockade ist vorbei, zwei Semester habe ich nun »studiert« und kann das nur in Anführungszeichen setzen.

Als ich zum Studium zugelassen wurde, ging für mich die

1949

Sonne auf, und heute ist es grau und trübe. Ich weiß nicht, ob ich weitermachen soll.

Mein Studienfach interessiert mich. Soweit aber die Betriebswirtschaft aus einer Art angewandter Mathematik besteht, komme ich damit nicht zurecht. Schon in der Schule kam ich in Mathe aus eigenem Verstand nie zu einer Lösung, sondern nur wenn ich es wusste.

Ich bin dumm. Peter, Student der Betriebswirtschaft, widerspricht mir zwar, aber nur aus Höflichkeit und Eigeninteresse.

Sonntag, 17. Juli

Ende Mai ist Mrs. Canfield weggegangen.

Der Abschied war kurz. Das Auto wartete vor der Tür, schnell, schnell, ein Kopfnicken, sie hatte es eilig. Ich lief nach vorn auf den Balkon und sah auf die Straße. Wirklich, sie drehte sich um und winkte. »Good bye, good bye.«

Ob ich in ihre Stelle einrücken würde, schien mir zweifelhaft, denn Mrs. Canfield hatte hinterlassen, dass die Mission auch weiterhin nicht ohne alliierten (englischen) Beistand auskommen könne. Doch gleich nach ihrem Weggang sagte mir Oberst Yang, dass er sich entschlossen habe, mir ihre Nachfolge anzuvertrauen.

So war ich nicht wenig erstaunt, als unsere »Senior Secretary«, Frau Kaufmann, mir einige Tage später gut gelaunt eine Zeitungsannonce auf den Tisch legte, in der die Chinesische Militärmission eine Sekretärin mit sehr guten englischen und französischen Sprachkenntnissen suchte.

Ungeachtet eines Ansturms von Bewerberinnen wurde aber niemand eingestellt, denn der Mission geht's nicht gut. Die Fortschritte der Maoisten sprechen da für sich.

So ist mein Arbeitsplatz nun im Vorzimmer des Missionschefs.

Für mich bedeutet das, dass ich mich auf Französisch umstellen muss, da Oberst Yang seine Militärausbildung an einer französischen Eliteakademie absolviert hat und sich ganz französisch gebärdet, französisch spricht, schreibt und telephoniert. Auch für mich wird der Dienst nun »französisch.«

Ich habe meine alte französische Schulgrammatik hervorgesucht und horte Mustervorlagen, denn mein Chef unterschreibt blind nur englische Korrespondenz, nicht aber französische.

Abends lese ich die »Cousine Bette« von Balzac.

Montag, 22. August

Allmählich gewöhnen wir uns daran, dass es alles zu kaufen gibt. In den vergangenen Jahren waren wohl alle Rinder, Hühner und Fische verstorben und sind nun, durch die wundertätige D Mark, auferweckt worden.

Gestern Abend war ich bei Major Liu eingeladen. Mrs. Liu machte mir auf und lächelte mich süß an. Sie kann immer noch nur Chinesisch.

Er kam aus der Küche, in Uniform, mit Schürze angetan. Der Chef kocht selbst, denn sie haben nur noch ein Dienstmädchen, dem sie das Minimum vom Minimum zahlen. Mrs. Liu weiß nicht einmal wo die Küche ist, noch weniger, was man darin tut.

Mein kleiner Freund lief gleich auf mich zu, ließ es sich aber nicht nehmen, vorwurfsvoll festzustellen, dass ich immer noch nicht Chinesisch könne, während er in Deutsch längst lese und rechne.

Die Eltern strahlen vor Stolz über ihren kleinen Sohn, würden das aber nie zugeben.

Auch Major Liu wird da ganz zum Chinesen, wenn er sich für sein schlechtes, ungezogenes Kind entschuldigt, das mir nur wertvolle Zeit stehle. Mrs. Liu, so schien mir, blickte dabei schräg nach oben, als ob sie übelwollenden Geistern deutlich machen müsse, dass es sich nicht lohne, sich mit ihrem Sohn zu befassen.

Nach dem Essen lehnte sich Major Liu in seinen Korbsessel zurück und sah in den Garten. »Sie wissen«, begann er, »dass sich China ändert. Wohin? Exil oder Heimat?«

Ich brauchte Zeit um zu begreifen, dass er von gleich zu gleich mit mir sprach. Damit wandelte er sich in meinen Augen vom Vorgesetzten zu einem Menschen mit eigenen Sorgen.

»Wollen Sie denn in ein China unter Mao zurückkehren?« fragte ich. Er zuckte die Achseln. »China braucht eine Wende.«

Ich dagegen riet ihm, nicht nach China, sondern danach zu fragen, welche Wende er und seine Familie brauche oder besser nicht riskiere und fügte hinzu: »Aufs Vaterland würde ich mich nicht verlassen.«

»Das ist immer noch China.« Er lächelte. »Ich bin Chinese.«

Montag, 29. August

Oberst Yang, unser Missionschef, ist stets für neuen Ärger gut. Kaum hatte ich sein Visum im russischen Konsulat in Karlshorst erhalten, schickte er mich wieder hin, um es wegen Änderung seiner Reisepläne umschreiben zu lassen.

Als ich den Konsul bat, zwei Wochen Schwankungsbreite zu bewilligen, explodierte er und beschuldigte mich, meinetwegen Überstunden machen zu müssen. Schlecht gelaunt sah er deutlich auf seine Armbanduhr, (deutscher Wertarbeit?)

Mit Ernst und Würde trug ich vor, dass der Oberst ständig in Zeitdruck sei und für seine Termine Spielraum brauche. Fast genierte ich mich für meinen Chef, den ich längst verdächtigte, die ständigen Änderungen seiner Pläne als abwechslungsreiches Hobby zu betreiben.

»Also was will er?« fuhr der Konsul mich an. »Er will fahren, dann wieder nicht, dann zu einem anderen Datum.« In seinem russischen Deutsch wiederholte er das Wort Schwankungsbreite und warf die Augen zur Decke.

»Können Ihre Chinesen nicht durch die Luft fliegen oder

laufen? In China wird man ihnen bald zeigen, wie man sich richtig fortbewegt.

Was soll ich mit dem Visum machen?« fragte er böse.

»Was Sie wollen«, war meine Antwort.

Wieder zurück, überreichte ich Oberst Yang das durchgestrichene Visum und sagte ihm, der Konsul habe auf die wechselnden Reisetermine leider auf seine Weise reagiert.

Oberst Yang nahm das ohne Zeichen innerer Einkehr hin.

Montag, 5. September

Für den Monat August wäre noch nachzutragen, dass ich zum ersten Mal in meinem Leben zum segeln eingeladen worden bin, und zwar von Peter. Er studiert wie ich Betriebswirtschaft. Bisher hat er neben mir gestanden (als es noch keine Stühle gab), gesessen (im Pferdestall, dem Vorlesungsschuppen) und gelegen (auf der Wiese davor, an deren Rand die Amis zum Harnackhaus gehen).

Nun wollte er mit mir in seinem kleinen Boot auf dem Griebnitzsee segeln.

Peter sieht nett aus, hellbraunes Haar, größer als ich und sehr viel schlauer. Er hegt und webt in der Betriebswirtschaft.

Alles kriegt er auf Anhieb mit, Kurven, Analysen, Gleichungen – was weiß ich. Er sieht sich bereits ganz oben in einem Industrieunternehmen, dazu als Segelyachtbesitzer. Auf welchen Gewässern er kreuzen wird, ist allerdings noch unbestimmt.

Auf seine Frage nach meinen Berufsplänen hatte ich nur eine Antwort: »Keine. Ich werde aufgeben. Ich schaffe es nicht.«

»Warum studierst du nicht etwas, was dich interessiert? Du lebst auf, wenn du von deinen Romanen sprichst.

Literatur und Sprachen, das ist was für Mädchen.«

Hat er recht? Literatur interessiert mich am meisten, doch steht dagegen, dass ich zwar jede freie Minute lese, aber dass meine Neigung Literatur zu »studieren«, d.h. zu skelettieren, gering ist.

Hier brach das Gespräch ab, denn ein Wolkenbruch schüttete Wassermassen auf uns und die Segelyacht in spe.

Peter bedauerte das abrupte Ende unserer Bootsfahrt sehr und versprach mir für den nächsten Sonntag die schönste kleine Bucht am See, ganz im Schilf.

Das Segeln mit Peter hatte mir gefallen, er auch, aber »die kleine Bucht im Schilf« rief mir eine Lehre ins Gedächtnis, die sich bei mir nicht nur einmal bewährt hat: »Vorsicht ist die Mutter der Porzellankiste.« (Porzellan: mein lieber Herr Schult ist gestorben. Betrübt ging ich zu seiner Beerdigung).

Ich griff in Mamas Kästchen, in dem sie einen Rosenkranz, Talisman aus ihrer Jugendzeit, aufbewahrt.

So gerüstet eilte ich zur Segelpartie.

Peter hatte nicht übertrieben. In der kleinen Bucht im Schilf lag ich flach auf dem Bootsdeck, wenn ich hochsah, war der Himmel blau, Sonnenstrahlen tanzten auf dem Wasser.

Der Inhalt meines Beutels, Kartoffelsalat, Klopse, Brot und Kuchen fand Gegenliebe. Nun war der gemütliche Teil fällig, das Wie und Was offen.

Peter war erträglich, doch sein Kompromiss, nicht ganz aber fast, stand, wie sein weiteres Tun mich nicht nur vermuten ließ, auf wackligen Füßen. Das Vorhaben garniert mit der saublöden Frage: »Magst du mich denn nicht?«

Was sollte ich darauf antworten, ein unfreundliches nein?

Der Rosenkranz fiel im richtigen Moment aus meinem Beutel. Es gelang mir, Peter von meiner aufrichtigen Bindung an meine Kirche zu überzeugen. »Ich möchte nichts beichten müssen«, war mein getragenes Schlusswort.

Im Laufe meines frommen Bekenntnisses schwand bei ihm deutlich jede »Lust«, denn er rückte immer weiter von mir ab.

Meine Belehrung über die Reihenfolge: sich kennenlernen, lieben und dann ... war am Ende überflüssig, aber moralisch auf hohem Niveau.

Hatte ich erreicht, was ich wollte? Ja und nein.

»Die fromme Tour ist nichts für mich«, hörte ich von Peter. »Du bist 23 und kein Schulmädchen mehr. Ich brauche eine Frau, die mich und meine Wünsche ohne Getue versteht.«

»Ja sag mal«, versetzte ich, »wolltest du beim ersten Zusammensein aufs Ganze gehen oder gar aus einem Segelnachmittag etwas fürs Leben machen?«

»Nein.«

»Na also.«

Mürrisch setzte er das Boot in Bewegung.

Sonnabend, 24. September

Von ihrer Busenfreundin Schwester Ella für einen Lesekreis gewonnen, kam meine Mutter, von den Buddenbrooks vollgepumpt, nach Hause, und gleich gab es Krach. Ich gebe es zu: ich goss kaltes Wasser auf ihre Begeisterung, als ich sagte, dass ich wenig Neigung habe, mich mit Thomas Mann zu befassen und schon gar nicht mit den »Buddenbrooks«, – wenn, dann nur mit dem »Tod in Venedig.«

Meine Mutter versucht nicht einmal zu argumentieren, sondern zielt gleich auf meine Person. »Das, was du deine Meinung nennst ist Ausdruck deines eigenen, oberflächlichen Selbst«, hörte ich. Du …« sie brach ab, notgedrungen, denn ich war schon aus der Tür.

Die Buddenbrooks? Der Roman ist ein Gebäude aus wohlgeformten, übereinander getürmten Sätzen. Trete ich ein, strebe ich aber schnell heraus, weil mich die dauernd wiederholten Kennzeichnungen der Romanfiguren anwidern. Diese mögen als Trivialitäten abzutun sein, aber ich mag nun einmal nicht immer wieder auf bläuliche Schatten um die Augen von Madame und Sohn Buddenbrook und noch weniger auf die am Backenzahn scheuernde Zunge gestoßen werden.

Ebensowenig gefällt mir, dass der Untergang der Familie durch ein kränkliches Kind symbolhaft überfrachtet wird, –

1949

ein Kind, das noch zu jung ist, als dass es selbst etwas dazu hätte beitragen können. Das um so mehr als, ganz banal, der Niedergang einer Reihe persönlicher und geschäftlicher Fehlentscheidungen geschuldet ist. Am Ende erfährt der Leser (nicht überraschend) nichts anderes, als das was zu erwarten war.

Eigentlich sollte ich mich mehr in die neue deutsche Literatur vertiefen, wenn mich nur deren literarische Pädagogik nicht so langweilte. Da bleibt nichts offen. Meist weiß ich schon nach wenigen Seiten, welche Früchte ich am Ende der Lektüre vom Baum schriftstellerischer Erkenntnis zu pflücken habe. Das aber möchte ich selbst entscheiden.

Sonnabend, 1. Oktober
Von diesem Semester ab studiere ich Jura. Der Anstoß für meinen Entschluss kam plötzlich, als ich wieder einmal im Korridor der Fakultät in der Ihnestraße vor dem Schwarzen Brett stand, in missliche Gedanken versunken. Das jetzige Regime in China ist am Ende, da sich Mao durchgesetzt hat.

Für mich heißt das: Entlassung gewiss, Zeitpunkt nah.

Mit Interesse beäugte ich einen Knaben neben mir, der eifrig die juristischen Vorlesungen notierte. Ich fragte ihn, ob er Jura studiere. Er nickte mit dem Kopf. Ich fragte weiter, ob das Studium leicht oder schwierig wäre.

Er blickte von seinem Schreibblock auf, als ob ich vom Mond redete. »Wie man's nimmt«, brachte er hervor.

Mir war's zwar peinlich, aber ich wollte noch wissen, ob man auch bei Jura von mathematischen Formeln, Kurven und Ähnlichem geplagt werde.

Der Knabe, dem Fleiß und Eifer aus sämtlichen Knopflöchern leuchteten, gab ein »iudex non calculat« von sich, was er dahin übersetzte, dass Rechenaufgaben nicht Sache des Richters seien.

Ich fragte weiter, ob Jura auch im Ausland verwertbar wäre.

»Das ist meine letzte Sorge«, hörte ich, als er, sichtlich irritiert, weglief.

Montag, 10. Oktober

Seit neuestem ist die rechts- und wirtschaftswissenschaftliche Fakultät geteilt, aber ich konnte noch ohne Umschreibung zu den Juristen übergehen.

Anders als bei den Betriebswirten habe ich bei der Vorlesung »Einführung in das bürgerliche Recht« auf Anhieb verstanden, was der Dozent, ein Rechtsanwalt, vortrug. Professoren sind knapp, weil niemand, wie es heißt aus Angstgründen, gern nach Berlin kommt.

Da ich zwei Semester vergeudet habe und aufholen muss, lese ich mich in der juristischen Bibliothek der Universität ein. »Bibliothek« ist allerdings nicht mehr als ein Wort, denn in den Bücherregalen stehen nur ein paar alte Wälzer herum. Darein vertieft, merkte ich aber doch, dass sich ein ebensolcher Wälzer an meinen heranschob.

Ich blickte auf und gleich wieder in mein Buch, denn zwei Augen betrachteten mich, von denen eins auf und ab rollte.

»Was studieren Sie denn so eifrig?« hörte ich.

Vor mir sah ich ein Gesicht, das in seiner Hässlichkeit zu dem Auge wie geschaffen schien. Alles darin war breit, in weiche Falten eingebettet. Die einzige Gabe der Natur lag auf dem Kopf in Gestalt einer Fülle brauner Ringellocken.

Ich prallte vor Gesicht und Auge zurück und tat so, als ob ich nichts gehört hätte. Ich wollte nur eins, weg von diesem Menschen. Doch der streckte bereits seine Hand nach dem Buch vor mir aus.

»So kommen Sie nicht weiter«, sagte er. Dann klärte er mich darüber auf, dass ich aus einem Großkommentar ältester Bauart für mein Studium keinen Honig saugen könne.

Ich wies auf die leeren Regale hinter mir.

»Worum geht's denn? Wenn Sie eine Stimme haben, klären Sie mich auf.«

1949

Ich sagte nichts und blickte, wie ich glaubte, abweisend vor mich hin.

Er griff nach meinen Notizen.

»Jetzt hören Sie mir zu.«

Mir ging auf, dass ich in ein kluges Gesicht sah. Mit wenigen Worten erläuterte er mir ein paar Grundbegriffe, was aber nichts daran änderte, dass ich nicht die geringste Lust hatte, ihn wiederzusehen. Dennoch deckte ich gestern (allein zu Haus) für ihn den Kaffeetisch.

Die Lockspeise meines neuen Freundes waren zwei dicke Bände des Lehrbuchs des bürgerlichen Rechts, die Otto (so heißt er) auf den Kaffeetisch legte.

Als er sich das letzte Stück Kuchen in den Mund schob, gab er den ersten Kommentar ab. »Ganz ordentlich.«

Betont förmlich bat ich ihn mit einer (wie ich hoffte) damenhaften Geste in die Mittelstube vor den bunten, kaminähnlichen Kachelofen in der Ecke.

Lange blieb er nicht auf seinem Platz. Unversehens zog er mich vom Sessel hoch und, noch mehr unversehens, fühlte ich seine Hand oben in meinem Ausschnitt.

Ich glitt nach unten weg.

»Die drei oberen Knöpfe Ihrer Bluse stehen offen.«

»Die trägt man so.«

»Sie sind ganz schön entgegenkommend, aber du siehst«, wechselte er die Tonart, »du hast damit Erfolg bei mir.«

»Aber Sie nicht«, versetzte ich und wollte ihn zur Tür begleiten.

Nichts da. Otto pflanzte sich wieder auf das kleine Sofa mir gegenüber.

»Fang gleich heute damit an.« Er wies auf die beiden dicken Lehrbücher. »Versuch die Quintessenz des Gelesenen zu verstehen, das Gelesene zu lernen, damit du es behältst, – das ganze täglich, aber nicht länger als eine halbe Stunde. Schaffst du es nicht, nimm das Buch mit ins Bett. Ich werde mich um deine Fortschritte kümmern.« Er lachte dumm.

Wie verschieden man doch das Gleiche betrachten kann. Ich hatte gedacht, mich mit der Kaffeeeinladung bei Otto für das Angebot der Lehrbücher zu revanchieren. Er dagegen sieht darin den ersten Schritt meines Bemühens ihn einzufangen »auf ein Verhältnis hin.«

Noch nie war ich mit jemand zusammen, der von meinem Idealbild, nein, nicht einmal das, – der von meinen bescheidensten Vorstellungen so weit entfernt ist. Warum wir uns weiter treffen? Er kümmert sich um meine juristische Bildung und lässt es zu einer Widerrede nicht kommen.

Ich weiß nicht, was für ein Mensch in ihm steckt. Nie ist er mit mir zufrieden. Jedes Mal sagt er etwas, worüber ich entweder entsetzt oder beleidigt bin. Kein make up, keinen Lippenstift soll ich nehmen, seine Mutter täte das auch nicht. »Und deine Schwester?« »Bis nach Chile reicht mein Blick nicht, aber wenn ich dich sehe, reicht's mir.«

Hat er aber einmal nichts an mir auszusetzen, gibt es niemand, mit dem ich mich besser unterhalten kann. Er spricht über Dinge, die mich bisher wenig interessierten, z.B. über Politik oder Philosophie so klar, dass selbst ich es verstehe. Heidegger und Sartre sind, bilde ich mir ein, nicht mehr bloße Namen für mich.

Zum Glück fragt er nur das Juristische ab. Neulich allerdings wurde es peinlich. Als er das von mir bei der Vorlesung in Onkel Toms Kino Mitgeschriebene durchsah, hielt sein dicker Finger bei meinen Notizen über »filosorische« Rechtsgeschäfte an. »Nicht nur juristisch, auch orthographisch reicht's bei dir nicht.« »Wieso orthographisch? Das heißt so.«

Otto schlug die Hände zusammen. »Das wird ja immer besser! Nicht mal eine Ahnung hast du von dem, was du falsch mitschreibst!«

Jetzt weiß ich, und nicht nur orthographisch, wohin fiduziarische (treuhänderische) Geschäfte einzuordnen sind.

1949

Montag, 21. November

Otto hat recht, wenn er meint, dass es sinnlos sei, in Vorlesungen nur deshalb zu laufen, weil sie früh am Morgen stattfinden. Doch dafür ist es zu spät, denn wir sind inzwischen auf sieben Hörer zusammengeschmolzen. Dr. Cohn, Rechtanwalt seines Zeichens, liest mit leiser Stimme aus einem Buch ab. Es gibt nichts Öderes! Er sagt selbst, dass er mit seiner »Freiwilligen Gerichtsbarkeit« schon größere Hörsäle geräumt habe. Das deutet auf Empfindlichkeit. Da steige ich besser nicht aus.

Doch zu dem, was ich eigentlich schreiben will: ich will Otto nie mehr wiedersehen.

Er hat das Erste Staatsexamen bestanden, wie zu erwarten mit »gut.« Ich wollte ihm gratulieren und ihn nach dem Examen abholen. Er nahm meine Glückwünsche ohne erkennbare Regung hin und kommentierte seinen Erfolg mit einem »das war selbstverständlich. Sonst noch was?«

Dann drehte er sich um und weg war er.

Mama und Ansas sagten nur eins: »Lass ihn gehen.«

»Von seinem Geld«, steuerte Ansas bei, »hättest du sowieso nichts, außer dass du am Ende bei ihm im Laden stehen und Küchenstühle an die Kunden bringen müsstest.«

Ottos Laden ist der Möbelhandel seiner Familie. Seine Mutter betreibt das Geschäft in Berlin, sein älterer Bruder das in Hannover.

Montag, 5. Dezember

Auf gute Vorsätze meinerseits sollte ich mich nicht verlassen.

Sonnabendnachmittag stand das Auto vor der Tür. Ich blieb fest und rührte mich nicht, bis Mama rief, »zieh dir den Mantel über und lauf runter, damit das Gehupe aufhört und das Auto endlich wegfährt.«

Doch Otto zog mich gleich in das neu gekaufte, aber dem Aussehen nach in hohem Alter stehende Gefährt, das ausnahmsweise gleich losratterte, wenn auch meine Mutter das »wegfahren« bestimmt so nicht gemeint hatte.

»Wir feiern mein Examen und machen ein Picknick im Grunewald«, sagte er. Ich deutete auf die dunklen Wolken über uns.

«Ein Picknick stelle ich mir unter blauem Himmel, zwischen Blumen auf grünem Rasen vor.«

»Statt Wetter haben wir das Auto und die Flaschen«, er deutete nach hinten. Jetzt fand ich die Idee lustig, bereit, alles zu vergessen, wenn er mit mir allein sein Examen feierte.

Am Ende der Grunewaldstraße bogen wir in den Wald ein, der immer noch ziemlich verwüstet aussieht. Otto hielt zunächst am großen Weg an, doch der Platz gefiel ihm nicht. »Da könnte leicht jemand vorbeikommen.« »Wir tun doch nichts Verbotenes.«

»Wir nicht, aber das Auto. Siehst du nicht das Schild? Alles gesperrt, außer für Forstfahrzeuge.«

So ging's weiter in den Wald hinein.

»Jetzt gratulier mir zum Examen, aber richtig.« Ich vergrub meinen Kopf in seinen Mantelkragen.

In der Enge des kleinen Autos schien es mir, als ob sich der Rücksitz weit öffnete, – ob er mich liebte, vielleicht? Von nun an wollte ich ihn mit anderen Augen sehen, in seinen Wünschen keinen sinnlosen Zwang, sondern Zuneigung erkennen, »mich« ganz für sich haben zu wollen.

»Der Regen rauscht, es ist dunkel draußen, aber bei dir fühle ich mich glücklich und geborgen«, versuchte ich mich in Liebe.

»Bei mir?« schnappte er zurück und setzte sich, soweit unter dem niedrigen Autodach möglich, grade auf. »Wie war's denn mit meinen Vorgängern in amerikanischen Autos und mit den Soldaten in der Kaserne?«

»Dir darf man wirklich nichts erzählen«, brachte ich heraus. Dabei hatte er alles aus mir herausgefragt, herausgepresst. Auf die Russen hatte er zweischneidig reagiert. »So ein bisschen wild macht das erste Mal unvergesslich …

1949

wenn es denn das erste Mal war. Hast du dir nichts geholt, bist du untersucht worden?«

Von irgendwo her hörte ich Ottos Stimme. »Dein zweifelhaftes, vielmehr nicht zweifelhaftes Vorleben weckt nicht gerade Vertrauen. Ob du mir jemals reinen Wein einschenkst?« »Wein?« Ich langte nach der Flasche, glücklich in dem Gedanken, ihm nichts von Bruce erzählt zu haben. Wenigstens das.

»Hier«, ich gab Otto die Flasche weiter. Er gönnte sich einen langen Schluck und fuhr fort: »Meiner Mutter könnte ich nur mit einem Mädchen ohne Vergangenheit kommen.«

Der Regen schlug gegen die Scheiben. Otto unterbrach sich im Satz und hielt seine Armbanduhr an ein Streichholzflämmchen.

»Wir müssen hier weg. Ich bürge nicht für das Dach. An diesem Auto ist nichts neu.«

Kalt war's mir. Ich blickte in den dunklen Wald und fühlte die Nässe um uns herum.

»Dem Auto gefällt's hier«, stellte Otto fest. »Es rührt sich nicht von der Stelle. Kannst du schieben?«

Darin war ich geübt, denn das Auto, ein Kasten auf vier Rädern, rührte sich nur, wenn man von hinten schob und Otto zugleich aufs Gas trat. Lief das Auto, hieß es weiterschieben und dann hineinspringen. Doch diesmal half das nicht, denn wir standen in einem Loch, aus dem ich mich und meine Schuhe mühsam herauszog.

Otto trat immer wieder aufs Gas. Plötzlich ein wundervolles Geräusch, »komm rein, er fährt! Man muss es nur können.«

Ich atmete auf. Nur raus aus dem dunklen Wald.

»Weiß du, wohin du fährst?« »Frage! Zurück auf die Straße.«

»Du musst wenden.« »Unsinn.«

Letztlich brauchten wir das nicht zu entscheiden, denn der Motor setzte aus. Das Auto stand. Die Hinterräder bis in die Speichen eingesunken, die Vorderräder schräg hoch gestemmt.

Da war nichts mehr zu machen. Weder schieben noch Benzingaben aus dem immer griffbereiten Kännchen halfen.

»Nur gut, dass wir alles ausgetrunken haben, da brauchen wir wenigstens nichts zu schleppen«, »doch«, unterbrach mich Otto. »Aber die letzte Flasche schaffen wir unterwegs.«

Endlos dauerte es, bis wir aus dem Wald herausfanden. Ich hatte jede Orientierung verloren. Er auch, nur gab er's nicht zu.

Durch und durch nass, stolperten wir stumm nebeneinander her und hielten nur an, um die Flasche zu »schaffen.«

Wie wir zur Bahn gekommen sind, weiß ich nicht mehr.

Meine Erinnerung setzt erst wieder ein, als ich zu Hause klingelte und meine Mutter mir die Tür aufmachte mit den Worten: »Jetzt sage ich gar nichts mehr.«

Sie beendete ihre Ausführungen mit dem Vorschlag: »Bleib' nur nachts im Wald und kuriere deine Erkältung selbst aus.«

Dienstag, 13. Dezember

Mit der Erkältung ist es nichts geworden. Otto aber musste doppelt büßen: einmal hat man das Auto mit einem Kran aus dem Loch heben müssen (sehr teuer), zum anderen musste er Strafe zahlen, weil der Wald an dieser Stelle für Autos gesperrt war.

Immerhin war es ein gewisser Trost für ihn – kaum dass wir uns im Café Möhring am Kudamm an einen Tisch gesetzt hatten – mir nicht vorzuenthalten, dass ich die Ursache seiner Unkosten gewesen sei, denn nur meinetwegen habe er mit mir sein Examen feiern wollen.

»Sag mal, hast du sie noch alle«, war meine Antwort, als ich eilig wegstrebte, zu meiner Freundin Frau Jelnikowa. Wenn ich die Treppe zu ihr hochlaufe, wächst meine Vorfreude mit jeder Stufe.

Diesmal gab uns die Frage Gesprächsstoff, warum wir

1949

über die Personen in »Anna Karenina« so diskutieren als ob sie lebten.

Frau Jelnikowa sagte dazu: »Tolstois Kunst ist es, seine Personen ihrer eigenen Natur zu überlassen, sie so zu beschreiben wie sie sind und nicht, wie er sie sieht. Jeder Mensch bei ihm ist sein eigenes Selbst und kann nur so und nicht anders sein. Das ist die Signatur eines großen Schriftstellers. Sehen Sie die Hauptperson, Anna, – eine große Liebende...«

Da unterbrach ich sie. »So sehe ich Anna nicht. Ihren Geliebten umarmt sie mit »Scham und Entsetzen«, und wenn sie – nicht gerade oft – mit ihm glücklich ist, ist es in ihren Augen »unerlaubt.« Für sie wird Liebe zur inszenierten Selbstgeißelung, weil sie das ganze Glück nicht haben kann: ihren Sohn und ihren Geliebten. Ihr Tod ist Vergeltung, die sie den Zurückbleibenden antut.

Und das ganze Glück? Das gibt es nie.«

Frau Jelnikowa schüttelte den Kopf. Das nächste Mal will sie mich widerlegen, bin schon gespannt.

Mittwoch, 21. Dezember
Ein grauer, trüber Morgen. Danach ist auch meine Stimmung.

Die Chinesische Militärmission existiert nur noch unter dem Zeichen des Abschieds. Still ist es geworden. Major Liu ist weg, wohl doch nach China. Ihn vermisse ich schon jetzt, vor allem aber meinen kleinen Freund.

Hinzukommt, dass für diesen Monat keine Gehälter gezahlt werden. So ist sparen großgeschrieben, was bedeutet, dass wir im Ostsektor für Westgeld einkaufen. Dem Anschein nach »spart« dort ganz Westberlin.

Ein Glück nur, dass ich die Semestergebühr von 125 DM in zwei Raten bezahlen darf. Als ich auf der Quästur darum bat, hielt mir der Blödmann dort entgegen, dass er sich wundere: für mich könnten die Gebühren doch kein Problem sein, da ich »gut bezahlt« arbeitete.

Noch schlimmer: ich muss mich fragen, ob ich, nachdem es mit der Betriebswirtschaft nichts war, mit Jura zurechtkommen werde. Ich hätte auf Otto hören und warten sollen. Im ersten Semester Jura, meinte er, sei es für Klausuren zu früh.

Trotzdem habe ich die Klausur mitgeschrieben. Es wurde, wie Otto es vorausgesehen hat, ein Reinfall. Als der Dozent, ein Rechtsanwalt, die Arbeiten zurückgab, hob er ein Blatt hoch. Der Herr A. Seigis möchte bitte aufstehen. Ich tat es.

»Nun wird mir manches klar« hörte ich vom Pult. »Ihr Werk, mein Fräulein, ist eine unjuristische Schöpfung eigener Art. Sind Sie Hausfrau? Nein? Dazu hätten Sie sicher mehr Talent. Ihr Bericht über Ihren Einkaufsbummel ist leider unkorrigierbar.« Das sagte er freundlich, während die Studenten wieherten.

So einfach wie ich dachte, scheint die Sache nicht: unter K wie Kauf das Sachregister aufschlagen, den angegebenen Paragraphen suchen und losschreiben. Bei juristischen Texten, scheint mir, darf man das, was geschrieben steht, nicht wörtlich nehmen.

Die nächste Klausur schreibe ich wieder mit.

Mittwoch 25. Januar 1950

Aufregung in der Mission! Nur mit Mühe kam ich ins Gebäude, denn eine Gruppe chinesischer Studenten verlangte unter lautem Palaver die Übergabe der Mission. Außerdem beschuldigten sie den Missionschef, für sie bestimmte Gelder unterschlagen zu haben. Doch unter Hinterlassung eines Drohbriefs zogen sie schließlich ab.

In Ostberlin hat Präsident Wilhelm Pieck selbst die Studenten empfangen, bei uns dagegen postierten die Amerikaner zwei Militärpolizisten vor der Tür.

1950

Montag, 30. Januar

Pech und Glück: Pech war die versäumte Schulspeisung an der Uni. Der braune Brei schien mir ein entgangenes Festessen.

Glück: Ottos Lehrmethode hat geholfen, denn ich habe die zweite Klausur mit einer knappen drei hinter mich gebracht.

Otto vernahm diese Botschaft mit zufriedenem Lächeln, wechselte aber gleich das Thema. Er ermahnte mich an Lippenstift, rote Fingernägel nicht einmal zu denken, denn er habe beschlossen, mich am Sonntag seiner Mutter vorzustellen.

Ich blickte ihn erstaunt an.

»Ich weiß«, sagte er, »du bist von meinem und vom Idealbild meiner Mutter weit entfernt. Dein Aussehen und dein Vorleben sprechen gegen dich, aber ich hab mich nun einmal an dich gewöhnt, – und an unsere Lehrstunden.«

Mein Aussehen! Nicht in der Mission und auch nicht in der Uni laufe ich auffällig bemalt oder rot lackiert herum. Doch Otto geht es gar nicht um mein Äußeres, sondern darum, mich zu unterwerfen, mich nach seiner Vorstellung zu ändern.

Mittwoch, 15. Februar

Bei Otto und seinen Ermahnungen war ich stehengeblieben. Jetzt folgt die Fortsetzung, solange meine Erinnerung noch deutlich ist.

Es war rasend!

Er hatte mich – »bitte pünktlich« – nach der Messe vor die Rosenkranzkirche in der Kielerstraße bestellt.

Da die Vorfreude an diesem Sonntag das Schönste war, fange ich damit an. Ich hatte mich gründlich vorbereitet: kreischend rote Lippen und Fingernägel. Den Lack und Lippenstift dafür hatte ich extra gekauft.

Meine Augenbrauen, leider nur wenige fast unsichtbar blonde Haare, habe ich mit einem schwarzen Kohlestift übermalt, der auch noch um die Augen herum nützlich war. Dicker blauer Lidschatten rundete das Bild ab.

Zwar ist meine graue Jacke keine Zierde, aber meine Beine waren dank des seitlich aufgeschlitzten schwarzen Rocks meiner Mutter nicht zu übersehen.

In fröhlichster Stimmung warf ich im Korridor einen Blick in den Spiegel. »Willst du dich etwa so bei Ottos Mutter vorstellen?« rief Mama mir nach. Mit einem lauten »ja« warf ich die Tür hinter mir zu.

Da der Gottesdienst noch nicht zu Ende war, setzte ich mich hinten auf eine Bank und freute mich an dem feierlichen Schauspiel, vor allem an den schönen Gewändern. Nach dem »Ite, Missa est«, konnte ich meinen Auftritt kaum noch erwarten.

»Also das ist sie«, brachte seine Mutter, (außen kugelrund, von innen spitz), heraus. Leider hätten Otto und sie es eilig.

»Auf Wiedersehen«, nicht wörtlich gemeint.

Hochzufrieden fuhr ich mit der 77 nach Hause. Doch als ich an der Ecke Ringstraße aus der Straßenbahn stieg, war ich nicht mehr ganz so überzeugt und fand mich kindisch, um mich dann aber, zu Hause, bei ausführlicher Schilderung meines Coups wieder in Hochstimmung zu steigern. Soweit es Ansas betraf, war mein Publikum hingerissen, meine Mutter dagegen schwankte zwischen Lachen und Kopfschütteln.

Sonntag, 30. April

Der 15. war mein letzter Arbeitstag. Die Chinesische Militärmission haucht so langsam ihr Leben aus.

Ich bekomme jetzt Arbeitslosenunterstützung und gehe jede Woche stempeln. Dabei stehe ich in einer langen Reihe vorwiegend junger Leute. Jeder sieht vor sich hin, so als ob man hofft, von den anderen nicht bemerkt zu werden.

Als Kleinstsparer bin ich überfroh, von Otto den Standardkommentar zum BGB geerbt zu haben, denn in der Bibliothek hat den immer ein anderer.

Ja, Otto ist gleich »nach der Kirche« wiedergekommen. Seine Mutter hatte sich in ihrem Entsetzen über meinen Anblick so gesteigert, dass er bockig wurde.

Zu Hause aber herrscht Freude, denn Ansas ist an der Hochschule für Musik angenommen worden und erhält ein Stipendium.

Donnerstag, 10. August

»Verstehst du, warum man in Korea wieder einen Krieg angefangen hat?« Das fragte ich gestern Otto. »Ich meine, davon müsste man überall in der Welt endlich genug haben.«

»Leider nie«, war seine Antwort. »Wie hast du den Krieg als Soldat erlebt?« fragte ich. »In Berlin, bei der Flak.«

»Wie ist dir das gelungen?«

»Jeder, der sein Ziel mit Verstand verfolgt, hat seine Chance.«

»Meinst du?« sagte ich und dachte an Werner.

Behaglich ausgestreckt, lag Otto neben mir auf einer Wiese voller Blumen.

Doch was soll's. Um den Hals bin ich ihm gefallen, als er die Reise nach Mespelbrunn vorschlug. Zum ersten Mal im Westen!

Wenn ich vergesse was ich an ihm nicht mag, bin ich gern mit Otto zusammen. Wir besehen uns was uns interessiert, reden und lesen miteinander, (nicht nur).

Als ich ihn fragte, warum er, Jurist und Kaufmann, in langweiligen philosophischen Abhandlungen schwelgt, holte er gleich seinen zerlesenen Kant hervor. Als Beispiel las er aus dem »Ewigen Frieden« den Satz: »Alle auf das Recht an den Menschen bezogene Handlungen, deren Maxime sich nicht mit der Publizität verträgt, sind Unrecht.«

»Das heißt«, fuhr er fort, »dass man nichts hinten herum tun darf. Ist das langweilig? Mit menschlichen Eigenschaften setze ich mich in religiösen, philosophischen und sozialkritischen Werken unmittelbar auseinander. Nicht über den Umweg erfundener Verwicklungen.«

Dennoch lässt er sich in meine Romanniederungen herab. So diskutierte er mit mir Tolstois »Auferstehung«, meine Zweifel, ob ein Mensch berechtigt sein könne, über andere Menschen zu richten. »Na selbstverständlich«, rief Otto, »der Staat muss Richter bestellen, schon damit der Stärkere nicht ein Chaos anrichten kann, das jedes Zusammenleben ausschließt. Es kommt nicht auf die Person des Richters an, sondern auf das Amt.

Doch mir leuchtet eher Tolstoi ein, der das Strafgericht eine Farce nennt, weil der Staat größere Schuld trägt als die Angeklagten, die in einem Milieu von Armut und Unbildung zurückgelassen und so zu Taten getrieben werden, die staatliche Gerichte dann bestrafen.

Otto rang die Hände. »Dann hilf du erstmal deiner Unbildung auf und schlag nach bei Plato. Bei ihm ist Strafe Rettung.«

Noch etwas: auf unserer Reise hat er bisher nicht einmal etwas gesagt nur um mir seinen Willen aufzuzwingen. Ich möchte so gern glauben, dass er sich ändert. Dann ... Doch über die Zukunft lässt er sich nicht aus. Vielleicht ist das gut so, denn im Augenblick würde ich laut »ja« sagen und nicht daran denken, ob es sich als vorschnell herausstellen könnte.

Eigentlich wollte ich noch schreiben, wie mir Mespelbrunn, ein Traum aus festen Mauern über dem Wasser, gefallen hat.

Aber keine Zeit mehr, da Otto unten im Garten sein Buch zuklappt.

Montag, 1. Januar 1951
Die Mama und ich sind uns einig, dass wir Otto nicht mehr bei uns sehen möchten, zumindest nicht so bald.

Er kam vorgestern kurz vorbei, nur um zu verkünden, dass er zu Silvester mit seiner Mutter ausgehe. Als Trost ließ

1951

er eine Flasche Wein zurück. Ich hätte sie ihm nachgeworfen, kam aber nicht dazu, weil er blitzschnell Knallfrösche aus der Tasche zog, die er über unseren ältlichen, aber noch ganz anständigen roten Perserteppich springen ließ.

Einen Moment standen wir wie gelähmt. Dann war Otto weg und Mama außer sich. Den Teppich zieren jetzt winzige schwarze Löcher, die unseren treuen Perser nicht verschönern.

Dienstag, 20. Februar

Seit seinem Kurzbesuch zum Jahresende habe ich Otto weder gesehen noch von ihm gehört. So war es Zufall, als ich ihn heute früh in der Uni erblickte, wo er in einem Hörsaal verschwand.

Ich verzog mich an meinen derzeitigen Arbeitsplatz in der Bibliothek, um mich dort mit dem Öffentlichen Recht zu befassen. Dieser Schein fehlt mir noch und wird mir nicht zufallen, wenn ich mich darauf beschränke, das Lehrbuch mit Widerwillen zu betrachten. Mir will es nicht gelingen, einem Verwaltungsakt, der den (jetzt zitiere ich) »Stempel der Nichtigkeit auf der Stirn« trägt, etwas abzugewinnen. Die Stirn eines Verwaltungsakts? Meine Phantasie gibt da nichts her.

Ich machte eine Schaffenspause und sah aus dem Fenster auf die Ihnestraße, und was erspähte ich? Ottos Auto. Gerade hatte ich mir vorgenommen ihn freundlich zu begrüßen, wenn er heraufkäme, als ich sah, dass er in sein Auto (neuerdings ein Mercedes) stieg. Wie ein Blitz lief ich herunter. Das Auto fuhr an, ich lief ein paar Schritte nach, das Auto fuhr wieder an, blieb stehen. Als ich näher kam, bog es um die Ecke. Bestimmt hat er mich nicht gesehen.

Freitag, 30. März

Wann immer ich in die Bibliothek gehe, versuche ich einen Blick auf Uschi Faller, Jurastudentin, zu werfen, mit der ich wohl etwas gemeinsam habe: Otto.

Neulich habe ich mich überwunden und ihn angerufen. Doch zu einem Gespräch kam es nicht, da er gleich aufhing.

Mama hob die Augen zur Decke und fragte, ob ich von dem Gezerre mit diesem Menschen nicht endlich genug hätte. Ansas wollte von mir wissen, warum ich an Otto überhaupt noch ein Wort verschwende. Das frage ich mich auch.

Aber er fehlt mir. Erklärt er etwas, verstehe ich es gleich und zu reden haben wir immer etwas. Er freut sich über jede Frage.

Donnerstag, 5. April

Ich bin aufgeregt, sogar sehr. Nachher gehe ich zu Uschi Faller. Im Korridor der Fakultät standen wir, zufällig, nebeneinander vor dem Schwarzen Brett, blickten uns an, und sie lud mich ein. Heute Abend also.

Donnerstag, 19. April

Tante Lieschen ist tot. Von den Toten nichts als Gutes … , aber der Spruch ist nur halbwahr, denn wie könnte man das von Tante Lieschen sagen? Dass sie an Not und Verfolgung ihrer Nachbarn nicht nur keinen Anteil nahm, sondern das schreckliche Geschehen in höchsten Tönen pries, macht die Erinnerung an sie abstoßend. Wäre Onkel Karl in einem normalen Staat durch jüdische Freunde zu einem guten Posten gekommen, hätte sie deren Loblied gesungen.

Dennoch: ein Mensch, dessen Leben vor unseren Augen zu Ende geht, ist gegenwärtig. So tat meine Mutter recht, als sie sich um Tante Lieschen kümmerte.

Onkel Karl übrigens, hat, wie der Berliner sagt, »rübergemacht«, in die englische Zone.

Sonntag, 22. April

Zurück zum 5., zu meinem Besuch bei Uschi Faller. Wir saßen uns gegenüber und sprachen über alles und nichts.

Dabei ließ ich meine Blicke wandern. Die Einrichtung gefiel mir. Alles in weiß, auf der Couch bunte Kissen. So möchte ich auch wohnen, unabhängig und frei.

Bei uns ist immer Gewimmel, denn jedes Zimmer hinten ist vermietet. Dazu hinterlässt uns das Ehepaar, das auf dem Großmarkt arbeitet, nur zu gern die kleine Lilli, die überall ihr Brot herumkrümelt und immer etwas vorgelesen haben will.

Doch zu Uschi: nachdem ich ihre Einrichtung besehen hatte, besah ich sie. Apart sieht sie aus, – dunkler Lockenkopf, dunkelblaue Augen.

»Sie kennen Otto?« begann sie unvermittelt und setzte ihre Teetasse ab. Ich beschränkte mich darauf, mit dem Kopf zu nicken. »Wollen Sie mehr wissen?«

Zu meiner eigenen Verwunderung nickte ich wieder mit dem Kopf und fragte. »Wie benimmt er sich bei Ihnen? Schreibt er Ihnen vor, wie Sie Ihr Äußeres herzurichten haben? Keinen Lippenstift, keine roten Fingernägel.«

»Das sollte er einmal wagen!« Uschi hielt ihre Hände mit rotlackierten Fingernägeln ins Licht.

»Tut oder sagt er etwas mit nur einem Ziel, – an Nebensächlichkeiten zu demonstrieren, dass er mit Ihnen machen kann, was ihm grade einfällt?«

»Was meinen Sie damit?«

»Zum Beispiel: drückt er Ihren Kopf beim Baden in der Havel unter Wasser oder lässt er Sie in strömendem Regen an der Ecke warten und begrüßt Sie mit einem »nass geworden?«

»Hören Sie auf«, rief Uschi, »so kenne ich ihn nicht.«

»Eine letzte Frage: versucht er, Sie juristisch zu bilden, kreist Ihr Gespräch hauptsächlich um die Feinheiten des Zivilrechts?«

Uschi lachte. »Da wäre ich längst weg. Zwar studiere ich Jura, aber nicht zusammen mit Otto. Unsere Zeit füllen wir anders aus.« Sie brach ab, nahm aber den Faden wieder auf. »Ich habe Otto, als er mich zum Silvesterball abholte, nach

Ihnen gefragt. »Schon lange völlig solo«, hat er mir versichert.«

Dazu lag mir die Frage auf der Zunge, ob sie mit ihm in Gestalt seiner Mutter auf den Ball gegangen sei.

Auf dem Nachhauseweg beherrschte mich nur ein Gedanke. Was hat Uschi Faller an sich, dass Otto, mit ihr zusammen, ein anderer Mensch zu sein scheint.

Wie ist er wirklich? So wie bei ihr, oder so wie bei mir?

Mittwoch, 23. Mai

Meine Klausur im öffentlichen Recht ist im Eimer. »Es bleibt dabei, nur noch eine Klausur« tönte der Dozent, jünger als viele von uns, über unsere gesenkten Häupter hinweg. Dazu nannte er uns Massenware. »Wenn Ihnen dieser einfache Fall, ein Klassiker aus dem Polizeirecht, zu hoch ist, müssen Sie eben länger studieren«, war das Schlusswort bei Rückgabe der Arbeiten. »Klassiker!« Da hat sich der Knabe am Pult wohl im Ausdruck vergriffen, aber komisch ist der Fall schon.

Es ging um die schöne aber ärmliche Molli Rundlich. Von einem Möbelgeschäft (nicht Ottos) zu Reklamezwecken angestellt, legt sie sich im Schaufenster, leicht aber nicht durchsichtig bekleidet, auf ein Bett mit preisgünstiger Matratze.

Die Werbung zieht. Menschenmengen stauen sich vor dem Schaufenster, ungeachtet der Bemühungen der Polizei, die Leute zum Weitergehen zu bewegen.

Wir sollten herausfinden, wer Störer der öffentlichen Ordnung ist, – die Leute, das Möbelgeschäft oder Molli Rundlich.

Leider weiß ich das immer noch nicht.

Freitag, 29. Juni

Scheine zusammen. Die zweite Klausur, auch ein »Klassiker«, handelte von einem Polizisten, seinem Gewehr, seinem Hund und einem Bismarckhering.

1951

Bei der Strafrechtshausarbeit hatte ich Glück, denn Dr. Mensky, Senatspräsident am Kammergericht und Dozent an der Uni, zensiert milde. Doch nicht nur deshalb erfreut sich seine Strafrechtsübung hohen Ansehens bei den Studenten.

Einmal steht er als Richter mitten in der Praxis. Zum anderen nimmt er es auf sich, ungeachtet seiner eigentlichen Aufgaben viel Zeit für uns herzugeben. Ohne nebenberufliche Dozenten wären wir verloren, denn Professoren sind an Zahl gering.

Dass Dr. Mensky und mit ihm eine Reihe anderer Dozenten sich uns so freundlich widmen, finden wir nobel, denn nur die Flucht aus Deutschland hat die zur Nazizeit Verjagten vor dem Tod gerettet. Ob ich meine Zeit für deutsche Studenten hergäbe, wenn ich verfolgt gewesen wäre? Auch Dr. Cohn, zu dessen sich leerender Vorlesung ich weiterhin trabe, war verfolgt. Zu meinem Erstaunen hat er sich neulich nach meinem Namen erkundigt. Es hat etwas für sich, selten zu sein, – ich meine als Mädchen. Bei der großen BGB Vorlesung sind wir vier und vom Dozenten selbst unmittelbar vor ihm, sozusagen zu seinen Füßen, placiert. Anscheinend regt ihn unsere Gegenwart dazu an, sich in gewagten Fallbeispielen ergehen, so wenn er bei der Erörterung von Kaufverträgen die Verlobten Fritz und Grete sich nach Schlafzimmermöbeln umsehen lässt. Alle lauern auf verlegene Blicke unsererseits, doch da haben die Herren Pech. Keine Reaktion. So dämlich wie sie sind wir nicht.

Montag, 27. August
Ich hab's gewagt und mich nach insgesamt sechs Semestern (die beiden Semester Betriebswirtschaft wurden angerechnet) zum Ersten Examen gemeldet, nicht zuletzt auf Zureden Ottos.

Ja, er ist wieder erschienen, als ob nichts gewesen wäre. Nach Uschi habe ich ihn nicht gefragt, weil ich nicht eine Spur eifersüchtig war. Doch bin ich gekränkt, wenn ich mich daran erinnere, dass er mit dem Auto immer ein Stück weitergefahren ist, als ich darauf zulief. Hinter der Ecke hat er dann auf Uschi gewartet. Nachträglich komme ich mir ziemlich dumm vor.

Montag, 1. Oktober

Ich bin unbesorgt in die Examensklausuren gegangen, denn ich schreibe gern vier Arbeiten, wenn ich damit einen großen Schritt vorwärts machen kann.

Jetzt muss ich noch die Hausarbeit überstehen. Darin geht es um die Frage, wer den Eltern eines totgetrampelten Kindes schadensersatzpflichtig ist. Mein Vorschlag wäre, der wild gewordenen Hammelherde die Schuld zu geben. Doch leider kommen da noch der Autofahrer, der Hirte, der Viehtransportunternehmer, Verkäufer und Käufer der Hammelherde in Betracht.

»Dass mich so ein Quatsch zum Richter oder Anwalt machen soll, will mir nicht in den Kopf«, sagte ich zu Otto, als ich ihm die Aufgabe zeigte. »Bis dahin dauert's noch«, war seine Antwort. »In diesem Examen geht's um die Anwendung juristischer Begriffe. Und da hat's deine Arbeit in sich.«

Dienstag, 18. Dezember

Morgen ist das mündliche Examen. Ottos Rat für meinen Auftritt – nicht zu selbstsicher, aber auch nicht unsicher – will ich gern befolgen, wenn ich nur wüsste, wie und was ich dafür tun soll. Vor dem Spiegel üben?

Das Ergebnis der schriftlichen Arbeiten wird streng geheim gehalten. So kann ich nur hoffen, dass ich die Prüfungsgebühr, von 75,– DM, die ich in drei Raten abstottern kann, nicht umsonst zahle.

Doch zum Examen gehören nicht nur Prüfer und Geprüfte, sondern die richtige Kleidung, – ein schwarzes Kostüm. »Nie kriegst du das für 50,– DM«, jammerte meine

Mutter. Das war die Summe, die wir dafür zusammengekratzt hatten. Mit den Worten »in deinem Alter war ich längst verheiratet. Warum nur hast du dir nicht einen netten Mann gesucht«, packte die Mama ihren schwarzen Rock in die Tasche und machte sich auf den Weg, mich im Schlepptau.

Auf dem Kudamm schritt sie erhobenen Hauptes bei Horn über die Schwelle. »Mama, der teuerste Laden!« »Das Teuerste ist oft das Billigste, komm.« Missmutig kroch ich in eine Ecke und kam widerwillig daraus hervor, als meine Mutter zur Kabine strebte, wo mir die Verkäuferin einen federleichten, am Hals glatt abschließenden schwarzen Angorapullover für 51,80 DM über den Kopf zog und Mama dazu ihren schwarzen Tuchrock aus der Tasche holte.

»So wird's gehen.«

Mittwoch, 26. Dezember

Es ging.

Alle aus unserer Examensgruppe haben bestanden. Der Vorsitzende der Prüfungskommission lobte uns sogar als erfreulichen Nachwuchs. Obwohl als steif und trocken bekannt, lächelte er mir zu und beglückwünschte mich am Ende sehr freundlich.

Wer war's? Dr. Cohn, bei dem ich jahrelang um acht Uhr morgens alle Teile seiner Vorlesung über »Freiwillige Gerichtsbarkeit« gehört hatte, weil ich mich nicht traute wegzubleiben, denn am Ende hatte er nur noch vier Hörer.

Montag, 3. März 1952

Inzwischen bin ich Referendarin und hätte nie gedacht, dass es beim Strafgericht so lustig ist. Das liegt an dem Richter, Herrn Huber. Immer gut gelaunt und freundlich, – auch zu den Angeklagten. Mittwoch und Sonnabend haben wir Termine, die am Mittwoch früh, am Sonnabend aber erst abends enden.

Huber begründet diese Einteilung damit, dass er sonnabends zu Hause ausgesperrt ist, weil seine Frau reinemacht und anschließend ihr Kaffeekränzchen empfängt.

Die Staatsanwältin ärgert sich deshalb jeden Sonnabend krank.

Zuwider sind ihr auch die »unnatürlichen Neigungen« unserer Kundschaft, obwohl es mir vorkommt, dass sie, nicht anders ich, keine rechte Vorstellung vom strafbaren Tun der Angeklagten hat.

Neulich hielt ihr ein Angeklagter entgegen: »Is doch nich verboten meine Freunde zu treffen. Wenn Sie wüssten, Frollein Angeklagte, wieviel Bier ich intus hatte und det schlägt bei mir nieder«, worauf sie zischte: »Angeklagt sind Sie, nicht ich.«

»Aber Frollein Anklage, wirklich, ich konnte nicht, – sagte doch schon, det mit dem Bier.«

Daraufhin bat Richter Huber die Vertreterin der Anklage »um Äußerung zu diesem Vorbringen.« »Ich nehme an ...« »Sie nehmen an« vollendete Huber, »dass Sie das Vorbringen des Angeklagten aus der Beweislage nicht widerlegen können.«

Die Sache endete, im Sinne des Richters Huber, mit Freispruch mangels Beweises.

Montag, 10. März

Otto hat mich Rechtsanwalt Steinbach empfohlen. So bin ich nicht nur Referendarin, sondern habe viermal in der Woche von 14 Uhr bis abends eine Nebenbeschäftigung. Dafür bekomme ich 125,– DM und verdiene mit meinem Referendargehalt von 93,50 DM über 200,– DM im Monat.

Mein Anwalt sieht schick aus, schlank, mit dichtem grauen Haar, dabei gerade 41 Jahre alt. Er ist auf Wirtschafts- insbesondere Aktienrecht spezialisiert und will mir das beibringen. Müsste ich ein Wort über seine Person sagen, fiele mir ein: »Leise.« Nichts ist laut an ihm.

Gar nicht leise aber ist die Bürovorsteherin, Frau Ehlers.

1952

Sie werde ärgerlich, sollte meinetwegen eine Sache mehrmals geschrieben werden müssen. Das hat sie mir verkündet, als ob es schon geschehen wäre. »Zeit ist Geld.« Auch das soll ich mir merken.

Dann gibt es noch Herrn Kopf, der mit mir das Büro teilt. Schulfreund von Steinbach und ein gemütlicher Typ. Er will sich zunächst einarbeiten.

»Das sagt er«, erfuhr ich aus dem Schreibbüro. »Ein paar Hürden aber wird er noch nehmen müssen, bis sein Verfahren durch ist, denn er war in der SS.«

Was ich beim Anwalt tue? Ich bereite Akten vor, suche Literatur und bekam auch schon eine Akte zur Bearbeitung.

Mittwoch, 19. März

Inzwischen bin ich beim Amtsgericht Lichterfelde in der Ringstraße gelandet und weiß auch schon, dass zwei Herren, die regelmäßig im Korridor vor der Rechtsantragsstelle herumsitzen, »Flurschützen« genannt werden, – deshalb, weil sie das ratsuchende Publikum mit Jagdinstinkt beobachten und auf die Tour »gnädige Frau, Sie haben Glück, ich bin zufällig Rechtsanwalt« versuchen, ein Mandat zu ergattern.

Mittwoch, 19. März

Als meine Mutter und ich neulich aus unserem Laden an der Ecke beim Amtsgericht kamen, ging grade mein Richter, Herr Immermann, vorbei und grüßte.

Meiner Mutter blieb der Mund offen stehen. »Wenn das dein Richter ist … das ist mein Blumenmann vom Markt. Allerdings«, fuhr sie fort, »habe ich ihn seit einiger Zeit dort nicht mehr gesehen. Frag' ihn doch mal.«

Das erübrigte sich, denn Herr Immermann offenbart sich selbst. Als Nazischwein habe er sich und seine Familie über Wasser gehalten, zuletzt auf dem Markt als Blumenmann, »bis meine Entnazifizierung durch war.«

Gern, ausführlich und ungebeten erzählt er von seiner Militärzeit in Frankreich. So werde ich ihn wohl noch öfter auf den Acker begleiten, wo er den Kühen so viel Rotwein zu trinken gab, dass sie auf allen vier Beinen schwankten. Dank seiner plastischen Schilderung sehe ich mich schon selbst schwankend als französische Rotweinkuh. Mein Referendarkollege aber sah das anders und knallte die Tür hinter sich zu. Er nennt das Mut. Ich dagegen sagte ihm, dass ich bei bestem Willen im Zuknallen einer Tür keine Zivilcourage sehen könne.

Immermann selbst kommentierte die zugeknallte Tür dahin, dass eben jeder »mit einem Nazischwein umgeht wie er will.«

Dienstag, 8. April

Meine Station bei Immermann geht zu Ende. Doch bevor ich erlöst werde, hat er mir, wie im Märchen, noch eine Aufgabe gestellt. »Bei Aufruf« erschienen die Antragstellerinnen vor Gericht, jede in tiefschwarz, die eine die Witwe, die andere die Geliebte.

Wie Worte täuschen können! Dass der Verstorbene sich aus seiner Frau wenig machte, erstaunte mich nicht, dass aber die andere eine »Geliebte« war, erstaunte mich sehr.

Die Geliebte, zwei Kinder, wollte Armenrecht für ihre Klage gegen die Witwe über 100,– DM. Die Witwe, ihrerseits, forderte zurück was ihr Mann aus der Ehewohnung in den Haushalt seiner Geliebten mitgenommen hatte. Die Liste enthielt u.a. sieben Tassen, drei Untertassen, zwei große Kochlöffel, Teller, Bestecke, Kochtöpfe.

Beide Damen waren giftig aufeinander wie Nattern, ebenso die Zeugen, die richtigen und die falschen Schwiegereltern.

Wurden die beiden Kinder erwähnt, waren sie für die einen »unschuldige Opfer«, für die anderen »Bälger.«

Zunächst verbot ich allen die schlimmsten Ausdrücke.

Aus dem Hin und Her bekam ich mit, dass es zwar nach

1952

außen um die Küchensachen und um die 100,– DM ging, da die Witwe bei einem höchst unerwünschten Besuch in der Wohnung der Geliebten die Kaffeedecke samt Geschirr vom Tisch gefegt hatte, dass für die beiden aber mehr auf dem Spiel stand: das Trauerrecht um den Verblichenen.

Die beklagte Witwe konnte es nicht verwinden, dass die Geliebte nicht nur zur Trauerfeier erschienen war, sondern sich samt Kindern in die erste Reihe gesetzt hatte.

Und, Gipfel der Frechheit! Wenn sie, die Witwe, in stiller, legitimer Trauer, am Grab ihres Mannes Blumen niederlegte, lauerte die von ihr »das Frollein« genannte Geliebte hinter dem nächsten Grabstein um, nachdem sie, die Ehefrau, weggegangen war, hervorzustürzen, den grade erneuerten Blumenschmuck abzureißen und ihren hinzulegen.

»Was«, so fragte die Witwe, hätte sie nach solcher Untat anderes tun können als sich im Gebüsch zu verstecken und gleiches mit gleichem zu vergelten.

Während die Parteien das bis zum Todestag durchgehaltene Doppelleben des teuren Verstorbenen aufrollten, ließ ich meine Phantasie walten. Ich sagte ihnen ins Gesicht, dass zunächst ein Friedhofsverbot für sie anstehe und ließ Worte wie Totenruhe und Grabschändung fallen. Da zeigte sich Angst auf den Gesichtern, denn weder die Witwe noch die Geliebte wollten als Grabschänderinnen dastehen.

So diktierte ich, dass abwechselnd jede die Grabpflege gestalten könne und hatte damit die Lockspeise angerichtet, die ihnen einen Vergleich, d.h. Rücknahme der Anträge auf Armenrecht, mundgerecht machte.

Als ich dann noch diktierte, dass jede der Damen ihren Blumenschmuck wählen und ihr niemand dreinreden dürfe, nickten alle vier Schwiegereltern zufrieden. Ein gutes Zeichen.

Ich war mehr als froh, als die Parteien unterschrieben und, getrennt, aus der Tür gingen.

»Ein blödsinniger Streit«, sagte ich. »Wenn das die gepriesene Vielseitigkeit des juristischen Berufs ist!« Damit allerdings kam ich bei Richter Immermann nicht an. »Erheben

Sie sich nicht über »unbedeutende« Sachen. Sechs Tage in der Woche beschäftigen wir uns mit Streitigkeiten, die den Betroffenen wichtig sind. Damit haben wir sechs Siebentel des juristischen Alltags in unseren Händen. Das ist viel. Sehen Sie unseren Beruf so, auch wenn Ihnen das ein Nazischwein sagt.«

Warum nur, frage ich mich, kokettiert Immermann derart mit diesem, von ihm selbst geprägten Titel aus der Tierwelt. Wird er mit den Geistern seiner Vergangenheit nicht fertig oder tritt er damit die Flucht nach vorn an?

Mir hat er ein sehr gutes Stationszeugnis gegeben, übrigens, trotz zugeknallter Tür, auch meinem Referendarkollegen, der das, sehr zufrieden, auch von einem Nazischwein entgegennahm.

Das hinderte ihn aber nicht, die uns angetragene Bestellung zum Rechtsbeistand für arme Leute mit der Begründung abzulehnen, dass er nicht zum Armenanwalt ausgebildet werden möchte. Ich dagegen kann damit rechnen, ab und zu einen Fall zu bekommen. So bin ich jetzt Beistand für eine Familie, der der Hauswirt die Wohnung gekündigt hat, weil die Kinder zu laut sind.

Meine Auslassungen zu »meinem« Fall habe ich vorsichtshalber meinem Anwalt gezeigt. Er war im ganzen einverstanden, hat mir aber noch erläutert, wie ich die Verhandlung angehen sollte.

Mittwoch, 21. Mai
26 Jahre alt bin ich, und was habe ich erreicht? Nichts.

Meine Mutter hat recht. Bei Mann und Kind wäre ich sicher besser aufgehoben als in einem Beamtenverhältnis auf Widerruf.

Otto? Seine Ausfälle halten sich in Grenzen. Ist er zufrieden mit mir, reden wir über alles, was uns einfällt. So las ich ihm neulich aus Fontanes »Effi Briest« vor, einer Ende des 19. Jahrhunderts spielenden, in seinen Augen von der Zeit längst überholten Ehegeschichte. Zwar gelang es mir

1952

nicht, ihn vom Gegenteil zu überzeugen, dafür aber festigte sich dank unserer Diskussion meine Überzeugung: für den tragischen Ausgang der Geschichte sind die damals maßgebenden gesellschaftlichen Konventionen nur scheinbar bestimmend. In Wahrheit ist die eigentliche, die menschliche Katastrophe der dem vornehmen Baron eigenen Neigung geschuldet, sein – durchaus von Selbstzweifeln belastetes – Tun damit zu rechtfertigen, keine andere Wahl gehabt zu haben, – eine in solchen Fällen banale Selbstentschuldung, die die Stimme des Gewissens zumindest dämpft, wenn nicht zum schweigen bringt.

Doch, wie stets, kommt es bei jedem Tun nicht nur auf das was, sondern ebenso auf das wie an. Mag für den Baron, nachdem er einen Dritten zum Mitwisser des Jahre zurückliegenden Seitensprungs seiner Frau gemacht hatte, das Duell der nach damaligem Maßstab einzige Ausweg gewesen sein, gab es doch keine gesellschaftliche Konvention, die ihn gezwungen hätte, die Trennung seiner Ehe dadurch zu bewerkstelligen, dass er seine Frau ohne ein einziges Wort wie ein Paket postlagernd retour schickt und ihren Eltern anheim stellt, die »Sendung« abzuholen. Das ist menschlich grausam und weckt sowohl aus damaliger wie heutiger Sicht diskussionswürdigen Widerspruch.

Montag, 23. Juni

Vorgestern schlug Otto, bester Stimmung, einen Sonntagsausflug vor. Unter mitleidig verständnislosen Blicken meiner nächsten Angehörigen machte ich mich in bürgerlicher Kleidung, äußerlich farblos, auf, und, o Wunder, er ließ mich nicht an der Ecke warten.

Er begrüßte mich freundlich. »Du hast doch heute nichts vor?«

»Nichts, was du nicht auch vorhast«, antwortete ich.

So war's ein guter Anfang. Wir machten einen Spaziergang auf der Pfaueninsel, wo er allerdings entgegen guten Vorsatzes nicht der Versuchung widerstand, mir mit weit

254

ausholenden Armbewegungen die Feinheiten des dem Zivilprozess eigenen Verfahrensrechts zu erläutern.

Keinen Blick warf er auf den Park, auf Bäume und Wasser im Wechsel von Sonne und Schatten. Ich hörte zu, zeigte Lernbereitschaft, was Otto in immer bessere Stimmung versetzte.

Doch schließlich und endlich steuerten wir einem der Kaffeegärten in der Umgebung zu. Es wurde ein friedlicher Nachmittag auf der Terrasse, mit Blick auf Segelboote, Ausflugsdampfer und Ausflüglern um uns herum.

Als er das Auto aufschloss, fragte er, ob ich nicht Lust hätte, mit ihm zu verreisen. »Im August und wohin du willst.«

Er fuhr an, während ich meine Gedanken wandern ließ. Deuteten seine Reisepläne in eine gemeinsame Zukunft? Wäre es nicht an der Zeit, uns zu entschließen?

»Weißt du was?« Otto legte seine Hand auf meinen Arm. »Wir haben, meine ich, ein Amüsement verdient. In Zehlendorf gibt's einen Rummel. Willst du, wollen wir hin?«

Ich sagte »ja« und fragte nicht, ob er mich dort in das Recht von Schaubudenbesitzern und Karussellbetreibern einweisen wollte. Als ob er das erraten hätte, ließ er mich wissen, dass er sich auf der Pfaueninsel auch eine andere Unterhaltung hätte vorstellen können. »Ich mache das deinetwegen, um dir Verständnis für die Umsetzung rechtlicher Normen beizubringen. Auswendig lernen, wozu du neigst, sich von Fall zu Fall zu hangeln, bringt's nicht. Doch ich glaube, du bist jetzt auf dem Weg.

Ein Rummel!« Otto rief es auf dem Parkplatz. »Als Kind war das für mich ein leider allzu seltenes Vergnügen. Aber das nächste Mal geht's nach Neukölln. Da steckt doch mehr Berlin drin.« Wir streiften zwischen den Buden umher, versagten im Preisschießen, und auch das Glücksrad drehte sich für uns nicht, worauf Otto etwas von »Glück in der Liebe« sagte. Damit musste er sich am Bratwurststand trösten, denn das Glück war ihm auch da nicht hold. Dicke

1952

Fettspritzer zierten seine (rein) seidene Kravatte, als er mit Appetit und breiten Zähnen in eine Bratwurst biss.

»Macht nichts«, sagte er tapfer, »auf geht's. Zum Rummel gehört eine Karussellfahrt.« Ich wies auf ein nettes Holzpferd, das gerade vor uns hielt. »Wie wär's, wir beide auf einem Pferd?«

»Wo denkst du hin?« Er zog mich zum Kettenkarussell, bei dessen Anblick mir schon schlecht wurde. »Bitte nicht«, stellte ich Otto vor, als sein Blick an diesem Gefährt hängenblieb. Richtig, er löste Karten. »Ich habe Angst.«

»Tut nichts«, lachte er, »dann macht's erst Spaß.«

Ehe ich mich versah, griff er meinen Arm. Als das Karussell unseligerweise direkt vor uns hielt, schob er mich auf einen Sitz, und schon ging's los. Höllenangst überfiel mich. Ich hing auf dem schmalen Brett einer offenen Schaukel, die sich an langen Ketten quer in der Luft drehte, schneller und schneller, rund herum, ohne Halt, ohne Boden, mitten in der Luft.

»Siehst du«, triumphierte Otto, als ich, schwankend und schwindlig nach grässlicher Ewigkeit wieder auf festem Boden stand, »es geht doch.«

»Na warte!« Ich schrie wie am Spieß, brüllte Otto meine Wut ins Gesicht und ging zu lautem Heulen über, woraufhin er eiligst versuchte in der Menge zu verschwinden. Doch ich hielt ihn am Rockzipfel fest.

»Fahr mich nach Hause, auf der Stelle. Sonst, das verspreche ich dir, siehst du mich nie wieder.« »Sieh selbst zu, wo du bleibst.« Ich lief ihm hinterher, aber er bewegte seine dicken Beine schneller, als ich es je für möglich gehalten hätte.

Wollte er mich wirklich stehen lassen? Dabei ging mir durch den Kopf, was ich vorher hätte bedenken sollen: keinen Pfennig Geld hatte ich mit. »Wenn du mich hier stehen lässt, ohne Fahrgeld, dann ist es aus, für immer.«

Ottos Gesicht verzog sich zu einem breiten Lachen.

»Meinetwegen. Der Himmel bewahre mich vor hysterischen Weibern!« Weg war er. Und ich? Ich machte mich auf den Weg nach Hause. Zu Fuß eine ziemliche Ecke.

Montag, 22. Dezember

Im Anwaltsbüro haben wir inzwischen Zuwachs, denn Herr Kopf sitzt jetzt Herrn Marcus gegenüber, der gleichfalls bei Steinbach hospitiert, bevor er in Frankfurt eine Stelle im Zweigunternehmen eines amerikanischen Konzerns antritt.

Herr Kopf seinerseits wartet immer noch auf den Abschluss seines Entnazifizierungsverfahrens. Herr Marcus dagegen steht für das Gegenteil. Seine Eltern waren Nachbarn der Familie Steinbach. Als sie nach Amerika flüchteten, haben die Eltern von Steinbach in einer Nacht- und Nebelaktion Silber, ferner eine Sammlung Altberliner Porzellans samt Vitrine übernommen und für die Familie Marcus über den Krieg hinweg gerettet.

Wir drei Lehrlinge verstehen uns gut, aber neulich schluckte ich, als Kopf Herrn Marcus bei unserem Nachmittagsespresso im Café gegenüber fragte, warum er, ein ehemals Verfolgter, in Deutschland leben und arbeiten wolle.

Marcus lehnte sich zurück. »Das will ich Ihnen sagen. Meine Tätigkeit in Frankfurt ist für mich, so hoffe ich, Chance und Sprungbrett.

Mein Leben reduziert sich nicht auf die Jahre der Verfolgung, so schlimm die Zeit damals war. Wie jeder andere überlege ich, was für meinen beruflichen Werdegang richtig und wichtig ist. Die Verfolgung hat darin keinen Platz. Ich denke nicht daran, den Nazis noch heute Einfluss auf meine beruflichen Pläne einzuräumen.«

Ich blickte in das kluge Gesicht des Sprechenden und merkte auf. Auch ich nehme mir vor, Erlebnisse, die ich überstanden habe, nicht zur Last meines Lebens zu machen.

»Dass ich in Deutschland von Menschen umgeben bin«, fuhr Marcus fort, »die dem Naziregime anhingen, Schlimmes taten, weiß ich. Könnte ich mich dieser Tatsache nicht

1952

stellen, sollte ich nicht hier sein. Und noch eins: Zwar ist New York mein zu Hause, aber ich bin hier geboren und lasse mir nicht nehmen, dass ich Berliner bin. Berlin bleibt Berlin, auch für mich.«

Steinbach dagegen treten bei dem Wort Berlin Tränen in die Augen, denn die Hauptverwaltung eines seiner Groß-mandanten verlegt gerade ihren Sitz nach Stuttgart. »Alles geht in den Westen«, klagt er. »dort, nicht in einem zwischen Ostzone und sowjetischem Militär eingeschlossenen Berlin, werden Geschäfte gemacht.«

Trotzdem sind wir voll beschäftigt, denn Steinbach ist in die Rückerstattung eingestiegen. Für mich heißt das Grund-bücher einsehen. Selbst diese öden Akten spiegeln die Zeit wider.

»Not kennt kein Gebot«, – nur zu deutlich sprechen die Grundbücher von erzwungenen Billigverkäufen in der In-flations- und besonders in der Nazizeit. Ich würde nie ein Haus kaufen, das aus Not billig weggegeben werden muss.

Da sitzt das Unglück in den Wänden.

Sonnabend, 14. März 1953

Leider, leider, hat sich unser Trio aufgelöst. Herr Kopf , endlich entnazifiziert, ist nach Schleswig Holstein gezogen, wo er auf eine Amtsrichterstelle hofft.

Herr Marcus ist jetzt in Frankfurt. Er sagte, dass er von Steinbachs Unterweisung in dessen Spezialgebiet, Gesell-schafts- und Aktienrecht, sehr profitiert habe. Auch mich führt Steinbach darin ein, nicht nur theoretisch, denn er be-spricht mit mir Fälle, in denen ich ihm zuarbeiten soll.

So habe ich mehr zu tun. Meine Zeit wird knapper und knapper. Auch zu meiner Freundin, Frau Jelnikowa, komme ich jetzt seltener. Doch heute habe ich sie wieder einmal be-sucht und fragte sie gleich als erstes nach ihrer Meinung zu Stalins Tod.

»Es wird nur noch schlimmer«, war ihre Antwort, worauf sie in der Küche verschwand.

Kaum hatte ihre Mutter die Tür hinter sich zugemacht, hörte ich von Natascha. »Am Sonnabend gehen wir ins »Resi«, und du bringst für dich jemand mit.« Damit weckte sie in höchstem Maße meine Neugier, doch mehr erfuhr ich nicht.

Montag, 23. März

Die Überraschung ist Natascha gelungen! Hatte ich mich gewundert, dass sie sich, mit ihrer Doktorarbeit zugange und inzwischen Obermacherin im Slawischen Seminar, ins Resi herablässt, riss ich die Augen auf, als der Grund unserer Abendvergnügung am Tisch erschien, uns mit einem kräftigen Händedruck begrüßte, Bier für alle bestellte und sein Natchen küsste.

Malermeister ist er, wie Natascha betont, mit eigenem Geschäft. Mir gefällt er. Offen und freundlich, äußerlich aber weniger mein Typ. Vierschrötig, mit dicken Pfoten.

Eng umschlungen wandelten Natascha und Manfred, Männe gerufen, zum Tanzparkett. Keinen Tanz ließen sie aus. Das lag aber nicht nur an Nataschas Tanzlust, sondern an der vielgerühmten Attraktion des »Resi«, kleine Lämpchen auf den Tischen zu einer Aufforderung zum Tanz aufleuchten zu lassen.

Für Männe sollte nur ein Licht leuchten: Natascha.

Ich hatte am Tisch Muße, dem Lämpchenspiel mit den Augen zu folgen, denn mein neuer Referendarkollege, den ich mitgebracht hatte, hielt mich, selbst Nichttänzer, mit den Worten »Sie werden sich doch nicht von einem irgendjemand herbeiblinken lassen«, am Platz. Er hat schwarze Haare, heißt Horst Hell, scheint aber sonst ganz nett.

Dienstag, 31. März

»Kannst du vorbeikommen?« rief Natascha mich beim Anwalt an. Ich sagte der Büroleiterin Bescheid und machte mich auf in die Kantstraße.

Doch auf mein Klingeln öffnete Frau Jelnikowa. Hochgradig erregt, bat sie mich herein und setzte mit nie versagender Gastfreundschaft den Samowar in Gang.

Ich versuchte ein Gespräch, doch Frau Jelnikowa beschränkte sich darauf, ihre Teetasse an den Mund zu führen und wieder abzusetzen.

Dann brach es aus ihr heraus.

»Die … die … braucht nicht mehr nach Hause zu kommen, nicht mit diesem Kerl! Sonst springe ich.« Schneller als ich ihr mit den Augen folgen konnte, rannte sie zum Fenster und riss am Fensterkreuz. Ich lief hinterher und führte sie zurück. Wir saßen uns gegenüber, stumm. Über den abgewetzten Holztisch hinweg nahm ich ihre Hände.

»Versuchen Sie doch, die Dinge durch die Augen Ihrer Tochter zu sehen. Mir scheint es nicht nur so, ich meine sie ist wirklich glücklich.«

»Glücklich?« Frau Jelnikowa zog ihre Hände aus meinen.

»Ein Abstieg ist es. Natascha sieht nur noch diesen Grobian aus dem untersten Volk. Seinetwegen wird sie alles hinwerfen! Wenn doch dieses Haus nicht renoviert worden wäre, damit fing das Unglück an.«

»Keineswegs«, widersprach ich. »Natascha wird ihre Planstelle nicht aufgeben und ihre Doktorarbeit schon gar nicht. Ihr Männe …« »Warten Sie nicht länger« unterbrach mich Frau Jelnikowa. »Ich weiß nicht, wann Natascha kommt. Ich bin müde und im Augenblick keine gute Gesellschaft.«

Ich zögerte. Konnte ich sie allein lassen?

»Ruhen Sie sich aus? Versprechen Sie's?« Ihr Ja klang so gelassen, dass ich die Tür hinter mir schloss.

Unten, im Eingang, traf ich Natascha. Ich ließ sie nicht zu Wort kommen. »Du bist mir jede Menge Erklärungen schuldig.«

Statt einer Antwort sah sie auf ihre Armbanduhr. »Ich hab mich verspätet. Ich will nur noch schnell nach meiner Mutter sehen, dann treffe ich Männe.«

»Deine Mutter hat sich hingelegt, sie ist…« »Hat sie dich schon bearbeitet? Komm«, sagte sie und zog mich ins Café um die Ecke. Wir setzten uns hinten auf ein dunkelbraunes Sofa, das den Krieg vermutlich in einem Luftschutzkeller überlebt hatte.

»Also«, ich sah sie auffordernd an.

»Ich ziehe aus« begann Natascha. »Einer eingebildeten, alten Frau opfere ich nicht mein Lebensglück. Meinetwegen kann sie nach Leningrad zurückgehen, Stalin ist ja tot.

Es gibt nichts, was meine Mutter nicht versuchte, um mich von Männe zu trennen. Aber sie irrt sich. Soll sie aus dem Fenster springen, er wird ihr Schwiegersohn.«

Wie auf ein Stichwort erschien in diesem Augenblick das künftige Familienmitglied. »Herzchen«, er küsste sie. Fast hätte ich laut gelacht, denn mit diesem Organ, noch dazu in Verkleinerungsform, hat Natascha nur wenig gemein.

Welche Wende! In ihrem Selbstbild fast Professorin, Gleiche unter Gleichen am Slawistenhimmel, hatte ich mich nicht nur einmal gefragt, ob ich ihr als Umgang noch genüge.

Doch vielleicht, meditierte ich, ist Männe ein guter Gegenpol zu einem Akademikerdasein, das sie Normalbürgern stets weiter entfremden würde.

»Natchen«, schlug Männe vor, »wir werden jetzt nach deiner Mutti sehen. Am Sonnabend nehmen wir sie mit ins Kino, und, wenn sie möchte, bleibt sie übers Wochenende bei uns. Meine Mutti freut sich schon auf sie. Bei schönem Wetter können unsere Mütter auf der Veranda in der Sonne sitzen.«

Ich nahm Natascha beiseite. »Red ihm das aus. Von einer Berliner Mutti ist deine Lichtjahre entfernt. Geh du jetzt allein nach oben und beruhige deine Mutter.«

Mittwoch, 8. April
Ein Anruf von Natascha. »Komm sofort.«

Ich machte mich auf und fand sie und Männe ratlos vor der Tür, hinter der sich ihre Mutter eingeschlossen hatte.

1953

Jede Minute war erfüllt vom Bild der Frau Jelnikowa unten auf dem Bürgersteig und das Fenster weit offen.

Die beiden hatten sie ausgestreckt auf der Schwelle von Nataschas Zimmer gefunden, – wollten sie hinein, hätten sie über sie hinwegtreten müssen.

Jetzt hoffte Natascha, dass ihre Mutter auf mich reagiert. Ich klopfte, flehte, endlich, nach einer Ewigkeit die Stimme von Frau Jelnikowa. Was sie sagte, trug allerdings nicht zu unserer Beruhigung bei. »Ich oder dieser Mann.«

»Herzchen, ich gehe wohl besser.« Sie taten mir leid, als sie sich unter Tränen umarmten.

Freitag, 19. Juni

Die Radiomeldung »schwere Sowjetpanzer haben die Leipzigerstraße besetzt und rollen vor«, erinnert uns daran, dass wir in Berlin wohnen. In Ostberlin scheint ein Aufstand ausgebrochen, aber inzwischen wohl schon niedergeschlagen. Die Bauarbeiter wehren sich gegen ihre Arbeits- und Lebensbedingungen und damit auch gegen das Regime der SED.

Wir waren froh, dass mein Bruder aus der Innenstadt heil zurückkam. »Nur die Sowjetpanzer«, berichtete Ansas, »halten die Menschen nieder. Ließe man ihnen die Wahl, hätten wir morgen wieder eine Stadt und Ulbricht wäre abgesetzt.«

Doch das Unglück anderer scheint eine erträgliche Last. Jedenfalls hält sich die Anteilnahme der Westberliner in Grenzen, denn auf dem Kudamm war gestern großes Remmi Demmi wegen der Internationalen Filmfestspiele. Eine begeisterte Menge wartete auf Gary Cooper. Den hätte ich auch gern gesehen.

So ist es: jeder lebt sein Leben und ist betroffen, wenn er selbst betroffen ist. Nicht dass mich die Ereignisse in Ostberlin nicht interessierten, aber in mein eigenes Leben dringt das nicht wirklich ein.

Dienstag, 23. Juni

Das Ehepaar Rosenberg ist in New York hingerichtet worden, weil sie Staatsgeheimnisse verraten und somit potentiell die Gefahr eines Atomkrieges erhöht haben sollen. Ich finde es schrecklich, wegen einer Möglichkeit aus Lebenden Tote und aus Kindern Waisen zu machen!

Doch der amerikanische Präsident ist – so stand es in der Zeitung – überzeugt, dass die Rosenbergs ihre gerechte Strafe erhalten hätten.

Mich erinnert das an einen Satz aus unserer Schullektüre zur preußischen Geschichte. »Es ist besser ein Mensch stürbe, als dass die Gerechtigkeit aus der Welt käme.« Dieser Meinung bin ich ganz und gar nicht.

Gerechtigkeit ist ein Begriff, der nach Zeit, Ort und Politik unterschiedlich verstanden und von den Betroffenen wohl immer kontrovers ausgelegt wird. Auch über die Rosenbergs hätte das Gericht anders entscheiden können.

Donnerstag, 15. Oktober

Berlin hat Grund, sein Unglück zu beklagen. Im September ist der Bürgermeister Reuter gestorben.

»Völker der Welt, schaut auf diese Stadt!« Bei anderen wäre das eine Politikerphrase gewesen, nicht bei Reuter. Er war ein Garant unserer Freiheit, denn in Westdeutschland wäre man uns wohl gern los, weil der Status Berlins ein Dauerproblem ist und wir in Berlin zudem noch Geld kosten.

Mittwoch, 16. Oktober

Mein Referendardasein spielt sich zur Zeit in Alt Moabit 12a ab, im Frauengefängnis. Wieder einmal weiß ich, was ich nicht machen will: nichts, was mich beruflich mit Strafsachen verbindet.

Jeden Tag, von früh morgens bis mittags, teile ich den Tageslauf des Personals, begleite die Krankenschwester,

1953

helfe bei der Essenausgabe. Die Wärterin kennt die Launen und Stimmungen ihrer Damen und gibt, wenn wir mit dem Wagen den Korridor entlangklappern, Warnsignale, denn es kommt vor, dass blitzschnell ein voller Suppentopf auf unsere Köpfe zielt.

Wir sind zwei Referendarinnen, können uns zwischen den Gefangenen im Hof frei bewegen und sollen uns mit Wünschen, Beschwerden, Anträgen, z.B. auf Hafterleichterungen, der uns Zugewiesenen befassen und dazu Stellung nehmen.

Die Frauen reden ohne Ende über ihre Straftaten, immer mit dem Tenor zugrundeliegender Ungerechtigkeit ihrer Strafe.

Vor allem darüber beklagte sich »meine.« Sie hatte, gemeinsam mit ihrem Freund, ihrer Vermieterin mit einem Strick den Hals abgeschnürt. Empörung im Blick beklagte sie sich, dass sie, mit 29 Jahren, die beste Zeit ihres Lebens im Gefängnis drangeben müsse, während »die Alte mit ihren 87 Jahren« es sowieso nicht mehr lange gemacht hätte.

»Sie hätten noch warten sollen«, war meine Antwort.

»Ging nicht, Frollein, wir brauchten ihr Geld und ihre Sachen gleich.«

»Meine« nächste hatte andere Leute um ihr Geld gebracht. »Aber keine Doofen«, verteidigte sie ihre Berufsehre als Rückfalltäterin. Mit ihr habe ich über Geld philosophiert, über die Gier so mancher Menschen. Schalteten diese ihren Verstand aus, schlug die Stunde meiner Hofgangsfreundin.

Ich habe versucht ihr klarzumachen, dass sie mit ihrem Talent für Geldgeschäfte auch reich werden könnte, ohne andere Leute hereinzulegen, fürchte aber, tauben Ohren gepredigt zu haben.

Meine Meinung nach diesen sechs Wochen: Für die Gefangenen ist, wenn sie nach Ende des Verfahrens in Alt Moabit 12a landen, die Tat Vergangenheit. Vorbei, ins Nichts versunken. So sehen sie nicht ein, warum sie eingesperrt sind.

Am besten ist es, sie während der Haft zu der Einsicht

zu bringen, dass sich Straftaten nicht lohnen und es sich noch weniger lohnt, nach der Entlassung wieder ins frühere Leben zurückzukehren. Aber unsereins hat da gut reden, denn was erwartet die Frauen, wenn sie aus dem Gefängnis kommen? Nichts und oft auch Niemand.

Zu Hause habe ich meine Mutter das Gruseln gelehrt und ihr von einer unserer Mörderinnen berichtet, die ihr zerstückeltes Opfer unter dem Bett aufbewahrte. »Und solche Leute können bei euch noch Wünsche äußern?« war ihr Kommentar.

Freitag, 15. Januar 1954

Zum Jahresende schlug mein Gewissen. Mir ging durch den Kopf, dass ich nur noch zwischen Referendarstationen und Anwalt hin und her balanciere.

Früher habe ich mir Gedanken über das Jenseits gemacht, ob es sich einmal als Wirklichkeit herausstellen wird. Und heute? Lebe ich vom Brot allein? Auch das nicht, denn ich muss erstmal ans Brot herankommen.

Mit solchen Gedanken folgte ich der Jahresschlussandacht meines Pfarrers (nicht), aber dann nahm mich die Predigt über das Wort in Markus IV, Vers 35, gefangen.

»Lasst uns hinüberfahren.« So sprach Jesus des Abends am Meer zu seinen Jüngern.

»Bei aller Freiheit hier auf Erden«, sagte der Pfarrer, »einmal kommt die Zeit. Dann müssen wir ins Boot und es heißt: »Lasst uns hinüberfahren.«

Wohin?

Sonntag, 24. Januar

Die 10. Große Strafkammer habe ich hinter mir, weniger aufregend als ich dachte. Meist Betrug und Diebstahl.

Beim Vorsitzenden Levy waren wir drei Referendare bestens aufgehoben. Welch gute Einrichtung, ehemals Verfolgte »nachdienen« zu lassen.

1954

Dr. Levy hält das Heft in der Hand und kommt auch mit den Schöffen zurecht, was wohl nicht immer einfach ist. Lehrer stehen da an erster Stelle. Sind sie Schöffen, heißt es, wissen sie nicht nur alles besser, – sie sagen es auch.

Bei uns war's nicht der Lehrer, sondern die Hausfrau, um die sich Dr. Levy bemühen musste, denn sie wollte einen Einsteigedieb lebenslänglich einsperren. »Wenn ich mir vorstelle, dass er bei mir ins Schlafzimmer eingestiegen wäre ...« »Da wäre er gleich rückwärts raus.« »Herr Kollege, ich bitte«, mahnte Dr. Levy milde. Mit Überredungskunst gelang es ihm, den Dieb vor der Strafe der Hausfrau zu retten, um sich dann, – wie er sagte mit nicht ganz gutem Gewissen – in der Pause an den Keksen zu delektieren, die die Hausfrau für die Kammer gebacken hatte.

Meist war man sich aber einig, auch in dem Bedauern, einem Seriendieb mit überreich bestücktem Vorstrafenregister wieder zu einer Unterkunft hinter Gittern verhelfen zu müssen.

Der Staatsanwalt plädierte für eine exemplarische Strafe, da der Angeklagte bereits am Tag nach seiner Entlassung auf Bewährung wiederum darauf ausging, sich »Bargeld und daneben Lebens- und Genussmittel in nicht geringer Menge, darunter sogar Tüten mit Ostereiern, anzueignen.«

Als der Dieb sich damit rechtfertigte, dass er, hätte er nur Arbeit und keine Familie, gern auch gegen Bezahlung kaufte, dass seine Kleinen auch mal Ostereier suchen wollten, war ich versucht ihm zu raten, weiter auf Tour zu gehen. Sollen doch die Beklauten besser aufpassen. Ich finde nicht den Dieb, sondern die Umstände schuldig, auch wenn das letzte, – unglaubhafte – Wort des Angeklagten lautete: »Ach Herr Rat, ich wer' auch nie wieder.«

Dagegen mein – glaubhafte – Wort: keine Eignung und keine Neigung zur Strafrichterin.

Eine Flugreise nach München. Ich soll dort für meinen Anwalt beim Syndikat an der Vorbesprechung teilnehmen,
Notizen machen und ihm über meinen Eindruck von Sach-
stand und Atmosphäre berichten.

Zu Hause wird meine Mutter jeden Tag aufgeregter. »Was
passiert«, fragte sie, »wenn das Flugzeug in der Luft anhält?«

»Dann fällt's runter«, klärte Ansas sie auf.

Wieder zurück in Berlin. Der Flug war langweilig. Ich saß
in einer engen Sitzreihe eingeklemmt und draußen nichts
als Luft.

Steinbach hat mich in München im »Königshof« einquartiert, einem sehr schicken Hotel. Unsere Bürovorsteherin
hat das schmerzlich getroffen, »etwas Einfacheres hätte es
auch getan«, war ihr Kommentar, als sie mir die Fahrkarten
gab.

Mir gefiel alles, mein Zimmer und insbesondere das dazu-
gehörige Bad, aus dem ich so bald nicht wieder herausfand.

In der Halle unten setzte ich meine Erkundung fort, war
aber schlau genug zu einem »danke, später« als der Kellner
nach meiner Bestellung fragte. Als Hotelgast fühlte ich mich
dazu nicht verpflichtet.

Wie mochten Leute reisen, die nicht im Portemonnaie
nachzählen mussten? Diese Frage hätte sicher der Herr mit
der goldenen Armbanduhr beantworten können, der am
Nebentisch in Papieren blätterte.

Meinerseits vertiefte ich mich in das Hin und Her in der
Hotelhalle, als plötzlich ein Papier zu meinen Füßen landete. Ich hob es auf. Der Herr vom Nebentisch bedankte
sich, raffte seine Papiere zusammen und meinte, ich müsse
für meine gute Tat an der Bar ein Glas mit ihm teilen. Kein
Nein von meiner Seite. Das war genau das, was mir fehlte.

Unbekannt wollte ich bleiben, mich selbst im Dunklen

lassen. Doch schon auf die erste Frage gab ich die Referendarin zu. »Was Mädchen heutzutage so alles machen!« Mein Kavalier wunderte sich.

Er gehört dem Speditionsgewerbe an und nahm an einer Sitzung seines Berufsverbandes teil.

Dann kam, was kommen musste: »Was machen wir mit dem angebrochenen Abend?« Doch hier stockt meine Feder.

Fragen dieser Art haben nichts mit meiner Person zu tun. Es wäre Blödsinn, wenn ich mir einbildete, dass man gleich auf mich fliegt. Schließlich bin ich täglich im Beruf fast nur von Männern umgeben.

Nein, derartige Kontaktversuche beruhen auf der Überlegung, ob man, wie Ansas es formuliert, »mit der was kochen kann.«

Natürlich ging das, was ich jetzt schreibe, in München nicht so durch meinen Kopf, vielmehr zögerte ich.

»Also, Treffpunkt hier an der Bar, kurz vor acht Uhr, zum Drink und dann nach oben, ins Restaurant? Tun Sie mir den Gefallen. Sie glauben nicht, wie öde Geschäftsreisen sind, wenn man abends, nach getaner Arbeit, allein am Tisch sitzt. Seien Sie menschenfreundlich.« Seine Blicke waren so freundlich wie seine Worte und unsympathisch war er nicht.

An den einsamen Menschenfreund glaubte ich nicht so recht, -oder doch? vielleicht? Aber das würde sich erst nach dem Essen klären.

So oder so. Warum sollte mir ein fremder Mensch ein teures Essen bezahlen? Den Gegenwert der Einladung in eigener Person ausgleichen? Danach stand mein Sinn nicht.

Meine Antwort war nein. Das sage ich vorher, wenn ich entschlossen bin, nachher nicht ja zu sagen.

Nicht ganz ohne Betrübnis blickte ich zu der erleuchteten Glasveranda des Restaurants vom Königshof hoch, als ich das Hotel auf der Suche nach einer Stätte verließ, wo das Essen nicht nur mir, sondern auch meinem Portemonnaie schmecken würde.

Als Nachtisch gönnte ich mir ein Glas an der Hotelbar

und hielt mich daran mit Sodawasser fest. Mit dem freundlichen Barkeeper ergab sich ein Gespräch, dem es allerdings meinerseits wegen der reichlichen Zufuhr von Sodawasser an Tiefsinn mangelte. So blieb nur die Feststellung, dass das Leben »so oder so« ist, im Augenblick »so.«

Und »so« war es doch noch ein schöner Abend geworden, der noch schöner endete. Als ich, spät, mit dem Fahrstuhl hochfuhr, stieg – wer? – ein? Mein selbstloser Menschenfreund, aber doch wohl eher ein verhinderter, denn er hatte den Gegenwert seines Abends in Gestalt einer schicken Brünette bei sich. Zeichen des Erkennens gab er nicht.

Doch Steinbach hat mich nicht an die Hotelbar, sondern nach München geschickt, um sich von mir über die Vorbesprechungen mit den Vertretern des Syndikats berichten zu lassen. Ich hoffe, dass ich bei ihm in Sachen Gesellschaftsrecht schon etwas gelernt habe und er mit meinem Vortrag und mit meinen Notizen etwas anfangen kann. Mühe habe ich mir gegeben.

Noch etwas von München: zum ersten Mal dort, bin ich durch die Innenstadt gelaufen. Kriegsspuren, wie überall, doch scheint es so, als ob man, anders als in Berlin, Zerstörtes wieder erstehen lässt und nicht alles neu aufbaut. Die Neubauten am Kurfürstendamm werden Berlin sicher nicht verschönern.

In der Münchner Universität hat Sophie Scholl die Flugblätter mit dem Aufruf zum Widerstand gegen ein unmenschliches System abgeworfen und ist dabei entdeckt worden. Das war vor elf Jahren. Mit Schrecken habe ich im vorigen Jahr darüber gelesen. An einem Donnerstag wurde sie gefasst, am Montag hingerichtet!

Sophie Scholl ist aus ihrem Glauben heraus ihrem Gewissen gefolgt und hat ihr Leben in der Überzeugung hingegeben das richtige zu tun. Sie ist diejenige aus dem deutschen Widerstand, die ich am meisten bewundere.

1954

Ein Spätnachmittag bei Jelnikowas. Der Samowar summt, längst ist bei ihnen wieder Ruhe eingekehrt. Alles wie gehabt?

Ja und nein, denn mit Natascha geht es aufwärts. Ihre Dissertation ist mit Höchstnoten bewertet worden und soll als Buch in Druck gehen. Stolz zeigte sie mir ihre dazu entworfenen Illustrationen und überraschte nicht nur mich, sondern sogar ihre Mutter mit ihrem Zeichentalent. Die Tiere aus verschiedenen Regionen Russlands, deren unterschiedliche Bezeichnungen Natascha ethymologisch einordnet, gucken derart lebendig aus dem Papier, dass man nach ihnen greifen möchte, – nicht nach allen, denn Nerze hätte ich lieber um den Hals als zwischen den Fingern.

Es war spät geworden. Nataschas Zeichenkünste hatten uns die Zeit vergessen lassen. »Ja«, sagte Frau Jelnikowa zufrieden, als sie die Tür hinter sich schloss, »Natascha wird Professor.«

Den Malermeister gibt es längst nicht mehr. Natascha hatte nur einmal fallen lassen, »es ist vorbei.«

Als sie mir gegenübersaß, die Zeichenblätter zusammenlegte und ihr Werk mit dem Wissen um eine erbrachte Leistung musterte, ging mir durch den Kopf, dass sie wohl doch die richtige Entscheidung getroffen hatte.

Gedankenübertragung? Natascha stand abrupt auf, ging zum Fenster und blickte ins Dunkel. Als ob sie eine Radionachricht ablese, sagte sie, dass ihre Verbindung mit Männe ein Irrtum gewesen sei. In einen Geschäftshaushalt hätte sie nicht gepasst und zu dem Handwerker Männe auch nicht.

»Ich gehöre der Wissenschaft.«

»Ich glaub's dir.«

Sie setzte sich wieder und plötzlich, ich traute meinen Augen nicht, legte sie den Kopf auf den Tisch und schluchzte herzbrechend. »Ein schlimmes Jahr war's, er fehlt mir. Ohne ihn …« Ihre Worte verloren sich in einem Tränenstrom.

Es war so unerwartet. Die selbstsichere Natascha, sonst

im Akademikerhimmel, – jetzt saß sie vor mir, in Tränen gebadet, ein Bündel Unglück.

Ich raffte mich auf und versuchte mein Bestes. Es dauerte, bis ich zu ihr durchdrang. »Du hast keine Wahl gehabt. Nie, Natascha, nie hätte sich deine Mutter mit deinem Männe abgefunden. Nicht nur im Sinne eines »nein«, sondern als Verweigerung ihrer ganzen Person. Du hättest sie auf dem Gewissen gehabt. Diese Last hättest du nicht tragen können, und, so wie ich den Männe kennengelernt habe, er auch nicht.«

Sie blickte aus verweinten Augen zu mir auf. »Niemals werde ich einen Mann finden wie ihn, in dessen Armen ich abends vor Glück einschlafen und morgens vor Glück nicht aufwachen will. Nie, nie mehr! Dieses schreckliche nie mehr!«

»Natascha«, ich legte meine Hand auf ihre Schulter.

»Manchmal gibt's keine Lösung.«

»Hör auf!« unterbrach sie mich.

Sie stand auf und war wieder die Natascha, die ich kannte.

Montag, 8. März

Zur Zeit bei der Staatsanwaltschaft, bin ich, jeden Tag mehr, davon überzeugt, dass ich mich vom Strafrecht fernhalten sollte. Nie wird es meine Sache sein, über die Freiheit anderer Menschen zu bestimmen oder als Richter über sie zu urteilen, auch wenn ich nur abgeleitete Macht ausübe.

Meinem ersten Termin, zu dem ich zur Sitzungsvertretung eingeteilt bin, sehe ich mit äußerst gemischten Gefühlen entgegen, das umso mehr, als ich nicht recht weiß, was ich da tun soll.

Anträge stellen? Welche? Darüber soll ich während der Sitzung entscheiden. »So lernen Sie die Praxis«, sagte der Staatsanwalt. Das mag sein, nur wäre es mir lieber, ich könnte sie vorher lernen.

1954

Meine Mutter hat recht. »Ich verstehe zwar nichts vom Gericht, aber doch soviel, dass dein Auftritt nur peinlich war. Glaub mir, immer geht es nicht nach deinem Lieblingsmotto »irgendwie.«

Als sie von meiner Sitzungsvertretung vernahm, hatte sie – leider – darauf bestanden, sich meinen Auftritt einmal anzusehen und bewog dazu noch ihre Freundin Schwester Ella sie zu begleiten, damit »die Ella einmal sieht, was du erreicht hast.«

Insofern wurde der Zweck erfüllt, wenn auch nicht so wie gedacht.

Erst kurz vor dem Termin hatte der Einzelrichter, jung aber schon mit kahlem Kopf, ein paar Worte mit mir gesprochen: »Bei mir geht's flott und ohne Pause hintereinander weg.«

Doch darüber machte ich mir keine Gedanken. Vielmehr galt mein Bemühen dem Schrank mit den Roben, da ich nicht auf eine meinem Status entsprechende schlicht schwarze Amtsanwalts- sondern auf eine Staatsanwaltsrobe mit weißen Samtstreifen aus war. Nach sorgfältiger Prüfung nahm ich mir die ansehnlichste aus dem Schrank. So angetan saß ich vor einer Kundschaft, die mir im Umgang mit Polizei und Justiz an Erfahrung weit voraus war.

Der erste Fall betraf einen Schnapsbruder, obdachlos. Tätlich sei er geworden und habe einem Passanten eine Platzwunde am Kopf zugefügt.

Aus rotumränderten Augen sah mich der Angeklagte betrübt an: »Ach, Frollein Staatsanwalt, ich war so blau, nischt habe ich gesehen, ich bin nur im dunklen auf den raufgestolpert.«

Hier fragte der Richter dazwischen, ob sich die »Staatsanwaltschaft« dazu zu äußern beabsichtige. Ich blickte auf den Kommentar vor mir, leider nutzlos, denn während der Verhandlung konnte ich nicht darin blättern.

So und ähnlich ging's weiter. Jedes Mal nach meinem Plä-

doyer stand der Richter auf und verkündete als Entscheidung das Gegenteil dessen, was ich beantragt hatte.

Am Ende verließ der Richter grußlos den Saal und ich auf
schnellstem Wege das Gericht.

Dienstag, 23. März

Um an meinen letzten Eintrag anzuknüpfen: wenn ich mein
staatsanwaltschaftliches Fiasko gleich aus meinem Gedächtnis geschoben hatte, der Oberamtsanwalt nicht. In meinem
Fach fand ich die Aufforderung, für jeden einzelnen Fall zu
begründen, wie ich zu meinen Anträgen gekommen sei.

Das wird mühsam. Doch ich hoffe auf Beistand von
Herrn Naubert, ehemals Vorsitzender einer Strafkammer.
Er wohnt in unserem Haus und bietet, jedes Mal wenn er
mich sieht, seinen Rat mit einer Inbrunst an, dass ich mich
fast verpflichtet fühle, ihm diese Freude zu machen.

Dienstag, 13. April

Im Augenblick fragen wir uns in Berlin sorgenvoll, ob die
Deklaration über die Souveränität der Sowjetischen Besat-
zungszone als Deutsche Demokratische Republik uns end-
gültig? spalten wird. Wie wird's weitergehen?

Mein tägliches Dasein? Die Staatsanwaltschaft habe ich
hinter mir, mit einem schlechten Stationszeugnis und bin
jetzt beim Senator für Finanzen, Referat für Lastenaus-
gleich.

Was ich da soll? Das fragte mich der Referent auch und
verwies auf seine Aktenberge, die ihm zur Ausbildung von
irgendjemand keine Zeit ließen.

Nichts hörte ich lieber, denn Professor Wollner schreit
nach meiner Doktorarbeit. Dazu hatte und habe ich wenig
Lust, aber er hat mich intensiv geworben, da sein Seminar
über römisches Recht nur von fünf Zuhörern bevölkert
wird.

Wollner hegt und webt in seinem Lehrstoff. Stände er

1954

nicht vor uns am Pult, würde ich meinen, dass er im alten Rom die Ölpresse bedient, während er uns fünf für die Ölfruchternte des alten Cato ackern lässt.

Das Material für meine Dissertation habe ich zusammen. Wenn ich mich jetzt nicht dransetze und schreibe wird nie was draus. Das käme einem Verrat an Professor Wollner gleich, der sich soviel Mühe mit mir gibt.

So einigte ich mich mit meinem Referenten auf einen Arbeitsplatz in der Registratur. »Wenn Sie«, sagte er, »Ihrer Arbeit dort unauffällig nachgehen, werde ich Sie mit einem Klassiker aus der juristischen Witzsammlung belohnen und Ihnen im Stationszeugnis bescheinigen, dass Sie »mit nie gesehenem Eifer« tätig waren.

Mittwoch, 19. Mai

Meine Dissertation ist fertig, notgedrungen kurz. So eifrig habe ich noch auf keiner Station gearbeitet, von morgens früh bis Dienstschluss, denn Steinbach hat mir (ohne Bezahlung) diese Zeit freigegeben. Letztere war knapp, aber aus gutem Grund, denn, kaum glaub ich's selbst: gerade bin ich aus Paris zurückgekommen.

35 Referendare (vier Mädchen) waren wir, für die vom Senat von Berlin geförderte Reise ausgelost. Eigenbeteiligung 50 DM, von Mama gestiftet.

Im Bus ging's in Richtung Westen. Allein das Wort bedeutet für uns Raum ohne Grenzen.

Paris präsentierte sich als dunkles Hotelzimmer mit Bett und Waschständer auf dünnen Eisenbeinen, so wie ich die Pariser Bohème aus Filmen kenne. Nur der Blick über die Dächer fehlte.

Höhepunkt der Stadtbesichtigung war für mich die Sainte Chapelle. Das farbenfrohe Spiel der Glasmalerei, ins Licht der durch die hohen Fenster scheinenden Sonne getaucht, bleibt mein erster Eindruck von Paris.

Im Saal der pas perdus des Justizpalastes verloren sich auch meine Schritte. Ich lief, allein, die Quais, die Brücken und die Straßen ab, egal wohin. Alle Wege führten nach Paris.

Auf die Einladung in die deutsche Botschaft waren wir überaus neugierig. Vor allem hofften wir, dass es etwas zu essen geben würde. Diese Aussicht war umso willkommener als sich die angekündigte Inklusivverpflegung als nur teilweise existent herausgestellt hatte, – zwar französisch und somit von feiner Lebensart, aber essbar ist auch in Frankreich nur das, was auf dem Teller liegt.

Unsere Hoffnung wurde nicht enttäuscht, denn wir taten uns am Buffet gütlich, misstrauisch beobachtet von einer Gruppe Hamburger Richter, deren Mahnungen zu Bescheidenheit nicht nur unserem Appetit, sondern voller Neid unserem Reisebus neuester Bauart galten, während ihr klappriges Gefährt vermutlich noch Kriegshilfsdienst geleistet hat. Der anschließende Vortrag über rechtliche Aspekte der Verurteilung deutscher Kriegsverbrecher in Frankreich brachte uns das eigentliche Reiseziel, – Erweiterung unseres juristischen Horizonts, – nahe. Der Kollege neben mir schrieb eifrig mit, dass inzwischen von 580 Beschuldigten 450 wieder auf freiem Fuß seien.

Im Bus dann verkündete unser Oberreferendar als Reiseleiter, dass wir unserem juristischen Bildungsauftrag Genüge getan hätten und es nun an der Zeit sei, sich dem Lehrmaterial zu widmen, das die Stadt Paris biete. Davon machten wir Gebrauch und verzogen uns auf den Mont Martre, wo wir allerdings bei nur je einem Glas Wein und vielen Gläsern Wasser (Château de la Pompe) sowie (trotzdem) steigendem Geräuschpegel bei Wirt und Kellner keinen guten Eindruck hinterließen.

Vor dem Gruppenausflug habe ich mich gedrückt. Zum ersten Mal in Paris und inmitten von Gerichtsreferendaren ins Grüne?

Nicht ich.

So strebte ich den Champs Elysées zu und wurde dort mit einer Überraschung belohnt. Überall Fahnen, Militär, Zuschauer dicht an dicht. Von einem freundlichen Menschen

1954

erfuhr ich, dass die Franzosen den Sieg über Deutschland feierten, und dann kam er, General de Gaulle, nach allen Seiten grüßend.

Er sah aus wie Frankreich in Person.

Den freundlichen Herrn neben mir fragte ich noch, was die Transparente mit »Dien Bien Phu« bedeuteten. Er klärte mich dahin auf, dass es dort, in Indochina, mit der französischen Herrschaft zu Ende ginge.

Als ich in der Menge stand und mitwinkte, wurde mir klar wie wenig ich von den Ereignissen in unserem Nachbarland weiß, wie sehr ich auf das Geschehen in Berlin, und, fernab jeder Politik, auf mein eigenes Leben konzentriert bin.

Jetzt erlebte ich, dass Dien Bien Phu die Franzosen sicher mehr interessiert als Berlin. Gott sei Dank. Wenn alles gleich wäre, brauchte ich nicht nach Paris zu fahren.

Am Nachmittag ließ ich mich im Café Georges V nieder, blieb aber nicht lange allein am Tisch, denn ein rasant aussehender Mensch setzte sich zu mir und begann auf französisch ein Gespräch. Ich war überglücklich, denn auf einmal drehte sich, mitten im Treiben auf den Champs Elysées die Welt um mich, als mein Unbekannter von seiner Heimat, Damaskus, erzählte, – von der Sonne, die das Leben dort in ein Licht taucht, das »kühlen Schatten zur anderen Hälfte der Sonne macht.«

Leider musste ich nur zu bald von meinem fliegenden Teppich absteigen, da ich bei meiner Kollegenschar nicht in den Ruf einer abtrünnigen Einzelreisenden kommen wollte.

Sonntag 11. Juli

Etwas Besonderes. Schwester Ella, Mamas Freundin, hat uns zu dem uralten Stummfilm »Der müde Tod« mitgenommen, der im Rahmen der Berliner Filmfestspiele gezeigt wird.

Ich bin hingerissen. Eine hohe Mauer, ohne Pforte, eine Kutsche, ein Fremder in weitem Mantel und Schlapphut, ein Mädchen, das ihren verschwundenen Geliebten sucht und in einen Saal gerät, in dem unzählige Kerzen flackern.

Manche stetig, manche heruntergebrannt, manche kurz vor dem Erlöschen. Manche gingen aus. So sah ich, wie ein Mensch stirbt, denn jede Kerze bedeutet ein Leben. Ich bekam Angst um diejenigen Kerzen, deren schwache Flämmchen nur noch flackerten. Zwischen ihnen stand der Tod, der Fremde in weitem Mantel. Müde, doch unerbittlich. Als Tod kann er nichts fürs Leben tun.

Von jetzt ab sehe ich das Leben als Kerze, die langsam oder schnell herunterbrennt. Schwester Ella schüttelte den Kopf.

»Ande! Das ist doch nur ein Film«, »aber was für einer!«

Schnell noch zu Evchen. Sie schrieb mir, dass sie bald abreisen wird. Ihr Mann, (früher aus Stuttgart) den sie bei einer medizinischen Veranstaltung kennengelernt hat, ist in Südafrika zu Hause und sie künftig auch.

Jede Zeile ihres Briefs ist ein »weißt du noch?«, eine Erinnerung an unsere Zeit in Heydekrug, aber ebenso ein schriftliches »auf Wiedersehen.«

Sonntag, 1. August

Das Buch in meiner Hand ist von Fontane, »Irrungen, Wirrungen.«

Die Geschichte ist etwas für einen Sommernachmittag im Garten. Ich lese und denke an das Glück auf Zeit.

In »Irrungen, Wirrungen« wussten beide um das Ende. Sie wussten auch, dass das Glück einiger Wochen für das ganze Leben reichen musste.

Wenn man das aber erst nachher weiß?

Ist es dann schlimmer?

Ich glaube ja.

Dienstag, 3. August

Meine Verwaltungsstation geht zu Ende, Doktorarbeit ist abgegeben. Zum Glück, denn auf der nächsten Station, beim Justitiar des Polizeipräsidiums war von »nie gesehenem Ei-

1954

fer« keine Rede. Mit Antwortentwürfen auf Beschwerden gegen polizeiliche Amtshandlungen war ich voll beschäftigt. Der Justitiar war Meister darin, auf die Schwachpunkte der Beschwerden so einzugehen, dass sich die Sache möglichst erledigte.

Schön war's dann in der Praxis, bei Polizeiinspektor Hoffmann. Er stellte sich als Gemischtwarenhändler vor mit weitgespannter Zuständigkeit, u.a. Schutz von und vor Tieren. Es war ein Erlebnis im nicht gekennzeichneten Polizeiwagen mit dem Hundefänger mitzufahren und oft ein Spaß, wenn wir auf der Straße einen Fifi ohne Marke entdeckten und das Frauchen heulend aus dem Laden herbeistürzte.

Doch hörte jeder Spaß auf, als der Hundefänger mit einem herumstreunenden bösen Hund und mit dessen Fangzähnen fertig werden musste.

»Mann, oh Mann«, gab er von sich, als das Tier hinten im Auto festsaß. »Wenn der jemand anfällt..na dann gute Nacht.«

Unsere Beute lieferten wir im Tierheim Lankwitz ab, wo viele Tiere auf ein gutes zu Hause warten. Ein kleiner Nante streckte mir die Pfote entgegen. Traurig sah ich ihm und er mir nach, als ich weiterging. Ausgesetzt war er.

Es ist gemein, jemand fallen zu lassen, für den man Verantwortung übernommen hat.

Das gilt auch für mich, wenn ich mich als Rechtsbeistand für Leute, die sich nicht selbst helfen können, bestellen lasse. Da gebe ich mir redlich Mühe. Auch mein Anwalt ist sich dafür nicht zu schade und nimmt sich Zeit, um meine Auslassungen durchzusehen und zu korrigieren.

Meine Polizeistation endete würdig mit einem Inspektionsbesuch bei der FKK, Freikörperkultur. Auf dem Vereinsgelände begegneten wir weiblichen und männlichen Rentnern, die im Adamskostüm herumhopsten und sich große Medizinbälle zuwarfen.

Im Rahmen des polizeilichen Amtsgeschäfts wurde gemeinsam eine Tasse Nachmittagskaffee getrunken, und

Herr Hoffmann verzeichnete im Protokoll, dass das Vereinsleben den Maßstäben von Ordnung und Sitte entspricht.

Freitag, 3. September [1954
Radio und Zeitungen berichten ausführlich über das Scheitern der Europäischen Verteidigungsgemeinschaft, weil Frankreich dagegen stimmte. Zwar ist die Verteidigungsgemeinschaft das letzte was mich interessiert, nur – heißt es – wird für uns daraus folgen, dass es in der NATO eine Bundeswehr geben wird, deutsche Soldaten in Uniform.
Nie hätte das irgendjemand nach 1945 für möglich gehalten!
Mir will nicht in den Kopf, dass bei uns wieder Uniform getragen und eingerückt werden soll, wenn zur gleichen Zeit deutsche Soldaten, und nicht wenige, in Russland in Gefangenschaft sind und niemand weiß, ob und wann sie zurückkommen.
Wenn das unsere Integration in die internationale Gemeinschaft ist: die neuen Soldaten vorneweg, international eingegliedert und hinten, in der Sowjetunion, auch »international« eingegliedert, die alten Soldaten. Vielleicht ist Werner dabei, doch hoffe ich nur noch, glaube es aber nicht mehr. Niemand weiß etwas von ihm.

Mittwoch, 22. September
Meine Zeit beim Verwaltungsgericht ist fast um. Ich habe schwer arbeiten müssen, aber das lag an dem Gebotenen. »Geboten« wurde ein Richter, der am gleichen Tag wie ich anfing, er so wie ich ohne brauchbare Vorkenntnisse. Mein Richter, Dr. Wiesner, deshalb, weil er erst vor vier Wochen aus zehnjähriger russischer Kriegsgefangenschaft zurückgekommen ist und ich – keine Ahnung – das liegt auf der Hand.
Da Dr. Wiesner nicht nazibelastet ist und beim Verwal-

1954

tungsgericht akuter Personalmangel herrscht, kann er gleich wieder im Beruf arbeiten.

Hinter dem Richtertisch sind wir für Schul- und Kirchensachen zuständig, er als Richter, ich als Protokollführerin und Mädchen für alles. Die Kundschaft, oft ohne Anwalt, vor uns. Und wir? Wir sind wie der Blinde und der Lahme, aber wir mühen uns nach besten Kräften.

Ich verschwinde täglich in der Bibliothek, um Literatur und Gesetze herauszusuchen. Wenn es nur Gesetze wären! Meist aber fahnde ich nach der 10. oder 12. Durchführungsverordnung von ... mühsam, mühsam.

Schrecklich war es, in einer Sache der jüdischen Gemeinde in Verordnungen aus der Nazizeit einsteigen zu müssen. Ich traute meinen Augen nicht. Die Lebensmittelzuteilungen für Juden wurden fortlaufend und gezielt gekürzt, um die Wenigen, die noch in Berlin lebten, verhungern zu lassen. Das war mit nicht neu, denn die Menschen, die den gelben Stern tragen mussten, durften erst dann im GEmüseladen anstehen, wenn, bis auf unansehnliche Reste, alles verkauft war. In unserer Gegend habe ich aber niemand mit einem gelben Stern gesehen.

Dazu kamen die Verbote: Radio, Telephon, Elektrogeräte, Plattenspieler, Schreibmaschine, Haustiere, öffentliche Verkehrsmittel, – nichts war ihnen erlaubt, nicht einmal. ein Friseurbesuch. Frau Marlik, die mir mein schönes Konfirmationskleid angepasst hat, hätte nicht einmal ein Bügeleisen haben dürfen.

Dr. Wiesner ist einer Meinung mit mir, dass man solche Verordnungen hintereinander weg, in Großdruck, in den Zeitungen veröffentlichen sollte. Vielleicht würden da manche Leute in sich gehen.

Freitag, 22. Oktober
Mein Referendarglück hat sich gewendet. Die ersten Wochen beim Amtsgericht Schöneberg waren grässlich. Eine

Menschenschlange vor der Tür, ein Stoß Formulare, eine Sekretärin mit Schreibmaschine und ich.

Ich sollte Erbscheinsanträge für Erbfälle aus den Ostgebieten jenseits der Oder/Neisse Linie aufnehmen. Bei Frage und Antwort gab es lange Pausen. Die Schreibmaschine setzte aus.

Da half kein »bitte weiter.« »Wie denn«, hätte ich die Sekretärin gern gefragt. Auch neun Jahre nach Kriegsende beschränkten sich die Angaben über die Verstorbenen – oft von Tränen unterbrochen – auf »vermisst, Verbleib unbekannt, keine Dokumente.

Mittwoch, 10. November
Vorhin ging das Telephon, eine Riesenüberraschung! Natascha strahlte durch die Leitung. Sie geht nach Zürich. Ihr Ruf in Fachkreisen, ihre Doktor- und weitere Arbeiten haben ihr diesen ehrenvollen Wechsel eingebracht.

Ich mag noch gar nicht daran denken, aber weiß schon jetzt, wie sehr mir Natascha, besonders aber ihre Mutter fehlen wird. Kein Samowar, keine Lesestunden mehr. Doch Frau Jelnikowa freut sich auf die Schweiz. Dort werde sie sich endlich sicher fühlen. »Ob die Russen doch einmal die Westsektoren besetzen werden?« war in Berlin ihre tägliche Sorge.

Mittwoch, 17. November
Nach der Abendandacht, die mein Pfarrer, nunmehr Mitte 70, in unregelmäßigen Abständen in seiner alten Kirche hält, begrüßte er mich freundlich. »Wie geht's dir?« Er blickte auf die Uhr. »Heute wird's nichts mehr. Aber besuch mich doch einmal. Wie wär's mit übermorgen?«

Pünktlich erschien ich am frühen Abend in dem kleinen Büro, in dem er immer noch einen Platz hat. Mit der Leselampe unter grünem Schirm als einziger Lichtquelle, dem

1954

mit Papieren bedeckten Tisch, kommt es meiner Vorstellung von Luthers Studierstube auf der Wartburg nahe.

Regen schlug gegen das Fenster. Ich freute mich auf ein langes Gespräch. Ein Wegweiser, wie in früheren Zeiten, würde es nicht werden, denn ich bin mit meinem Alltag derart zugeschüttet, dass mir im Augenblick keine Fragen an Leben und Jenseits einfallen. Warum auch. Ich stehe immer noch auf demselben Grund. Neues erwarte ich insoweit nicht.

Heute wollte ich ihn fragen, warum es bei vielen Menschen auch ohne Religion sehr gut zu gehen scheint.

Erwartungsvoll blickte ich ihn an, als er auf ein großes, schwarz gebundenes Buch auf dem Tisch wies. »Das Neue Testament, eine limitiert aufgelegte Prachtausgabe nach alten Mönchshandschriften. Ich hab's grade vom Antiquar bekommen.

Sieh mal«, er deutete auf die Abbildung einer Madonna in blauem Mantel. Ich beugte mich über das Buch. Dann allerdings wurde es weniger heilig. Noch ehe ich es wahrnahm, fuhr seine Hand dahin wo sie nicht sein sollte. Eine Hand. Die andere war auf ebenfalls nicht gutem Weg.

Als ich wegsprang, wurde er neckisch.

»Halt, nicht ausgerissen!« Ich stand still und atmete durch.

Wenn er sich besann, sollte nichts geschehen sein. Doch nichts davon. Schlürfend sabberte er, dass es ihm aus den Mundwinkeln rann. Während ich alle Mühe hatte, sein Gesicht von meinem fernzuhalten, bewegten sich seine Hände derart schnell in gegensätzliche Regionen, dass er dem für solche Künste berühmten Casanova nicht nachgestanden hätte.

Er war nicht mehr er selbst.

Dabei bot mein Anblick keine erotische Versuchung. Ich stand vor ihm in unscheinbarer Bürokleidung, alle Körperteile verhüllt.

»Hab' Erbarmen«, er weinte. »Bitte, geh nicht!«

Doch da hatte ich schon Mantel und Tasche ergriffen. Raus war ich.

Zu Hause machte mir Ansas auf, und, noch in der Tür, ergoss sich über ihn brühwarm genauester Bericht.

Meine Theorie, dass seine Alte dem Pfarrer das Pfarrbett gekündigt hat, verwarf er. »Der hatte einen Anfall, ihn zog es zu Jüngeren.« »Du meinst reifere Jugend. Ich bin 28.«

»Besuch ihn nicht, wenn er sich ins Kleinkindalter zurück-entwickelt hat, dann wird's gefährlich.« Wir blickten uns an und schütteten uns aus vor Lachen. Dennoch: mein Pfarrer tut mir zu leid, um mein »Erlebnis« lustig zu finden. Es wird unter uns bleiben. Da sind Ansas und ich einer Meinung.

Sonnabend, 15. Januar 1955
»Hör endlich auf«, fauchte ich meinen Bruder an, als Ansas mir breit grinsend wieder mal »Erbarmen« zuflüsterte. Aber ich lachte dann doch. Es war schon komisch gewesen, wie der alte Pfarrer herumhopste und seine linke Hand nur zu genau wusste, was die rechte tat.

Sehe ich meinen Pfarrer jetzt mit anderen Augen? Nein! Ich bin ihm dankbar für alles, was er mir gegeben hat und verehre ihn so wie bisher.

Sonst? Zur Zeit bin ich beim Vollstreckungsrichter. Für mich habe ich bei ihm die besten Hoffnungen, wenn auch nicht aus rechtlichen Gründen, denn inzwischen hat sich geklärt, warum mein Richter Wert darauf legte, dass ihm eine Referendarin zugeteilt wurde.

»Meine Frau hat die eheliche Wohnung verlassen«, war die Einleitung. Nach einigem hüsteln und drum herum reden rückte er damit heraus, ob ich als Dame ihm nicht die Sorge für seinen täglichen Einkauf abnehmen könne.

So mache ich mich jeden Morgen, mit Einkaufszettel und Portemonnaie auf den Weg und verbinde meine Obliegenheiten mit einem erholsamen Spaziergang. Danach sehe ich die Korrektur meiner Doktorarbeit durch. Bisher hat sich mein Richter noch nicht mit meiner Ausbildung befasst, wobei ich zugebe, dass mein Bedürfnis danach beschränkt ist. Immerhin lerne ich bei den Terminen mit unserer Kundschaft, dass die Leute alle schwindeln.

Sonntag, 30. Januar
Man sollte nie um erhofften Vorteils willen jemand zu Gefallen sein wollen.

»Sie werden heute reichlich Zeit haben, die Stunden über Mittag mit Ihren Privatstudien zu überbrücken«, hörte ich eines schönen Tages von meinem Einholchef. Dabei zog er einen Zettel aus seiner Hosentasche. »Holen Sie bitte meinen schwarzen Anzug ab 14 Uhr aus der Reinigung.«

»Leider geht das nicht«, war meine Antwort, da ich noch vor 14 Uhr bei meinem Anwalt erwartet wurde, um eine Eilsache durchzusprechen.

Dass mein Einholchef darüber nicht erfreut sein würde, überraschte mich nicht, dass er mir aber mein nichtstuerisches Götterleben bei ihm vorwarf, hat mich dann doch erstaunt.

Im Stationszeugnis rang er sich zu einem »befriedigend« durch. Dass ich, lt. Zeugnis, den an mich gestellten Anforderungen nur teilweise entsprochen hätte, ist aber eine Frechheit. Zumindest habe ich jeden Tag ordentlich eingeholt.

Doch deswegen zanke ich mich nicht mit ihm herum, denn zur Ausbildung im Einkauf gehören zwei. Die Frage, warum ich da so dienstfertig mitgemacht habe, könnte ich nur dahin beantworten, dass mir die Korrektur meiner Dissertation vordringlich schien.

Mittwoch, 23. März
Schon fast zwei Monate bin ich im Kammergericht, beim Beschlusssenat, der nur über Rechtsfragen entscheidet. Deshalb dienen die Sitzungstermine nur der Beratung und finden ohne Publikum statt. So stehe ich, wenn ich mein

Votum vortrage, einsam am Pult, den fünf Richtern ausgesetzt, die sich mit Einwürfen, Fragen und Erklärungen – ich möchte fast sagen – daran beteiligen. So intensiv hat mich noch niemand ausgebildet. Ich bin aber auch der einzige Lehrling.

Doch heute gab es einen ungewohnten Zwischenakt.

Gerade hatten sich die Herren zur Beratung zurechtgesetzt, als der Justizwachtmeister ankündigte: »Auf der Bank im Korridor sitzt eine Dame«, eine Mitteilung, die die des Publikums längst entwöhnten Herren in den Zustand ungewohnter Ratlosigkeit stürzte, der sie mit der Frage »was machen wir da?« begegneten.

Der stets höfliche Senatspräsident schlug vor, die Dame hereinzubitten und ihr einen Stuhl anzubieten. Das geschah.

Die alte Frau saß vor den über ihr thronenden Richtern, die sich danach erkundigten, was sie hergeführt habe. »Na det Papier da.« Sie schwenkte ein Blatt in der Hand.

»Sie sind die Frau Großmutter des Kindes Soraya, um dessen Personenstand es geht?« Der Senatspräsident blätterte in den inzwischen herbeigeschafften Akten.

»Nee, Herr Rat. Ick bin die Urgroßmutter und die, wo det Malheur passiert is, is meine Enkelin, die is 15.«

Nach einem Gespräch, das die Frau mit einem »det is aber nett von Ihnen« quittierte, wurde sie zu weiterer Rechtsbelehrung an den für diesen Fall im Armenrecht bestellten Rechtsanwalt verwiesen.

Die Richter seufzten erleichtert auf, nachdem sich die Tür hinter ihr geschlossen hatte und gewannen der alten Frau noch etwas für meine Ausbildung ab. »Ein Rechtsfall wie er komplizierter nicht sein könnte, durchgewürfelte Familien- und Personenstandverhältnisse.

Jetzt hören Sie gut zu«, sagte der Senatspräsident zu mir.

»Summum ius, summa iniuria.« Das heißt, übersetzt, dass aus Recht nicht Unrecht werden darf. In diesem Fall sollte man »richtig« entscheiden und die Fünfzehnjährige mit ihrem Kind bei der Großmutter lassen, wo man sie vor-

1955

läufig untergebracht hat. Berliner Frauen wie diese sind das verkörperte Kindeswohl.«

Donnerstag, 28. April

Meine Zeit im Ersten Senat ist um. Es war anstrengend, der gesammelten Pädagogik der fünf Richter ausgesetzt zu sein. Bei den Beratungen aber gaben sie mir Anschauungsunterricht darüber, wie man sich sachlich auseinandersetzt und zu einem Ergebnis kommt.

Ende gut, alles gut. Diesmal kann ich das sagen, denn ich habe ein sehr gutes Stationszeugnis bekommen.

Sonntag, 22. Mai

Seit er mich auf dem Rummelplatz stehenließ, habe ich von Otto nichts mehr gehört, aber über ihn, dass er – schon etwas her – das Assessorexamen mit »befriedigend« bestanden hat.

Mir lief es kalt über den Rücken. Es kann nur Examenspech gewesen sein. Wenn Otto sich mit einem »befriedigend« begnügen muss, kann ich im Vergleich nur durchfallen.

Besser nicht dran denken.

Jetzt zum laufenden Monat.

Es begann damit, dass sich mein Referendarkollege Horst Hell früher verabschiedete, während ich noch emsig beschäftigt war. Beim Anwalt kommt man meist erst abends heraus. Doch einmal ist der Schriftsatz fertig. Als ich Steinbach meinen Entwurf gab, sagte er, wörtlich wie im Roman, »ich schlage vor, dass wir beim Abendessen darüber reden.«

Ich war platt. Von Horst, für Büroklatsch zuständig, weiß ich zwar, dass Steinbach zu später Stunde ab und zu Damen empfängt, bei denen er der Mandant ist. Mir aber hat er noch nie schöne Augen gemacht.

Im Restaurant, am Ende des Kudamms, saßen wir hinter einer niedrigen Hecke, die die Plätze zur Straße hin abgrenzte. Im Spiel wechselnder Lichter glitt ein Auto nach dem anderen vorüber. Lämpchen auf den Tischen warfen ein mildes Licht auf uns. Ich freute mich, dass Steinbach einen Abend für mich drangab, denn von meinem Schriftsatz fiel kein Wort.

»Sind Sie glücklich?« fragte er abrupt und drehte sein Weinglas in der Hand. »Mich interessiert das«, fügte er hinzu.

Ich wusste nicht, was ich darauf antworten sollte, machte eine Pause und sagte dann: »Ich arbeite und frage nicht danach, nicht im Augenblick.«

»Das sollten Sie aber.«

»Das Glück hat noch Zeit. Erstmal will ich das Examen hinter mich bringen.«

»Solcher Philosophie widerspreche ich entschieden.« Steinbach fuhr mit der Hand durch sein dichtes graues Haar.

»Es wird immer etwas geben, das Sie glauben noch erledigen zu müssen. So kommen Sie nie zum Leben und auch nicht zum Glück.«

»Glück? Es kommt oder es kommt nicht.«

»Nicht von selbst. Tun Sie etwas dafür. Ich könnte Ihnen dazu Vorschläge machen«, er lächelte, nahm meine Hand und gab sie frei.

Sonnabend, 23. Juli

Der Doktor ist geschafft, besser als ich verdient habe. Mich freut's auch für Professor Wollner, der für sein kärglich besuchtes Seminar weiter nach Kundschaft fahndet.

Beim mündlichen Examen nahmen seine drei Kollegen nicht nur mich, sondern auch ihn ins Gebet.

»Lassen Sie die Kandidatin wenigstens das Corpus Iuris selbst aufschlagen. Das Weitere können Sie ihr, wie bisher, vorsagen«, gingen sie ihn an, um mich dann – unter ängstlichen Blicken des lieben Professors Wollner – aufzufordern, mich über Jura als Wissenschaft zu äußern.

Ich begann unbefangen, dass juristisches Denken und Tun

nur Sinn hat, wenn es auf ein Ergebnis ausgerichtet ist, d.h. einen Streitfall löst. Als reine Wissenschaft sei es wertlos.

Die Herren erstarrten.

Ich redete weiter: »Das Recht soll das Zusammenleben der Menschen, die Gleichbehandlung aller sichern und die Macht des Stärkeren ausschließen.

Auf der vorgegebenen Grundlage allgemeinen Menschenrechts ist das Recht jederzeit abänderbar. Es kommt durch Gesetzgebung zustande und unterliegt der Logik des Machbaren sowie des politisch Gewollten. So ist das Recht nur Werkzeug.

Juristen hält man sich«, tönte ich zum Schluss.

Stille. Dann lösten sich meine Prüfer aus ihrer Starre. Ich hatte es geschafft. Sie verkündeten mir am Ende, dass ich Ideen entwickeln und in freier Rede vortragen könne.

Montag, 15. August

Meine Mutter läuft mit verweinten Augen herum. Sie und ihre Freundin, Schwester Ella, sprechen sich Trost zu. Tante Elise ist gestorben! Die Nachricht kam nicht unerwartet, denn sie quälte sich schon Jahre mit ihrer Krankheit, Krebs.

Deswegen ist auch das immer wieder geplante Zusammensein der drei Freundinnen in Lissabon nicht mehr zustandegekommen.

Ein Photo von Tante Elise steht jetzt auf dem Schreibschrank.

Montag, 29. August

Die »Große Juristische Staatsprüfung« steht vor der Tür. Übernächste Woche geht's mit den Klausuren los. Danach die Hausarbeit, vier magere Wochen, weil ich beim Anwalt aussetzen muss. Steinbach zahlt nur bei Anwesenheit.

Im Augenblick ist er misslicher Stimmung. »Doch was hätte ich machen sollen? Es ist nun mal die Tante vom Vorstandsvorsitzenden, die verstorbene Tante. Ich brauche nicht darzutun, dass es Großmandanten sind, die wesentlich zur Auftragslage und unser aller Lebensunterhalt beitragen. Da glaubte ich mich in einem freien Beruf«, Steinbach lächelte gequält. »Gehen Sie zur Verhandlung, Herr Hell. Sie können beim Einzelrichter als Beistand fungieren. Ich befasse mich nicht mit Beleidigungsklagen und habe auch nur zugesagt, dass meine Kanzlei sich der Sache annimmt. Also, Herr Hell …«

»Nein«, ertönte es laut und deutlich. Frau Ehlers setzte die Miene der Bürovorsteherin auf. Da gab's keinen Widerspruch.

»Lassen Sie sich bei der Verhandlung von einem Referendar vertreten, wird es Ihnen nicht gelingen, Herrn Peters zu besänftigen, falls der Geistliche nicht verurteilt wird. Die Familie sieht das Geschehen hoch emotional.«

Der Pfarrer hatte nämlich nichts weniger als Trost gespendet. Das aber, meinte Steinbach, unterliege innerkirchlicher Beurteilung. Nach dem Grundgesetz herrsche das freie Wort, auch auf der Kanzel. »Ausgang ungewiss, Ärger sicher«, seufzte er.

Es war eine große Beerdigung gewesen. Vor dem mit Blumen bedeckten Sarg wollte man feierlich Abschied nehmen, doch danach stand der Sinn des Pfarrers nicht. Er sprach über das Wort »Du Narr, noch heute Nacht wird man deine Seele von dir fordern, und wes wird sein, das du bereitet hast?« Daran knüpfte er die rhetorische Frage, was es wohl bedeute, dass die Verstorbene eine gute Ehefrau, Mutter und Großmutter gewesen sei.

»Nichts«, donnerte er. »Das ist Nestpflege, jeder Vogel tut das gleiche. Sie hat gegessen, getrunken, sich bekleidet und liegt jetzt da, nackt und bloß. Eine Reiche, deren Seele gefordert wird, und nichts hat sie bereitet. Eine gute Frau war sie nicht.«

Dienstag, 6. September
Wir sahen Steinbach gespannt entgegen, als er seinen Aktenkoffer abstellte. »Die Sache ist vom Tisch. Wir haben den

Strafantrag zurückgenommen. Der Pfarrer hat sich bei der Familie entschuldigt und sich zu einer Spende für das Aufnahmelager Friedland verpflichtet.«

Dienstag, 27. September
Die Klausuren sind überstanden, fragt sich nur wie. Immerhin bin ich rechtzeitig fertig geworden, was nicht bei allen der Fall war. Als die Aufsicht ankündigte »noch eine halbe Stunde« kritzelten manche wie verrückt, als ob sie grade anfingen. Nicht wenige nämlich hatten sich nicht entscheiden können, ob sie essen oder Klausuren schreiben wollten. Dauernd stopften sie sich etwas in den Mund, meist Tabletten oder Schokolade.

Dienstag, 25. Oktober
Hausarbeit abgegeben, am letzten Tag, in der letzten Minute. Diese Hetze habe ich mir selbst zu verdanken. Fast eine Woche saß ich vor leerem Papier. Statt mich mit der Akte zu befassen, lehnte ich mich zurück und malte mir aus wie es sein wird, wenn ich eine Stellung finde und Geld verdiene. Doch zuallererst würde ich nach Paris fahren. Ich sah mich bereits dort und konnte mich von diesem schönen Bild in meinem Kopf nicht trennen.

Doch dann, irgendwie, kam die Erkenntnis, dass das leere Papier vor mir mich nie nach Paris bringen würde und damit die Erleuchtung: ich zog ins Wohnzimmer um. Bei Musik von AFN – American Forces Network – bei Geräusch und Leben um mich her, bedeckte sich das Papier ganz von selbst mit Schriftzeichen.

Jetzt arbeite ich wieder bei Steinbach, der mich, bei gleicher Entlohnung von 125,– DM, mehr und mehr in Anspruch nimmt.

Meine Mutter hat das aber nicht gehindert, über meine karge Zeit zu verfügen und beim Nachmittagskaffee mit Frau Naubert für deren Ehemann, den pensionierten Strafrichter Naubert, zu meinen Lasten eine Beschäftigung zu finden. Da dieser glaubt, dass ich bei ihm noch zulernen könne, erörtert er mit mir strafrechtliche Fälle.

Gestern meinte er, dass eine praktische Übung geboten sei. Gelegenheit dazu gab unsere Portierfrau. Sie hält sich in ihrem Gartenanteil Hühner und verdächtigt die Familie aus dem hinteren Flügel unseres Hauses eines ihrer Hühner ermordet zu haben und dabei zu sein, es zu verspeisen.

»Ich werde ermitteln«, sagte Naubert zu mir »und Sie werden Protokoll führen.« Sein Vorhaben schien mir peinlich, aber diese Sorge war überflüssig. Bereitwillig beantwortete Frau Schmiele dem im Haus als »wer Hohes vons Gericht« respektierten Dr. Naubert Fragen nach dem Verbleib des Huhns. »Denn mit der Portierschen spreche ich nicht.«

Herr Naubert, durch seine Rundungen als essfreudig ausgewiesen, schnüffelte sachverständig, wenn auch vergeblich, in der Küche herum, um sich dann mir zuzuwenden: »Lernen Sie daraus, dass Zweifel immer für die Beschuldigten spricht.«

Hatte ich über den selbst ernannten Ermittler den Kopf geschüttelt, tat ich das nicht mehr, nachdem Herr Naubert der Gegenseite, unserer Portierfrau, die Beweislage in verständlicher Rede erläutert hatte. Damit brachte er sie dazu, sich mit dem Verlust des Huhns als schicksalsbedingt abzufinden.

»Der Streit ist beendet, der Hausfrieden wieder hergestellt. Auch das ist ein Erfolg.« Recht hat er.

Sonntag, 11. Dezember
Am Mittwoch bekam ich meinen Fall, eine Akte, so dick, dass ich schwer daran schleppte. In einem Vortrag von zehn Minuten sollte ich begründen, wie die Sache zu entscheiden ist. Damit beginnt die mündliche Prüfung.

»Kannst du deinen Vortrag?« fragte abends mein Bruder.

»Ja.« »Dann lass mal hören. Als der Wecker nach zehn Minuten klingelte, war ich noch nicht zur Hälfte durch.

1955

»Nochmal.« Ansas schob meine Mutter, die meinen schwarzen Examensrock bügelte aus dem Zimmer. Gegen drei Uhr morgens klingelte der Wecker nach genau zehn Minuten.

Der Freitag, Salzburgerstraße. Wir fünf gingen beim Senator für Justiz im Flur zwischen Besuchern auf und ab, weil es für uns arme Examenskandidaten keinen Raum gab. Wir warteten auf unseren Aufruf, – mit oder ohne Hoffnung, denn das Ergebnis der schriftlichen Arbeiten ist das bestgehütete Geheimnis der Justizprüfungskommission. Ich sagte meinen Vortrag vor mich hin, kam aber über den ersten Satz nicht hinaus. Wie hieß es doch in der Anleitung: »...in frischer, freier Sprache alles Wesentliche knapp vortragen und zu einem richtigen Ergebnis kommen...«

Schön wärs.

»Bitte nehmen Sie Platz.« Ich war dran. Aus meinem Kopf entschwand alles, was jemals darin gewesen war, so dass sich der Vortrag ohne mein Zutun abspulte.

»Zehn Minuten.« Der Vorsitzende der Prüfungskommission blickte auf die Uhr.

Was im Mündlichen gefragt wurde, weiß ich schon nicht mehr. Am Ende ging es, der Reihe nach, um Allgemeinbildung. Von meiner Nachbarin wollte man etwas über »Antigone« wissen, eine Frage, die sie gebildet mit dem Satz beantwortete:

»Nicht mit zu hassen, mit zu lieben bin ich da.«

»Dann wollen wir mit diesen schönen Worten die Prüfung abbrechen.« Der Vorsitzende lächelte.

Wir fünf schwarz kostümierte Raben fanden uns wieder im Korridor, ergingen uns in Prüfungsastrologie und deuteten die Gesichtszüge unserer Prüfer wie weiland die Auguren im alten Rom die Eingeweide, bis es, endlich, läutete.

Für immer wird mir vor Augen stehen, wie die rundliche Justizsekretärin erhobenen Hauptes zur Aufnahme des Protokolls an uns vorbei schritt, gefolgt vom langen, dünnen Justizwachtmeister, der ihr ein Ungetüm von Schreibmaschine nachtrug.

Beim Finale standen wir unter sparsamer Beleuchtung einer Milchglaskugel aufgereiht nebeneinander und vernahmen unsere Examensnoten. Eine runde weiße Behördenuhr an der Wand zeigte die Stunde an.

Geschafft! Niemand durchgefallen, alles gut gegangen.

Bei mir war viel Glück dabei gewesen. Hätte man mich beim Vortrag mit einer Zwischenfrage unterbrochen, – nicht ein Wort mehr hätte ich herausgebracht.

Sonntag, 25. Dezember

In Paris.

Ansas winkte als der Interzonenzug langsam aus dem Bahnhof Friedrichstraße fuhr, hinein in den Morgennebel, vorbei an der Museumsinsel. Das Klicken der Gleise war mir Versprechen.

Es ging hinaus, heraus aus dem ewigen Westberlin.

Mein Zimmer in der Cité, der Studentenstadt von Paris, im Maison de Cuba ist Luxus in Reinkultur mit riesengroßem Badezimmer für umgerechnet 5 DM. Leider nur bis zum 27. Dann fahre ich zurück. Bei der nächsten Reise aber wird mein Portemonnaie überquellen, denn mit meiner Examensurkunde bekam ich einen Brief mit der Bitte! mich baldmöglichst bei der Personalabteilung der Justiz zu melden. Jetzt ein Brief und kein grauer Zettel mehr, der zum Ende der Referendarzeit die Einstellung des Unterhalts ohne vorherige Mitteilung ankündigte.

Noch aber reise ich billig. So ließ ich das berühmte Existenzialistencafé passend links liegen. Selbst ein Kaffee ist dort zu teuer. Doch Spazierengehen ist umsonst. Ich trieb mich im alten Paris herum und landete in der Kirche St. Sulpice.

Ich setzte mich auf eine Kirchenbank und dachte an Einen, der nicht mehr wiederkommt.

Durch die Kirchenfenster schimmerte das graue Licht eines Wintertages. Noch einmal sah ich ihn. Er grüßte, drehte sich um und ging weg.

1955

Seit diesem Augenblick gehört Werner nicht mehr zu meiner Gegenwart.

Verwundert fragte ich mich, warum in meinem Kopf Gedanken auftauchen, beziehungslos zu Ort und Zeit. Und wieder kam mir Vergangenes in den Sinn, aus dem Konfirmandenunterricht:

»Der Wind fährt wohin er will.« So auch die Erinnerung.

Abends, im Maison de Cuba, studierte ich erstmal den Veranstaltungskalender am Schwarzen Brett. Kaum hatte ich einen Blick darauf geworfen , als jemand neben mir stand, größer als ich, dunkle Augen, schwarze Haare.

Ob ich hier wohnte? Diese Frage war einleuchtend, denn das Maison de Cuba, in dem mir durch Beziehungen meines lieben Professors Wollner das schöne Zimmer zuteil geworden war, stand nur dem männlichen Teil der Studenten offen.

Wir blickten auf das Schwarze Brett, als ob man daran ablesen könnte, ob und wie es weiterginge. Es ging, denn wir machten einen Spaziergang durch die Anlagen der Cité.

Wortreich war unser Gespräch nicht, aber die Fakten klärten sich. Er ist Italiener aus Neapel und bildet sich in Paris bei einem berühmten Professor in seinem Spezialfach, Gehirnradiologie, fort. Ein zögerndes »au revoir« an der Tür nahm Marco (so heißt er) beim Wort und lud mich zum Ärzteessen am Heiligen Abend ein.

Auf die Sekunde pünktlich stand er, in Schale, bis auf den i Punkt gebügelt, vor meiner Tür. Los ging's, im Minifiat, in die Klinik, zu einem nichts weniger als heiligen Abend, in Paris Réveillon genannt. In einem großen Raum, vor dessen Tür einige Bahren Erste Hilfe versprachen, war die Ärzteschar zunächst mit dem Abbau eines Austernbergs auf der Tafel beschäftigt. Eine probierte ich, doch das glibbrige Zeug war zu widerlich, als dass ich noch eine zweite Auster herunterbekommen hätte. Da schmeckten die Hühner besser, aber nicht lange, denn die Runde um den Tisch lockerte sich auf. Zu Kugeln gerollt, pfiff uns das Weißbrot um die Ohren, die Flaschen leerten –, der Geräuschpegel hob sich.

Marco flüchtete und streifte mit mir durch andere Partys, bis wir in einer prächtigen Wohnung voller elegant angezogener Menschen landeten, in der aber nicht nur die Salons, sondern auch der schmale Korridor dicht bevölkert war. Dort drängte sich unruhig – ein Teil der Gästeschar. Jeder musste sich zu seiner Not bekennen. Damen hatten keinen Vortritt.

Irgendwann saßen wir wieder im Auto. Marco wand sich wie ein Aal durch den dichten Verkehr und bog in ein Paris ein, dessen trübe beleuchtete Straßen uns nach der Lichterflut um den Arc de Triomphe in eine andere Stadt versetzten. »Bistro« stand über einem Ladenfenster, wo wir ins Neonlicht blinzelten und aus kleinen Tassen giftiges Zeug tranken, Espresso genannt. Sieben Uhr war es.

Montag, 26. Dezember
Den Vormittag bin ich heute wieder herumgewandert und habe mir, weil die Mama mir das ans Herz gelegt hat, die Straße angesehen, die der Architekt Mallet Stevens in modernem? Stil gestaltet hat. Häuser mit unregelmäßig rechteckigen Flächen, ziemlich nüchtern.

Doch Paris will ich nicht beschreiben. Wenn ich etwas über die Stadt lesen will, nehme ich nicht mein Tagebuch zur Hand.

Nach Ausschüttung meines Geldes auf dem Bett habe ich meine für morgen vorgesehene Abreise verschoben. Bei sparsamster Wirtschaft wird es für ein Hotel reichen.

Doch jetzt zur Kantine in der Cité, wohin es mich zum Essen zog. Ich fand dort allerfreundlichste Tischgesellschaft, Afrikaner aus dem frankophonen Afrika, deren schnellem Französisch ich so einigermaßen folgen konnte. Mit Eifer diskutierten wir Zukunftspläne. Der Mediziner und der Jurist erklärten sich als künftige Reformatoren des heimischen Gesundheits- bzw. Justizwesens. Der Maler lud bereits in seine Ausstellung (noch zu malender) Bilder ein.

1955

Meine Pläne – Richterin in Berlin – waren die bescheidensten, für sie aber wohl die exotischsten.
Hoffentlich treffe ich sie wieder.

Mittwoch, 28. Dezember
Seit gestern im Hotel, in der Rue Bréa, wo ich jetzt an einem wackligen Tisch auf einem wackligen Stuhl sitze. Die Straße geht vom Montparnasse ab, mit eng aneinander gebauten Häusern, kleinen Läden und Bistros mit munterem Leben.

In dem schmalen braunen Schrank gegenüber dem Bett habe ich meinen Essvorrat untergebracht, eine Stange Weißbrot und algerischen Rotwein, der im Uniprix als Gelegenheit angepriesen wurde. Bei diesem Kauf stand mir ein Gemälde vor Augen, auf dem Leute bei einer Mahlzeit von Brot und Wein abgebildet waren. Sie schienen satt und fröhlich, warum nicht auch ich?

Den Vormittag vertrieb ich mir im Louvre, schlich aber an den Gemälden vorbei. Ich hatte keine Lust Wände anzustarren, vor denen sich eine Menschenmenge drängte. Dafür saß ich unten unendlich lange in den Anblick der Nike von Samothrake versunken. Nichts hält sie.

Abends kam Marco und mit ihm, sozusagen, eine Zeile von Klopstock: »... und um uns wards Elysium ...«

Donnerstag, 29. Dezember
Marco hat heute wieder Nachtdienst im Krankenhaus. Noch nie habe ich jemand für vermutlich so wenig Geld so viel arbeiten sehen. Doch er sieht seine Fortbildung in Paris als Chance.

Im März geht er nach Neapel zurück, um seine Stelle an der Klinik dort zu halten, Geld zu verdienen und dann, 1957, noch einmal nach Paris zurückzukehren.

Da er heute nur wenig Zeit hatte, gingen wir gegen Abend die Avenue Montaigne auf und ab, in Sachen Mode eine der elegantesten Ecken von Paris. Mit großer Geste wies Marco auf die Auslagen in den Schaufenstern. »Such dir aus, was dir gefällt, wir kaufen heute ein.« Das taten wir, bis ich mir Sorgen wegen der weit über unsere Möglichkeiten hinausgehenden Ausgaben machte. »Das Teuerste ist gerade gut genug«, beruhigte er mich.

Dazwischen blieben wir stehen, oft. »In Paris ist alles erlaubt«, »in Berlin nicht«, war meine Antwort. »Wenn ich mir vorstelle, auf dem Kudamm, – baiser dans la rue.«

»Ca alors«, jetzt lachte Marco. »Das ist auch in Paris auf der Straße verboten.« »Aber gerade sagtest du ...«, »was wir tun heißt auf Französisch s'embrasser und »je t'embrasse« im Dialog. »Du meine Güte«, rief ich. Da hatte ich was verwechselt.

Sonnabend, 31. Dezember

Zu Silvester hat Marco Abend- und Nachtdienst, aber gestern hatte er Zeit fürs Kino, eins mit weichen Klubsesseln. Mein Kopf lag an seiner Schulter, er ließ mich an seiner Zigarette ziehen. Es gab einen uralten Film »Hallelujah« von King Vidor. Vom Radio her kannte ich amerikanische Spirituals, aber zum Erlebnis wurden sie mir jetzt. Ich sah die entrückten Gesichter der Arbeiter auf den Baumwollfeldern und vergaß alles um mich her. Diese Menschen glaubten, wenn sie sangen »carry us home.«

Und ich? Mein Leben kreist ums Diesseits. Das Jenseits, die Frage nach dem Wohin, wenn ich einmal ins Boot muss, kümmert mich wenig. Im Krieg aber konnte ich nicht fromm genug sein.

Nach dem »Hallelujah« verzehrten wir in einem Bistro mit zwei Tischen und zwei Hockern an der Bar Baguette mit Schinken. Dazu sang ich innerlich auch Hallelujah, denn meine Vorratswirtschaft im Schrank hat sich als Reinfall erwiesen.

Die fröhlichen Bauern auf dem Gemälde, deren Verpflegung mit Brot und Rotwein mich angesprochen hatte, waren nichts als Trugbilder. Mein Rotwein war zu Essig

1956

geworden. Dem Brot ist der Schrank gleichfalls nicht bekommen. Eisenhart ist es geworden, allenfalls mit einem Hammer klein zu kriegen.

Auf dem Weg zurück fragte Marco, bevor ich vor meinem Hotel ausstieg, »kommst du Anfang März nach Paris? Ich werde mir eine Woche frei nehmen und ein Hotelzimmer für uns beide.«

»Marco« begann ich, »versprechen kann ich nichts«, wollte ich sagen, kam aber nicht dazu, denn er wurde in der Klinik erwartet und musste sich beeilen. »Au revoir« rief er als er anfuhr, »im März.«

Ich stand am Bordstein, sah dem kleinen Auto nach und dachte an den Brief vom Senator für Justiz. Danach würde ich im März in Arbeit und Brot sein.

Sonntag, 1. Januar 1956

Heute geht's nach Hause.

Morgens früh, als ich mich noch einmal auf die andere Seite drehte, klopfte es. »Une visite pour vous, Mademoiselle.«

Marco stand in der Tür.

Kann ein neues Jahr schöner beginnen als im siebenten Himmel?

Sonntag, 22. Januar

Richterin bin ich jetzt, beim Landgericht Berlin am Tegeler Weg. Außergerichtlich wäre ich lieber in Paris, denn schon in der ersten Woche des neuen Jahres kam ein Brief von Marco, in dem nicht viel mehr stand als »ein oder zwei Wochen Anfang März in Paris.«

Wenn ich könnte, würde ich hinlaufen, aber ich kann nicht.

Gerade erst beim Gericht, bekäme ich keinen Urlaub. So schob ich meine Antwort erstmal hinaus.

Aber vorgestern kam wieder ein Brief. »Ich bestelle das

Hotel zum 2. März. Wir werden in Paris zusammen sein. Puis, on verra.« Nichts wird man sehen. Oder sollte ich ohne Urlaub losfahren? Das wäre das Ende meines Anfangs bei der Justiz, also außerhalb jeder Diskussion.

Noch etwas: ich springe nicht ins Wasser, ohne zu wissen, ob es tief genug ist. Sein »on verra« spricht für sich selbst.

So habe ich Marco heute geschrieben, dass ich nicht kommen kann, ihm gesagt wie gern ich bei ihm wäre und ihm meine Lage erklärt.

Donnerstag, 2. Februar

Als ich nach Hause kam, lag ein Brief für mich auf der Kommode im Korridor. Ich las und gab den Brief Ansas.

Viel zu lesen hatten wir nicht. Ein einziger Satz prangte einsam auf dem Papier: »You deluded me«, noch dazu in Englisch, obwohl wir nur französisch miteinander gesprochen hatten.

»Was soll das?« fragte Ansas.

»Aus, finito«, antwortete ich. Was bildet sich Marco ein? Mir Irreführung vorzuwerfen ist die Höhe. Würde er für eine Woche in Berlin seine Stellung aufgeben? Ich werde ihm nicht mehr schreiben, mir soll's egal sein.

Donnerstag, 1. März

Abends. Ich sitze an meinem Schreibschrank und bin betrübt. Ich möchte aufstehen, alles hinwerfen und nach Paris fahren.

Liebe ich ihn? Wenn ich das wüsste! Ich weiß nur, dass er mir gefällt, sein Ernst, sein ironischer Abstand zu Menschen und Dingen. Doch ein Bild von ihm kann ich mir nicht malen. Es hätte nicht einmal Sinn, die Leinwand aufzustellen.

Eine Zukunft für Marco und mich? Nichts als Illusion, aber eine schöne.

1956

Der (sehr nette) Personalreferent hat mir zum September meine Versetzung in eine Kammer angekündigt, in der ich mich mit Gesellschafts- und Aktienrecht befassen werde.

Bisher habe ich Glück gehabt. Doch überkommt mich immer wieder Sorge, dass ich nicht so gut bin, wie man es nach meinen Examensergebnissen von mir glaubt. Ich weiß selbst am besten, dass ich nur auf Schmalspur zum Examen gelernt habe.

Solche Gedanken sind aber wie weggeblasen, wenn ich bei der Gerichtskasse mein Geld abhole. Von meinem ersten Gehalt gab ich eine Spende für die Heilsarmee.

Doch dazwischen immer wieder Marco. Er hätte es sein können, – im Traum.

Wirklichkeit aber ist im Augenblick »Herr Dr.« Lohmann, Landgerichtsrat mit Ambitionen und gerade Kammervorsitzender geworden. Seit der ersten Minute unserer Bekanntschaft geht er mir auf den Wecker, aber in dieser ersten Minute hat er mir beim Wochenenddienst mit den Formalien geholfen. Seitdem kenne ich ihn nicht nur vom Sehen. Vielmehr steht er mir, leider, »zur Verfügung.« Meine Mutter hat ihn noch nicht gesehen, aber den guten Eindruck, den er ihr am Telephon macht, kann ich ihr nicht ausreden. »Scheint jemand nett und solide, schließt du dich ab. Willst du am Ende allein bleiben?«

»Keinesfalls allein mit Herrn Dr. Lohmann.«

Dieser Mensch, äußerlich und innerlich grau, lässt mir keinen Ausweg. Er spricht bereits von gemeinsamen Bildungsreisen, da es schade wäre, Zeit an einen nicht sehenswürdigen Ort zu verschwenden.

Mir dreht sich schon bei dem Gedanken daran innen alles um. Jede andere täte es genau so, aber er sieht in mir die seinem Niveau entsprechende Akademikerin.

Meine Versuche, ihn von solchem Irrtum zu befreien, sind bisher gescheitert. Als ich, von der Schilderung seiner Abende mit einem guten Buch angeregt, von Hedwig Courths-Mahler schwärmte, nahm er das auf, als ob ich von einem weiblichen Goethe gesprochen hätte. Auch er hat Bildungslücken.

Abschrecken lässt er sich nicht. Als er mir unaufgefordert in Sachen Berufsethos unser »hohes Richteramt« nahebrachte, schluckte er nur, als ich ihm erklärte, nichts Erhabenes in einer Entscheidung darüber sehen zu können, wer von zwei streitenden Parteien zahlen muss.

Doch Schluss mit Lohmann. Er wäre keine Zeile wert, wenn seine in grauen Kleister eingeweichte Mischung aus Akademikerdünkel, Bildungsbeflissenheit, Berufseifer und Liebeshunger nicht so komisch wäre und damit wieder amüsant, allerdings nur auf kürzeste Dauer.

Dienstag, 1. Mai

In meiner Unterhaltsberufungskammer bin ich ganz glücklich, aber doch froh, dass ich nur vertrete. Auf Dauer möchte ich mir nicht anhören müssen, mit welchen Mitteln Unterhaltsschuldner versuchen einer Zahlung zu entkommen, die Lebensgrundlage für die eigenen Kinder ist. Neulich donnerte der Vorsitzende, »soll Ihr Junge bis zum Abitur seine Babysachen auftragen?«

Dabei geht es meistens um den sowieso mageren Standardanspruch. Vielen Kindern geht es nicht gut. Geld, das nicht für alle reicht, Väter, aber auch Mütter, deren letzte Sorge sie sind.

Dienstag, 15. Mai

Am Bahnhof Zoo trennte ich mich von Ansas, nachdem wir meine Mutter und Schwester Ella nach Baden Baden verfrachtet haben. Sicher werden sich die beiden miteinander anlegen, aber das belebt und fördert die Erholung.

Ich hatte vor, einen Sprung zu Steinbach zu machen, der mir immer noch zuredet, zu ihm zu wechseln. Doch zunächst bin ich beim Gericht gut aufgehoben, würde aber lieber als Anwältin arbeiten. Ich entscheide nicht gern, weil

1956

ich nie sicher bin, ob meine Entscheidung richtig ist. Beratung dagegen macht mir keine Sorge. Da fühle ich mich frei.

Zu einem Besuch bei Steinbach kam es aber nicht, da ich – wen? – auf dem Kudamm traf? Otto. Wir standen unschlüssig voreinander und gingen dann, wie früher, ins Café Möhring. Doch wie früher war es nicht. Unsere Unterhaltung drehte sich um »was machst du, wie geht's?«

Geschäft, Vermögen, Beruf, – er weiß nicht, was er will.

Ich berichtete von meiner Unterhaltskammer. Er winkte ab.

Dann geschah etwas, was ich nie, nie für möglich gehalten hätte. Wir saßen uns gegenüber und fanden keinen Gesprächsstoff. Wir standen auf und gingen aus dem Café, jeder in eine andere Richtung.

Mittwoch, 30. Mai

»Post für dich«, begrüßte mich Ansas, »bella Italia.«

Marco hat geschrieben. Ich las zum ersten, zweiten, dritten Mal. Er schrieb, als ob es seinen Ausbruch auf englisch nie gegeben hätte. Ob ich käme? Er arbeite in Neapel in der Klinik, Mitte August habe er Zeit.

Mir wirbelte es im Kopf. Soll ich, soll ich nicht, kann ich, kann ich nicht, will ich, will ich nicht.

Mit dem Brief in der Hand, setzte ich mich aufs Sofa und sonnte mich in einem anderen Leben, flog darin hoch in die Wolken, bin jetzt aber wieder auf dem Boden.

»Natürlich fährst du«, riet mir Ansas. »Was kann dir Besseres passieren als ein Urlaub in Italien mit jemand aus der Gegend.«

Ich zögerte. Wie würde es werden? Er will, dass ich komme. Wenn er das sagt…vielleicht gibt's ein Vielleicht. Doch ich nehme mir vor, mich nicht mit Zukunftsgedanken zu belasten.

Mittwoch, 8. August

»Willst du den grünen Schal mitnehmen?« fragte meine Mutter, als wir den Koffer packten. »Dieser Arzt«, fuhr sie fort, »ist doch nur eine flüchtige Bekanntschaft. Könnte es für dich da unten im Süden nicht gefährlich werden? Pass auf deine Sachen auf, lass dich nicht bestehlen.«

»Ich glaube nicht, dass Marco klaut.«

»Kind, du weißt, was ich meine. Um das Mittelmeer herum soll's Überfälle geben«, »gibt's hier auch«, »sogar Sklavenmärkte, heißt es, existieren dort noch.«

»Mama«, rief ich, »bist du noch zu retten? Beruhige dich, ich bin dreißig und kaum noch verkäuflich.«

Sonntag, 19. August

Neapel, Ravello, – nur noch Erinnerung. Seit einer Woche bin ich auf Capri.

Als der Zug Donnerstag früh in Napoli Centrale einfuhr, erspähte ich Marco gleich auf dem Bahnsteig. Er brachte mich zum Hotel. Dass Neapel unter einer strahlenden Augustsonne liegt, hätte ich in dem hohen, dunklen Raum mit ständig heruntergelassenen Jalousien nicht einmal erraten können. »Hier, sagte Marco, »lässt man die Sonne nicht ins Haus.«

Nachmittags fuhr er mich kreuz und quer durch Neapel. Er nahm mich bei der Hand und streifte mit mir durch das Gewimmel enger Gassen, in denen es so zuging wie beschrieben, besungen und photographiert. Weiter ging's, in eine andere Stadt. Keine Wäscheleinen, kaum ein Mensch auf den breiten Straßen, den blumengeschmückten Plätzen. Marco zeigte mir wo er wohnt, zusammen mit Mutter und Schwester. Erzähl mir von dir«, bat ich Marco als wir abends auf der Terrasse eines Restaurants saßen und auf die Lichter der Stadt herunterblickten. Er nahm meine Hand. Dann sprach er, zunächst zögernd, von seiner Sorge in täglicher Routine, in Tag- und Nachtdienst in der Klinik zu versanden und mit seiner wissenschaftlichen Arbeit nicht voranzukommen. Im Herbst aber könne er aussetzen. »Ein Kollege, der für ein paar Monate nach Amerika geht, gibt mir seine Wohnung. Zwei Monate werde ich frei sein, für meine Arbeit ... und für uns«, setzte er hinzu.

Er blickte mich an.

Meine Antwort wäre eine Frage gewesen: »Und danach?«

Am nächsten Morgen ging's weiter. Wohin wusste ich nicht, doch ich wäre mit ihm überall hin gefahren, auch in den blaugrün schimmernden Abgrund des Meeres tief unten.

Am nächsten Tag wachten wir bei blauem Himmel, gelber Sonne, weitem Blick über das Meer im Paradies auf. Das nennt sich Golf von Salerno und das Hotel »Palumbo.«

»Zieh dir gleich den Badeanzug an« schlug Marco vor.

»Nehmen Sie den blauen mit Seidenglanz«, hatte mir die Verkäuferin in Berlin geraten. So glänzte ich, Marcos Augen auch. Der Aufbruch an den Strand verzögerte sich.

Leider blieb es für mich bei der Vorfreude.

Strand? Keine Rede davon, nur kleine Steine. Ich stolperte ins Boot, das gleich zu schaukeln anfing, obwohl die See wie ein Spiegel glänzte.

Vom Boot aus sprang Marco kopfüber ins Meer, nachdem er mir das Ruder in die Hand gedrückt hatte. Doch so sehr ich mich abmühte, das Boot hörte nicht auf sich im Kreis zu drehen, was Marco veranlasste, sein Badevergnügen abzubrechen. Dann war ich dran. Ungemütlich war's mir im tiefen Wasser, unrühmlich beendete ich meinen Aufenthalt darin, denn Marco musste mich ins Boot ziehen.

Nachmittags gewann ich ihn für einen Spaziergang durch den berühmten Park von Ravello. Wir wandelten dahin, bis ich das Schweigen brach und mich darüber verbreitete, dass Richard Wagner hier seinen Zaubergarten gefunden hatte.

Marco nahm das zur Kenntnis, aber sein Zaubergarten schien es nicht. So konzentrierte ich mich auf die Blütenpracht um uns herum und nahm nicht wahr, was er sagte, bis er wiederholte: »Möchtest du nach Capri?«

Begeistert rief ich »ja«, froh, zu hören, was er weiter für uns vorgesehen hatte.

»Dann bringe ich dich morgen zum Schiff.«

Ich sah keine bunten Blüten mehr. Sie waren ebenso grau geworden wie die Sonne.

Im Hotel schrieb er mir für meinen Abreisetermin die Abfahrtszeit des Schiffs nach Neapel auf. »Am Quai hole ich dich ab und bringe dich zum Zug.« Dazu gab er mir einen Brief mit einer Empfehlung an das Touristenbüro in Capri. »Man findet bestimmt etwas für dich.«

Abends, beim Essen im Palumbo, saß Marco mir gegenüber wie jemand, der seine Pflicht getan hat.

Gab's einen Bruch? Der verunglückte Badeausflug? Das strich ich gleich aus meinem Kopf. Marco ist keine schwankende Natur. Von Nebensächlichkeiten lässt er sich nicht bestimmen. Finanziell waren wir uns einig: meinen Urlaub würde ich selbst bezahlen. Seine Einladung zu einem, wie er sagte, »week-end complet« in Ravello nahm ich jedoch an.

Ich gab auf. Fragen? Tränen? nichts hätte das geändert.

Nach dem Essen setzten wir uns auf den Balkon vor unserem Zimmer und blickten in die Nacht, – unten die Schatten der Blumen auf der Terrasse im Schein erleuchteter Fenster. Meer und Himmel tiefblau, nicht voneinander zu unterscheiden.

Eine Sternschnuppe nach der anderen löste sich aus dem Dunkel. Ich wünschte mir dabei ein einziges Mal das ganze Glück, ohne Scherben.

Ich nahm den letzten Zug aus Marcos Zigarette.

Wir gingen hinein. Ich hätte ein lautes »nein« sagen sollen. Aber ich wollte ihm beweisen, dass ich, so wie er, nichts an mich herankommen ließe.

Doch das gelang mir nur halb. Als er neben mir lag, die Arme hinter dem Kopf verschränkt, vergrub ich mein Gesicht ins Kissen. Die Wirklichkeit versank. In wenigen Minuten lebte ich ein ganzes Leben mit ihm.

»Was hast du«, fragte Marco. »Nichts.«

Ich hatte mir eingebildet etwas zu verlieren, was ich nie gehabt hätte.

Marcos Brief zeigte Wirkung im Touristenbüro, sogar mit Auswahl: Hotel oder capresisch. Für mich keine Wahl, und so bin ich hier in einer alten Villa, oberhalb der Marina Grande beim ehemaligen Hafenkapitän von Capri.

Treppen mit abgetretenen Stufen, hohe Zimmer, Eisenstühlchen auf der Terrasse, ein alter Garten. Alles zeigt hier Spuren eines langen Daseins, das unter Rosenranken und Zitronenbäumen auf den Spätnachmittag zugeht.

Abends esse ich im Kreis der Familie und den beiden Gästen, mein Buch »Italienisch in 30 Tagen« neben meinem Teller. Damit brauche ich den Vergleich mit den beiden Engländern nicht zu scheuen, die, obwohl Stammgäste, mir in Sachen Landessprache nicht viel voraushaben. Gleich am Vormittag nahmen mich die beiden, ein älterer Professor und ein jüngerer Börsenmakler, mit zur Villa Jovis. Hier hatte der Kaiser Tiberius gelebt, von dieser Villa aus das Römische Reich regiert. Ängstlich blickte ich in den Abgrund eines tiefdunklen Meeres hinunter und versuchte mir nicht vorzustellen, wie man von diesem Felsen aus unliebsame Personen herabgestoßen hat.

Auf dem Rückweg kehrten wir zu einem Espresso ins Hotel Quisisana ein, wo meine Begleiter mit diskretem Lächeln andeuteten, dass Oscar Wilde auch da gesessen hätte, wenn er nicht herausgeworfen worden wäre.

Dank der beiden Engländer gibt es keine Langeweile. Jeden Abend sitzen wir nach dem Essen zusammen und reden über das, was uns gerade durch den Kopf geht. Der Professor – Spezialfach neuere amerikanische Literatur – war erstaunt, dass ich den Roman »Tender is the Night« gelesen habe. Zu den großen Erfolgen Scott Fitzgeralds gehört er nicht. Doch uns gab die Geschichte Stoff zur Diskussion über die beiden Hauptpersonen, den Psychiater und seine psychisch kranke Frau, die zugleich seine Patientin ist.

Beide exzentrisch wie Märzhasen, sind sie in ein kompliziertes Geflecht von Liebe, Anziehung und Abstoßung verstrickt.

Als er sie aus ihrem Leiden herausgeholt hat, als sie fühlt »für sich« stehen zu können, hat er seine Rolle in ihrem Leben ausgespielt. Sie nimmt einen anderen. Sehenden Auges räumt er sich weg, ins Nirgendwohin, »in eine Stadt oder eine andere.«

Der Professor gab mir einen Band Gedichte von Scott Fitzgerald. Doch was ich las sprach mich nicht an, bis auf die Zeile vom Kalender, der, im Juni aufgeschlagen, einen kalten Dezember anzeigt. So geht es mir.

Italienische Nächte? Ich weiß, dass die bunten Lampions am Morgen graues Papier sind.

Marco wird in Neapel vergeblich auf mich warten, denn ich werde ein anderes Schiff nehmen. Auch ich räume mich weg.

Meine beiden Engländer sind unermüdlich und übertreffen sich darin, mir ihre Stätten auf Capri zu zeigen. So nahmen sie mich gestern mit zu dem Friedhof, auf dem berühmte Dauergäste der Insel im Schatten alter Bäume ihre letzten Spuren hinterlassen haben. An seinem Grab erzählte der Professor von der seltsamen Welt des Barons Fersen, dem man eine Münze als Reisegeld in die Unterwelt mitgegeben hatte.

Danach kehrten wir ins Leben zurück, und zwar auf die Piazzetta. Dort, wo zur Stunde des Aperitivs die Preise steigen, sind die, die sehen und gesehen werden wollen, ihr Geld wert.

Habe ich vom Herumlaufen genug, sitze ich im Garten und blicke herunter auf die Marina Grande, die der alte Kapitän mit dem Fernglas visiert, so als ob er sich die Zeit zurückholt.

Neben mir liegt mein Buch, »The House of Mirth«, von Edith Wharton. Ich hatte es in Berlin noch schnell in meinen Koffer gepackt. Beute aus der amerikanischen Soldatenbibliothek, stand es jahrelang unberührt im Bücherregal.

Von der ersten Zeile an hat mich Lily Bart, um die es in der Geschichte geht, in ihr Leben mitgenommen. Noch nie

1956

habe ich einen Menschen begleitet, dessen Abstieg mir mit jeder Stufe unerträglicher wurde.

29 Jahre alt, arme Verwandte, ist Lily – ihr Ziel fest im Blick – unterwegs zur Versorgungsstation Ehe. Mit unfehlbar funktionierendem sechstem Sinn legt sie ihre Minen, macht dann aber alles falsch, was man nur falsch machen kann und verlegt sich selbst den letzten Schritt ins Ziel. Warum? Da trifft viel zusammen, – Pech, Zufall, zögernde oder mißgünstige Freunde und Verwandte.

Letztlich aber kommt sie mit sich selbst nicht zurecht, mit ihrem inneren Zwiespalt zwischen dem Streben nach äußerer Sicherheit und einem Leben eigener Wahl.

Ist sie gescheitert? Ja, in den Augen der um die Wende zum 20. Jahrhundert geldmachenden und geldausgebenden New Yorker Gesellschaft.

Hat Lily gewonnen? Ja. Sie, die stets an der falschen Ecke abbog, ging am Ende geradeaus.

Scheitere ich, jetzt, wo ich mein Berufsziel erreicht habe?

Wenn ich nur wüsste, wann ich an der falschen Ecke abbiege.